KB163750

성역

Sanctuary

세계문학전집 148

성역

Sanctuary

윌리엄 포크너

이진준 옮김

민음사

일러두기
1 이 책의 번역 저본은 작품 해설에 밝혀 두었다.
2 본문의 각주는 모두 옮긴이 주이다.

차례

성역 7

1

샘을 병풍처럼 둘러싼 수풀 뒤에서 포파이는 그 사람이 물을 마시는 것을 지켜보았다. 도로에서 샘으로 희미하게 작은 길이 나 있었다. 모자를 쓰지 않고 낡은 회색 플란넬 바지를 입고 팔에는 트위드 코트를 걸친 키가 크고 여윈 사람이 작은 길에서 나타나 샘물을 마시려고 무릎 꿇는 것을 포파이는 지켜보았다.

샘은 너도밤나무 뿌리에서 솟아나 소용돌이 모양과 파도 모양의 모랫바닥 위로 흘렀다. 등나무와 찔레나무, 삼나무와 고무나무가 우거진 숲이 샘을 감싸고, 숲 사이로 어디에서인지 모르게 빛이 언뜻언뜻 비쳤다. 숨어 있어서 모습이 보이지는 않지만 어딘가 가까이에서 새 한 마리가 세 번 울고 나서 그쳤다.

샘에서는 물을 마시는 사람이 물에 비친 산산이 부서진 제 모습을 굽어보았다. 아무 소리도 안 들렸는데 그가 일어났을 때 그것들 사이에서 산산이 부서진 포파이의 밀짚모자가 보였다.

그는 샘 너머에서 코트 주머니에 손을 넣고 담배를 비스듬히 문 채 그를 바라보는 키가 작은 사람을 보았다. 양복은 검은색인 데다 코트는 꼭 끼고 허리춤이 높았다. 바지는 한 번 접어 올린 데다 진흙투성이이고 신발도 진흙 범벅이었다. 얼굴은 전등불을 비춘 것처럼 기묘하고 핏기가 없었다. 양지바른 침묵을 등지고서 밀짚모자를 비스듬히 쓰고 손을 허리에 댄 채 팔꿈치를 양옆으로 약간 벌린 모습이, 짓밟힌 깡통처럼 악의에 차고 깊이가 없었다.

그의 뒤에서 새가 다시 세 번 단조롭게 울었다. 그곳에 적막감이 감돌게 하는 한숨을 쉬는 듯한 평화로운 침묵이 뒤따르는, 의미 없고 깊은 소리였다. 잠시 후 도로를 지나가는 자동차 소리가 들렸다가 사라졌다.

물을 마시는 사람은 샘가에 무릎을 꿇고 있었다.

"주머니에 권총이 든 것 같은데."

포파이가 말했다.

샘 너머에서 포파이가 부드럽고 검은 고무 덩어리 두 개로 그를 관찰하는 것 같았다.

"당신에게 묻고 있는 거야. 주머니에 든 게 뭐야?"

포파이가 말했다.

상대방은 여전히 코트를 팔에 걸치고 있었다. 그가 코트를 향해 다른 손을 들어 올렸다. 한쪽 주머니에서는 구겨진 중절모가, 다른 주머니에서는 책이 비어져 나와 있었다.

"어느 주머니 말이오?"

그가 말했다.

"보여 줄 필요는 없어. 말로 해."

포파이가 말했다.

상대방은 손을 멈추었다.

"책이오."

"무슨 책이야?"

포파이가 말했다.

"그냥 책이오. 누구나 읽는 그런 거요. 더러 읽잖아요."

"책을 읽는 모양이지?"

포파이가 말했다.

상대방의 손은 코트 위에서 얼어붙었다. 샘을 사이에 두고 그들은 마주 쳐다보았다. 희미한 담배 연기가 포파이의 얼굴을 휘감고 있어서 마치 한꺼번에 두 가지 표정을 짓도록 조각된 가면처럼 얼굴 한쪽이 연기 사이로 얼핏 보였다.

포파이는 뒷주머니에서 더러운 손수건을 꺼내 뒤꿈치 위에 폈다. 그러고는 쭈그리고 앉아 샘 너머에 있는 사람을 마주 보았다. 5월 어느 날 오후 4시 무렵이었다. 그들은 두 시간이나 그렇게 쭈그리고 앉아 샘 너머로 서로 마주 보고 있었다. 새가 마치 시계에 맞춰 일하듯이 이따금 늪에서 울었다. 큰길에서는 보이지 않는 자동차들이 두 번 더 지나갔다. 다시 새가 울었다.

"그런데 당신은 저 새의 이름을 모르지. 당신이 새에 대해 알 리가 없지. 호텔 라운지의 새장에서 우는 거나 한 접시에 4달러 하는 거라면 모를까."

샘 너머에 있는 사람이 말했다. 포파이는 아무 말도 하지 않았다. 그는 꼭 끼는 검은 양복을 입은 채 쭈그리고 앉아 있었다. 오른쪽 코트 주머니는 옆구리가 불룩하게 튀어나와 있고, 작고 인형 같은 손으로는 담배를 눌러 비틀며 샘에 침을 뱉었다. 피부는 시체처럼 거무스름하고 창백했다. 약간 매부리코에다 턱은 아예 없었다. 얼굴은 뜨거운 불 곁에 너무 가까이 두고는 잊어버린 밀랍 인형의 얼굴처럼 뭉개져 있었다. 조끼에는 백금 줄이 거미줄처럼 걸려 있었다.

"이봐요."

상대방이 말했다.

"내 이름은 호러스 벤보요. 난 킨스턴에 사는 변호사요. 예전엔 저기 제퍼슨에 살았지요. 지금 거기로 가는 길이오. 여기 군민이라면 내가 남을 해칠 사람이 아니라는 것쯤은 다 알아요. 위스키라면 당신들이 얼마나 만들든 팔든 사든 난 상관 안 해요. 그저 물을 한 모금 마시려고 여기 멈추었을 뿐이오. 내가 원하는 건 시내로, 제퍼슨으로 가는 것뿐이오."

포파이의 눈은 고무 덩어리 같아서, 손으로 누르면 쑥 들어갔다가 소용돌이 모양의 엄지손가락 자국을 남긴 채 원래 모습으로 되돌아올 것 같았다.

"어둡기 전에 제퍼슨에 도착해야 하오. 여기 이렇게 잡아 두면 어쩌자는 거요."

벤보가 말했다.

담배를 문 채 포파이는 샘에 침을 뱉었다.

"이렇게 잡아 두어서 어떡하겠다는 거요. 내가 돌변해 도망이라도 친다면."

벤보가 말했다.

포파이는 고무 같은 눈으로 벤보를 바라보았다.

"도망치고 싶어?"

"아니요."

벤보가 말했다.

"그럼 그러지 마."

포파이는 시선을 거두었다.

벤보는 다시 새소리를 들으며, 이 지방에서는 그 새를 뭐라고 부르는지 기억해 내려고 애썼다. 보이지 않는 큰길에서 차가 또 한 대 지나갔다. 그들과 그 소리 사이에서 날이 거의 저물었다. 포파이는 바지 주머니에서 싸구려 시계를 꺼내 보고는 동전처럼 아무렇게나 다시 주머니에 집어넣었다.

샘에서부터 난 작은 길이 모래 샛길과 만나는 곳에, 최근에 쓰러진 나무 한 그루가 길을 막고 있었다. 그들이 그 나무를 타 넘고 계속 가자 큰길이 그들의 뒤로 드러났다. 모래에는 가볍게 눌린 자국이 두 줄로 나란히 나 있었지만 동물이 다닌 흔적은 아니었다. 그 길을 가로질러 샘의 지류가 스며 나오는 곳에서 벤보는 자동차 바큇자국을 보았다. 앞장서 걸어가는 포파이의 꼭 끼는 양복과 뻣뻣한 모자는 모던한 램프 스탠드처럼 온통 각이 져 있었다.

모랫길이 끝났다. 도로가 밀림에서 굽어져 나왔다. 날이 거의 저물었다. 포파이는 어깨 너머로 흘낏 쳐다보고 말했다.

"성큼성큼 걸어, 잭."

"왜 언덕을 곧장 질러가지 않는 거요?"

벤보가 말했다.

"저 나무들 사이로 말이야?"

포파이가 말했다. 밀림이 벌써 잉크 빛 호수처럼 누워 있는 언덕을 내려다볼 때 그의 모자가 흐릿하고 탁한 황혼 빛 속에서 건들거렸다.

"제기랄."

날은 거의 저물었다. 포파이의 걸음은 느려졌다. 그는 이제 벤보와 나란히 걸었으며, 그가 사악하면서도 움츠린 자세로 이리저리 두리번거릴 때 모자가 계속 좌우로 건들거리는 것이 벤보의 눈에 띄었다. 모자는 벤보의 턱에 겨우 닿았다.

그때 무엇인가 휙 지나가는 그림자가 그들을 덮치더니 팽팽한 날개를 소리 없이 퍼덕이면서 그들의 얼굴에 한바탕 돌풍을 일으켰다. 그리고 벤보는 포파이가 온몸으로 그에게 달려들어서 손으로 그의 코트를 움켜잡는 것을 느꼈다.

"그냥 올빼미요."

벤보가 말했다.

"고작 올빼미 갖고선."

그러고 나서 그는 "캐롤라이나 굴뚝새를 고기잡이 새라고도 하지. 맞아. 저기선 통 생각이 나지 않았는데." 하고 말했다. 그사이 포파이는 그에게 매달린 채 그의 주머니를 움켜잡고 이빨 사이로 고양이 같은 소리를 냈다. 벤보는 그에게서 검은 냄새가 난다고 생각했다. 그에게서는 사람들이 보바리[1]의 머리를 들어 올렸을 때 그녀의 입에서 나와 신부의 베일 위로 흘러내리던 검은 물질 같은 냄새가 났다.

잠시 후 들쭉날쭉한 검은 나무들 위로 집 한 채가 삭막한 네모난 모습을 드러냈다. 그 뒤에는 이우는 하늘이 걸려 있었다.

*

그 집은 가지치기를 하지 않은 삼나무 숲 속에 황량하고 삭막하게 솟아 있었다. 내부는 약탈을 당해 폐허나 다름없었다. 남북 전쟁 전에 지어진 집으로서, 올드프렌치맨 지역으로 알려져 있으며 경계표 구실을 했다. 넓은 땅 한가운데 지어진 대농가였다. 목화밭과 정원과 잔디밭은 오래전에 밀림으로 변했고, 이웃 사람들이 오십 년 동안이나 땔감으로 조금씩 뜯어 가거나, 그랜트[2]가 빅스버그 회전(會戰)을 하기 위해 그 지역을 통과할 때 주인이 그 땅 어딘가에 묻어 놓았다고 알려진 금을 찾으려고 이따금씩 몰래 파헤쳐 놓았다.

세 사람이 현관 한쪽 끝에 있는 의자에 앉아 있었다. 열린 복도 안쪽 깊숙한 곳에서 희미한 불빛이 보였다. 복도는 집 뒤

---

1) 귀스타브 플로베르의 소설 『마담 보바리』의 여주인공.
2) 율리시스 심프슨 그랜트(Ulysses S. Grant, 1822~1885). 남북 전쟁 당시 연방군 장군이었으며 나중에 미국 대통령이 된다.

쪽까지 이어져 있었다. 포파이가 계단을 올라가자 세 사람이 그와 일행을 쳐다보았다.

"이분은 교수야."

그는 곧장 걸어가며 말했다. 그는 집 안으로, 복도로 들어갔다. 계속 걸어가서 뒤 현관을 가로질러 가더니 방향을 바꿔 불빛이 보이는 방으로 들어갔다. 그곳은 부엌이었다. 한 여자가 스토브 앞에 서 있었다. 색이 바랜 사라사 옷을 입고 있었다. 맨살이 드러난 발목 언저리에 끈도 매지 않은 남자용 낡은 단화가 걸려, 그녀가 움직일 때마다 덜걱거렸다. 그녀는 포파이를 돌아보고 나서 다시 고기가 지글거리고 있는 스토브 위의 프라이팬을 쳐다보았다.

포파이는 문간에 서 있었다. 모자는 얼굴에 비스듬히 걸려 있었다. 그는 주머니에서 담뱃갑을 꺼내지도 않은 채 담배 한 개비를 뽑아내어 누르고 만지작거리다 입에 물고는 엄지손톱에 성냥을 그었다.

"앞에 손님이 있어."

그가 말했다.

여자는 돌아보지 않았다. 그녀는 고기를 뒤집었다.

"그래서? 난 리의 손님 시중은 안 들어."

그녀가 말했다.

"교수야."

포파이가 말했다.

여자는 손에 쇠 포크를 든 채 돌아보았다. 스토브 뒤 그늘 속에 나무 상자가 하나 있었다.

"뭐라고?"

"교수야. 책을 갖고 있어."

포파이가 말했다.

"그런 사람이 여긴 무슨 일이야?"

"몰라. 물어볼 생각을 못 했어. 아마 책을 읽기 위해서겠지."

"제 발로 왔어?"

"샘에서 만났어."

"이 집을 찾고 있었어?"

"몰라. 물어볼 생각을 못 했어."

포파이가 말했다. 여자는 여전히 그를 쳐다보았다.

"트럭으로 제퍼슨에 데려다줄 생각이야. 거기 가야 된다고 했거든."

포파이가 말했다.

"그런 이야기를 왜 나한테 해?"

여자가 말했다.

"음식을 해. 먹고 싶어 할 거야."

"그러지."

여자는 말하고 나서 스토브로 몸을 돌렸다.

"음식을 해야지. 병신과 사기꾼과 얼간이 들에게 음식을 해 주는 게 내 일이니. 그래, 음식을 해야지."

문간에서 포파이가 얼굴에 담배 연기를 피워 올리며 여자를 지켜보았다. 손은 주머니 속에 있었다.

"싫으면 관둬. 일요일에 멤피스로 데려다줄게. 다시 몸이나 팔면 되겠군."

그는 그녀의 등을 지켜보았다.

"제법 살이 올랐는데. 시골에서 놀고 지내서 그렇지. 마누엘 가(街)에 있는 사람들한테 이야기하지는 않을게."

여자는 포크를 손에 든 채 돌아섰다.

"나쁜 새끼."

그녀가 말했다.

"물론이지."

포파이가 말했다.

"루비 라마가 시골에 와서 리 구드윈이 버린 신발을 주워 신고 손수 땔감을 패고 있다는 말은 하지 않을게. 안 하지. 리 구드윈이 아주 부자라고 말해 줄게."

"나쁜 새끼."

여자가 말했다.

"나쁜 새끼."

"물론이지."

포파이가 말했다. 그러고 나서 그는 머리를 돌렸다. 현관에서 발을 질질 끄는 소리가 나더니 한 사내가 들어왔다. 구부정한 몸에 작업복 바지를 입고 맨발이었다. 그들이 들은 소리는 그의 맨발 소리였다. 볕에 그을린 숱이 많은 머리털은 엉클어지고 더러웠다. 눈은 창백하고 매서웠으며, 짧고 부드러운 수염은 칙칙한 금색이었다.

"저 꼴통 새끼."

포파이가 말했다.

"당신은 무슨 일이야?"

여자가 말했다. 작업복 바지를 입은 사내는 대답하지 않았다. 지나가면서 그는 마치 농담에 웃을 준비가 되어 있는 것처럼 웃을 때를 기다리며 은밀하면서도 경계하는 시선으로 포파이를 쳐다보았다. 그는 비슬거리는 곰 같은 걸음걸이로 부엌을 가로질러 가더니, 그들이 뻔히 보는 데서 마룻바닥에서 못 질하지 않은 널빤지를 하나 들어내고 4리터짜리 항아리를 꺼냈다. 그는 여전히 경계하면서도 즐겁고 어딘가 비밀스러운 분위기를 풍겼다. 포파이는 집게손가락을 조끼에 찌르고 얼굴에는 담배 연기를 피워 올리며 그를 지켜보았다.(그는 손을 한 번도 대지 않고 담배를 피웠다.) 그의 표정은 사나우면서도 어딘가 악의가 깃든 듯했다. 그는 생각에 잠긴 채, 작업복 바지를 입은 사내가 항아리를 옆구리에 서툴게 감추고 경계하면서도 머뭇거리며 다시 마룻바닥을 가로질러 가는 것을 지켜보았다. 그는 그 방에서 나갈 때까지 경계하면서도 사정을 할 준비가 된 자세로 포파이를 지켜보았다. 다시 그의 맨발 소리가 현관에서 들렸다.

"물론이지."

포파이가 말했다.

"마누엘가에 있는 사람들에게 루비 라마가 벙어리와 얼간이에게 음식이나 해 주고 있다는 말은 하지 않을게."

"나쁜 새끼."

여자가 말했다.

"나쁜 새끼."

2

여자가 고기 담은 큰 접시를 들고 식당에 들어왔을 때 포
파이와 부엌에서 항아리를 들고 간 남자와 낯선 남자는 벌써
거친 널빤지 세 개를 두 개의 버팀 다리에 못질해 만든 식탁
에 둘러앉아 있었다. 식탁 위에 놓인 램프 불빛에 비친 그녀의
얼굴은 무뚝뚝했지만 나이 들어 보이지는 않았다. 그녀의 눈
길은 싸늘했다. 그녀는 식탁 위에 큰 접시를 놓고 여자들이 식
탁을 마지막으로 훑어볼 때 짓는 은밀한 시선으로 잠시 서 있
다가 방 한쪽 구석에 열린 상태로 있는 포장 상자로 가서 몸
을 굽혀 접시와 포크와 나이프를 하나씩 더 꺼내 식탁으로 가
져왔다. 그러고는 소매를 그의 어깨에 스치며 통명스럽긴 하지
만 서두르는 법 없이 단호한 태도로 그것들을 그의 앞에 놓았
다. 그동안 벤보는 줄곧 그녀를 지켜보았지만 그녀는 단 한 번

도 그에게 눈길을 주지 않았다.

여자가 상을 차리는 동안 구드윈이 들어왔다. 진흙투성이 작업복 바지를 입고 있었다. 얼굴은 깡마르고 볕에 그을렸으며, 짧게 깎은 검은 턱수염에, 관자놀이의 머리카락은 희끗희끗했다. 그는 입 언저리에 흰 수염이 길고 지저분하게 난 한 노인의 팔을 부축하며 들어섰다. 벤보는 구드윈이 그 노인을 의자에 앉히는 것을 지켜보았다. 그는 눈이 멀고 귀가 먹어서, 오직 한 가지 쾌락만 남아 있고 오직 한 가지 감각으로만 세상에 다가갈 수 있는 사람에게서 나타나는 모호하고 비굴한 열망에 차서 고분고분하게 그곳에 앉았다. 키가 작고 대머리에다 살이 찐 둥근 얼굴이 불그레했으며, 백내장이 낀 눈은 두 개의 담(痰) 덩어리 같았다. 벤보는 그가 주머니에서 더러운 천 조각을 꺼내 너무 씹어서 색이 바랜 담배 덩어리를 뱉고는 그 천 조각을 다시 접어 주머니에 집어넣는 것을 지켜보았다. 여자가 큰 접시에 담긴 음식을 떠서 그의 접시에 담아 주었다. 다른 사람들은 벌써 말없이 부지런히 먹고 있었지만 노인은 머리를 접시 위로 숙이고 턱수염을 희미하게 움직이며 앉아 있었다. 노인이 떨리는 손으로 힘겹게 접시를 더듬어 작은 고기 조각을 찾아내 빨아 먹기 시작했을 때 여자가 돌아와서 그의 손가락 관절을 가볍게 쳤다. 그러자 노인은 고기를 다시 접시에 내려놓았으며, 벤보는 여자가 접시에 담긴 고기와 빵 그리고 모든 음식을 잘게 썰어 그 위에 사탕수수 시럽을 붓는 것을 지켜보았다. 그러고 나서 벤보는 시선을 거두었다. 식사가 끝나자 구드윈은 노인을 다시 밖으로 데리고 나갔다. 벤보는 그 두 사람이 문밖으로 나가는 것을 지켜보고 복도를 지나가는 소리를 들었다.

남자들은 현관으로 돌아갔다. 여자는 식탁을 깨끗이 치우고 그릇을 부엌으로 가져갔다. 여자는 그것들을 식탁 위에 놓더니 스토브 뒤에 있는 상자로 가서 잠시 들여다보았다. 그러고 나서 돌아와 음식을 접시에 담아 식탁에 앉아 먹고는 램프로 담뱃불을 붙이고 그릇을 씻어 정리했다. 그러고는 복도로 나갔지만 현관으로 나가지는 않았다. 여자는 그저 문 안에 서서 그들이 이야기하는 소리에, 낯선 사람이 이야기하고 그들이 서로 항아리를 돌릴 때 나는 둔탁하면서도 부드러운 소리에 귀를 기울였다. "저런 바보," 하고 여자가 말했다. "도대체 저자는 어쩌자고……." 그녀는 낯선 사람의 목소리에 귀를 기울였다. 빠르고 어렴풋이 이국적인 데다 말만 많이 한 사람의 목소리였다. "어쨌든 술을 마시는 데는 어울리지 않아." 하고 여자는 문 안에서 조용히 말했다. "저자는 제 갈 곳으로 돌아가는 게 좋아. 집안 여자들이 보살펴 줄 수 있는 곳으로 말이야."

그녀는 그의 말에 귀를 기울였다.

"창문으로 포도나무 그늘이 보이고 겨울이면 해먹도 볼 수 있었죠. 그러나 겨울이면 해먹뿐이었어요. 그래서 자연을 여자라고들 하는 모양이에요. 여성의 살과 여성의 계절 사이의 그런 공모 관계 때문에 말입니다. 그래서 해마다 봄이면 해먹을 숨긴 오랜 흥분이 되살아나는 것을 볼 수가 있어요. 푸른 불안의 덫에 걸린 약속 말입니다. 포도가 어떤 꽃을 피우든 그래요. 대단할 건 없어요. 꽃보다는 잎이 거칠고 밀랍 같은 피를 흘리며 해먹을 점점 더 숨기고, 마침내 5월 하순의 황혼 속에서 리틀 벨의 목소리가 바로 야생 포도의 중얼거림으로 들리는 거예요. 그 애는 '호러스, 이 사람이 루이스니 폴이니 그 밖의 누구예요.'라는 말은 절대로 하지 않고 '이쪽은 단지 호러스야.'라고 말하는 거예요. '단지'라고 말이에요. 황혼 녘에 작은 하얀 드레스를 입고 있었는데, 그 두 사람은 모두 새침하고 몹시 경계하며 다소 초조해했어요. 그 애가 내 친자식이었다 해도 그 애의 몸이 그보다 더 낯설게 느껴지지는 않았을 겁니다. 오늘 아침 일이었어요. 아니지. 나흘 전이었어요. 그 애가 학교에서 귀가한 게 목요일이었고 오늘은 화요일이니까요. 내가 '얘야, 그 사람을 기차에서 만났다면 그는 아마 철도 회사에 다닐 거야. 그 사람을 철도 회사에서 데려오면 안 돼. 그건 전신주에서 절연체를 떼어 내는 것처럼 불법이야.'라고 말했죠. '그 사람은 당신만큼 훌륭한 사람이에요. 툴레인 대학에 다녀요.' '하지만 기차에서 만났잖니, 얘야.' 하고 내가 말했죠. '기차보다 더한 데서 만난 사람도 있었어요.' '알아.' 하고 내가 말했죠. '나도 그랬어. 하지만 집에 데려와서는 안 돼. 그냥 지나치고 말아야지. 네 슬리퍼를 더럽혀서야 되겠니.' 우리는 그때 거실에 있었어요. 저녁을 먹기 직전이었거든요. 그때 집 안에는 우리 둘만 있었어요. 벨은 시내에 가고 없었죠. '누가 날 만나러 오든 당신이 무슨 상관이에요? 당신은 내 아버지가 아니에요. 당신은 단지…… 단지…….' '뭐라고?' 하고 나는 말했죠. '단지 뭐?' '그러면 엄마한테 말하세요! 엄마한테 말하라고요. 당신 할 일이 그거잖아요. 엄마한테 말하라니까요!' '하지만 얘야, 찻간에서였잖니.'라고 내가 말했죠. '만약 그놈이 호텔에서 네 방으로 들어갔다면 난 그놈을 죽였을 거다. 하지만 기차에서라니 정나미가 떨어진다. 그놈은 잊어버리고 처음부터 다시 시작하자.' '찻간에서 만난 사람을 갖고 그러시다니 대단하시네요. 대단하세요! 좀생원! 좀생원!'"

"저자는 미쳤어."

여자는 문 안쪽에서 꼼짝도 않고 말했다.

낯선 남자의 목소리는 종잡을 수 없이 빠르고 산만하게 계속되었다.

"그러고 나서 그 애는 '아니에요! 아니에요!'라고 말하는 거예요. 나는 그 애를 잡고 있었고 그 애는 내게 매달렸죠. '그런 뜻이 아니었어요! 호러스! 호러스!' 그리고 나는 살해된 꽃, 섬세한 죽은 꽃과 눈물 냄새를 맡고 나서 거울에 비친 그 애의 얼굴을 보았어요. 그 애 뒤에 거울이 하나 있었고 내 뒤에도 하나 있었는데, 그 애는 내 뒤에 있는 거울에 얼굴을 비춰 보면서 내가 그 애를 볼 수 있는, 그 애가 완전히 시치미를 떼며 내 뒤통수를 바라보는 것을 볼 수 있는 또 다른 거울이 있다는 걸 잊고 있었어요. 바로 그것 때문에 자연은 '여자'이고 진보는 '남자'라고 하는 거예요. 자연은 포도나무 그늘을 만들었지만 진보는 거울을 발명했거든요."

"저자는 미쳤어."

여자는 문 안쪽에서 귀를 기울이며 말했다.

"하지만 그것 때문만은 아니었습니다. 아마 봄이나 마흔셋이라는 나이 때문에 내가 당황했는지도 모르죠. 나는 잠시 누워 있을 언덕만 있으면 더 바랄 게 없겠다고 생각했어요. 그 지방 탓이었어요. 편평하고 기름지고 더러워서 바람만 거길 지나가도 돈이 생길 것처럼 보였어요. 아마 나무에서 잎을 따다 은행에서 현금으로 바꿀 수 있다는 걸 알게 되더라도 놀라지 않을 거예요. 저 미시시피 삼각주 말입니다. 1만 3000제곱 킬로미터나 되는데도 인디언들이 강이 범람할 때 대피하기 위해 만들어 놓은 흙더미들 외에는 언덕이라곤 없었어요. 그래서 난 내가 원하는 게 언덕뿐이라고 생각했죠. 내가 집을 나온 건 리틀 벨 때문이 아니었어요. 그게 무슨 뜻인지 알아요?"

"저자는. 리가 저대로 내버려 두면 안……."

여자가 문 안쪽에서 말했다.

벤보는 어떤 대답도 기다리지 않았다.

"립스틱이 묻은 천 조각 탓이었어요. 난 벨의 방에 들어가기 전에 이미 그걸 발견하게 되리라는 걸 알았죠. 그건 거울 뒤에 꽉 끼여 있었어요. 아내가 옷을 입을 때 여분의 화장품을 닦아 내고 맨틀피스 뒤에 끼워 둔 손수건 말입니다. 난 그걸 빨래 통에 집어넣고 나서 모자를 쓰고 나왔어요. 트럭에 올라탔을 때에야 수중에 돈이 없다는 걸 알았죠. 사실 어느 정도는 그것 탓이기도 했어요. 수표를 현금으로 바꿀 수도 없었어요. 트럭에서 내려 시내로 돌아가 돈을 가져올 수도 없었고요. 그렇게 할 수는 없었어요. 그래서 그때부터 걷거나 우격다짐으로 얻어 탔죠. 하룻밤은 제재소의 톱밥 더미에서, 하룻밤은 검둥이가 사는 오두막에서, 하룻밤은 대피선에 서 있는 화물차에서 잤어요. 사실 내가 원한 건 그저 누워 있을 언덕이었어요. 그러면 더 바랄 게 없을 것 같았어요. 처녀와 결혼할 때는 처음부터 시작하는 거예요……. 새로 시작하는 거죠. 만약 누군가 다른 사람의 아내와 결혼한다면 아마 다른 사람이 지난 십 년간 꾸려 놓은 걸 잔뜩 지고 시작하는 거예요. 내가 원한 건 그저 잠시 누워 있을 언덕이었어요."

"바보. 저런 바보."

여자가 말했다. 여자는 문 안쪽에 서 있었다. 포파이가 뒤에서 복도를 지나갔다. 그는 한마디 말도 없이 여자를 지나쳐 현관으로 갔다.

"자, 거기 싣지."

그가 말했다.

그들 중 세 사람이 가는 소리가 들렸다. 여자는 그곳에 서 있었다. 낯선 남자가 의자에서 비틀거리며 일어나 현관을 지나가는 소리가 들렸다. 그러더니 어두운 하늘을 등진 더 어두운 그의 그림자가 어렴풋이 보였다. 여윈 데다 입은 옷은 추레했다. 머리숱은 성기고 제대로 빗지 않았으며, 만취 상태였다. "제대로 먹지도 못한 사람 같군." 하고 여자가 말했다.

그와 마주 보고 있는 동안 여자는 벽에 살짝 기댄 채 움직이지 않았다.

"이렇게 사는 게 좋아요? 왜 이렇게 살아요? 당신은 아직 젊어요. 도시로 다시 나가 눈썹 하나 까딱 않고도 더 잘 살 수 있을 텐데."

그가 말했다.

그녀는 팔짱을 끼고 벽에 살짝 기댄 채 꼼짝하지 않았다.

"겁쟁이 바보."

여자가 말했다.

"맞아요. 난 용기가 없어요. 내겐 그게 없어요. 기계 장치는 여기 다 있는데 움직이지 않아요."

그가 말했다. 그는 손으로 여자의 볼을 더듬었다.

"당신은 아직 젊어요."

여자는 꼼짝도 하지 않은 채 그가 얼굴에 손을 대고 마치 여자의 뼈의 모양과 위치, 여자의 살결을 알아내려고 하는 듯이 살을 만지는 것을 느꼈다.

"앞길이 구만리 같아요. 몇 살이에요? 아직 서른은 안 된 듯한데."

그의 목소리는 거의 속삭이는 것처럼 작았다.

여자는 말을 할 때 전혀 목소리를 낮추지 않았다. 여자는 여전히 가슴에 팔짱을 긴 채 꼼짝하지 않았다.

"왜 아내를 버렸죠?"

여자가 말했다.

"아내가 새우를 먹어서요. 난 그러질 못했……. 실은 그날은 금요일이었는데, 정오에 역으로 가서 기차에서 새우 상자를 내려, 그것을 들고 백 발짝을 센 후에 손을 바꿔 들며 집으로 돌아올 생각을 했어요. 그리고……."

그가 말했다.

"그 짓을 매일 했어요?"

여자가 말했다.

"아니요. 금요일에만요. 하지만 결혼한 후 십 년 동안이나 그 짓을 했어요. 그런데도 여전히 새우 냄새가 싫어요. 그래도 그걸 집으로 가져오는 것쯤은 괜찮아요. 그건 견딜 수 있어요. 문제는 포장에서 물이 떨어지는 거였어요. 집으로 오는 내내 물이 떨어지다 보면 어느새 내가 역까지 나 자신을 따라가서는 옆에 서서 호러스 벤보가 그 상자를 기차에서 내려 들고 백 발짝마다 손을 바꿔 들며 집으로 가는 걸 지켜보게 돼요. 그리고 나는 그를 따라가며 여기 미시시피의 인도 위에서 냄새를 풍기며 사라져 가는 작은 점들에 호러스 벤보가 누워 있다고 생각하죠."

"아."

여자가 말했다. 여자는 팔짱을 낀 채 조용히 숨을 쉬었다. 여자가 움직였다. 그는 돌아서서 여자를 따라 복도를 걸어갔다. 그들은 램프가 타고 있는 부엌으로 갔다.

"잠시 실례하겠어요."

여자는 말하고 나서 스토브 뒤에 있는 상자로 가서는 그것을 열어 두 손을 옷 앞자락에 감춘 채 들여다보았다. 벤보는 방 한가운데 서 있었다.

"쥐가 달려들지 못하도록 상자에 넣어 둬야 해요."

그녀가 말했다.

"뭐라고요? 그게 뭐요?"

벤보가 말했다. 그는 다가가서 상자 안을 들여다보았다. 거기에는 돌도 지나지 않은 아기가 잠들어 있었다. 그는 수척한 얼굴을 조용히 내려다보았다.

"아, 아들이군요."

그가 말했다. 그들은 잠든 아기의 수척한 얼굴을 내려다보
았다. 밖에서 소음이 들렸다. 발소리가 현관 뒤쪽에서 다가왔
다. 구드윈이 들어왔을 때 여자는 무릎을 꿇고 상자를 다시
구석으로 밀어 넣었다.

"좋아. 토미가 당신을 트럭까지 바래다줄 거요."

구드윈이 말했다. 그가 집 안으로 들어갔다.

벤보가 여자를 쳐다보았다. 여자의 손은 여전히 옷에 싸여
있었다.

"저녁 잘 먹었어요."

그가 말했다.

"언젠가 아마……."

그가 여자를 쳐다보았다. 여자는 여전히 차갑기는 하지만
부루퉁하지 않은 얼굴로 그를 지켜보았다.

"제퍼슨에서 뭐 부탁할 거라도. 필요한 게 있으면 보내 주
리다……."

여자가 갑자기 휙 돌아서는 바람에 손이 옷의 주름에서 빠
져나와 얼른 다시 감추었다.

"온통 구정물에다 빨래로……. 오렌지 스틱³⁾이나 하나 보내
주세요."

그녀가 말했다.

---

3) 매니큐어용.

한 줄로 걸으며 토미와 벤보는 버려진 길을 따라 집에서 언덕을 내려갔다. 벤보가 뒤돌아보았다. 황량한 폐허가 된 집이 우거지고 뒤얽힌 삼나무 숲 위로 하늘을 등지고서 솟아 있었다. 불빛이 비치지 않고 황폐하고 삭막하면서도 어딘가 신비로웠다. 길은 길이라기에는 너무 깊이 침식되어 있고 도랑이라기에는 너무 곧게 뻗어 있는 데다, 겨울 홍수로 파이고 양치류와 썩은 나뭇잎과 가지 들로 메워져 있었다. 토미를 따라 벤보는 썩어 가는 식물이 발에 밟혀 진흙 속에 파묻힌 희미한 길을 걸어갔다. 머리 위로는 아치 모양으로 늘어선 관목들이 하늘을 등지고 성기게 있었다.

내리막길이 굽어지며 가팔라졌다.

"이쯤에서 올빼미를 봤어요."

벤보가 말했다.

앞에서 토미가 실없이 크게 웃었다.

"그 사람 그걸 보고 또 놀랐겠군. 뻔해요."

그가 말했다.

"맞아요."

벤보가 말했다. 그는 토미의 희미한 모습을 따라가며 술 취한 사람답게 지독한 근심에 차서 조심스레 걷고 조심스레 말하려 애썼다.

"빌어먹을, 그렇게 겁이 많은 백인은 처음 본다니까. 글쎄, 그자가 현관 쪽으로 나 있는 작은 길을 올라오는데, 그놈의 개가 집 아래쪽에서 나와 다가가더니 그자의 뒤꿈치에 대고 킁킁거리는 거예요. 개들은 다 그렇게 하잖아요. 그때 그자는 빌어먹을 그놈이 독사나 되는 것처럼 떨쳐 버리고는 작은 자동 권총을 홱 꺼내더니 진짜로 쏴 죽이는 거예요. 정말이라니까요."

토미가 말했다.

"누구 개였어요?"

호러스가 말했다.

"내 개였어요. 파리 한 마리도 해치지 못할 늙은 개였죠."

토미가 크게 웃으며 말했다.

길은 편평한 내리막길이었다. 벤보는 바스락거리는 발소리를 내며 모래 위를 조심스레 걸어갔다. 희미한 모래를 배경으로 마치 노새가 모래 위를 걷는 것처럼 힘들이지 않고 비틀걸음으로 발을 질질 끌며 걷는 토미가 그의 눈에 띄었다. 토미의 맨발은 사각거리는 소리를 냈고 발가락 안쪽이 마찰하면서 생기는 희미한 모래 돌풍으로 모래가 뒤로 튀었다.

쓰러진 나무의 거대한 그림자가 길에 드리워져 있었다. 토미가 그것을 타 넘었고, 벤보는 아직 시들지 않아 여전히 푸른 냄새가 나는 나뭇잎 더미 사이를 조심스럽고 신중하게 따라갔다.

"아직 더……."

토미가 말을 하다가 돌아보았다.

"괜찮겠어요?"

"괜찮아요."

호러스가 말했다. 그는 다시 균형을 잡았다. 토미는 계속 걸어갔다.

"포파이가 한 짓들은 아직 더 있어요. 길을 이렇게 막아 놔도 소용없다니까요. 괜히 막아 놔서 트럭까지 가려면 2킬로미터나 걸어야 해요. 사람들이 지금까지 사 년이나 여기 와서 리한테 사 갔지만 아직 한 사람도 리를 귀찮게 하지 않았다고 내가 말했어요. 게다가 자기 차를 여기까지 다시 끌고 오는 게 보통 일은 아니에요. 하지만 그래 봤자 소용없어요. 빌어먹을 그자는 자기 그림자도 무서워한다니까요."

"나 역시 깜짝 놀랐을 거요. 그자의 그림자가 내 그림자라면 말이오."

벤보가 말했다.

토미는 소리를 낮추어 실없이 웃었다. 길은 이제 빛이 거의 사라져, 모래를 알아볼 수 없는 검은 터널이었다.

"여기 어디쯤에서 작은 길이 샘으로 접어든 것 같은데." 벤보는 길이 밀림의 벽으로 파고든 곳을 찾아내려고 애쓰며 생각했다. 그들은 계속 걸어갔다.

"누가 트럭을 운전해요? 멤피스에서 온 사람이 더 있나요?"

벤보가 말했다.

"그럼요. 그건 포파이의 트럭이오."

토미가 말했다.

"왜 멤피스 사람들은 멤피스에서 지내며 당신들이 마음 놓고 술을 만들도록 내버려 두지 않는 거죠?"

"돈이 거기 있거든요. 여기 이 하찮은 1리터 병이랑 2리터

병으로는 돈이 안 돼요. 리는 그저 편의를 봐주고 푼돈이나마 벌려고 그렇게 하는 거요. 그걸 출고해서 돈이 있는 데로 재빨리 치워 버려요."

토미가 말했다.

"아, 글쎄, 그런 사람을 옆에 두느니 차라리 굶어 죽는 게 낫겠는데."

벤보가 말했다.

토미는 실없이 크게 웃었다.

"포파이는 괜찮아요. 단지 별종일 뿐이오."

그는 길의, 모랫길의 고요한 빛을 등진 채 형체도 없이 걸어갔다.

"그 꼴통 녀석."

"그렇죠. 바로 그거예요."

벤보가 말했다.

트럭은 진흙 길이 끝나고 자갈 포장이 된 큰길로 오르기 시작하는 곳에서 기다리고 있었다. 두 사람이 트럭의 흙받기 위에 앉아 담배를 피우고 있었다. 머리 위에는 나무들이 자정이 지난 별들을 등지고 희미하게 보였다.

"일찍도 오는군, 안 그래? 지금쯤이면 시내까지 반 정도는 갔을 시간이야. 여자가 날 기다린단 말이야."

그들 중 한 사람이 말했다.

"물론이지. 뒤로 나자빠져 기다리고 있겠지."

상대방이 말하자 먼저 말한 사람이 그에게 욕을 해댔다.

"우리 딴엔 빨리 왔어. 아예 등불을 내걸어 놓지그래? 저 사람과 내가 경찰이었으면 자네들은 꼼짝없이 잡혔어."

토미가 말했다.

"아, 나무에나 기어 올라가. 멍석을 덮어쓴 꼬락서니를 하고선."

첫 번째 사람이 말했다.

그들은 담배를 휙 던져 버리고 차에 올라탔다. 토미는 소리를 낮추어 실없이 웃었다. 벤보는 돌아서서 손을 내밀었다.

"잘 있어요. 그리고 정말 고마웠습니다, 미스터……."

그가 말했다.

"내 이름은 토미요."

상대방이 말했다. 그는 흐느적거리고 굳은살이 박인 손으로 벤보의 손을 더듬어 잡고는 한 번 엄숙하게 흔들더니 더듬거리며 뺐다. 벤보가 발판에 오르기 위해 발을 들었을 때 그는 희미하게 비치는 길을 등진 채 땅딸막하고 볼품없는 모습으로 그곳에 서 있었다. 그는 비틀거리며 균형을 잡았다.

"조심해요, 박사님."

트럭 운전석에서 누군가가 말했다.

벤보가 올라탔다. 두 번째 사람은 의자 뒤에 엽총을 내려놓고 있었다. 트럭이 움직이기 시작하더니 푹 파인 경사면을 전속력으로 기어 올라가서는 자갈로 포장된 큰길로 접어들어 제퍼슨과 멤피스 방향으로 향했다.

3

다음 날 오후 벤보는 여동생 집에 있었다. 그곳은 그녀의 시
댁으로 제퍼슨에서 6킬로미터 떨어진 시골에 있었다. 그녀는
열 살 된 아들이 있는 과부로서 아들과 시대고모와 함께 그
큰 집에서 살았다. 대고모는 아흔 살로 미스 제니라고 불렸는
데, 휠체어에서 지냈다. 그녀와 벤보는 창가에서 여동생과 젊
은 남자가 정원을 산책하는 것을 지켜보았다. 여동생은 십 년
째 혼자 살았다.

"저 애는 왜 여태 재혼하지 않지요?"

벤보가 말했다.

"내가 묻고 싶은 말이에요. 젊은 여자에게는 남자가 있어야
해요."

미스 제니가 말했다.

"하지만 저 사람은 아닙니다."

벤보가 말했다. 그는 두 사람을 쳐다보았다. 남자는 플란넬 옷에 푸른색 코트를 입었다. 어깨가 벌어지고 알맞게 살이 찐 젊은이로 잘난 체하는 데다 어딘지 모르게 대학생 티가 났다.

"저 애는 아이들을 좋아하는 것 같군요. 지금 애가 하나 있어서 그럴 겁니다. 저 사람은 누굽니까? 저 사람이 바로 저 애가 지난가을에 만났던 그 사람입니까?"

"가우언 스티븐스예요. 가우언이라고 기억날 텐데요."

미스 제니가 말했다.

"예. 이제 기억이 납니다. 지난해 10월이었죠."

벤보가 말했다. 그때 그는 집으로 가는 길에 제퍼슨을 지나치다 여동생 집에서 하룻밤을 묵은 적이 있었다. 바로 그 창문으로 그와 미스 제니는 그 두 사람이 바로 그 정원에서 산책하는 것을 지켜보았다. 그때 정원에는 밝고 때늦은 10월의 먼지 냄새가 나는 꽃들이 피어 있었다. 그때 스티븐스는 갈색 옷을 입었고, 그의 모습은 벤보에게 초면이었다.

"지난봄에 버지니아를 나와 집에 간 이후 처음 왔어요. 그때까지는 존스라는 젊은이와 사귀었죠. 허셸이라던가. 맞아요, 허셸이었어요."

미스 제니가 말했다.

"아, 버지니아의 명문가인가요, 아니면 그저 그곳의 불행한 거주자인가요?"

벤보가 말했다.

"학교에 다녔어요, 대학에요. 거길 다녔어요. 사돈이 제퍼슨

을 떠날 때 저 사람은 아직 기저귀를 차고 있었으니 기억이 나
지 않을 수밖에 없죠."

"벨에게는 그런 말씀 하지 마세요."

벤보가 말했다. 그는 그 두 사람을 지켜보았다. 그들은 집
으로 다가오더니 뒤로 사라졌다. 잠시 후 그들은 계단을 올라
방으로 들어왔다. 스티븐스는 머리카락에 윤기가 흐르고 적
당하게 살이 찐 자신에 찬 얼굴로 들어왔다. 미스 제니가 그에
게 손을 내밀자 그는 굼뜨게 몸을 굽혀 손에 입을 맞추었다.

"나날이 젊어지고 예뻐지시는군요. 방금 나르시사에게 부
인이 의자에서 일어나 제 애인이 되어 주신다면 그녀에게는
기회가 없을 거라고 말했습니다."

그가 말했다.

"내일은 그래야겠네요. 나르시사는……."

미스 제니가 말했다.

나르시사는 덩치가 큰 데다 머리카락은 검고, 얼굴은 넓적
하고 우둔하고 차분해 보이는 여자였다. 그녀는 늘 입는 흰 드
레스 차림이었다.

"호러스, 이분은 가우언 스티븐스예요. 제 오빠예요, 가우언."

그녀가 말했다.

"처음 뵙겠습니다."

스티븐스가 말했다. 그는 벤보의 손을 재빠르게 단단히 잡
아서는 높이 쳐들고 바싹 쥐었다. 그 순간 소년이, 벤보의 생
질인 벤보 사토리스가 들어왔다.

"말씀 많이 들었습니다."

스티븐스가 말했다.

"가우언은 버지니아에 다녔어요."

소년이 말했다.

"아, 이야기는 들었습니다."

벤보가 말했다.

"고맙습니다. 하지만 하버드는 아무나 갈 수 있는 데가 아니죠."

스티븐스가 말했다.

"고맙습니다. 옥스퍼드에 다녔습니다."

벤보가 말했다.

"호러스는 항상 옥스퍼드에 다녔다고 말해서 다들 주립 대학인 줄 알겠지만 진짜 옥스퍼드[4]를 나왔어요."

미스 제니가 말했다.

"가우언은 옥스퍼드에 자주 가요. 거기 애인이 있어요. 춤추러 데려간대요. 안 그래요, 가우언?"

소년이 말했다.

"맞아, 얘야. 머리가 붉은 여자지."

스티븐스가 말했다.

"그만 해, 보리."

나르시사가 말했다. 그녀는 오빠를 쳐다보았다.

"벨과 리틀 벨은 잘 지내요?"

그녀는 더 물어보려다 그만두었다. 하지만 그녀는 오빠를

---

4) 영국의 옥스퍼드 대학.

진지하게 뚫어져라 쳐다보았다.

"만약 네가 계속해서 사돈이 벨과 헤어지길 바란다면 사돈은 그렇게 할 거다. 언젠가는 그렇게 할 거야. 하지만 그래도 나르시사는 만족하지 못할 거야. 남자가 어떤 여자와 결혼하는 걸 원치 않는 여자들도 더러 있어. 하지만 남자가 갑자기 떠나 버리면 미쳐 날뛰지 않을 여자가 어디 있겠니."

미스 제니가 말했다.

"자, 그만하세요."

나르시사가 말했다.

"그러지. 호러스는 지금까지 꽤 오랫동안 고삐에서 벗어나려고 애쓰고 있어요. 하지만 너무 세게 잡아당기지 않는 게 좋아요, 호러스. 저쪽 끝이 단단히 묶여 있지 않을지도 모르니까요."

미스 제니가 말했다.

복도 저편에서 작은 벨이 울렸다. 스티븐스와 벤보는 둘 다 미스 제니의 휠체어 손잡이를 잡으려 했다.

"양보해 주시겠습니까? 제가 손님인 것 같아서요."

벤보가 말했다.

"저런, 호러스. 나르시사, 고미다락에 있는 궤에서 결투용 권총을 꺼내 오라고 해라."

미스 제니가 말했다. 그녀는 소년을 돌아보았다.

"그리고 넌 곧장 가서 음악을 연주하고 장미 두 송이를 준비하라고 해라."

"어떤 음악을 연주해요?"

소년이 말했다.

"탁자 위에 장미가 있어요. 가우언이 보냈어요. 저녁 드시러 가세요."

나르시사가 말했다.

*

벤보와 미스 제니는 창문 너머로 정원을 산책하는 두 사람을 지켜보았다. 나르시사는 여전히 흰 옷을 입고 있었으며, 스티븐스는 플란넬 옷에 푸른색 코트 차림이었다.

"저 버지니아 신사라는 자는 그날 저녁 식사 때 신사답게 술 마시는 법을 배웠다고 이야기했어요. 딱정벌레를 술에 넣으면 풍뎅이가 되고 미시시피 사람을 술에 넣으면 신사가 된다나……."

"가우언 스티븐스는,"

미스 제니가 말했다.

그들은 두 사람이 집 저편으로 사라지는 것을 지켜보았다. 곧 두 사람이 복도를 건너오는 소리가 들렸다. 그들이 들어왔을 때 스티븐스 대신 소년이 있었다.

"떠났어요, 옥스퍼드로 갈 거래요. 금요일 밤에 대학에서 무도회가 있대요. 젊은 여자와 약속이 있나 봐요."

나르시사가 말했다.

"거기 가면 신사답게 술 마실 적당한 장소가 있겠군. 뭐든 다 신사답게 말이야. 아마 그것 때문에 예정보다 일찍 떠났을 거야."

호러스가 말했다.

"애인을 무도회에 데려가려고요. 토요일에는 야구 경기를 보러 스타크빌에 갈 거래요. 절 데려간다고 했는데, 엄만 허락하지 않을 거죠."

소년이 말했다.

4

저녁 식사 이후 대학 구내를 드라이브하는 시내 사람이나, 주변에는 별 관심 없이 생각에 잠긴 교수나 도서관으로 가는 석사 학위 지원자는, 급히 집어 든 코트를 팔 아래에 끼고서 희고 혈색 좋은 긴 다리로 달리는 템플을 보았을 것이다. 그녀는 '닭장'이라고 불리는 여학생 기숙사의 불이 훤한 창문에 그림자를 드리우며 달려가더니 도서관 벽 옆의 그늘 속으로 사라졌다가는, 마침내 그 특별한 밤에 엔진을 켠 채 그곳에서 기다리고 있는 자동차 안으로 뛰어들었다. 그러자 그녀의 니커보커형 여성용 블루머인지 뭔지가 한바탕 돌풍을 일으키고 나서 가라앉았다. 그 자동차는 시내 청년들의 소유였다. 대학생들은 차를 소유할 수 없었으므로, 모자를 쓰지 않고 니커보커와 밝은 색 스웨터를 입은 그들은, 머리에 포마드를 바르고 모자를 컵 모양으로 단단하게 눌러쓰고 지나치게 꽉 죄는 코트와 지나치게 헐렁한 바지를 입은 시내 청년들을 우월감과 분노에 차서 경멸했다.

이런 일은 주중의 밤에 일어났다. 격주 토요일 저녁에 레터 클럽에서 열리는 무도회나 세 번의 연례 공식 무도회의 경우에는 시내 청년들은 똑같은 모자에 칼라를 위로 치켜세우고는 우연인 듯하지만 도발적인 태도로 어슬렁거리며 그녀가 검은 교복을 입은 대학생의 팔짱을 끼고 체육관으로 들어가 음악의 반짝이는 소용돌이를 타고 소용돌이치는 광채 속으로 사라지는 것을 지켜보았다. 그녀의 머리는 도도하고 섬세하며, 도톰한 입에는 립스틱을 바르고, 턱은 부드러우며, 멍하니 좌우를 두리번거리는 눈은 차갑고 탐욕스러우며 신중했다.

나중에 음악이 유리창 너머로 구슬프게 퍼질 때 그들은 그녀가 한 쌍의 검은 소매에서 다음 소매로 재빨리 옮겨 가는 것을 창문 너머로 지켜보았다. 그사이에 그녀의 허리는 가냘프고 다급한 모양을 하고, 발은 음악에 맞추어 율동적으로 움직였다. 그들은 몸을 숙여 플라스크에 든 술을 마시고 담배에 불을 붙이고는 다시 몸을 세워 불을 등진 채 움직이지 않았다. 칼라를 세우고 모자를 쓴 그들의 모습은 검은 깡통을 잘라 창문턱에 한 줄로 못질해 놓은, 모자를 쓰고 목도리를 두른 흉상들 같아 보였다.

악대가 「홈, 스위트 홈」을 연주할 때면 항상 그들 중 서넛은 차갑고 호전적이며 잠을 자지 않아서 약간 일그러진 얼굴로 출구 근처에서 어슬렁거리며 쌍쌍이 춤과 소음의 희미한 여진 속에서 나타나는 것을 지켜보았다. 그들 중 셋은 템플과 가우언 스티븐스가 봄날 새벽을 예고하는 서늘한 대기 속으로 나오는 것을 지켜보았다. 아주 창백한 그녀의 얼굴에는 새로 분을 덧발랐으며, 붉은 곱슬머리는 축 늘어져 있었다. 그녀는 동공이 잔뜩 부푼 눈으로 잠시 동안 멍하니 그들을 응시했다. 그러고 나서 지친 동작으로 손을 들었다. 하지만 그들에게 한 것인지 아닌지 아무도 알 수 없었다. 그들은 차가운 눈을 깜박거리지도 않고 어떤 반응도 보이지 않았다. 그들은 가우언이 그녀에게 팔짱을 끼는 모습과 그녀가 자동차에 탈 때 순식간에 드러난 그녀의 옆구리와 허벅지를 지켜보았다. 자동차는 섬광등이 달린, 차체가 길고 낮은 로드스터였다.

"저 자식은 누구야?"

한 사람이 말했다.

"제 아버진 판사예요."

두 번째 사람이 신랄하고 경쾌한 가성으로 말했다.

"젠장, 시내로 가자."

그들은 계속 갔다. 한번은 자동차에 대고 고함을 질렀지만 자동차는 멈추지 않았다. 그들은 철도를 가로지르는 다리 위에 멈추어 병에 든 술을 마셨다. 마지막 사람이 병을 난간 너머로 던지려 했다. 두 번째 사람이 그의 팔을 잡았다.

"내게 줘."

그가 말했다. 그는 병을 조심스레 깨서 파편들을 도로 위에 뿌렸다. 그들은 그를 지켜보았다.

"넌 대학 무도회에 갈 자격이 없어, 나쁜 자식."

첫 번째 사람이 말했다.

"제 아버진 판사예요."

상대방이 뾰족한 파편들을 도로 위에 똑바로 세우며 말했다.

"저기 자동차가 온다."

세 번째 사람이 말했다.

그 자동차는 전조등이 세 개였다. 그들은 난간에 기댄 채 빛을 가리기 위해 모자를 비스듬히 쓰고 템플과 가우언이 지나가는 것을 지켜보았다. 템플의 머리는 낮게 바싹 붙어 있었다. 자동차는 천천히 움직였다.

"나쁜 자식."

첫 번째 사람이 말했다.

"내가?"

두 번째 사람이 말했다. 그는 주머니에서 뭔가를 꺼내 휙 던지더니 그들의 얼굴 앞에서 희미한 냄새가 나는 얇은 천을 잡아챘다.

"내가?"

"그래, 네 녀석 말이야."

"닥이 멤피스에서 그 팬티를 가져왔어. 갈보 년한테서 벗긴 거지."

세 번째 사람이 말했다.

"이 거짓말쟁이."

닥이 말했다.

그들은 부채 모양의 빛이, 점점 작아지는 루비 색 미등이 '닭장' 앞에서 멈추는 것을 지켜보았다. 등이 꺼졌다. 잠시 후 자동차 문이 세게 닫혔다. 전조등이 켜지고 자동차가 움직였다. 자동차가 다시 다가왔다. 그들은 난간에 일렬로 기대고 모자를 비스듬히 기울여 빛을 가렸다. 유리 파편들이 여기저기 반짝였다. 자동차가 다가와 맞은편에서 멈추었다.

"시내로 가요?"

가우언이 문을 열며 말했다.

그들은 난간에 그대로 기댄 채 첫 번째 사람이 "고맙수다." 하고 퉁명스레 말하고 나서야 모두들 탔다. 다른 두 사람은 뒤쪽의 무개 보조석에 앉고 첫 번째 사람은 가우언의 옆 자리에 앉았다.

"이쪽으로 자동차를 붙여요. 누가 저기 유리를 깨 놓았어요."

그가 말했다.

"고맙습니다."

가우언이 말했다. 자동차가 출발했다.

"내일 스타크빌에 경기를 보러 갈 건가요?"

뒷좌석에 앉아 있는 사람들은 아무 말도 하지 않았다.

"모르겠어요. 아마 가지 않을 겁니다."

첫 번째 사람이 말했다.

"난 여긴 초행입니다. 오늘 저녁 술이 떨어진 데다 아침 일찍 데이트가 있어요. 술을 살 만한 데가 어디 있나요?"

가우언이 말했다.

"너무 늦었어요."

첫 번째 사람이 말했다. 그는 다른 사람들을 돌아보았다.

"닥, 오늘 밤 이분이 찾을 만한 사람을 알고 있지?"

"루크한테 있을지 몰라."

세 번째 사람이 말했다.

"그 사람은 어디 살아요?"

가우언이 말했다.

"계속 가요. 알려 드릴게요."

첫 번째 사람이 말했다.

그들은 광장을 가로질러 시내를 1킬로미터나 벗어났다.

"이 길이 테일러로 난 길 맞죠?"

가우언이 말했다.

"예."

첫 번째 사람이 말했다.

"난 아침 일찍 거기로 가야 해요. 임시 열차가 도착하기 전에 거기로 가야 하거든요. 경기를 보러 가시지 않는다고요?"

가우언이 말했다.

"아마 그럴 겁니다. 여기 세워요."

첫 번째 사람이 말했다.

꼭대기에 발육이 부진한 떡갈나무들이 서 있는 가파른 경사면이 나타났다.

"여기서 기다려요."

첫 번째 사람이 말했다.

가우언은 전조등을 껐다. 첫 번째 사람이 경사면을 기어오르는 소리가 들렸다.

"루크의 술은 맛이 괜찮은가요?"

가우언이 말했다.

"아주 좋아요. 어디 내놓아도 안 빠질걸요."

세 번째 사람이 말했다.

"싫으면 안 마시면 되지."

닥이 말하자 가우언이 몸을 굼뜨게 돌려 그를 쳐다보았다.

"네가 오늘 밤 마신 것만큼은 될걸."

세 번째 사람이 말했다.

"그것도 술이라고."

닥이 말했다.

"여기 술은 학교에서 마신 것만큼 좋은 것 같진 않아요."

가우언이 말했다.

"어디서 왔어요?"

세 번째 사람이 물었다.

"버지…… 아, 제퍼슨요. 버지니아에서 학교를 다녔어요. 거기서 술 마시는 법을 배웠죠."

다른 두 사람은 아무 말도 하지 않았다. 첫 번째 사람이 경사면 아래로 작은 흙덩이를 떨어뜨리며 돌아왔다. 과실주 단지를 들고 있었다. 가우언은 그것을 들어 하늘에 비추어 보았다. 빛깔이 엷고 순수해 보였다. 그가 뚜껑을 열어서 내밀었다.

"마셔요."

첫 번째 사람이 받아서 뒷좌석에 있는 사람들에게 내밀었다.

"마셔."

세 번째 사람은 마셨지만 닥은 거절했다. 가우언도 마셨다.

"세상에. 이런 걸 술이라고 마셔요?"

그가 말했다.

"버지니아에서는 싸구려 술은 안 마셔요."

닥이 말하자 가우언이 자리에서 몸을 돌려 그를 쳐다보았다.

"닥쳐, 닥."

세 번째 사람이 말했다.

"저 녀석한테는 신경 쓰지 마세요. 저 녀석은 밤새 심사가 뒤틀려 있어요."

그가 말했다.

"개새끼."

닥이 말했다.

"나한테 한 말이오?"

가우언이 말했다.

"무슨 말씀을요. 닥은 괜찮아요. 자, 닥. 한 잔 마셔."

세 번째 사람이 말했다.

"그러면 어쩔 건데. 이리 줘."

닥이 말했다.

그들은 시내로 돌아갔다.

"섀크가 열려 있을 거야. 정거장에 있는 거 말이야."

첫 번째 사람이 말했다.

그곳은 과자 가게를 겸한 식당이었다. 더러운 앞치마를 두른 한 남자밖에 없었다. 그들은 뒤로 가서 테이블 하나에 의자가 넷 있는 골방으로 들어갔다. 남자는 잔 네 개와 코카콜라를 가져왔다.

"이봐, 설탕하고 물하고 레몬 좀 가져다주겠어?"

가우언이 말했다.

그 사람이 주문한 것을 가져왔다. 나머지 사람들은 가우언이 위스키 사워를 만드는 걸 지켜보았다.

"거기서 이렇게 마시는 법을 배웠어요."

그가 말했다. 그들은 그가 마시는 것을 지켜보았다.

"나한테는 별로 자극적이지 않지만요."

그가 단지에 든 것을 잔에 따르며 말하고는 그것을 마셨다.

"저걸 진짜로 마시네."

세 번째 사람이 말했다.

"난 좋은 학교에서 배웠어요."

창문 하나가 높직이 있었다. 그것 너머로 하늘이 더욱 어슴푸레하고 선명했다.

"한 잔씩들 더 들어요."

그가 자기 잔을 다시 채우며 말했다. 다른 사람들은 적당히 마셨다.

"학교에서는 몸을 사리기보다는 취해서 뻗는 게 더 남자답다고 생각해요."

그가 말했다. 그들은 그가 그것을 마시는 걸 지켜보았다. 그의 콧구멍에 갑자기 땀방울이 맺히는 것이 보였다.

"뻗기 직전이군."

닥이 말했다.

"누가 그 따위 말을 해?"

가우언이 말했다. 그는 잔에 술을 조금 부었다.

"괜찮은 술만 있어도. 우리 마을에 구드윈이라는 사람이 있는데 그 사람이 만든……."

"저런 걸 두고 학교에서는 마시고 죽자 그런다면서."

닥이 말하자 가우언이 그를 쳐다보았다.

"그렇게 생각해? 이걸 봐."

그는 잔에 술을 부었다. 그들은 잔에 술이 늘어나는 것을 지켜보았다.

"이봐요, 정신 차려요."

세 번째 사람이 말했다.

가우언은 잔을 가득 채우고는 들어 올려 쭉 들이켰다. 그는 잔을 조심스레 내려놓은 것까지는 기억했다. 그러고는 서늘하고 잿빛이 감도는 신선한 바깥 공기와, 대피선에 일렬로 늘어선 검은 객차 앞에서 연기를 내뿜는 기관차와, 누군가에게 자기는 신사답게 술 마시는 법을 배웠다고 말하려 애쓰는 자신을 동시에 의식했다. 그는 암모니아와 크레오소트 냄새가 나는 비좁고 어두운 곳에서 변기에 토하면서도 여전히 그들에게 말하려고, 그들에게 임시 열차가 도착하는 6시 30분까지는 테일러에 가야 한다고 말하려고 애를 썼다. 발작이 끝나자 지독한 권태와 피로와 눕고 싶은 욕망이 찾아왔다. 하지만 간신히 억누르고 성냥을 켠 채 벽에 기대어서는 그곳에 연필로 써 놓은 이름에 천천히 눈의 초점을 맞추었다. 그는 벽에 기대어 한 눈은 감고 몸을 흔들거리고 침을 흘리며 그 이름을 읽었다. 그러고는 머리를 흔들며 그들을 쳐다보았다.

"여자 이름이야…… 내가 아는 여자의 이름. 좋은 여자야. 멋진 여자지. 스타크에…… 스타크빌에 데려가기로 약속했어. 보호자도 없이 말이야, 알겠어?" 그곳에 기댄 채 침을 흘리고 중얼거리며 그는 잠이 들었다.

곧 그는 잠을 깨려고 애썼다. 잠깐인 듯했지만 그는 그동안 내내 시간이 경과하는 것을 의식했으며, 시간은 그가 깨어 있어야 할 하나의 요인으로, 그러지 않으면 후회할 것 같았다. 오랫동안 그는 눈을 뜬 채로 시력이 되돌아오기를 기다리고 있다는 사실을 알았다. 그러고 나서 다시 보았지만 자신이 깨어 있다는 것을 금방 알아채지는 못했다.

그는 아주 조용히 누워 있었다. 잠에서 깨어남으로써 이루어야 할 목적을 성취한 것 같아 보였다. 그는 낮은 차 지붕 아래에 바싹 웅크린 자세로 누워 낯선 건물의 앞면을 바라보았다. 그 건물 위로는 햇빛을 받아 담홍색을 띤 작은 구름이 아주 무심히 흘러갔다. 복부 근육이 살아나면서 의식을 잃게 했던 구토 증세가 사라졌다. 그리고 몸을 일으켜 다리를 자동차 아래로 뻗다가 머리를 문에 부딪쳤다. 그 충격에 정신이 확 들었다. 문을 열고서는 땅바닥에 거의 쓰러질 뻔하다가 간신히 몸을 일으켜서 비틀거리며 역 쪽으로 달려갔다. 그러다 쓰러졌다. 기어가면서 텅 빈 대피선과 햇빛이 가득한 하늘을 믿기지 않는다는 듯 절망감에 사로잡혀 쳐다보았다. 약식 야회복은 더러워지고 칼라는 찢기고 머리카락은 뒤엉킨 차림으로 일어나 달렸다. 그는 화가 나서 난 의식을 잃어버렸어, 난 의식을 잃어버렸어 하고 생각했다. 난 의식을 잃어버렸어.

플랫폼에는 빗자루를 든 흑인밖에 없었다.

"아이고, 백인 나리."

그가 말했다.

"열차는? 임시 열차 말이야. 저 철로에 서 있던 열차."

가우언이 말했다.

"떠났습죠. 한 오 분 전에요."

여전히 청소하는 자세로 빗자루를 든 채 그는 가우언이 돌아서서 다시 자동차로 달려가 허둥지둥 그것에 오르는 모습을 지켜보았다.

술 단지가 바닥에 있었다. 그는 그것을 옆으로 차버리고 자동차의 시동을 걸었다. 뭐든 좀 먹어야겠다고 생각했지만 시간이 없었다. 단지를 내려다보았다. 배 속이 차갑게 꼬여 있었지만 단지를 주워 들고는 꿀꺽꿀꺽 내용물을 억지로 삼켰다. 그러고는 구역질을 누르기 위해 담배를 입에 물었다. 금방 속이 좀 가라앉는 것 같았다.

그는 시속 60킬로미터로 광장을 가로질러 갔다. 6시 15분이었다. 속도를 높이며 테일러 가로 접어들었다. 그는 속도를 늦추지 않은 채 단지에 든 술을 다시 마셨다. 그가 테일러에 도착했을 때 기차가 역에서 막 출발하고 있었다. 마지막 객차가 지나갈 때 그는 마차 두 대 사이에 끼여 있었다. 연결 복도가 열렸다. 템플이 뛰어내려 차 옆을 몇 발짝 뛰었을 때 직원이 몸을 내밀고는 그녀에게 주먹을 휘둘렀다.

가우언은 차에서 내린 채 있었다. 그녀는 돌아서서 빠른 걸음으로 그에게 다가왔다. 그러더니 잠시 멈추고는 다시 걸으며 그의 거친 얼굴과 머리카락, 망가진 칼라와 셔츠를 빤히 쳐다보았다.

"취했잖아요. 돼지, 더러운 돼지."

그녀가 말했다.

"대단한 밤을 보냈지. 넌 상상도 못 할 거야."

그녀는 주위를 둘러보고, 황량한 노란색 역을, 담배를 천천히 씹으며 그녀를 지켜보는 작업복 바지를 입은 사람들을, 선로를 따라 사라져가는 기차를, 기적 소리가 되돌아왔을 때는 거의 사라져버린 네 무더기의 증기를 바라보았다.

"더러운 돼지, 이 꼴로는 아무 데도 못 가요. 옷도 갈아입지 않았잖아요."

그녀가 말했다. 자동차 앞에서 그녀는 다시 멈추었다.

"뒤에 있는 게 뭐예요?"

"수통이야. 타."

가우언이 말했다.

그녀는 그를 쳐다보았다. 입에는 대담하게 진홍색 립스틱을 바르고, 눈은 챙이 없는 모자 아래에서 주의 깊고 차갑게 빛났으며, 붉은 곱슬머리는 모자 밖으로 비어져 나와 있었다. 그녀는 상쾌한 아침에 황량하고 추한 역을 다시 뒤돌아보았다. 그러고는 차에 뛰어올라서 다리를 아래로 밀어 넣었다.

"여기서 벗어나요."

그는 자동차의 시동을 걸어 돌렸다.

"날 다시 옥스퍼드에 데려다주는 게 좋겠어요."

그녀가 말했다. 그녀는 역을 되돌아보았다. 그 위에 이제 그늘이, 높이 떠 흘러가는 구름의 그늘이 드리워져 있었다.

"그게 낫겠어요."

그녀가 말했다.

그날 오후 2시, 바람이 살랑거리는 황량한 소나무 숲 사이를 경쾌한 속도로 달리다 가우언은 자갈길에서 벗어나 자동차를 침식된 둑들 사이로 난 좁은 길로 돌려 삼나무와 고무나무가 있는 저지대로 내려갔다. 그는 약식 야회복 안에 싸구려 푸른 작업복 셔츠를 입고 있었다. 눈은 핏발이 서고 부풀었으며, 턱은 짧은 푸른색 수염으로 덮여 있었다. 그리고 템플은 자동차가 마모된 바큇자국에 걸려 덜컹거릴 때 발로 버티고 매달린 채 그를 쳐다보며 그의 구레나룻이 그들이 덤프리즈를 떠난 후 더 자랐다고 생각했다. 그가 마신 것은 머릿기름이었다. 그는 덤프리즈에서 머릿기름을 사서 마셨다.

그는 템플의 눈길을 느끼고선 그녀를 쳐다보았다.

"자, 성내지 마. 구드윈의 집으로 가서 한 병 사 오는 데 일 분도 안 걸릴 거야. 아니 십 분도 안 걸릴 거야. 기차가 도착하기 전에 스타크빌에 데려다주겠다고 했잖아. 날 못 믿겠어?"

그녀는 아무 말도 하지 않았다. 그리고 이미 우승기를 내걸고 스타크빌에 도착한 기차, 화려한 스탠드, 악대, 번쩍거리며 하품하는 청동 베이스 호른, 악어에게 교란당한 늪의 새가 위험한 곳이 어딘지 몰라 꼼짝하지 않고 침착하게 서서 짧고 의미 없고 애처롭고 신중하고 고독한 고함 소리로 서로 용기를 북돋우는 것처럼 선수들이 드문드문 흩어져 몸을 웅크린 채 짧은 고함을 질러대는 푸른 야구장을 생각했다.

"난 네가 순진하다고 생각할 만큼 바보가 아니야. 어젯밤 내가 괜히 이발소 녀석들하고 같이 보낸 줄 알아? 내가 마음이 넓어서 그자들에게 술을 사 먹였다고 생각하지는 마. 넌 참 착하기도 하지. 넌 포드를 타고 다니는 오소리 같은 시골 뜨기와 일주일 내내 놀아나고는 토요일에 날 바보로 만들 수 있다고 생각하지? 내가 화장실 벽에 쓰인 네 이름을 보지 못했다고 생각하지는 마. 날 못 믿겠어?"

그녀는 아무 말도 하지 않고 자동차가 너무 빨리 달려 지름길의 양쪽 둑 사이에서 기우뚱거릴 때 발로 버텼다. 그는 차를 아무렇게나 몰아대며 그녀를 쳐다보았다.

"정말이지, 감히 날 바보로 만들려 하다니……."

길은 모래로 평평하고, 위로는 완전히 아치형이고, 등나무와 찔레나무 숲이 온통 벽처럼 둘러싸여 있었다. 자동차는 푸석푸석한 바큇자국에 걸려 좌우로 휘청거렸다.

그녀는 나무가 길을 막은 것을 보았지만 그저 다시 한번 발로 버틸 뿐이었다. 그것은 그녀가 말려든 연속적인 환경의 논리적이고 파멸적인 결과인 듯했다. 가우언이 분명히 앞을 똑바로 바라보며 시속 30킬로미터로 그 나무를 향해 돌진할 때 그녀는 굳은 몸으로 조용히 앉아서 지켜보았다. 자동차는 부딪쳐 뒤로 튕겨났다가 다시 그 나무로 돌진해 옆으로 뒤집혔다.

그녀는 공중으로 나는 듯한 느낌과 어깨가 마비되는 듯한 충격을 받았다. 그리고 길가 등나무 가장자리에서 응시하고 있는 두 사람의 모습을 느꼈다. 그녀는 간신히 일어나서 머리를 돌려 그들이 그 길로 오는 것을 보았다. 한 사람은 꼭 끼는 검은 양복에 밀짚모자를 쓰고 담배를 피웠으며, 또 한 사람은 모자를 쓰지 않고 작업복 바지에 엽총을 들었는데 턱수염이 난 얼굴은 뒤늦게야 놀라 입을 크게 벌렸다. 여전히 달리는 그녀의 다리는 풀려 있었으며 앞으로 엎어져서도 여전히 달렸다.

그녀는 멈추지 않고 빙빙 돌다가 일어나 앉았다. 입을 벌렸지만 숨이 차서 소리 지를 수 없었다. 작업복 바지를 입은 남자는 놀라서 짧고 부드러운 턱수염이 난 입을 어린애처럼 벌린 채 여전히 그녀를 쳐다보았다. 또 한 사람은 뒤집힌 자동차 위로 몸을 숙였는데, 꼭 끼는 코트는 어깨를 따라 골이 패어 있었다. 그때쯤 엔진이 멈추었지만 뒤집힌 앞바퀴는 속도가 느려지면서 천천히 계속 돌았다.

5

작업복 바지를 입은 남자 역시 맨발이었다. 그는 손에 든 엽총을 휘두르며 템플과 가우언의 앞쪽에서 걸었다. 템플이 걸을 때마다 거의 발목까지 잠기는 모래를 그의 평발은 전혀 힘들이지 않고 걸었다. 이따금 그는 어깨 너머로 그들을, 피투성이가 된 가우언의 얼굴과 더러워진 옷 그리고 하이힐을 신고서 버둥대고 비틀거리는 템플을 쳐다보았다.

"걷기가 힘들잖아? 그놈의 하이힐을 벗으면 한결 편할 텐데."

그가 말했다.

"그럴까요?"

템플이 말했다. 그녀는 멈춰 서서 가우언을 잡고는 발을 교대로 들어 올려 하이힐을 벗었다. 남자는 그녀를 지켜보며 하이힐에 눈길을 두었다.

"그놈의 신발에는 내 손가락 두 개도 안 들어가겠는걸. 좀 봐도 돼?"

그가 말했다. 그녀가 그에게 하이힐 한 짝을 주었다. 그는 그것을 손에 들고 천천히 돌렸다.

"세상에."

그가 말했다.

그는 창백하고 멍한 시선으로 템플을 다시 쳐다보았다. 그의 머리카락은 밀짚처럼 자라 있고, 정수리는 희며, 귀와 목 부근에 너저분하게 자란 곱슬머리는 검었다.

"거기다 키는 장대같이 커가지고는, 다리는 말라깽이이고. 체중이 얼마야?"

그가 말했다. 템플이 손을 내밀었다. 그는 그녀를, 그녀의 배와 허리를 쳐다보며 하이힐을 천천히 돌려주었다.

"저 사람은 아직 수확을 못 해 봤겠군."

"자, 서둘러. 우린 차를 구해서 저녁까지는 제퍼슨으로 돌아가야 해."

가우언이 말했다.

모랫길이 끝나자 템플은 앉아서 하이힐을 신었다. 그녀는 들어 올린 허벅지를 남자가 쳐다보고 있다는 걸 눈치채고 치마를 아래로 급히 잡아당기며 벌떡 일어났다.

"자, 가요. 길을 모르세요?"

그녀가 말했다.

삼나무 숲의 검은 틈새 너머로 사과밭이 화창한 오후에 자태를 드러냈고, 그 삼나무 숲 위로 집이 시야에 들어왔다. 집은 버려진 땅과 쓰러진 별채에 둘러싸인 채 황폐한 잔디밭 속에 있었다. 그러나 경작의 흔적인 쟁기나 연장은 어디에서도 찾아볼 수 없었다. 사방을 둘러보아도 경작을 한 들판은 보이지 않았으며, 단지 어둠침침한 숲의 비바람에 바랜 적막한 폐허 사이로 산들바람이 구슬픈 소리를 중얼거리며 지나갔다.

템플이 멈추었다.

"저긴 가고 싶지 않아요."

그녀가 말했다.

"당신이 가서 차를 구해 와요. 우린 여기서 기다릴게요."

그녀가 남자에게 말했다.

"그 사람이 둘 다 집으로 데려오라고 했어."

남자가 말했다.

"누가요? 그 검은 옷을 입은 사람이 뭐기에 나더러 이래라저래라 하는 거예요?"

템플이 말했다.

"그만 가. 구드윈을 만나서 차를 빌려 오자. 점점 늦어지고 있어. 구드윈 부인은 여기 있겠죠?"

가우언이 말했다.

"그렇겠지."

남자가 말했다.

"자, 가자."

가우언이 말했다.

그들은 그 집을 향해 갔다. 남자는 현관으로 올라가서 엽총을 문 바로 안쪽에 놔두었다.

"그 여자는 여기 어디 있을 거야."

그가 말했다. 그는 템플을 다시 쳐다보았다.

"당신 마누라는 걱정 안 해도 돼. 아마 리가 당신들을 시내
로 데려다 줄 거야."

그가 말했다.

템플은 그를 쳐다보았다. 그들은 마치 두 명의 아이나 두
마리 개처럼 서로 냉정하게 쳐다보았다.

"이름이 뭐예요?"

"내 이름은 토미야. 걱정 안 해도 돼."

그가 말했다.

복도는 집 뒤쪽까지 죽 이어졌다. 그녀가 들어갔다.

"어디 가는 거야? 여기서 기다리잖고?"

가우언이 말했다. 그녀는 대답하지 않았다. 그러고는 복도
를 걸어갔다. 가우언과 남자의 목소리가 뒤에서 들렸다. 뒤 현
관이 햇빛 속에, 문이 만들어 낸 한 조각 빛 속에 있었다. 그
너머로 잡초가 우거진 비탈과, 들보가 부러진 채 화창한 폐허
속에서 고요하게 서 있는 거대한 헛간이 보였다. 문 오른쪽으
로는 그 집의 별채인지 뒷간인지의 모퉁이가 보였다. 그녀에게
는 앞 현관에서 들리는 소리 외에는 아무 소리도 들리지 않
았다.

그녀는 천천히 계속 갔다. 그러고는 걸음을 멈추었다. 문이
만들어 낸 네모난 햇빛 속에 한 남자의 머리 그림자가 비치는
것을 보고서 그녀는 반쯤 몸을 돌려 달아날 자세를 취했다.
그러나 그 그림자는 모자를 쓰고 있지 않았다. 그래서 그녀는

돌아서서 발끝으로 문에 다가가 주의 깊게 주위를 둘러보았다. 한 남자가 대머리에다 하얀 테가 둘린 뒤통수를 그녀 쪽으로 향하고 손은 거친 지팡이 위에 포갠 채 바닥이 나무로 된 의자에 앉아 햇볕을 쬐고 있었다. 그녀는 뒤 현관에서 나타났다.

"안녕하세요."

그녀가 말했다. 남자는 움직이지 않았다. 그녀는 다시 앞으로 나아가 재빨리 어깨 너머를 보았다. 곁눈질로 현관이 'ㄴ' 자를 이룬 별실 문에서 얼핏 한 가닥 연기가 피어나는 것을 본 듯했다. 하지만 그것은 사라지고 없었다. 이 문 앞의 두 기둥 사이에 매어 놓은 줄에는 물에 빠진 지 얼마 안 되는 듯한 축축하고 축 늘어진 기저귀 세 장과 여자의 낡은 분홍색 비단 속옷이 걸려 있었다. 그것은 너무나 많이 빨아 레이스가 다 해어지고 너덜너덜했다. 그리고 색이 연한 옥양목 조각으로 말쑥하게 덧대어 기워져 있었다. 템플은 노인을 다시 쳐다보았다.

잠깐 동안 그녀는 그가 눈을 감고 있다고 생각하다가 이내 눈이 멀었다고 믿었다. 그의 양 눈꺼풀 속에는 두 개의 더러운 노란 진흙 공깃돌 같은 물체가 고정되어 있었다. 그녀가 "가우언," 하고 작은 소리로 말하고 나서 이내 "가우언!" 하고 눈길을 뒤로 돌린 채 울부짖으며 막 돌아서서 달리려 할 때, 연기가 피어나는 것 같았던 문 너머에서 목소리가 들렸다.

"그 사람은 귀머거리야. 무슨 일이지?"

그녀는 다시 방향을 휙 바꾸고는 큰 걸음을 멈추지 않은 채 여전히 노인을 쳐다보았다. 그리고 곧장 현관을 벗어나 달리다가 재와 깡통과 색이 바랜 뼈다귀 더미 속으로 쓰러졌다. 그러고는 포파이가 그 집 모퉁이에서 손을 주머니에 넣고 담배를 삐딱하게 문 채 얼굴 위로 담배 연기를 뿜어내며 지켜보는 것을 보았다. 그녀는 여전히 멈추지 않고 현관으로 기어올라 부엌으로 뛰어갔다. 그곳에서는 한 여자가 불붙은 담배를 손에 들고 식탁에 앉아 문을 지켜보고 있었다.

6

포파이는 집을 돌아갔다. 가우언이 현관 가장자리에 기대어 피 묻은 코를 아주 조심스레 문질렀다. 맨발의 남자는 벽에 기대어 발뒤꿈치를 들고 쪼그리고 앉아 있었다.

"젠장, 저자를 뒤로 데리고 가서 좀 씻기는 게 어때. 종일 목이 잘린 돼지 꼴로 여기 앉아 있게 할 참이야?"

포파이가 말했다. 그는 담배를 잡초 속으로 휙 던지더니 계단 맨 위에 앉아 시곗줄 끝에 매달린 백금 주머니칼로 구두에 묻은 진흙을 벗겨내기 시작했다.

맨발의 남자가 일어났다.

"당신 말로는……."

가우언이 말했다.

"쉿!"

상대방이 말했다. 그는 포파이의 뒤에서 머리를 재빨리 흔들며 가우언에게 눈짓을 하고 얼굴을 찡그리기 시작했다.

"그러고 나서 넌 다시 저기 길로 내려가 봐. 알아듣겠어?"

포파이가 말했다.

"난 자네가 거기서 지킬 거라고 생각했지."

남자가 말했다.

"생각 좋아하네. 생각 없이도 사십 년이나 살았잖아. 시키는 대로나 해."

포파이가 바지 아랫단을 문지르며 말했다.

"그자가 참을 수 없는 건 말이지 누구든…… 그자는 이상해. 빌어먹을 그자는 서커스보다 나을 게 없다니까……. 그자는 리만 빼고 아무도 여기서 술을 못 마시게 해. 자기도 술을 안 마시면서 내가 한 잔이라도 마시면 빌어먹을 노발대발해."

그들이 뒤 현관에 다다랐을 때 맨발의 남자가 말했다.

"그자 말로는 당신이 마흔 살이라던데요."

가우언이 말했다.

"그렇게 많진 않아."

상대방이 말했다.

"몇 살이에요? 서른?"

"몰라, 하지만 그자가 말한 만큼 많진 않아."

노인이 의자에 앉아 햇볕을 쬐고 있었다.

"저긴 팝이라고 해."

삼나무의 하늘색 그림자가 노인의 발에 닿았다. 그것은 거의 그 노인의 무릎까지 올라와 있었다. 그는 손을 내밀어 무를 주위를 더듬었다. 그리고 그늘 속을 더듬더니 그 그늘 속에 손목까지 잠기자 조용해졌다. 그러고는 일어나 의자를 움켜잡고서 막대기로 앞을 더듬거리며 빠르게 발을 질질 끌어 곧장 그들에게 다가갔다. 그래서 그들은 재빨리 옆으로 물러나야 했다. 그는 햇볕이 잘 드는 곳으로 의자를 끌고 가더니 다시 의자에 앉아 얼굴을 햇볕 쪽으로 들어 올리고는 손을 지팡이 꼭대기에 포개 놓았다.

"저게 팝이야. 눈이 먼 데다 귀까지 먹었어. 빌어먹을 내가 말도 못 하고 먹는 것에도 관심이 없는 지경이 된다면 끔찍할 거야."

두 기둥 사이에 고정한 널빤지 위에는 아연 도금을 한 들통과 양철 대야 그리고 노란 비누 한 장이 든 금이 간 사발이 있었다.

"물은 집어치우고, 한잔하는 게 어때요?"

가우언이 말했다.

"벌써 너무 많이 마신 것 같은데. 빌어먹을 당신 차를 그 나무에 곧장 처박고선."

"무슨 소리. 어디 숨겨 놓은 거 없어요?"

"헛간에 조금 있을지 몰라. 그렇지만 그자가 알면 안 돼. 그러면 찾아내 쏟아 버릴 거야."

그는 문으로 다시 가서 복도를 들여다보았다. 그러고 나서 그들은 복도를 벗어나 예전에는 채마밭이었지만 지금은 어린 삼나무와 참나무가 우거진 곳을 지나 헛간 쪽으로 갔다. 남자는 두 번이나 어깨 너머로 뒤돌아보았다. 두 번째 뒤돌아볼 때 그가 말했다.

"저기 당신 마누라가 찾아."

템플이 부엌문에 서 있었다.

"가우언."

그녀가 불렀다.

"손을 흔들든지 해. 당신 마누라가 떠들어 대면 그자에게 들키고 말 거야."

남자가 말했다.

가우언이 손을 흔들었다. 그리고 그들은 계속 가서 헛간으로 들어갔다. 문간 옆에 조잡한 사다리가 서 있었다.

"내가 올라갈 때까지 기다리는 게 좋을 거야. 너무 썩어서 한꺼번에 둘은 올라갈 수 없어."

남자가 말했다.

"그런데 왜 고치지 않아요? 매일 쓰는 게 아닌가요?"

"아직은 쓸 만해."

상대방이 말하고는 올라갔다. 그러고 나서 가우언이 뒤따라 천장에 난 구멍을 통해 창살이 노랗게 비치는 어둠 속으로 올라갔다. 부서진 벽과 지붕 사이로 저녁 햇살이 스며들었다.

"날 따라 걸어. 못이 빠진 널빤지를 밟았다간 눈 깜짝할 사이에 아래층으로 떨어지고 말 거야."

남자가 말했다. 그는 마룻바닥을 조심스레 가로질러 가더니 구석에 있는 썩어가는 건초 더미에서 질그릇 항아리를 꺼냈다.

"여기라면 그자도 못 찾아. 계집애 같은 그자의 손이 닿을 수 없는 곳이지."

그가 말했다.

그들은 마셨다.

"전에 여기서 당신을 본 적이 있어. 그렇지만 이름은 생각이 안 나."

남자가 말했다.

"스티븐스입니다. 삼 년째 리한테서 술을 사 마시고 있어요. 그 사람은 언제 돌아오나요? 우린 시내로 가야 하거든요."

"곧 돌아올 거야. 전에 당신을 본 적이 있어. 사나흘 전에도 한 사람이 제퍼슨에서 여기로 왔지. 그 사람 이름도 생각이 안 나. 그런데 그 사람은 말이 많았어. 갑자기 아내를 버린 이야길 해 댔지. 좀 더 마셔."

그가 말했다. 그러고는 말을 멈추고 두 손에 항아리를 든 채 천천히 쪼그려 앉더니 머리를 숙여 귀를 기울였다. 잠시 후 아래 복도에서 다시 목소리가 들렸다.

"잭."

남자는 가우언을 쳐다보았다. 턱을 축 늘어뜨린 채 기뻐하는 표정이 저능아 같았다. 부드러운 황갈색 수염 속에 드러난 이는 모두 더럽고 들쭉날쭉했다.

"이봐, 잭. 거기 위에 있지."

목소리가 들렸다.

"그자의 목소리가 들리지?"

남자가 기뻐하며 말없이 몸을 떨었다. 그리고 작은 목소리로 말했다.

"날 잭이라고 부르잖아. 내 이름은 토미야."

"이봐, 거기 있는 거 알아."

목소리가 들렸다.

"내려가는 게 좋겠어. 저자가 천장에 대고 총질을 해 댈지
도 몰라."

토미가 말했다.

"맙소사, 왜 대답을 안 해 가지고는……. 여기, 여기 가요."

가우언이 말했다.

포파이는 양 집게손가락을 조끼에 찔러 넣고 문간에 서 있
었다. 해는 지고 없었다. 그들이 내려가 문에 모습을 드러냈을
때 템플이 뒤 현관에서 걸어왔다. 그녀는 잠시 멈추어 그들을
지켜보더니 언덕을 내려왔다. 그리고 달리기 시작했다.

"저기 길로 나가 있으라고 했잖아."

포파이가 말했다.

"저 사람하고 잠깐 여기 있었어."

토미가 말했다.

"저기 길로 나가 있으라고 얘기했어, 안 했어?"

"했어, 그렇게 말했어."

토미가 말했다.

포파이는 가우언을 쳐다보지도 않고 돌아섰다. 토미는 따
라갔다. 그의 등은 여전히 은밀한 기쁨으로 흔들렸다. 템플은
집으로 가고 있는 포파이를 만났다. 그녀는 계속 달리면서도
잠시 멈추는 듯했다. 심지어 그녀의 펄럭이는 코트조차 그녀
를 따라잡지 못했다. 하지만 그녀는 제법 잠시 동안 포파이를
마주 보며 얼굴을 찡그리고 긴장하면서도 이를 드러낸 채 교

태를 부렸다. 그는 멈추지 않았다. 여전히 좁은 등을 아주 까다롭게 거드럭대고 있었다. 템플은 다시 달렸다. 그녀는 토미를 지나치더니 가우언의 팔을 꽉 잡았다.

"가우언, 무서워요. 그 여자 말로는 내가 여기 있으면 안……. 다시 술을 마셨군요. 아직 피도 안 씻었잖아요……. 그 여자 말로는 우리가 여기서 떠나야 한다고……."

황혼 속에서 그녀의 눈은 새까맸고, 얼굴은 작고 창백했다. 그녀는 집 쪽을 바라보았다. 포파이가 막 모퉁이를 돌고 있었다.

"그 여자는 물을 길으러 샘까지 걸어가야 한대요. 그 여자는…… 스토브 뒤의 상자 속에 정말 귀여운 아기가 있어요. 가우언, 그 여자는 나더러 어두울 때 여기 있으면 안 된다고 했어요. 그 사람에게 부탁해 보라고 했어요. 그 사람이 차를 갖고 있대요. 그 여자 생각에는 그 사람이 들어줄 것 같지는 않……."

"누구한테 물어보라는 거야?"

가우언이 말했다.

토미가 뒤돌아서서 그들을 보았다. 그러더니 가 버렸다.

"저 검은 옷을 입은 사람요. 그 여자 생각에는 그 사람이 들어줄 것 같지는 않다고 했지만 들어줄지도 모르잖아요, 가요."

그들은 집 쪽으로 갔다. 작은 길이 집을 돌아 앞으로 나 있었다. 자동차는 작은 길과 집 사이의 키가 큰 잡초 속에 서 있었다. 템플은 자동차 문에 손을 댄 채 다시 가우언을 향했다.

"이거면 금방 갈 수 있을 거예요. 집에 이런 차가 있는 애를 알아요. 이건 시속 130킬로미터로 갈 수 있어요. 그 사람은 그저 우리를 시내까지 태워다 주기만 하면 돼요. 우리가 결혼했는지 그 여자가 물어서 했다고 대답해야 했어요. 역까지만요. 아마 제퍼슨보다 더 가까운 곳이 있을지도 몰라요."

그녀는 그를 응시하고 문 가장자리를 손으로 톡톡 치며 작은 목소리로 말했다.

"아, 나더러 부탁해 보라는 모양인데. 원하는 게 그거지? 완전히 미쳤군. 저 원숭이 녀석이 들어줄 것 같아? 저 자와 함께 어딜 가느니 차라리 여기서 일주일을 보내겠어."

가우언이 말했다.

"그 여자가 물어보라고 했어요. 여기 있으면 안 된대요."

"진짜 미쳤어. 이리 와."

"그 사람에게 물어보지 않을 거예요? 그렇게 하지 않을 거예요?"

"안 해. 말해 두겠는데, 리가 올 때까지 기다려. 그 사람이 데려다줄 거야."

그들은 작은 길을 계속 걸어갔다. 포파이가 기둥에 기대어 담배에 불을 붙이고 있었다. 템플은 부서진 계단을 달려 올라갔다.

"이봐요, 우리를 시내까지 태워다 주지 않겠어요?"

그녀가 말했다.

그는 담배를 입에 물고 양손을 오므려 성냥을 가린 채 머리를 돌렸다. 템플의 입은 아까처럼 비굴하게 찡그리고 있었다. 포파이는 담배를 성냥에 가져다 댔다.

"아니."

그가 말했다.

"제발. 좀 봐주세요. 저 패커드로 가면 금방 갈 거예요. 어때요? 돈을 줄게요."

템플이 말했다.

포파이는 담배를 빨며 성냥을 잡초 속으로 휙 집어 던졌다. 그러고 나서 그는 부드럽고 차가운 목소리로 말했다.

"잭, 저 갈보 년을 내 앞에서 치워."

가우언이 갑자기 막대기에 찔린 볼품없고 얌전한 말처럼 데퉁스레 움직였다.

"어이, 이봐."

가우언이 말했다. 포파이가 양쪽 코에서 가는 담배 연기를 힘껏 내뿜었다.

"그 따위 말을 하다니. 어디다 대고 함부로 지껄이는 거야?"

가우언이 말했다. 그는 데퉁스러운 행동을 계속했다. 마치 그것을 멈출 수도 끝까지 할 수도 없는 듯했다.

"그 따위 말을 하다니."

포파이가 머리를 돌려 가우언을 쳐다보았다. 그러고는 그가 쳐다보기를 멈추자 갑자기 템플이 말했다.

"그 옷을 입고 강에라도 빠졌던 모양이네요? 밤새 그걸 긁어 내셔야겠어요."

그러고 나서 그녀는 머리를 원래대로 돌리고 신발 뒤축을 덜거덕대며 잘록한 허리를 가우언의 손에 잡힌 채 문을 향해 움직였다. 포파이는 기둥에 기댄 채 꼼짝하지 않았으며, 어깨 너머로 돌린 그의 머리는 옆모습만 보였다.

"죽고 싶어 환장했……?"

가우언이 목소리를 낮추어 꾸짖었다.

"이 머저리야! 이 머저리야!"

템플이 소리쳤다.

가우언이 그녀를 집 안으로 밀어 넣었다.

"그자에게 머리가 박살 나고 싶어서 그래?"

그가 말했다.

"겁쟁이 같으니라고! 겁쟁이!"

템플이 말했다.

"입 닥쳐!"

가우언이 말했다. 그가 그녀를 흔들어 대기 시작했다. 그들은 서툰 춤을 추는 것처럼 다리로 맨 마룻바닥을 비벼대다 서로 끌어안고 비틀거리며 벽에 기댔다.

"정신 차려. 너 때문에 속이 다시 울렁거려."

그가 말했다.

그녀가 몸을 빼내 달렸다. 그는 벽에 기댄 채 뒷문으로 달려 나가는 그녀의 희미한 모습을 지켜보았다.

그녀는 부엌으로 달려 들어갔다. 그곳은 스토브 아궁이 틈새에서 새어 나오는 빛만 있을 뿐 어두웠다. 그녀는 빙그르르 돌아서 문밖으로 달려가 가우언이 헛간을 향해 언덕을 내려가는 것을 보았다. 술을 더 마시러 가는 듯했다. 그는 다시 취하기 시작했어. 오늘만 세 번째야. 복도는 점점 더 어두워졌다. 그녀는 발끝으로 서서 귀를 기울이며 배가 고프다고 생각했다. 나는 종일 굶었어. 학교, 불을 환히 밝힌 창문, 저녁 식사 종소리가 나는 쪽으로 두셋씩 어슬렁어슬렁 걸어가는 사람들, 집 현관에 앉아 발을 난간에 걸친 채 흑인이 잔디 깎는 모습을 바라보는 아버지 생각이 났다. 그녀는 발끝으로 조용히 움직였다. 엽총이 문 옆 구석에 세워져 있고, 그 엽총 옆에서 그녀는 쭈그리고 앉아 울기 시작했다.

곧 그녀는 울음을 그치고 숨소리를 죽였다. 그녀가 기댄 벽 맞은편에서 무언가가 움직였다. 그것은 가볍게 두드리는 메마른 소리에 이어 정밀하면서도 서툰 소리를 내며 방을 가로질러 갔다. 그것이 복도에 나타났다. 그녀는 공기가 다 빠져나가고 나서 한참 뒤에 폐가 텅 비고, 가슴이 텅 비고 나서 한참 뒤에 횡경막이 움직이는 것을 느끼며 비명을 질렀다. 그리고 노인이 한 손에는 지팡이를 들고 다른 손은 팔꿈치를 허리에서 예각으로 굽혀서는 넓게 벌린 다리를 질질 끌며 빠른 걸음으로 복도를 걸어가는 것을 지켜보았다. 달리는 걸음으로 그녀는 현관 가장자리에 희미하게 다리를 벌리고 서 있는 그 사람을 지나쳐 부엌으로 들어서더니 스토브 뒤 구석으로 뛰어들었다. 그녀는 쭈그리고 앉아 상자를 앞으로 당겼다. 손으로 아기의 얼굴을 만지고 나서 팔로 상자를 감싼 후에 그것 너머로 희미한 문을 응시하며 기도하려 애썼다. 그러나 천상의 아버지께 드릴 말이 한 구절도 생각나지 않아서 제 아버지는 판사예요, 제 아버지는 판사예요 하고 되풀이해서 말하기만 했다. 그사이 구드윈이 방 안으로 슬그머니 뛰어 들어왔다. 그는 성냥불을 켜서 머리 위로 들고 불꽃이 손가락에 닿을 때까지 그녀를 내려다보았다.

"하."

그가 말했다. 그녀가 그의 가볍고 날쌘 발소리를 두 차례 듣고 났을 때 그의 손이 그녀의 볼을 건드렸다. 그러고는 마치 새끼 고양이를 잡듯 그가 그녀의 목덜미를 잡아 상자 뒤로 일으켜 세웠다.

"내 집에서 뭐 하는 거야?"

7

램프 불빛이 비치는 복도 너머 어딘가에서 말소리, 이따금 들리는 웃음소리, 젊음이나 나이 탓으로 쉽게 유쾌해지는 한 남자의 거칠고 조롱하는 듯한 웃음소리가 여자가 스토브 앞에 서서 굽고 있는 고기의 지글대는 소리와 엇갈리며 들렸다. 한번은 그들 중 둘이 무거운 신발로 복도를 건너오는 소리가 들렸으며, 잠시 후 아연 도금을 한 버킷 속에서 국자가 달그락대는 소리와 좀 전에 웃던 목소리가 욕지거리를 해 대는 소리가 들렸다. 코트를 움켜잡은 그녀가 어린애처럼 폭넓고 당혹한 호기심에 차서 문 주위를 자세히 살펴보니 가우언과 카키색 승마 바지를 입은 두 번째 남자가 보였다. 그가 다시 취했다고 그녀는 생각했다. 우리가 테일러를 떠난 이후 그이는 네 번이나 취했어.

"그 사람이 당신 형제예요?"

그녀가 말했다.

"누구? 내 뭐라고?"

여자가 말했다. 여자는 지글대는 프라이팬 속의 고기를 뒤집었다.

"전 여기 있는 사람이 당신 동생일 거라고 생각했어요."

"맙소사, 말도 안 돼."

여자가 말했다. 그녀는 쇠 포크로 고기를 뒤집었다.

"당신 형제는 어디 살아요?"

템플이 문 주위를 자세히 살펴보며 말했다.

"전 남자 형제가 넷이에요. 둘은 변호사고 하나는 신문 기자예요. 또 하나는 아직 학생이고요, 예일 대학에 다녀요. 아버지는 판사예요. 잭슨에 있는 드레이크 판사요."

그녀는 아버지가 리넨 옷 차림에 야자 잎 부채를 손에 들고 베란다에 앉아 흑인이 잔디 깎는 것을 지켜보는 모습을 생각했다.

여자는 오븐을 열고 들여다보았다.

"아무도 너더러 여기 오라고 안 했어. 난 너더러 여기 있어 달라고 하지 않았고. 날이 밝을 때 떠나라고 했잖아."

"어쩔 수 없었어요. 그 사람에게 부탁했어요. 가우언이 싫다고 해서 제가 직접 그 사람에게 부탁해 봤어요."

여자는 오븐을 닫고 돌아서서 불빛을 등진 채 템플을 쳐다보았다.

"어쩔 수 없었다고? 내가 물을 어떻게 길어 오는지 알아?

난 걸어가. 2킬로미터나 말이야. 하루에 여섯 번. 그걸 합해
봐. 내가 무서운 데서 지내고 있어서가 아니야."

여자는 식탁으로 가서 담뱃갑을 집어 들더니 흔들어 담배
하나를 꺼냈다.

"한 개비 피워도 될까요?"

템플이 말하자 여자가 식탁 위에 있는 담뱃갑을 휙 밀었다.
그녀는 램프의 등피를 벗기고 심지에 담뱃불을 붙였다. 템플
은 담뱃갑을 집어 들고 서서 가우언과 다른 사람이 집 안으로
들어오는 소리를 들었다.

"사람이 아주 많아요. 하지만 사람이 많으면……."

그녀는 우는소리로 말하며 손가락 사이에서 담배가 천천히
뭉개지는 것을 지켜보았다.

여자는 스토브 앞으로 돌아가서 고기를 뒤집었다.

"가우언이 다시 취했어요. 오늘 세 번이나 취했어요. 제가
테일러에서 내렸을 때 그이는 이미 취했고, 저는 근신 중이어
서 어떻게 될지 그이에게 이야기하고, 그이가 병을 던져 버리
게 하려고 애썼어요. 하지만 우리가 셔츠를 사기 위해 저 작
은 시골 가게에 멈추어 섰을 때 그이는 다시 취했어요. 그래서
우리는 굶었고 덤프리즈에 멈추어 그이는 식당에 들어갔지만
전 너무나 걱정이 되어서 먹을 수 없었고 그이를 찾을 수도 없
었어요. 그런데 그이는 다른 거리에서 나타났고 전 그이가 제
손을 쳐내기 전에 벌써 그이의 주머니에 병이 들어 있다는 걸
느꼈어요. 그이는 자신의 라이터를 잃어버리고 나서 제가 그
라이터를 갖고 있다고 계속 말했고, 제가 그이 자신이 잃어버

렸다고 말하니까 자기는 평생 라이터를 소지해 본 적이 없다
며 우겼어요."

고기는 프라이팬에서 지글대며 쉿 소리를 냈다.

"그이는 세 번이나 취했어요. 하루에 세 번이나요. 버디는,
제 막내 오빠 허버트 말이에요, 앞으로 제가 술 취한 남자와
있다 잡히면 절 흠씬 두들겨 패 주겠다고 했어요. 그런데 전
하루에 세 번이나 술에 취하는 남자와 있어요."

템플이 말했다. 엉덩이를 식탁에 기대고 손으로는 담배를
뭉개며 그녀는 웃기 시작했다.

"우습지 않아요?"

그녀가 말했다. 그녀가 숨을 죽이고 웃음을 멈추자 램프 불
이 낮게 타는 희미한 소리, 프라이팬에 든 고기와 스토브 위
의 솥에서 나는 지글대는 소리 그리고 목소리들, 집에서 나는
남자들의 거칠고 돌발적이고 의미 없는 소리들이 들려왔다.

"그리고 당신은 매일 저녁 저 사람들을 위해 요리를 해야
해요. 저녁에 어둠 속에서 남자들로 꽉 찬 집, 여기에서 먹는
저 사람들 모두……."

그녀는 뭉개진 담배를 떨어뜨렸다.

"아기를 돌봐 드릴까요? 돌볼 줄 알아요. 잘 돌볼 거예요."

그녀는 상자로 달려가서 몸을 숙이고는 잠든 아기를 안아
올렸다. 아기는 눈을 뜨고 칭얼거렸다.

"자, 자, 템플이야."

그녀는 가냘픈 팔로 아기를 높이 들고 서툴게 흔들었다.

"저어,"

그녀가 여자의 등을 쳐다보며 말했다.

"그 사람에게 부탁 좀 해 주시겠어요? 당신 남편 말이에요. 그 사람이 차로 절 어디든 데려다줄 수 있을 거예요. 그래 주시겠어요? 그 사람에게 부탁해 주시겠어요?"

아기는 칭얼거리다 그쳤다. 아기의 납빛 눈꺼풀 속에 눈알의 윤곽이 희미하게 보였다.

"무섭진 않아요."

템플이 말했다.

"그런 일은 안 일어날 거예요. 그렇죠? 그 사람들도 다른 사람들하고 똑같아요. 당신도 다른 사람들하고 똑같아요. 어린애도 있고, 게다가 제 아버지는 파, 판사예요. 주, 주지사가 저희 집에 식사를 하러 오, 오세요……. 정말 귀여운 아, 아, 아기예요."

템플은 흐느끼면서 아기를 자기 얼굴에까지 들어 올렸다.

"만약 나쁜 사람들이 템플을 다치게 하면 주지사의 군인들에게 말할 거예요. 안 그래요?"

"어떤 사람과 똑같다는 거야? 넌 리가 고작 너 같은 시시한 애송이를 쫓아다니기라도 할 거라고 생각하는……."

여자가 고기를 뒤집으며 말했다. 여자는 아궁이를 열어서 담배를 던져 넣고는 문을 요란하게 닫았다. 아기에게 코를 문지르기 위해 템플이 모자를 머리 뒤로 넘기는 바람에 모자가 엉긴 곱슬머리 위에 떨어질 듯 삐딱하게 걸렸다.

"여긴 왜 왔어?"

"가우언 때문에요. 전 그이에게 사정했어요. 우린 벌써 야구 경기를 놓쳐 버렸지만, 되돌아가는 임시 열차가 출발하기 전에 절 스타크빌에 데려다주면 제가 차에 타고 있지 않은 걸 아무도 눈치채지 못할 거라고 사정했어요. 제가 내리는 걸 본 사람들은 말하지 않을 테니까요. 하지만 그이가 말을 듣지 않았어요. 그이는 여기 잠깐 멈추어서 술을 좀 더 구하자고 했는데, 그때 그이는 이미 취했어요. 그이는 우리가 테일러를 떠난 후 다시 취한 데다 전 근신 중이고 아빠가 아시면 기절하실 거예요. 하지만 그이는 말을 듣지 않았어요. 절 시내 어디든 데려다가 내려 달라고 사정하는 동안 그이는 다시 취했어요."

"근신 중이라고?"

여자가 말했다.

"밤에 몰래 빠져나가서요. 시내 남자들만 차를 소유할 수 있고, 금요일이나 토요일이나 일요일에 시내 남자들과 데이트를 할 때는 남학생들은 차가 없기 때문에 데이트를 하려고 하지 않거든요. 그래서 몰래 빠져나가야 했어요. 그리고 절 좋아하지 않는 한 여자애가 학감에게 일러바쳤어요. 제가 그 애가 좋아하는 남자랑 데이트를 했고, 그 사람이 그 애에게 다시는 데이트 신청을 안 했거든요. 그래서 전……."

"안 빠져나왔으면 안 싸돌아다녔을 거 아니야, 안 그래? 원래 너무 자주 빠져나오면 뒤탈이 생기는 법이야."

여자가 말했다.

"가우언은 시내 남자가 아니에요. 그이는 제퍼슨 출신이에요. 버지니아 대학에 다녔어요. 그이는 신사답게 술을 마시는 법을 배웠다고 늘 말했어요. 그리고 전 그이에게 절 어디든 데려다 주고 표 살 돈을 빌려 달라고 사정했어요. 제겐 2달러밖에 없었거든요. 하지만 그이는……."

"아, 너 같은 애를 잘 알지."

여자가 말했다.

"정직한 여자들이지. 워낙 잘나서 평범한 사람과는 어울리지 않아. 젊은 애들하고는 밤에 몰래 빠져나올 테지만 남자 어른한테 한번 걸려 보라지."

여자는 고기를 뒤집었다.

"얻어 낼 수 있는 건 다 얻어 내고 아무것도 주지 않는다니까. '전 처녀예요. 그런 짓은 안 해요.' 하면서. 젊은 애들과 몰래 빠져나와서는 그 애들의 가솔린을 태우고 그 애들이 사 주는 음식을 먹을 테지. 하지만 남자 어른들이 그렇게 쳐다보았다가는 기절이라도 한다니까. 판사인 아버지와 오빠 넷이 그 따위 걸 좋아하지 않기 때문이라나. 하지만 곤경에 빠지면 누구한테 징징대며 오는 줄 알아? 우리한테야. 판사 나리의 그 대단한 구두끈조차 맬 자격이 없는 사람들에게 말이지."

템플은 아기 너머로 여자의 등을 응시했다. 그녀의 얼굴은 떨어질 듯한 모자 아래로 작고 창백한 가면 같았다.

"내 오빠 프랭크를 죽여 버리겠다고 말했어. 내가 그이와 함께 있다 잡히면 날 때리겠다는 말은 안 했어. 노란 자동차를 타고 다니는 빌어먹을 개새끼를 죽여 버리겠다고 말했지. 그리고 아버지는 오빠에게 욕을 퍼붓고 자기가 아직은 집안을 건사할 수 있다고 말했어. 그러고는 날 집 안에 가둬 놓고 문을 걸어 잠가 버리고는 프랭크를 기다리기 위해 다리로 갔지.

하지만 난 겁쟁이가 아니었어. 나는 홈통을 타고 내려가 프랭크를 가로막고 말했어. 난 그이에게 떠나라고 간청했지만 그이는 나더러 함께 가자고 말했지. 우리가 자동차로 돌아갔을 때 난 그게 마지막이라는 걸 알았어. 난 그걸 알았고 그이에게 다시 떠나라고 간청했지만 그이는 내 가방을 가져오기 위해 우리 집으로 가서 아버지에게 이야기하자고 말했지. 그이도 겁쟁이는 아니었어. 아버지는 현관에 앉아 있었지. 아버지는 '그 차에서 내려.' 하고 말했어. 나는 내려서 프랭크에게 가라고 간청했지만 그이도 따라 내렸고 우리는 작은 길을 걸어갔지. 그사이 아버지는 문 안으로 들어가 엽총을 꺼내 왔어. 내가 프랭크의 앞을 막고 서니 아버지는 '너도 죽고 싶어?' 하고 말했어. 난 그이의 앞을 막고 있으려 애썼지만 프랭크가 날 뒤로 밀치고는 잡았지. 아버지는 그이에게 총을 쏘고는 '저리로 가서 네 오물이나 처먹어라, 갈보 년.' 하고 말했어."

"저도 그런 말을 들었어요."

템플이 잠든 아기를 가냘픈 팔에 안고 작은 목소리로 말하며 여자의 등을 응시했다.

"하지만 너같이 잘난 여자 애들은, 재미만 보고 몸은 주지 않는 애들은. 아무것도 주지 않고 함정에 빠지면……넌 지금 어디에 들어와 있는지 알아?"

여자는 손에 포크를 들고 어깨 너머로 쳐다보았다.

"넌 지금 애송이들과 미팅하고 있는 줄 알아? 네가 좋아하는지 싫어하는지 신경 쓰는 애송이들 말이야. 말해 두겠는데 넌 초대받지도 않았고 널 원하지도 않는 집에 네 멋대로 와 있어. 넌 그이가 만사를 제쳐 두고 네가 무단히 떠나온 곳으로 널 데려다주길 바라는 모양인데, 그이는 필리핀에 주둔했을 때 현지 여자 문제로 다른 군인을 죽여서 레번워스[5]에 수감된 적이 있어. 그러고는 전쟁이 일어나자 석방되어 참전했지. 훈장을 두 개나 받았지만 전쟁이 끝났을 때 다시 레번워스에 수감되어 변호사가 국회의원을 끌어들여서야 석방됐지. 그래서 나는 몸 파는 일을 그만둘 수 있었고……."

"몸을 팔아요?"

템플이 아기를 안은 채 낮은 목소리로 말했다. 짧은 옷을 입고 모자를 뒤로 젖힌 그녀야말로 몸매가 늘씬한 데다 다리가 호리호리한 아기처럼 보였다.

"그래, 이 퍼티 분을 처바른 아가씨야!"

여자가 말했다.

"내가 변호사 비용을 어떻게 댔을 것 같니? 그리고 네 생각에는 너에게 무슨 일이 일어나면 끔찍이 보살펴 줄 것 같은 인간이 알고 보면 그런 인간이야."

여자는 손에 포크를 들고 와서는 템플의 면전에서 손가락으로 부드럽고 심술궂게 딱 소리를 냈다.

"그리고 이 작은 인형 같은 얼굴을 한 허튼 아가씨야, 넌 그 사람 없이는 남자가 있는 방에 들어갈 수 없을 것 같지……."

빛이 바랜 옷 속에서 여자의 가슴이 한껏 오르내렸다. 손을 엉덩이에 대고 여자는 차갑고 강렬한 시선으로 템플을 쳐다보

---

5) 캔자스주 레번워스에 있는 군(軍) 형무소인 포트 레번워스.

왔다.

"남자? 넌 진짜 남자가 뭔지 몰라. 넌 진짜 남자가 원하는 게 뭔지 몰라. 그리고 여태 몰랐고 앞으로도 모를 게 천만다행이지. 넌 그 퍼티 분을 처바른 얼굴이 얼마나 가치 있는지 알 턱이 없어. 게다가 넌 어른들이 하는 짓거리는 다 해 보고 싶은데 막상 그걸 하려니 겁이 나지. 그러니 그게 얼마나 가치가 있는지도 알 리가 없지. 그리고 만약 그 사람이 널 갈보라고 부를 만한 남자라면 넌 '예, 예' 하고 대답하고는 먼지와 진흙 속에서 벌거벗고 기어 다니며 그이에게 널 그렇게 불러 달라고 간청할 거야……. 아기 이리 줘."

템플은 아기를 안은 채 여자를 응시했으며, 그녀의 입은 '예, 예, 예' 말하는 것처럼 움직였다. 여자는 포크를 식탁 위에 던졌다. "놔." 하고 그녀가 아기를 들어 올리며 말했다. 아기는 눈을 뜨고 울어 댔다. 여자는 의자를 끌어내 앉고는 아기를 무릎에 내려놓았다.

"저기 줄에 걸린 기저귀 하나 가져다주겠어?"

여자가 말했다. 템플은 여전히 입술을 움직이며 마루에 서 있었다.

"거기 가는 게 무섭지, 그렇지?"

여자는 말하더니 일어났다.

"아니에요. 가져올……."

템플이 말했다.

"내가 가져오지."

여자는 끈이 없는 구두를 질질 끌며 부엌을 지나갔다. 여자는 되돌아와 또 다른 의자를 스토브 옆으로 당겨서 남아 있는 두 개의 천과 속옷을 그 위에 폈다. 그리고 다시 앉아 아기를 무릎에 눕혔다. 아기가 울어 댔다. "쉿. 자, 쉿." 하고 여자가 말했다. 램프 불빛에 비친 여자의 얼굴은 침착하고 생각에 잠긴 듯했다. 여자는 기저귀를 갈고 나서 아기를 상자 속에 뉘었다. 그러고는 굵은 삼베 자루를 잘라 만든 커튼을 친 찬장에서 큰 접시를 꺼냈다. 그리고 손에 포크를 집어 들고 와서 템플의 얼굴을 다시 들여다보았다.

"이봐. 내가 차를 구해 주면 여기서 떠나겠어?"

여자가 말했다. 템플은 여자를 응시하며 말을 시험하듯 맛보듯 입을 움직였다.

"뒷문으로 나가서 그걸 타고 떠나 다시는 여기로 돌아오지 않겠어?"

"예. 어디든, 뭐든요."

템플이 낮은 목소리로 말했다.

차가운 눈을 전혀 움직이지 않는 듯하며 여자는 아래위로 템플을 훑어보았다. 템플은 몸의 모든 근육이, 정오의 태양 아래 잘린 덩굴처럼 오그라드는 것을 느꼈다.

"이 겁쟁이 바보, 놀 줄 아는 척이나 했지."

여자가 낮고 차가운 어조로 말했다.

"안 그랬어요, 안 그랬어요."

"돌아가면 이제 무슨 이야깃거리인 양 떠들어 대고 다닐 테지, 안 그래?"

얼굴을 맞댄 그들의 목소리는 가까이 있는 두 개의 빈 벽에 비친 그림자 같았다.

"놀 줄 아는 척이나 했지."

"뭐든요, 도망칠 수만 있다면요. 어디든지요."

"내가 두려워하는 건 리가 아니야. 지나가는 발정 난 암캐만 보면 따라가는 수캐처럼 그이가 행동할 것 같아? 문제는 너야."

"예. 어디든 갈게요."

"너 같은 애들을 잘 알지. 많이 봤거든. 모두 달려 대기는 하지만 별로 빠르지는 않아. 적당히 달리다 진짜 남자만 보면 말을 걸지. 넌 이 세상에 하나밖에 없는 남자를 차지했다고 생각해?"

"가우언, 가우언."

템플이 작은 목소리로 말했다.

"난 그 사람을 위해 노예처럼 일했어."

여자는 거의 입술을 움직이지 않고 조용하고 냉정한 목소리로 낮게 말했다. 마치 빵 만드는 법을 외우는 것 같았다.

"일요일마다 감옥에 있는 그이를 면회하려고 야간 근무 여급으로 일했어. 이 년이나 단칸방에서 가스버너에 요리를 하며 혼자 지냈어. 그이에게 약속했거든. 난 그이에게 거짓말하고, 그이를 석방시키기 위해 돈을 벌었지. 그러고 나서 그이에게 돈을 어떻게 벌었는지 말했더니 그이가 날 때렸어. 그런데 지금 넌 아무도 널 원하지 않는 곳에 와 있어. 아무도 너더러 여기 오라고 하지 않았어. 네가 무서워하든 하지 않든 아무도 상관 안 해. 무서워? 넌 사랑에 빠질 용기가 없는 것과 마찬가지로 진짜 무서워할 용기도 없어."

"사례를 할게요, 뭐든 말씀만 하세요. 아버지가 들어주실
거예요."

템플이 작은 목소리로 말했다.

여자는 얼굴을 움직이지도 않은 채 그녀를 지켜보았다. 말
을 시작했을 때처럼 굳어 있었다.

"옷을 보내 드릴게요. 새 모피 코트가 있어요. 크리스마스
때부터 입은 거예요. 새것이나 마찬가지예요."

여자가 웃었다. 여자의 입은 소리도 없이, 얼굴을 움직이지
도 않고 웃었다.

"옷이라고? 한때 모피 코트가 세 벌이나 있었어. 하나는
술집 근처 골목에서 만난 여자한테 줘 버렸지. 옷이라고? 세
상에."

여자는 갑자기 돌아섰다.

"차를 구해 줄게. 여기서 떠나면 다시는 돌아오지 마. 알아
듣겠어?"

"예."

템플이 작은 목소리로 말했다. 꼼짝도 하지 않고 창백하게,
마치 몽유병 환자처럼. 그녀는 여자가 고기를 큰 접시에 담고
그 위에 고기 국물을 붓는 모습을 지켜보았다. 여자는 오븐에
서 비스킷 냄비를 꺼내 접시에 비스킷을 담았다.

"도와 드릴까요?"

템플이 작은 목소리로 말했다. 여자는 아무 말도 하지 않
았다. 그녀는 접시 두 개를 들고 나갔다. 템플은 식탁으로 가

담뱃갑에서 담배를 꺼내 들고 멍하니 램프를 응시하며 서 있었다. 등피의 한쪽 면은 새까맸다. 등피에는 가느다란 은색 곡선으로 금이 나 있었다. 양철로 만든 램프는 목 부근에 더러운 기름때가 끼어 있었다. 템플은 담배를 손에 들고 고르지 않은 불꽃을 응시하며 그 여자가 램프에다 대고 어떻게든 담뱃불을 붙이던 것을 생각했다. 여자가 돌아왔다. 여자는 치맛자락을 움켜쥐고는 스토브에서 그을음이 낀 커피포트를 들어 올렸다.

"제가 들까요?"

템플이 말했다.

"됐어. 와서 저녁 먹어."

여자가 나갔다.

템플은 손에 담배를 든 채 식탁 앞에 서 있었다. 아기가 누워 있는 상자 위로 스토브 그림자가 드리워졌다. 두툼한 이부자리 위에 누워 있는 아기는 부드러운 작은 곡선을 이룬 일련의 희미한 그림자에 의해서만 알아볼 수 있었다. 그녀는 상자로 가더니 그 앞에 서서 아기의 퍼티 색 얼굴과 푸르스름한 눈꺼풀을 내려다보았다. 아기의 머리에 가느다란 속삭임 같은 그림자가 잔 모양으로 드리워졌고, 이마는 축축했다. 위로 내민 가냘픈 한쪽 팔이 볼 옆에 쪼글쪼글한 손바닥을 드러냈다. 템플은 상자 위로 몸을 굽혔다.

"아기가 죽으려고 해요."

템플이 작은 목소리로 말했다. 몸을 굽히자 그녀의 그림자가 벽 높이 어른거렸다. 코트는 볼품없고, 기괴하게 흐트러진 머리카락 위로 모자가 삐딱하게 기울어져 있었다.

"가엾어라, 가엾어라."

그녀가 작은 목소리로 말했다. 남자들의 목소리가 점점 더 커졌다. 복도에서 쿵쾅거리는 소리, 의자 삐걱거리는 소리, 아까 유난히 크게 웃던 남자가 다시 웃는 소리가 들렸다. 그녀는 돌아서서 다시 꼼짝 않고 문을 지켜보았다. 여자가 들어왔다.

"가서 저녁 먹어."

"자동차는요. 저 사람들이 저녁 먹는 사이에 갈 수 있어요."

템플이 말했다.

"무슨 차? 가서 먹어. 아무도 해치지 않을 거야."

여자가 말했다.

"배는 안 고파요. 오늘 아무것도 안 먹었지만 배는 안 고파요."

"가서 저녁 먹어."

여자가 말했다.

"기다렸다가 당신이 먹을 때 같이 먹을게요."

"가서 저녁 먹어. 나는 아무 때나 여기서 대충 때울 거야."

8

템플은 부엌에서 식당으로 들어갔다. 움츠리고 회유하는 듯한 표정이 얼굴에 묻어났다. 코트를 손에 들고 모자를 떨어질 듯 뒤통수에 걸치고 들어서니 눈앞이 캄캄했다. 잠시 후 토미가 보였다. 그녀는 마치 줄곧 그를 찾아다녔던 것처럼 곧장 그에게로 갔다. 무언가가 가로막았다. 단단한 팔뚝이었다. 그녀는 토미를 쳐다보며 그것을 피하려 했다.

"여기야, 이리로 빙 돌아서 와."

가우언이 식탁 맞은편에서 의자를 뒤로 빼내며 말했다.

"꺼지시지, 형씨."

그녀를 가로막은 사람이 말했다. 그녀는 그때 그가 그렇게 자주 웃던 사람이라는 것을 알아챘다.

"자넨 취했어. 이리 와, 아가씨."

그는 단단한 팔뚝으로 그녀의 허리를 감쌌다. 그녀는 토미에게 완고한 웃음을 지으며 팔뚝을 밀어냈다.

"한번 와 보시지, 토미. 멍석을 뒤집어쓴 꼬락서니를 하고선 예의도 몰라?"

그 사람이 말했다. 토미는 의자를 마룻바닥에 긁어 대며 실없이 크게 웃었다. 그 사람은 그녀의 손목을 잡아 끌어당겼다. 식탁 맞은편에 있던 가우언이 식탁을 짚고 일어섰다. 그녀는 토미를 보고 씩 웃으면서 그 사람의 손가락을 잡아 빼며 저항하기 시작했다.

"그만둬, 밴."

구드윈이 말했다.

"여기 내 무릎에 앉아."

밴이 말했다.

"놓아줘."

구드윈이 말했다.

"누가 내게 이래라저래라 참견하는 거야? 얼마나 대단한 분이기에?"

밴이 말했다.

"놓아줘."

구드윈이 말했다. 그러자 그녀는 풀려났다. 그녀는 천천히 뒤로 물러났다. 여자가 그녀 뒤에서 접시를 들고 들어오다 옆으로 비켜섰다. 여전히 고통스럽고 굳은 얼굴에 미소를 지으며 템플은 식당에서 나갔다. 복도로 나가자 그녀는 획 돌아서서 달렸다. 그녀는 곧장 현관을 벗어나 잡초 속으로 달려가더

니 더 빨리 달렸다. 그녀는 도로로 달려가 어둠 속에서 50미
터나 달려가더니 멈추지도 않고 휙 돌아서서 집으로 다시 달
렸다. 그러고는 현관으로 뛰어 올라가 문에 기대어 쭈그리고
앉았다. 바로 그때 누군가가 복도를 걸어왔다. 토미였다.

"아, 여기 있었군."

그가 말했다.

그는 그녀에게 무언가를 어색하게 내밀었다.

"받아."

그가 말했다.

"뭐예요?"

그녀가 작은 목소리로 말했다.

"먹을거리야. 아침부터 지금까지 아무것도 안 먹었잖아."

"아니에요, 아침부터라뇨. 더 됐어요."

그녀가 작은 목소리로 말했다.

"조금이라도 먹으면 훨씬 나아질 거야. 여기 앉아서 좀 먹
어. 아무도 해치지 않을 거야, 저 망할 놈들."

그가 접시를 그녀에게 내밀며 말했다.

템플은 그의 희미한 모습이 미치지 않는 문에 기댔다. 식당
에서 반사된 불빛에 비친 그녀의 얼굴은 작은 유령처럼 핏기
가 없었다.

"아줌마는…… 아줌마는……."

그녀가 작은 목소리로 말했다.

"부엌에 있어. 거기로 데려다 줄까?"

식당에서는 의자가 삐걱거렸다. 눈 깜짝할 사이에 토미는

템플이 작은 길에 서 있는 것을 보았다. 그녀의 몸매는 가냘
프고, 마치 어떤 느림보가 뒤쫓아 오도록 잠시 동안 기다리는
듯 움직이지 않았다. 그러더니 그림자처럼 집 모퉁이를 돌아
사라졌다. 그는 손에 음식 접시를 들고 문간에 서 있었다. 그
러고 나서 그가 머리를 돌려 복도를 내려다보니 그녀가 어둠
속에서 부엌 쪽으로 휙 달려가는 것이 보였다.

"저 망할 놈들."

그가 그곳에 서 있는 사이 다른 사람들이 현관으로 돌아
왔다.

"저치가 음식 접시를 들고 있는데. 햄을 잔뜩 퍼 담은 접시
로 어떻게 한번 해 보시겠다 이거지."

밴이 말했다.

"무슨 말이야?"

토미가 말했다.

"이봐."

가우언이 말했다.

밴이 토미의 손에 들린 접시를 쳤다. 그는 가우언에게로 돌
아섰다.

"이러는 게 싫지?"

"그래, 싫어."

가우언이 말했다.

"그래서 어쩔 건데?"

밴이 말했다.

"밴."

구드윈이 말했다.

"싫다니 대단하신가 본데?"

밴이 말했다.

"그래."

구드윈이 말했다.

밴이 부엌으로 들어가자 토미가 따라갔다. 그리고 그는 문간에 멈춰 서서 밴이 부엌에서 하는 소리를 들었다.

"아가씨, 함께 산책이나 하지."

밴이 말했다.

"여기서 나가, 밴."

여자가 말했다.

"잠시 산책이나 하자니까. 난 괜찮은 남자야. 루비한테 물어봐."

밴이 말했다.

"자, 여기서 나가. 리를 불러야 되겠어?"

여자가 말했다. 밴은 불빛을 등지고 서 있었다. 카키색 상의와 바지를 입고, 금발을 부드럽게 빗어 넘긴 귀 뒤에 담배가 꽂혀 있었다. 그의 맞은편에는 템플이 식탁 앞에 앉은 여자 뒤에 서 있었다. 그녀의 입은 약간 벌어져 있고, 눈은 새까맸다.

토미는 항아리를 들고 현관으로 돌아가서 구드윈에게 말했다.

"저 녀석들이 왜 자꾸 저 여자를 괴롭히는 거야?"

"누가 괴롭혀?"

"밴이. 여자는 겁에 질렸어. 왜들 가만두지 않는 거야?"

"자네가 상관할 바 아니야. 참견 마, 알아듣겠어?"

"저 녀석들이 그 여자를 괴롭히면 안 돼."

토미가 말했다. 그는 벽에 기대어 쭈그리고 앉았다. 그들은 술을 마시고 병을 앞뒤로 건네며 이야기를 나누었다. 마음이 한껏 들떠서 그는 그들의 이야기에, 도시 생활에 관한 밴의 조잡하고 시시한 이야기에 넋을 놓고 귀를 기울였으며, 이따금 실없이 큰 소리로 웃었고, 그의 차례가 되면 술을 마셨다. 밴과 가우언이 이야기를 나누었으며, 토미는 그들의 이야기에 귀를 기울였다.

"저 두 녀석 서로 치고받을 것 같아."

그가 옆 의자에 앉은 구드원에게 낮은 목소리로 말했다.

"저자들이 하는 말 들었지?"

그들은 아주 큰 소리로 이야기했다. 구드원이 의자에서 살짝 일어나더니 발로 마룻바닥을 가볍게 찼다. 토미는 밴이 일어서고 가우언이 의자 등받이에 기대어 몸을 똑바로 펴는 것을 보았다.

"전혀 그런 뜻은……."

밴이 말했다.

"그러면 그렇게 말하지 마."

구드원이 말했다.

가우언이 무슨 말인가 했다. 저 바보 같은 녀석, 이제 말도 제대로 못하잖아 하고 토미는 생각했다.

"자넨 입 다물어."

구드원이 말했다.

"이야기하는 게 어째 내……."

가우언이 말했다. 그는 움직이더니 의자에 기댄 채 흔들거렸다. 의자가 넘어졌다. 그래서 그는 벽에 부딪쳤다.

"정말이지 난……."

밴이 말했다.

"……지니아 신사인 난……."

가우언이 말했다. 구드윈이 팔로 역습을 가해 그를 옆으로 내동댕이치고는 밴을 붙잡았다. 가우언이 벽에 부딪쳐 쓰러졌다.

"앉으라면 앉아."

구드윈이 말했다.

그 후 그들은 잠시 조용했다. 구드윈은 자기 의자로 돌아가 앉았다. 그들은 항아리를 돌리며 다시 이야기를 시작했고, 토미는 귀를 기울였다. 그러나 곧 다시 템플을 생각하기 시작했다. 그는 자기 발이 마룻바닥을 문질러 대고 온몸이 예리한 불안으로 움츠러드는 것을 느꼈다.

"그 여자를 가만둬야 해. 그 여자를 괴롭혀서는 안 돼."

그는 구드윈에게 작은 목소리로 말했다.

"그건 자네가 상관할 일이 아니야. 빌어먹을 놈의 전부 하나같이……."

구드윈이 말했다.

"그 여자를 괴롭히면 안 돼."

포파이가 문밖으로 나왔다. 그는 담배에 불을 붙였다. 토미는 그의 얼굴이 양손 사이에서, 담배를 빠는 양 볼 사이에서 확 타오르는 것을 지켜보았다. 그의 눈은 작은 혜성처럼 잡초 속으로 사라지는 성냥을 따라갔다. 그자도 마찬가지야 하고 그는 말했다. 두 놈 모두. 그의 몸은 천천히 뒤틀렸다. 가엾은 사람. 젠장맞을, 내가 헛간으로 내려가 있어야겠어. 젠장맞을, 그래야 되겠어. 그는 현관에서 발소리를 내지 않으며 일어섰다. 그는 계단을 내려가 작은 길로 들어서서 집을 빙 돌아갔다. 그곳에서 보니 창문에 불이 비쳤다. 저기는 아무도 사용하지 않는데 하고 그는 걸음을 멈추며 말했다. 그러고 나서 아마 저기에 그 여자가 있을 거야 하고 말하며 창문으로 가서 안을 들여다보았다. 창문은 닫혀 있었다. 유리가 빠진 곳에는 녹슨 양철 판으로 못질이 되어 있었다.

템플은 다리를 구부려 당기고 손은 무릎 위에 올려놓고 모자는 머리 뒤쪽으로 기울인 채 침대에 똑바로 앉아 있었다. 아주 작아 보였다. 그녀의 태도는 열일곱 살이 넘은 근육과 조직에는 전혀 어울리지 않았으며 여덟 살이나 열 살에 어울렸다. 팔꿈치는 옆구리에 바싹 붙이고, 얼굴은 의자로 막아 놓은 문 쪽을 향해 있었다. 방에는 침대와 천 조각을 이어 만든, 색이 바랜 누비이불과 의자 외에는 아무것도 없었다. 벽은 한때 회반죽을 발라 놓았지만 금이 가 있고 여기저기 떨어져 나가 윗가지와 메워 넣은 천 조각이 눈에 띄었다. 벽에는 비옷과 카키색 커버에 든 수통이 걸려 있었다.

템플의 머리가 움직였다. 그것은 마치 그녀가 벽 너머에 있는 어떤 사람의 움직임을 따라가듯 천천히 돌아갔다. 다른 근육은 움직이지 않았지만 그것은 사탕이 가득 들어 있는 혼응지[6]로 만든 부활절 장난감처럼 참기 어려울 정도로 돌아가서는 그대로 더 이상 움직이지 않았다. 그러고 나서 그것은 마치 벽 너머에 있는 보이지 않는 발에 보조를 맞추듯 문에 기대놓은 의자로 천천히 돌아가 그곳에서 잠시 움직이지 않았다. 그러더니 그녀는 얼굴을 앞으로 돌렸다. 토미는 그녀가 스타킹 윗부분에서 작은 시계를 꺼내 보는 것을 지켜보았다. 손에 시계를 든 그녀는 머리를 들어 그를 똑바로 쳐다보았다. 그녀의 눈은 두 개의 구멍처럼 고요하고 텅 비어 있었다. 잠시 후 그녀는 시계를 다시 보고 나서 스타킹 속에 집어넣었다.

템플은 침대에서 일어나 코트를 벗었다. 그러고는 머리를 숙이고 손은 앞으로 깍지를 끼고서, 가까스로 몸을 가린 옷 속에서 화살처럼 꼼짝 않고 있었다. 그녀는 다시 침대에 앉았다. 그리고 두 다리를 바싹 오므리고 머리를 숙였다. 그녀는 머리를 들어 방을 둘러보았다. 어두운 현관에서 나는 여러 목소리가 토미에게 들렸다. 그 소리는 다시 커졌다가는 이내 중얼거림이 되었다.

템플은 벌떡 일어섰다. 옷을 벗느라 높이 들어 올린 가냘픈 팔은 아치 모양을 하고, 그림자에 비친 움직임은 기괴했다. 몸을 약간 구부려서 단번에 옷을 벗자 몸을 간신히 가린 속옷 속에 꼬챙이 같은 몸매가 드러났다. 머리는 벽에 기대놓은 의자를 향해 있었다. 그녀는 드레스를 집어 던지고는 손을 뻗어 코트를 잡았다. 그녀는 그것을 헤적거리고 몸에 둘러 보고는

---

6) 송진과 기름을 먹인 딱딱한 종이.

소매를 만지작거렸다. 그러고 나서 코트의 가슴께를 움켜잡고 획 돌아서서 토미의 눈을 똑바로 쳐다보더니, 다시 획 돌아서서 달려가 의자에 털썩 앉았다. "빌어먹을 놈들," 하고 토미는 낮은 목소리로 말했다. 그는 앞 현관에서 나는 소리를 들었고, 그의 몸은 지독한 불행으로 천천히 뒤틀렸다.

"빌어먹을 놈들."

그가 방 안을 다시 들여다보았을 때 템플은 코트를 두른 채 그가 있는 쪽으로 다가왔다. 그녀는 못에 걸린 비옷을 가져다 코트 위에 걸치고 단단히 조였다. 그녀는 수통을 내려 침대로 돌아갔다. 그녀는 수통을 침대 위에 놓고 마룻바닥에서 드레스를 주워 손으로 털더니 정성스레 개어 침대 위에 놓았다. 그러고 나서 이불을 다시 개자 매트리스가 드러났다. 리넨 시트와 베개는 없었으며, 그녀가 매트리스를 만졌을 때 옥수수 껍질의 메마른 소리가 희미하게 들렸다.

그녀는 하이힐을 벗어 침대 위에 올려놓고 누비이불 속으로 들어갔다. 매트리스 삐걱거리는 소리가 토미에게 들렸다. 그녀는 바로 눕지는 않았다. 모자를 머리 뒤로 멋지게 기울인 채 그녀는 똑바로 앉아서 꼼짝도 하지 않았다. 그러고 나서 수통과 옷과 하이힐을 머리 옆으로 옮기고 비옷을 무릎 부근까지 당기고 누워서는 이불을 끌어당겼다. 그러고는 일어나 앉아 모자를 벗어 머리카락을 흔든 후에 모자를 다른 옷들과 함께 놔두고 다시 누울 준비를 했다. 그녀는 또 잠시 멈추었다. 비옷을 열더니 어딘가에서 콤팩트를 꺼냈다. 그리고 콤팩트의 작은 거울에 자신의 동작을 비춰 보면서 손가락으로 머리를 펴고 부풋부풋 부풀리고 얼굴에 분을 바르고는 콤팩트를 제자리에 넣었다. 그리고 다시 시계를 보고 비옷을 단단히 조였다. 그녀는 옷을 이불 속으로 하나씩 옮겨 넣고는 누워서 이불을 턱까지 끌어당겼다. 잠시 동안 아무 소리도 들리지 않았으며, 고요 속에서 템플이 누워 있는 매트리스의 옥수수 껍질이 계속 희미하게 사각거리는 소리가 토미에게 들렸다. 마치 옛 무덤의 조각상처럼 손은 가슴 위에 포개어 놓고, 다리는 단정하게 모아 쭉 뻗은 채로 있었다.

말소리가 잠잠해졌다. 구드윈이 "그만둬, 그만둬!" 하고 말하는 소리가 귀에 들릴 때까지 그는 그 소리를 완전히 잊고 있었다. 의자가 와르르 무너지고 가볍게 쿵쾅거리는 구드윈의 발소리가 들렸다. 누가 옆으로 찬 것처럼 현관에서 의자가 덜거덕거리는 소리가 요란하게 났다. 토미는 팔꿈치를 약간 뻗은 채 곰처럼 민첩하게 쭈그리고 앉아 당구공처럼 메마르고 가벼운 소리를 들었다. "토미." 하고 구드윈이 말했다.

필요할 때면 그는 오소리나 너구리처럼 둔하면서도 번개같이 민첩하게 움직였다. 그가 집을 빙 돌아 막 현관에 다다랐을 때 가우언이 벽에 부딪쳐 나가떨어졌다. 그러고는 사지를 쭉 뻗은 채 현관 밖의 잡초 속에 처박혔으며, 포파이는 문 안에서 머리를 밖으로 내밀었다.

"저잘 잡아!"

구드윈이 말하자 토미가 살그머니 달려들어 포파이를 덮쳤다.

"잡았어…… 하!"

그가 말할 때 포파이가 그의 얼굴을 무자비하게 때렸다.

"그만해, 꼼짝 마."

포파이가 멈추었다.

"젠장, 아예 저치들이 여기 앉아 저놈의 것을 밤새 처마시도록 내버려 둘 작정이군. 말이 통해야지, 젠장."

구드윈과 밴은 하나의 그림자가 되어 서로 얽혀서 말없이 씩씩거렸다.

"놔! 죽여 버리겠어⋯⋯."

밴이 소리쳤다.

토미가 그들에게 달려들었다. 그들은 밴을 벽으로 몰아붙이고는 움직이지 못하게 했다.

"잡았어?"

구드윈이 말했다.

"그래, 잡았어. 그만해. 때렸으면 됐잖아."

"젠장, 난⋯⋯."

"자, 자. 왜 그를 죽이려는 거야? 먹을 수도 없잖아, 안 그래? 포파이 씨가 그놈의 권총으로 우리 배를 모두 작살내는 꼴을 보고 싶어서 그래?"

그러자 마치 한바탕 검은 광풍이 지나간 것처럼 소란이 끝났다. 그들은 평화로운 진공 속에서 조용히 움직이더니 서로 나직이 다정한 목소리로 지시하며 가우언을 풀밭에서 들어 올렸다. 그들은 여자가 서 있는 복도를 지나 템플이 있는 방의 문으로 그를 옮겼다.

"잠가 놓았는데."

밴이 말했다. 그는 문을 세게 두드렸다.

"문 열어, 손님 받아."

그가 소리쳤다.

"쉬, 그 문에는 자물쇠가 없어. 밀어 봐."

구드윈이 말했다.

"맞아. 그러지."

밴이 말하고는 문을 찼다. 의자가 뒤틀리더니 방 안으로 튕겼다. 밴이 문을 요란하게 열자 그들은 가우언의 다리를 잡고 들어갔다. 밴은 의자를 방 맞은편으로 찼다. 그러고는 템플이 침대 뒤 구석에 서 있는 것을 보았다. 여자의 머리카락처럼 긴 그의 머리카락은 얼굴 부근에 뒤엉켜 있었다. 그는 머리를 흔들어 뒤로 넘겼다. 그의 턱에는 피가 묻었고, 그는 일부러 피를 마룻바닥에 뱉었다.

"자, 침대에 눕혀."

구드윈이 가우언의 어깨를 잡으며 말했다. 그들은 가우언을 침대로 집어 던졌다. 그의 피 묻은 머리가 침대 모서리에서 축 늘어졌다. 밴이 그를 휙 잡아당겨 매트리스 속으로 팽개쳤다. 그는 손을 들어 올리며 신음했다. 밴이 손바닥으로 그의 얼굴을 때렸다.

"조용히 누워 있어……."

"내버려 둬."

구드윈이 밴의 손을 잡으며 말했다. 한순간 그들은 서로 노려보았다.

"내버려 두라고 했잖아. 여기서 나가."

구드윈이 말했다.

"여자를…… 지켜야 해. 지니아 신…… 신사라면 지켜야……."

가우언이 중얼거렸다.

"자, 여기서 나가."

구드윈이 말했다.

여자는 방 안에서 등을 문기둥에 기댄 채 토미 옆에 서 있었다. 싸구려 코트 아래로 잠옷이 발까지 내려왔다.

밴이 템플의 드레스를 침대에서 주워 들었다.

"밴, 나가라고 했잖아."

구드윈이 말했다.

"들었어."

밴이 말했다. 그는 드레스를 펼치고 나서 곁눈질로 템플을 쳐다보았다. 그녀는 두 팔을 앞으로 엇걸어 양손으로 양어깨를 움켜잡고 있었다. 구드윈이 밴 쪽으로 다가갔다. 그는 드레스를 떨어뜨리고 침대를 빙 돌아갔다. 포파이가 손가락 사이에 담배를 낀 채 문으로 들어왔다. 여자 곁에서는 토미가 들쭉날쭉한 이 사이로 바람 빠지는 소리를 내며 숨을 내쉬었다.

토미는 밴이 템플의 가슴에서 비옷을 잡아 찢는 것을 보았다. 그러자 구드윈이 그들 사이에 뛰어들었다. 밴이 머리를 획숙이며 빙그르 돌고 템플이 찢어진 비옷을 더듬는 것이 보였다. 밴과 구드윈은 마룻바닥 한가운데서 서로 치고받고 싸웠으며, 그때 그는 포파이가 템플 쪽으로 걸어가는 것을 지켜보았다. 그는 밴이 마룻바닥에 누워 있고 구드윈이 그의 위에 몸을 약간 구부린 채 서서 포파이의 등을 주시하는 것을 곁눈으로 보았다.

"포파이."

구드윈이 말했다. 포파이는 어깨 너머로 담배 연기를 길게 나부끼며 계속 갔다. 머리는 자기가 가는 곳을 보고 있지 않은 듯 약간 돌렸으며, 담배를 삐딱하게 문 입은 턱의 만곡부 아래 어딘가에 있는 것 같았다.

"그 여자를 건드리지 마."

구드윈이 말했다.

포파이는 템플 앞에서 멈추더니 얼굴을 옆으로 약간 돌렸다. 오른손은 코트 주머니 속에 있었고, 다른 손은 비옷 아래 템플의 가슴을 더듬었다. 토미는 코트가 희미하게 움직이는 것을 보고 그걸 알았다.

"손 치워, 빼라고."

구드윈이 말했다.

포파이는 손을 움직였다. 그는 양손을 코트 주머니에 집어넣은 후에 돌아서서 구드윈을 쳐다보았다. 그는 구드윈을 주시하며 방을 가로질러 갔다. 그러고는 그에게 등을 돌리고 문밖으로 나갔다.

"이봐, 토미. 이걸 꽉 잡아."

구드윈이 조용히 말했다. 그들은 밴을 들어 올려 밖으로 나갔다. 여자는 옆으로 비켜섰다. 여자는 코트를 움켜잡은 채 벽에 기댔다. 방 건너편에서는 템플이 구석에 웅크리고 서서 찢어진 비옷을 만지작거렸다. 가우언이 코를 골기 시작했다.

구드윈이 돌아왔다.

"그만 가서 자."

그가 말했지만 여자는 움직이지 않았다. 그는 손을 여자의 어깨에 올려놓았다.

"루비."

"밴이 시작한 수작을 당신이 끝내려고? 그 사람에겐 못 하게 하고선. 바보. 바보."

"자, 가지. 자러 가."

그가 여자의 어깨를 잡은 채 말했다.

"하지만 돌아오지 마요. 일부로 돌아올 필요는 없어요. 난 거기 없을 거예요. 당신은 나한테 신세 진 게 없어요. 신세 지고 있다는 생각은 마요."

구드윈은 여자의 팔목을 잡아 조금씩 벌렸다. 조금씩 천천히 여자의 두 손을 뒤로 당겨서 한 손으로 잡았다. 다른 손으로는 코트를 열었다. 잠옷은 색이 바랜 분홍색 크레이프로 가장자리에 레이스 장식이 있고, 철사 줄에 널어놓은 옷처럼 너무 많이 빨아서 레이스는 섬유 덩이가 되어 있었다.

"하. 사교 모임에라도 가시는 모양이지."

그가 말했다.

"가진 거라고는 이것뿐인데 그게 누구 책임이겠어요? 누구 책임인가요? 내 책임은 아니에요. 전에는 하룻밤만 입고 나면 검둥이 하녀들에게 줘 버렸어요. 하지만 검둥이라도 이걸 주면 면전에서 비웃지 않을 것 같아요?"

그는 코트가 흘러내리는 것을 내버려 두었다. 그가 손을 풀어주자 여자는 코트를 다시 여몄다. 그는 여자의 어깨에 손을 없고 여자를 문 쪽으로 밀기 시작했다.

"가."

그가 말했다. 여자의 어깨가 움직였다. 어깨만 움직였을 뿐 상체는 돌아갔지만 얼굴은 뒤로 향한 채 그를 지켜보았다.

"가."

그가 말했다. 그러나 몸통만 돌아갔을 뿐 엉덩이와 머리는 여전히 벽에 닿아 있었다. 그는 돌아서더니 방을 가로질러 가서는 재빨리 침대를 빙 돌아서 한 손으로 템플의 비옷 앞자락을 잡았다. 그는 그녀를 흔들어 대기 시작했다. 뭉친 코트 자락을 잡고 그는 그녀를 흔들어 댔다. 그녀의 작은 몸이 헐렁한 옷 속에서 소리 없이 흔들렸고, 어깨와 허벅지가 벽에 부딪쳤다.

"이 바보! 이 바보!"

그가 말했다. 그녀의 눈은 아주 커지고 까맸으며, 그녀의 얼굴에 비친 램프 불빛과 동공에 반사된 두 개의 그의 얼굴은 두 개의 잉크병 속에 든 완두콩 같았다.

그는 그녀를 풀어 주었다. 그녀가 마룻바닥에 주저앉자 비옷이 바스락거렸다. 그는 그녀를 일으켜 세우고는 어깨 너머로 여자를 바라보며 다시 흔들어 대기 시작했다.

"램프를 들어."

그가 말했다. 여자는 움직이지 않았다. 여자는 머리를 약간 숙이고 있었고, 그들을 유심히 바라보는 듯했다. 구드윈은 다른 팔을 템플의 무릎 아래에 스치듯이 밀어 넣었다. 템플은 마치 급습을 당하는 듯한 느낌이 들었고, 이내 가우언과 나란히 침대에 누워 사라져가는 옥수수 껍질 소리에 몸이 흔들렸다. 그녀는 그가 방을 가로질러 가 벽난로 장식용 선반에서 램프를 들어 올리는 것을 지켜보았다. 여자가 그를 따라 머리를 돌렸으며, 여자의 얼굴은 다가오는 램프에 옆모습이 뚜렷해졌다.

"가."

그가 말했다. 여자가 돌아서자 얼굴에 그림자가 졌다. 램프는 이제 여자의 등과 여자의 어깨 위에 올려놓은 그의 손을 비췄다. 그의 그림자가 그 방을 완전히 가렸고, 그의 손 그림자가 뒤로 뻗어 문에 닿았다. 가우언은 코를 골았다. 마치 숨을 쉴 때마다 울혈에 막혀 다시는 숨을 쉬지 않을 것 같았다.

토미는 문밖 복도에 있었다.

"다들 벌써 트럭으로 내려갔어?"

구드윈이 말했다.

"아직."

토미가 말했다.

"가서 둘러보는 게 좋겠는데."

구드윈이 말했다. 그들은 계속 갔다. 토미는 그들이 다른 문으로 들어가는 것을 지켜보았다. 그러고 나서 그는 소리 없이 맨발로 부엌으로 가서는 목을 약간 길게 빼고 귀를 기울였다. 부엌에서는 포파이가 의자에 두 발을 벌리고 앉아 담배를 피웠다. 밴은 식탁 앞에 서서, 거울 조각 앞에서 휴대용 빗으로 머리를 빗었다. 식탁 위에는 피 묻은 축축한 옷과 불이 붙은 담배가 있었다. 토미는 문밖 어둠 속에 쭈그리고 앉았다.

구드윈이 비옷을 들고 나왔을 때 토미는 거기에 있었다. 구드윈은 그를 보지 못하고 부엌으로 들어갔다.

"토미는 어딨지?"

그가 말했다. 토미는 포파이가 무언가 말하는 것을 들었다. 그러고 나서 구드윈이 비옷을 팔에 걸친 채 밴을 데리고 나타났다.

"자, 가지. 그 물건을 여기서 들어내자."

구드윈이 말했다.

토미의 창백한 눈이 고양이 눈처럼 희미하게 빛나기 시작했다. 그가 포파이를 뒤따라 그 방으로 살금살금 들어왔고, 포파이가 템플이 누워 있는 침대를 내려다보는 동안 여자는 어둠 속에서 그의 눈을 보았다. 그 눈은 여자를 보자 어둠 속에서 갑자기 빛나다가 사그라졌으며, 여자는 그가 옆에서 숨 쉬는 소리를 들었다. 다시 그 눈은 여자에게 화가 나고 질문을 하는 듯하고 슬픈 듯이 빛나다가는 다시 사그라지고, 그는 포파이를 따라 그 방에서 살금살금 나갔다.

토미는 포파이가 부엌으로 되돌아가는 것을 보았다. 하지만 즉시 따라가지는 않았다. 그는 복도 문에서 멈추더니 그곳에 쭈그리고 앉았다. 그의 몸은 충격을 받아 망설이듯이 다시 움츠러들었고, 그가 몸을 좌우로 흔들어 댈 때마다 맨발이 마룻바닥에 부딪쳐 희미하게 소리를 내며 보일 듯 말 듯 흔들렸고, 양손은 옆구리에 댄 채 천천히 비틀렸다. 그리고 리 역시, 그리고 리 역시 하고 그는 말했다. 빌어먹을 녀석들. 빌어먹을 녀석들. 두 번씩이나 그는 몰래 현관을 따라 걸어가서는 부엌

바닥에 비친 포파이의 모자 그림자를 보고 나서, 템플이 누워 있고 가우언이 코를 골고 있는 방의 복도와 문으로 돌아갔다. 세 번째에 그는 포파이의 담배 냄새를 맡았다. 저자가 계속 그러면 하고 그가 말했다. 그리고 무지근하고 참기 어려운 고통으로 몸을 좌우로 흔들며 리 역시, 그리고 리 역시 하고 말했다.

구드윈이 비탈을 올라와서 뒤 현관에 다다랐을 때 토미는 다시 바로 문밖에 쭈그리고 앉아 있었다.

"제기랄…… 왜 안 왔어? 십 분이나 찾았잖아."

구드윈이 토미를 노려보며 말하고 나서 부엌 안을 들여다보았다.

"준비됐어?"

그가 말했다. 포파이가 문으로 왔다. 구드윈이 다시 토미를 쳐다보았다.

"뭐 하고 있었어?"

포파이는 토미를 쳐다보았다. 이제 토미는 서서 다른 발로 발등을 문지르며 포파이를 쳐다보았다.

"여기서 뭐 하고 있는 거야?"

포파이가 말했다.

"아무것도 안 해."

토미가 말했다.

"날 따라다니는 거야?"

"따라다니긴 누굴 따라다닌다는 거야."

토미가 퉁명스럽게 말했다.

"그래, 그러면 그러지 마."

포파이가 말했다.

"가지, 밴이 기다려."

구드윈이 말했다. 그들은 갔다. 토미는 그들을 따라갔다. 그는 한 번 뒤돌아보고 나서 그들 뒤를 비틀거리며 따라갔다. 이따금 격렬한 파도가 덮치는 것 같았다. 그것은 마치 그의 피가 갑자기 너무나 뜨거워졌다가는 바이올린 음악이 전해 주는 그 불쾌하고 불행한 감정으로 사라지는 듯했다. 빌어먹을 놈들, 빌어먹을 놈들 하고 그는 속삭였다.

9

방은 어두웠다. 여자는 문 안쪽에서 벽에 기댄 채 서 있었
다. 싸구려 코트와 가장자리에 레이스 장식이 있는 크레이프
잠옷을 입고 자물쇠가 없는 문 바로 안쪽에 서 있었다. 여자
는 가우언이 코를 고는 소리와, 문 사이로 새어 들어와 목소리
를 분간할 수는 없지만 다른 사람들이 현관과 복도와 부엌에
서 이야기를 나누며 돌아다니는 소리를 들었다. 잠시 후 조용
해졌다. 그러자 두들겨 맞은 코와 얼굴에서 가우언이 내는 숨
막히고 코를 골고 신음하는 소리 외에 어떤 소리도 들리지 않
았다.

여자는 문이 열리는 소리를 들었다. 그 사람은 발소리를 그
대로 내며 들어왔다. 그는 여자를 거의 스쳐 지나갔다. 여자는
그가 말을 하기도 전에 구드윈이라는 것을 알아챘다. 그는 침

대로 갔다.

"비옷을 줘. 일어나 벗어."

그가 말했다.

여자는 템플이 일어나고 구드윈이 비옷을 벗길 때 매트리스의 옥수수 껍질이 바스락거리는 소리를 들었다. 그는 돌아서서 마룻바닥을 가로질러 밖으로 나갔다.

여자는 바로 문 안쪽에 서 있었다. 여자는 그들의 숨소리만으로도 누구인지 알아맞힐 수 있었다. 게다가 문이 열리는 소리를 듣지도 느끼지도 못했는데 여자는 무슨 냄새를 맡기 시작했다. 포파이가 머리에 바르는 브릴리언틴[7]이었다. 여자는 포파이가 들어와서 지나칠 때 그를 전혀 보지 못했다. 여자는 그가 벌써 들어왔다는 사실을 알지 못했다. 여자가 그를 기다리고 있을 때 토미가 포파이를 따라 들어왔다. 토미 역시 소리를 내지 않고 살금살금 방으로 들어왔다. 그의 눈이 아니었더라면 여자는 포파이가 들어오는 것을 눈치채지 못한 것처럼 그가 들어오는 것도 알지 못했을 것이다. 그 눈은 가슴 높이에서 심오한 질문을 하듯 빛나다가 사라졌으며, 그제야 여자는 그가 자기 곁에 쭈그리고 앉는 것을 느낄 수 있었다. 여자는 그 역시 포파이가 어둠 속에서 굽어보는 침대 쪽을 바라보고 있다는 것을 알았다. 침대에는 템플과 가우언이 누워 있고, 가우언은 코를 골았다가 숨이 막혔다가 코를 골았다가 하고 있었다. 여자는 바로 문 안쪽에 서 있었다.

---

7) 포마드의 일종.

옥수수 껍질 소리가 들리지 않아 여자는 문 옆에서 꼼짝 않고 있었으며, 토미는 여자 곁에 쭈그리고 앉아 보이지 않는 침대 쪽으로 얼굴을 향했다. 그때 여자는 다시 브릴리언틴 냄새를 맡았다. 아니, 오히려 여자는 토미가 소리 없이 곁에서 떠나는 것을 느꼈다. 그가 몰래 자리를 비우는 바람에 검은 침묵 속에 잠긴 여자에게 부드럽고 차가운 기운이 몰아치는 것 같았다. 보거나 듣지 않고서도 여자는 그가 다시 포파이를 따라 방 밖으로 살금살금 나간 것을 눈치 챘다. 여자는 그들이 복도를 내려가는 소리를 들었다. 마지막 소리가 집에서 사라졌다.

여자는 침대로 갔다. 여자가 건드릴 때까지 템플은 움직이지 않았다. 그러고는 그녀는 버둥거리기 시작했다. 템플이 비명을 지르려고 하지는 않았지만 여자는 템플의 입을 찾아 손으로 막았다. 그녀는 옥수수 껍질로 만든 매트리스에 누워서 몸을 좌우로 돌리고 뒹굴고 머리를 굴리고 코트를 가슴에 바싹 움켜잡긴 했지만 소리를 내지는 않았다.

"바보! 나야. 나라니까."

여자가 가냘프고 사나운 목소리로 속삭였다.

템플은 더 이상 머리를 굴리지는 않았지만 여전히 여자의 손 아래에서 몸을 좌우로 흔들어댔다.

"아버지에게 이를 거예요! 아버지에게 이를 거예요!"

템플이 말했다.

여자가 그녀를 잡았다.

"일어나."

그녀가 말했다. 템플은 더 이상 버둥거리지 않았다. 그녀는 몸이 굳은 채 조용히 누워 있었다. 여자는 그녀의 거친 숨소리를 들었다.

"일어나 조용히 걸을 수 있겠어?"

여자가 말했다.

"예. 여기서 내보내 주실 거예요? 예? 예?"

템플이 말했다.

"그래, 일어나."

여자가 말했다. 템플이 일어나자 옥수수 껍질이 희미하게 바스락거렸다. 한결 깊은 어둠 속에서 가우언은 거칠고 길게 코를 골았다. 처음에 템플은 혼자 설 수가 없었다. 여자가 그녀를 일으켜 세웠다.

"그쳐, 그치라니까. 조용히 하라고."

여자가 말했다.

"옷을 입어야 해요. 입은 거라고는……."

템플이 작은 목소리로 말했다.

"옷을 원하는 거야, 아니면 여기서 나가기를 원하는 거야?"

여자가 말했다.

"예, 뭐든지요. 여기서 나가게만 해 준다면요."

템플이 말했다.

그들은 맨발로 유령처럼 걸었다. 집에서 나가 현관을 가로질러 헛간 쪽으로 갔다. 집에서 50미터쯤 갔을 때 여자가 멈추더니 돌아서서 템플을 휙 잡아당겼다. 그러고는 어깨를 움켜잡고 얼굴을 맞댄 채 작은 한숨보다 더 크지 않고 분노로 가득 찬 목소리로 욕을 했다. 그러고 나서 여자는 템플을 밀쳤고 그들은 계속 갔다. 그들은 현관으로 들어갔다. 그곳은 칠흑같이 어두웠다. 템플은 여자가 벽을 더듬는 소리를 들었다. 문이 삐걱거리며 열렸다. 그리고 여자가 템플의 팔을 잡고 마룻바닥으로 된 방의 한 단짜리 계단 위로 인도하더니 뒤로 문을 닫았다. 벽으로 둘러싸인 방은 곡물의 희미한 먼지 냄새가 났다. 그때 무언가 요정 같은 희미한 발소리가 가까이에서 눈에 보이지 않게 종종걸음으로 쑤석거리며 달려들었다. 템플은 발 아래에서 구르는 무언가를 밟고는 휙 돌아서서 여자 쪽으로 뛰어갔다.

"쥐야."

여자가 말했지만 템플은 마룻바닥에서 두 다리를 동동 구르며 두 팔을 벌린 채 여자에게로 몸을 날렸다.

"쥐라고요? 쥐요? 문 열어요. 얼른!"

그녀가 울부짖었다.

"그쳐! 그쳐!"

여자가 꾸짖고는 템플이 멈출 때까지 그녀를 잡았다. 그러고 나서 그들은 벽에 기댄 채 나란히 무릎을 꿇었다. 잠시 후 여자가 낮은 목소리로 말했다.

"저기 목화씨 껍질이 있어. 누울 만해."

템플은 대답하지 않았다. 그녀는 여자에게 기댄 채 몸을 웅크리고 천천히 떨었다. 그리고 그들은 그곳에서 벽에 기댄 채 검은 어둠 속에 쭈그리고 앉았다.

10

여자가 아침 식사를 준비하는 동안 아기는 여전히, 아니 벌써 스토브 뒤에 있는 상자 안에서 자고 있었으며, 누군가가 머뭇거리며 현관을 가로질러 다가와 문 앞에서 멈추는 소리가 들렸다. 돌아보니 험상궂고 두들겨 맞아 피투성이가 된 유령이었는데, 알고 보니 가우언이었다. 이틀 동안 수염을 깎지 않은 얼굴은 망가진 데다 입술은 터져 있었다. 한쪽 눈은 감기고, 셔츠와 코트의 앞자락은 허리까지 피가 묻었다. 퉁퉁 붓고 뻣뻣해진 입술로 그는 무슨 말인가를 하려 했다. 처음에 여자는 한마디도 알아들을 수 없었다.

"가서 얼굴이나 씻어요. 잠깐만요, 여기 와 앉아요. 대야를 가져올게요."

여자가 말했다.

그는 여자를 쳐다보며 말을 하려 했다.

"아, 그 여자는 무사해요. 저기 헛간에서 자고 있어요."

여자가 말했다. 여자는 그 말을 인내심 있게 서너 차례나 반복해야 했다.

"헛간에서요, 자고 있어요. 내가 새벽까지 곁에 있었어요. 자, 가서 얼굴이나 씻어요."

그러자 가우언은 마음이 조금 가라앉았다. 그는 차를 구하기 위한 이야기를 하기 시작했다.

"가장 가까운 데가 털의 집인데 3킬로미터 떨어져 있어요. 얼굴 씻고 와서 아침 먹어요."

여자가 말했다.

가우언은 부엌으로 들어서며 차를 구하기 위한 이야기를 했다.

"차를 구해서 학교에 데려다줘야 해요. 다른 여자 애들 중 하나쯤은 그녀가 들키지 않고 들어가게 해 줄 거예요. 그러면 아무 일 없을 거예요. 그러면 아무 일 없을 것 같지 않아요?"

그는 식탁으로 와 담뱃갑에서 담배를 한 개비 꺼내 떨리는 손으로 불을 붙이려 했다. 그것을 간신히 입에 물었지만 불을 붙이지 못하자 여자가 와서 성냥을 켜 주었다. 그러나 겨우 한 모금 빨고는 손에 담배를 든 채 서서 뒤늦게 놀란 듯 성한 한 쪽 눈으로 그것을 쳐다보았다. 그는 담배를 던져 버리고 문 쪽으로 돌아서서 비틀거리다 갑자기 멈추었다.

"차를 구하러 가요."

그가 말했다.

"먼저 뭘 좀 먹어요. 커피라도 한 잔 마시면 좋아질 거예요."

여자가 말했다.

"차를 구하러 가요."

가우언이 말했다. 그는 현관을 가로질러 가다가 잠깐 멈추어 얼굴에 물을 끼얹었지만 외모는 별로 나아지지 않았다.

그 집을 떠날 때 그는 여전히 비틀거렸으며, 아직 술이 덜 깼다는 생각이 들었다. 무슨 일이 일어났는지 얼핏 기억할 뿐이었다. 밴과 자동차 사고가 혼동되었으며, 두 번씩이나 두들겨 맞고 쓰러진 것은 기억나지 않았다. 단지 초저녁에 취해서 의식을 잃은 것만 기억났고, 아직 술이 깨지 않았다는 생각이 들었다. 그러나 처박혀 있는 차에 도착했을 때, 그리고 작은 길을 보고 그것을 따라 샘으로 가서 차가운 물을 마셨을 때, 그는 자신이 원하는 게 술이라는 사실을 깨달았다. 그리고 그곳에 무릎을 꿇고 차가운 물에 얼굴을 씻고는, 흩어진 물 표면에 비친 자기 모습을 살펴보려고 애쓰며 일종의 절망감에 사로잡혀 작은 목소리로 제기랄 하고 말했다. 그는 그 집으로 돌아가 술을 마실 생각을 했다가 템플과 그 사람들을 마주할 일을, 그곳에서 그들 사이에 있는 템플을 생각했다.

그가 큰길에 들어섰을 때는 해가 제법 높이 솟아 따뜻했다. 옷부터 갈아입어야 해 하고 그는 말했다. 그리고 자동차를 갖고 돌아오는 거야. 시내로 가는 도중에 그녀에게 할 말을 생각해 두어야지. 그는 그를 알거나 아마 그를 알지도 모를 사람들에게로 돌아가는 템플을 생각했다. 나는 두 번씩이나 취해서 의식을 잃어버렸어 하고 그는 말했다. 나는 두 번씩이나 취해서 의식을 잃어버렸어. 제기랄, 제기랄 하고 그는 작은 목소리로 말했다. 그의 몸은 꼴사납고, 피가 묻은 옷 속에서 고통스러운 분노와 수치로 움츠러들었다.

공기를 마시고 몸을 움직여서 머리는 맑아지기 시작했다. 하지만 육체적으로 더 나아짐을 느끼기 시작하면서 앞날은 더욱 암울해졌다. 시내가, 세상이 어두운 막다른 골목 같고, 그는 수군거리는 듯한 눈길을 피해 몸을 잔뜩 움츠리고 주춤거리며 그곳을 영원히 지나가야 할 것만 같았다. 그리고 반나절쯤에 그가 찾는 집에 도착했을 때 템플을 다시 마주할 일이 견딜 수 없었다. 그래서 그는 차를 예약해 그 사람에게 지시하고 돈을 지불하고는 갔다. 잠시 후 반대 방향으로 가는 자동차 한 대가 멈추어서 그를 태웠다.

11

템플은 단단한 공처럼 웅크리고 누운 채 잠에서 깼다. 촘촘한 햇살이 금빛 포크 살처럼 얼굴에 쏟아졌다. 쥐가 난 근육 사이로 굳은 피가 똑똑 떨어지고 따끔거리는 동안 그녀는 조용히 천장을 바라보며 누워 있었다. 벽과 마찬가지로 천장에도 거친 널빤지를 아무렇게나 대어 놓았으며, 널빤지와 널빤지 사이는 가느다란 검은 선으로 분리되어 있었다. 구석에 있는 사다리 위로 난 네모난 구멍은 역시 해가 가는 연필로 그어 놓은 것처럼 스며들어 어둑어둑한 고미다락으로 이어졌다. 벽에 박힌 못에는 부서지고 마른 마구(馬具) 조각들이 매달려 있었다. 그녀는 자신이 누워 있는 물체를 시험 삼아 뜯어 보았다. 그것을 한 움큼 모아서는 머리를 들어 흘러내린 코트 속에서 브래지어와 블루머, 블루머와 스타킹 사이에 드러난 맨살을 보았다. 그러고는 쥐가 생각나 급히 일어나서 문으로 뛰어갔다. 옥수수 껍질을 여전히 손에 움켜쥔 채 문을 할퀴는 그녀의 얼굴은 열일곱 살의 단단한 잠으로 부풀어 있었다.

그녀는 문이 잠겼을 거라고 지레짐작해서 잠시 동안 열어 볼 생각도 하지 않고 마비된 손으로 손톱 소리가 날 때까지 거친 널빤지를 긁어 댔다. 그러자 문이 활짝 열리고 그녀는 밖으로 튕겨 나갔다. 그녀는 곧 헛간으로 튕겨 들어와 문을 요란하게 닫았다. 장님이 지팡이로 앞을 더듬으며 다른 손으로는 바지춤을 움켜쥐고 질질 끄는 걸음으로 비탈을 내려오고 있었다. 바지 멜빵은 엉덩이에서 덜렁거리고, 중앙 통로의 마른 왕겨 속에서 운동화를 질질 끌며 헛간을 지나가더니 한 줄로 늘어선 텅 빈 마구간에 가볍게 달그락거리는 지팡이 소리만 남긴 채 시야에서 멀어졌다.

템플은 코트를 몸에 꼭 죄고 문에 기대어 쭈그리고 앉았다. 그가 거기 마구간들 중 한 곳으로 돌아오는 소리가 들렸다. 그녀는 문을 열고 밖을 내다보았다. 5월의 밝은 햇살이 비치는 집에는 안식일의 평화가 깃들어 있었다. 그녀는 새 봄옷을 입고 기숙사를 나와 그늘진 길을 따라 종소리가 천천히 그리고 시원하게 울려 퍼지는 곳으로 어슬렁거리며 걸어가는 여학생들과 남학생들을 생각했다. 그녀는 발을 들어 올려 흙이 묻은 스타킹 바닥을 보고는 손바닥으로 턴 뒤에 다른 쪽 발도 털었다.

장님의 지팡이가 다시 달그락거렸다. 그녀는 갑자기 머리를 움츠리고 문을 빠끔히 열어 그가 바지 멜빵을 어깨에 걸치고 이제 좀 더 느리게 지나가는 것을 지켜보았다. 그는 비탈을 올라 집으로 들어갔다. 그러고 나서 그녀는 문을 열고 조심스레 계단을 내려갔다.

땅이 거칠어 스타킹 신은 발을 주춤거리고 움찔거리면서도 그녀는 집을 쳐다보며 그곳으로 재빨리 걸어갔다. 그녀는 현관을 올라가 부엌으로 들어서고는 멈춰 서서 침묵 속에 귀를 기울였다. 스토브는 차가웠다. 그 위에는 그을음이 낀 커피포트와 더러운 프라이팬이 있었으며, 식탁 위에는 더러운 접시들이 아무렇게나 쌓여 있었다. 아무것도 먹지 않은 지가 언제부터…… 언제부터…… 어제는 종일 그랬지만 그 후 아무것도 먹지 않았어 하고 그녀는 생각했다. 내가 먹지 않은 지가 언제부터…… 그날 밤 춤을 추었고 저녁은 먹지 않았어. 금요일 저녁 식사 이후 아무것도 먹지 않았어 하고 그녀는 생각했다. 그리고 지금은 일요일이야. 푸른 하늘을 향해 솟아 있는 시원한 뾰족탑에서 나는 종소리와 오르간 베이스의 메아리처럼 종루 주변에서 구구거리는 비둘기들이 생각났다. 그녀는 문으로 돌아가 밖을 내다보았다. 그러고는 코트를 꼭 죄고 나갔다.

그녀는 집으로 들어가더니 복도에서 달렸다. 해는 이제 앞 현관을 비추었다. 그녀는 머리를 길게 빼고는 문에 비친 해를 바라보며 달렸다. 그곳은 비어 있었다. 그녀는 출입구의 오른쪽 문으로 가 열더니 방으로 뛰어 들어가 문을 닫고는 그곳에 등을 기댔다. 침대는 비어 있었다. 천 조각을 기워 만든 빛이 바랜 누비이불이 침대 위에 아무렇게나 뭉쳐 있었다. 카키색 커버에 든 수통과 하이힐 한 짝이 침대 위에 있었다. 마룻바닥에는 그녀의 드레스와 모자가 있었다.

그녀는 옷과 모자를 집어 들어 손과 코트 끝자락으로 털려 했다. 그러고 나서 나머지 하이힐 한 짝을 찾기 위해 누비이불을 치우고 몸을 숙여 침대 밑을 들여다보았다. 마침내 그것을 벽난로 속에서, 장작 받침대와 뒤집힌 벽돌 더미 사이의 나무 잿더미 속에서 찾아냈다. 마치 누가 그곳으로 내던지거나 차버린 것처럼 재에 반쯤 묻힌 채 옆으로 놓여 있었다. 재를 털고 코트로 닦아서 침대 위에 놓고는 수통을 벽에 있는 못에 걸었다. 수통에는 유에스(US)라는 글자와 희미한 숫자가 검은 스텐실로 찍혀 있었다. 그러고 나서 그녀는 코트를 벗고 드레스를 입었다.

긴 다리와 가냘픈 팔 그리고 치켜 올라간 작은 궁둥이는 더 이상 어린애가 아니지만 그렇다고 어른도 아닌 작은 어린애 같은 모습으로, 그녀는 몸을 재빨리 놀려 스타킹을 매끄럽게 펴고, 몸을 가리기에도 부족한 꼭 끼는 드레스를 껴입었다. 이젠 뭐든지 견딜 수 있어 하고 그녀는 경악으로 무디고 지친 표정으로 조용히 생각했다. 뭐든 견딜 수 있어. 스타킹 윗부분에서 그녀는 망가진 검은 리본에 매달린 시계를 꺼냈다. 9시였다. 손가락으로 헝클어진 곱슬머리를 빗으니 목화씨 껍질이 서너 개 떨어졌다. 그녀는 코트와 모자를 들고 다시 문에 귀를 기울였다.

그녀는 뒤 현관으로 돌아갔다. 대야에는 버리다 만 더러운 물이 있었다. 대야를 씻은 후에 물을 받아 얼굴을 씻었다. 더러운 수건이 못에 걸려 있었다. 그것으로 조심스레 닦고 코트에서 콤팩트를 꺼내 분을 바르고 보니 여자가 부엌문에서 그녀를 지켜보고 있었다.

"편히 주무셨어요?"

템플이 말했다. 여자는 아기를 엉덩이에 매달고 있었다. 아기는 자고 있었다.

"안녕, 아가야. 넌 종일 잠만 자니? 템플이야."

템플이 몸을 구부리며 말했다. 그들은 부엌으로 들어갔다. 여자가 잔에 커피를 따라주었다.

"아마 추울 거야. 불을 지피고 싶으면 모를까."

여자가 말한 뒤 오븐에서 빵 냄비를 꺼냈다.

"괜찮아요."

템플은 미지근한 커피를 홀짝이며 말했다. 배 속에서 똑똑 떨어지는 작은 덩어리들이 새를 잡는 산탄처럼 돌아다니는 것 같았다.

"배가 안 고파요. 이틀이나 굶었는데도 배가 안 고파요. 우습지 않아요? 안 먹은 지가……."

그녀는 달래는 듯한 표정으로 여자의 등을 쳐다보았다.

"저, 화장실은요?"

"뭐?"

여자가 말했다. 여자가 어깨 너머로 템플을 쳐다보는 동안 그녀는 아첨하고 달래는 듯한 표정으로 여자를 응시했다. 여자는 선반에서 통신 판매용 카탈로그를 꺼내더니 몇 장을 찢어 템플에게 주었다.

"우린 헛간에서 볼일을 봐."

"그래요? 헛간에서요."

템플이 종이를 받아 들며 말했다.

"아무도 없어. 오늘 아침에는 오지 않을 거야."

여자가 말했다.

"예, 헛간에."

템플이 말했다.

"그래, 헛간 말이야. 너무 깨끗해서 못 가겠다면 할 수 없지만."

여자가 말했다.

"예."

템플이 말했다. 그녀는 문밖으로 잡초가 우거진 개간지 너머를 내다보았다. 어둠침침한 삼나무 숲 사이에서 사과 과수원이 햇빛에 밝게 빛났다. 그녀는 코트와 모자를 걸치고는 빨래집게와 특허 탈수기와 분말 세제 사진들이 아무렇게나 작게 실린 찢어낸 종이를 손에 들고 헛간 쪽으로 가서 복도로 들어갔다. 멈추어서 종이를 꼬깃꼬깃 접고는 다시 걸어가며 움츠린 시선으로 빈 마구간을 재빨리 둘러보았다. 그녀는 곧장 헛간을 가로질러 갔다. 헛간은 뒤쪽이 열려 있어서 황량한 하얀색과 옅은 자주색 꽃이 핀 흰독말풀 군락이 보였다. 그녀는 다시 햇빛 속으로, 잡초 속으로 걸어갔다. 그러고 나서 발이 땅에 닿지 않을 만큼 빨리 달리기 시작했다. 커다랗고 축축하고 악취가 나는 잡초 꽃이 몸에 상처를 냈다. 그녀는 몸을 굽혀 녹이 슬고 늘어진 철조망을 간신히 빠져나가서는 언덕 아래 나무들 사이를 달려갔다.

언덕 기슭에는 폭이 좁은 모래 띠가 작은 계곡의 양 경사
면을 갈라놓았는데, 그 띠는 해가 비치는 곳에서는 눈부신 반
점이 되어 굽이쳤다. 템플은 모래 위에 서서 해가 비치는 나
뭇잎들 사이에서 우는 새소리에 귀를 기울이며 주위를 둘러
보았다. 물이 마른 개울을 따라가니 찔레가 엉킨 은신처 모양
의 돌출부가 나타났다. 머리 위 나뭇가지들에는 신록 사이로
지난해 죽은 잎들이 아직 땅에 떨어지지 않은 채 매달려 있었
다. 그녀는 여기 잠시 멈춰 서서 일종의 절망감에 사로잡힌 채
손가락으로 종이를 꼬깃꼬깃 접어 댔다. 일어났을 때 한 사람
이 개울 바닥의 높은 지대에 번쩍번쩍 빛을 내며 쌓인 나뭇잎
더미 위에 쪼그리고 앉아 있는 모습이 희미하게 보였다.

그녀는 잠시 동안 서서 자신이 몸에서 빠져나와 하이힐한
짝이 벗겨진 채 달리는 것을 보았다. 모래를 배경으로 제 다
리가 반짝거리며 햇빛의 얼룩점들 사이를 몇 미터나 달리더니
휙 돌아서서 달렸다. 그러고는 하이힐을 낚아채 들고 다시 휙
돌아서서 달리는 것이었다.

집이 얼핏 나타났을 때 그녀는 앞 현관 맞은편에 있었다.
장님이 의자에 앉아 해를 향해 얼굴을 쳐들고 있었다. 그녀는
숲 가장자리에서 멈추어 하이힐을 신었다. 그녀는 황폐한 잔
디밭을 가로질러 현관으로 뛰어가서는 복도를 달려갔다. 뒤
현관에 다다랐을 때 한 사람이 헛간 문에서 집 쪽을 쳐다보는
것이 눈에 띄었다. 두 걸음에 현관을 가로질러 부엌으로 들어
가니 여자가 식탁에 앉아 무릎에 아기를 눕힌 채 담배를 피우
고 있었다.

"그 사람이 절 지켜보았어요! 그 사람이 줄곧 절 지켜보았
어요!"

템플이 말했다. 그녀는 문 옆에 기대어 밖을 내다보고는 여
자에게 다가가서 손을 차가운 스토브 위에 올려놓았다. 얼굴
은 작고 창백하며 눈은 시가로 지져 만든 구멍 같았다.

"누구 말이야?"

여자가 말했다.

"예. 그 사람이 저기 덤불 속에서 줄곧 절 지켜보았어요."

템플이 말했다. 그녀는 문 쪽을 보다 여자를 돌아보고 나
서 자기 손이 스토브 위에 있는 것을 보았다. 그녀는 놀라 비
명을 지르고는 손을 급히 들어 입에 가져다 대고 가볍게 쳤다.
그러고는 돌아서서 문 쪽으로 달려갔다. 여자가 다른 한 손에
여전히 아기를 안은 채 템플의 팔을 잡자 그녀는 다시 부엌으
로 뛰어 들어왔다. 구드윈이 집 쪽으로 오고 있었다. 그는 그
들을 한 번 쳐다보고는 복도로 들어갔다.

템플은 버둥거리며 작은 목소리로 말했다.

"놔주세요. 놔주세요! 놔주세요!"

그녀는 여자의 손을 문설주에 문질러 대며 난리를 치더니,
마침내 빠져나왔다. 그녀는 현관 밖으로 뛰어나가 헛간 쪽으
로 달려갔다. 복도 안으로 들어가서 사다리를 타고 오르더니
구멍 속으로 기어 들어갔다. 그러고는 다시 일어나 썩어 가는
건초 더미로 달려갔다.

그녀는 달려가다 갑자기 거꾸로 처박혔다. 자신의 다리가
여전히 허공에서 달리는 것이 보였고, 단단한 무언가에 등이

126

가볍게 부딪쳤다. 그녀는 조용히 드러누워 못이 빠진 널빤지가 덜거덕거리며 아래위로 진동해서 직사각형의 틈이 막히는 것을 올려다보았다. 희미한 먼지가 체로 치듯 햇살 사이로 떨어졌다.

그녀는 깔고 누운 물체를 손으로 더듬다가 다시 쥐 생각이 났다. 온몸을 이리저리 심하게 뒤척이다 푹신한 목화 씨 껍질 위에서 손을 앞으로 뻗어 아무 구석이나 잡고 벌떡 일어났다. 얼굴은 쥐가 웅크리고 있는 대들보에서 30센티미터도 떨어져 있지 않았다. 잠시 동안 서로 노려보고 나서 갑자기 쥐의 눈이 두 개의 작은 전구처럼 반짝였고, 그녀가 발아래 구르는 무언가를 다시 밟으며 뒤로 급히 물러났을 때 쥐가 그녀의 머리로 뛰어올랐다.

그녀는 반대쪽 구석으로 떨어져 고갱이만 남긴 채 깨끗이 갉아 먹은 흩어져 있는 몇 개의 옥수수 속대와 목화씨 껍질 속에 얼굴이 파묻혔다. 무언가가 벽에 부딪치더니 튕겨 그녀의 머리를 쳤다. 쥐는 이제 마룻바닥 저쪽 구석에 있었다. 다시 그들의 얼굴은 30센티미터도 떨어져 있지 않았으며, 쥐의 눈은 마치 폐에 따라 움직이는 것처럼 빛났다 희미해졌다 했다. 그러고 나서 쥐는 똑바로 서서 구석에 등을 기댄 채 앞발을 가슴에 비틀어 모으고 작은 소리로 애처롭게 헐떡이며 찍찍거렸다. 그녀는 그것을 주시하며 뒤로 기어갔다. 그러고는 벌떡 일어나 문으로 달려가 어깨 너머로 쥐를 바라보면서 문을 두드려 대고 몸을 문에 대고 활 모양으로 굽힌 채 맨손으로 널빤지를 긁어 댔다.

12

여자는 구드윈이 집에서 나올 때까지 아기를 안고 부엌문 앞에 서 있었다. 그의 콧방울은 갈색 얼굴에 비해 아주 하얬다.

"세상에, 또 취했어요?"

여자가 말했다. 그는 현관을 따라왔다.

"그 여잔 여기 없어요. 못 찾을 거예요."

여자가 말했다. 그는 위스키 냄새를 풍기며 여자를 스치고 지나쳤다. 여자는 그를 바라보며 돌아섰다. 그는 부엌을 재빨리 둘러보고 나서 뒤돌아 문간에서 문을 막고 서 있는 여자를 쳐다보았다.

"찾을 수 없을 거예요, 가 버렸어요."

그녀가 말했다. 그가 손을 든 채 여자 쪽으로 갔다.

"나한테 손대지 마요."

그녀가 말했다. 그가 여자의 팔을 천천히 잡았다. 그의 두 눈에는 약간 핏발이 서 있었다. 콧방울은 밀랍 같았다.

"손 치워요, 치우라니까요."

그녀가 말했다. 그가 여자를 천천히 문밖으로 끌어냈다. 여자는 그에게 욕을 퍼붓기 시작했다.

"할 수 있을 것 같아요? 내가 당신을 내버려 둘 것 같아요? 아니면 어떤 화냥년이든지요?"

꼼짝도 않고 춤을 막 추려는 자세로 서서 서로 바라보며, 그들의 근육은 점점 딱딱하게 굳어졌다.

그가 거의 움직이지 않은 채 여자를 한 바퀴 돌려 옆으로 내던지자 여자가 식탁에 부딪쳤다. 여자는 팔을 재빨리 뒤로 뻗어 균형을 잡고는 몸을 굽혀 뒤에 있는 더러운 접시 사이를 손으로 더듬으며 움직이지 않는 아기 너머로 그를 지켜보았다. 그가 여자에게로 걸어왔다.

"다가오지 마요, 다가오지 마요."

여자는 손을 약간 들어 식칼을 보이며 말했다. 그가 계속 다가오자 여자는 칼을 그에게 휘둘렀다.

그가 여자의 손목을 잡았다. 여자는 버둥거리기 시작했다. 그는 아기를 빼앗아 식탁 위에 눕히고는 여자가 다른 손으로 그의 얼굴을 치려 할 때 그 손마저 잡아 두 손목을 한 손에 몰아 쥐고서 여자를 때렸다. 메마르고 단조로운 소리가 났다. 그가 양쪽 뺨을 번갈아 때리자 여자의 머리가 좌우로 흔들렸다. 그가 여자를 때리며 말했다.

"화냥년들에게는 이게 약이야, 알겠어?"

그는 여자를 놔주었다. 여자는 뒤로 비틀거리며 식탁으로 가서 아기를 안고는 식탁과 벽 사이에 반쯤 웅크리고 앉아, 돌아서서 방을 나가는 그를 지켜보았다.

여자는 아기를 안은 채 구석에 무릎을 꿇고 앉았다. 아기는 꼼짝하지 않았다. 손바닥을 양쪽 뺨에 차례로 대어 보았다. 여자는 일어나 아기를 상자 속에 눕히고 못에 걸린 차일 모자를 썼다. 다른 못에 걸린, 한때는 하얀 모피였던 듯한 것으로 장식이 된 코트를 벗겨 아기를 안고 밖으로 나갔다.

토미는 헛간 저장실 옆에 서서 집 쪽을 바라보았다. 노인이 앞 현관에 앉아 햇볕을 쬐고 있었다. 여자는 계단으로 내려가더니 도로로 난 작은 길을 따라 뒤도 돌아보지 않고 갔다. 나무와 파손된 자동차에 다다르자 도로를 벗어나 작은 길로 갔다. 한 100미터쯤 가서 샘에 도착하자 샘가에 앉아 아기를 무릎에 안고는 치맛자락을 걷어 올려 잠든 아기의 얼굴을 가렸다.

진흙투성이 신발을 신은 포파이가 덤불에서 조심스레 걸어나와 샘 너머로 여자를 내려다보았다. 손으로 코트를 재빨리 더듬어 담배를 짓이기고 비틀어서 입에 물고는 엄지손가락으로 성냥을 그었다.

"제기랄, 그 작자들이 밤새도록 그놈의 걸 마셔 대며 앉아 있게 내버려 둘 참이냐고 그렇게 말했건만. 법이 있어야 돼."

그가 말했다. 그는 집이 있는 쪽을 바라보았다. 그러고 나서 여자를, 여자의 차일 모자 꼭대기를 쳐다보았다.

"망할 놈의 집."

그가 말했다.

"정말 그래. 어떤 녀석이 여기 쪼그려 앉아 있는 걸 발견한 게 불과 나흘도 안 됐어. 그 녀석이 내게 책을 읽느냐고 물어봤지. 책 따위로 날 깜짝 놀라게 하려는 듯 말이야. 전화번호부로 날 불러내서는 납치해 죽이려는 수작이지."

칼라가 너무 죄는 듯 목을 잡아 뽑으며 그는 다시 집 쪽을 바라보았다. 그는 차일 모자 꼭대기를 내려다보았다.

"난 시내로 갈 거야, 알겠어? 집어치울 거야. 이 짓도 더 이상 못 해 먹겠어."

여자는 쳐다보지 않았다. 여자는 아기의 얼굴을 가린 치맛자락을 고쳐 들었다. 포파이는 가볍고 까탈스러운 소리를 내며 덤불 속으로 갔다. 그러고는 소리가 그쳤다. 늪 어딘가에서 새 한 마리가 울었다.

*

집에 다다르기 전에 포파이는 도로를 벗어나 숲이 우거진 비탈을 따라갔다. 그가 모습을 드러냈을 때 구드윈은 과수원의 한 나무 뒤에서 헛간 쪽을 바라보고 있었다. 포파이는 숲 가장자리에 멈춰 서서 구드윈의 등을 쳐다보았다. 그는 담배를 또 하나 입에 물고 손가락을 조끼 속에 집어넣었다. 그는 과수원을 아주 조심스레 가로질러 갔다. 구드윈이 소리를 듣고는 어깨 너머로 바라보았다. 포파이는 조끼에서 성냥을 꺼내 켜서 담배에 불을 붙였다. 구드윈이 다시 헛간 쪽을 바라보왔고, 포파이도 옆에 서서 헛간 쪽을 바라보았다.

"저기 누가 있어?

포파이가 말했다. 구드윈은 아무 말도 하지 않았다. 포파이는 콧구멍으로 연기를 내뿜었다.

"난 집어치울 거야."

그가 말했다. 구드윈은 아무 말도 없이 헛간을 지켜보았다.

"여길 떠날 거라니까."

포파이가 말했다. 머리를 돌리지도 않고 구드윈은 그에게 욕을 해 댔다. 포파이는 조용히 담배를 피웠다. 담배는 그의 고요하고 부드럽고 검은 시선을 휘감았다. 그러고 나서 그는 돌아서서 집 쪽으로 갔다. 노인이 햇볕을 쬐며 앉아 있었다. 포파이는 집으로 들어가지 않았다. 그 대신 그는 잔디밭을 가로질러 집에서 보이지 않을 때까지 삼나무 숲으로 들어갔다. 그러고는 돌아서서 정원과 잡초가 무성한 곳을 질러가 뒷문으로 헛간에 들어갔다.

토미는 저장실 문 옆에서 뒤꿈치를 든 채 쭈그리고 앉아 집 쪽을 바라보았다. 포파이는 담배를 피우며 잠시 그를 쳐다보았다. 그러고는 담배를 던져 버리고 조용히 한 마구간으로 들어갔다. 여물통 위에는 건초를 얹어놓는 나무 시렁이 있었는데, 바로 그 아래에 고미다락으로 통하는 입구가 있었다. 포파이는 그 시렁으로 올라가 조용히 고미다락으로 들어갔다. 꼭 끼는 코트는 좁은 어깨와 등을 따라 가느다란 능선 모양으로 팽팽해졌다.

13

토미가 헛간 복도에 서 있을 때 템플이 마침내 저장실 문을 열었다. 그를 알아보고 그녀는 몸을 반쯤 돌려 화닥닥 뒤로 물러서더니 다시 휙 돌아서서 그에게 달려들어 팔을 잡았다. 그러고 나서 구드윈이 집 뒷문에 서 있는 것을 보고는 휙 돌아서 저장실 안으로 다시 뛰어 들어갔다. 그런 다음 몸을 돌리고는 머리를 문에 기대어 병 속의 거품처럼 가늘게 이이이이이이이이이 하는 소리를 냈다. 그녀가 그곳에 기대어 손으로 문을 할퀴고 당기려 애쓸 때 토미의 목소리가 들렸다.

"……리 말로는 아무도 당신을 해치지 않을 거래. 그냥 가만히 있어……."

그것은 메마른 소리로 그녀의 의식 속에 전혀 들어오지 않았으며, 그의 숱이 많은 텁수룩한 머리털 아래로 드러난 창백한 눈 역시 그랬다. 그녀는 문에 기대어 울부짖으며 문을 닫으려고 애썼다. 그러고는 그의 손이 서툴게 그녀의 허벅지에 닿는 것을 느꼈다.

"아무도 당신을 해치지 않을 거라고……. 그냥 가만히……."

그녀는 그를, 그녀의 엉덩이에 자신 없이 놓여 있는 그의 단단한 손을 쳐다보았다.

"그럼, 좋아요. 그 사람이 여기 들어오지 못하게 해 주세요."

그녀가 말했다.

"아무도 여기 들어오지 못하게 해 달란 말이지?"

"그래요. 쥐는 무섭지 않아요. 저기에서 그 사람이 들어오지 못하게 해 주세요."

"좋아. 아무도 곁에 오지 못하게 해 주지. 내가 여기서 지키고 있을게."

"좋아요. 문을 닫아요. 그 사람이 여기 들어오지 못하게 해주세요."

"좋아."

그는 문을 닫았다. 그녀는 문에 기대어 집 쪽을 바라보았다. 그는 문을 닫기 위해 그녀의 등을 밀었다.

"리 말로는 아무도 당신을 해치지 않을 거래. 그냥 가만히 있어."

"좋아요, 그렇게 할게요. 그 사람이 여기 들어오지 못하게 해주세요."

문이 닫혔다. 그가 걸쇠를 잠그는 소리가 들렸다. 그러고 나서 그는 문을 흔들어 보았다.

"꼭 닫혔어. 이제 아무도 얼씬 못 할 거야. 내가 여기서 지키고 있을게."

그가 말했다.

그는 뒤꿈치를 든 채 왕겨 속에 쭈그리고 앉아 집 쪽을 쳐다보았다. 잠시 후 구드윈이 뒷문으로 와서 그가 있는 쪽을 쳐다보는 것이 눈에 띄자, 무릎을 움켜쥔 채 쭈그리고 앉은 토미의 눈이 다시 타올랐다. 창백한 홍채가 잠시 동안 두 개의 작은 바퀴처럼 동공 속에서 뱅뱅 도는 것이 보였다. 구드윈이 다시 집 안으로 들어갈 때까지 그는 입술을 약간 치켜 올린 채 그곳에 쭈그리고 앉아 있었다. 그러고는 한숨을 토했으며, 저 장실의 빈 문을 쳐다보며 눈이 다시 자신 없고 암중모색하는 굶주린 불길로 타올랐고, 몸을 좌우로 가볍게 흔들며 손을 정강이에 천천히 문지르기 시작했다. 그러고 나서 그는 멈추고 몸이 굳어지더니, 구드윈이 집 모퉁이를 재빨리 가로질러 삼나무 숲으로 가는 것을 지켜보았다. 그는 몸이 굳은 채 쭈그리고 앉아 있었다. 약간 치켜 올라간 입술 사이로 들쭉날쭉한 이가 보였다.

목화씨 껍질에, 갉아 먹은 옥수수 속대 더미에 앉아 있던 템플은 갑자기 머리를 사다리 꼭대기에 있는 구멍 쪽으로 돌렸다. 포파이가 고미다락 바닥을 가로질러 움직이는 소리가 들리더니 그의 다리가 나타나 사다리의 층계를 매우 조심스레 더듬었다. 그는 내려오면서 어깨 너머로 그녀를 지켜보았다.

입을 약간 벌리고 그녀는 꼼짝 않고 앉아 있었다. 그는 그녀를 쳐다보며 서 있었다. 그는 칼라가 너무 끼는 듯 연신 턱을 비틀어 빼냈다. 그는 양 팔꿈치를 들어 올려 손바닥으로 털고는 코트 자락까지 털고 나서 손을 코트 주머니에 집어넣고 소리도 없이 그녀의 시야를 지나갔다. 그는 문을 열어 보았다. 그러고는 그것을 흔들어 댔다.

"문 열어."

그가 말했다.

아무 소리도 없었다. 잠시 후에 토미가 작은 목소리로 말했다.

"누구야?"

"문 열어."

포파이가 말했다. 문이 열렸다. 토미는 포파이를 쳐다보았다. 그는 눈을 깜빡였다.

"여기 있는 줄은 몰랐는데."

그가 말했다. 그는 포파이 너머로 저장실 안쪽을 들여다보려 했다. 포파이는 손을 토미의 얼굴에 바짝 대고는 뒤로 밀치더니 그의 위로 몸을 굽혀 집을 바라보았다. 그러고는 토미를 쳐다보았다.

"날 따라다니지 말랬지?"

"자넬 따라다닌 게 아니야. 그자를 감시하고 있었어."

토미가 말했다. 그러고는 머리를 집 쪽으로 휙 돌렸다.

"그러면 그자나 감시해."

포파이가 말했다. 토미가 머리를 돌려 집 쪽을 바라보는 사이에 포파이는 코트 주머니에서 손을 꺼냈다.

목화씨 껍질과 옥수수 속대 더미에 앉아 있는 템플에게는 그 소리가 성냥 켜는 소리보다 더 크지 않았다. 심오한 최후의 일격으로 그 장면, 그 순간을 정지시켜 버리는, 완전히 고립시켜 버리는 짧고 작은 소리였다. 그녀는 그곳에 앉아 다리를 앞으로 쭉 펴고 부드러운 손은 손바닥을 위로 해서 무릎에 올려놓은 채, 상체를 문밖으로 내민 포파이의 단단한 등과 어깨 위에 있는 코트 주름을 쳐다보았다. 옆구리 뒤에 댄 권총에서는 다리를 따라 희미하게 연기가 피어올랐다.

그는 돌아서서 그녀를 쳐다보았다. 그는 총을 가볍게 흔들고는 다시 코트에 집어넣었다. 그리고 그녀 쪽으로 걸어갔다. 움직이면서도 그는 결코 소리를 내지 않았다. 그의 손이 문을 놓자 그 문이 크게 벌어졌다가 문설주에 요란하게 부딪쳤지만 아무 소리도 나지 않았다. 마치 소리와 침묵이 뒤바뀐 것 같았다. 그가 침묵을 옆으로 밀치며 침묵을 지나 그녀에게로 다가갈 때 둔탁하게 바스락거리는 소리에서 침묵의 소리가 들리는 듯했다. 그녀는 내게 무슨 일이 일어날 것 같아요 하고 말하기 시작했다. 눈이 노란 덩어리 같은 노인에게 말했다. 그녀는 햇볕을 쬐며 의자에 앉아 손을 지팡이 꼭대기에 포개 놓은 그에게 "내게 무슨 일이 일어나고 있어요!" 하고 소리를 질렀다. "그럴 거라고 말했잖아요!" 하고 그녀는 소리를 질렀다. 그 말은 뜨거운 침묵의 거품처럼 주위의 밝은 침묵 속으로 사라지고, 마침내 그는 머리와 두 개의 점액 덩어리를 해가 비치는 거친 널빤지 위에 누워서 몸부림치는 그녀 쪽으로 돌렸다.

"말했잖아요! 늘 말했잖아요!"

14

여자는 잠든 아기를 무릎에 안고 샘가에 앉아 있는 사이에 젖병을 가져오지 않았다는 생각이 들었다. 포파이가 가고 나서 한 시간 정도 그곳에 앉아 있었다. 그러고 나서 여자는 도로로 돌아가 다시 집 쪽으로 갔다. 아기를 팔에 안고 집으로 반쯤 왔을 때 포파이의 차가 지나갔다. 여자는 차가 다가오는 소리를 듣고 도로 옆으로 비켜서서 그것이 언덕을 내려오는 것을 지켜보았다. 템플과 포파이가 타고 있었다. 템플은 여자를 똑바로 쳐다보았지만 포파이는 본체만체했다. 모자로 가린 템플은 여자의 얼굴을 똑바로 바라보았지만 아무것도 알아보지 못하는 듯했다. 얼굴을 돌리지 않았고, 눈은 멍하니 뜨고 있었다. 길옆에 서 있는 여자에게 그 얼굴은 줄에 매달려 그녀 곁을 지나치는 바탕칠을 한 작은 가면 같았다. 차는 바큇자국을 따라 비틀거리고 덜컹거리며 갔다. 여자는 집으로 갔다.

장님이 앞 현관에 앉아 햇볕을 쬐고 있었다. 여자는 복도에 들어서자 빨리 걸었다. 아기의 가벼운 무게를 의식하지 못했다. 여자는 구드윈이 침실에 있는 것을 발견했다. 그는 낡은 넥타이를 매고 있었다. 그를 본 여자는 그가 막 면도했다는 것을 알았다.

"왜 그래요? 무슨 일이에요? 무슨 일이냐니까요?"

여자가 말했다.

"털의 집으로 가서 보안관에게 전화를 해야 돼."

그가 말했다.

"보안관. 예, 좋아요."

여자가 말을 하더니 침대로 가서 아기를 조심스레 내려놓았다.

"털의 집에요. 예, 그 집에 전화가 있죠."

그녀가 말했다.

"당신은 식사 준비나 해. 팝이 있잖아."

구드윈이 말했다.

"식은 빵을 주면 돼요. 개의치 않을 거예요. 스토브에 남은 게 조금 있어요. 개의치 않을 거예요."

"내가 갈게. 당신은 여기 있어."

구드윈이 말했다.

"털의 집에요, 좋아요."

그녀가 말했다. 가우언이 차를 구한 곳이 바로 털의 집이었다. 그곳은 3킬로미터쯤 떨어져 있었다. 털의 가족은 저녁 식사 중이었다. 그들은 여자에게 멈추라고 말했다.

"전화를 좀 썼으면 해서요."

그녀가 말했다. 전화는 그들이 식사를 하는 식당에 있었다. 여자는 그들이 식탁에 앉아 있는 가운데 전화를 했다. 번호를 알지 못했다.

"보안관요."

여자가 송화구에 대고 인내심 있게 말했다. 털의 가족이 일요일 저녁 식사를 하기 위해 식탁에 앉은 가운데 그녀는 보안관과 연결되었다.

"사람이 죽었어요. 털 씨의 가게를 2킬로미터쯤 더 가서 오른쪽으로 꺾으세요……. 예, 올드프렌치맨 구역요. 예, 저는 구드윈 부인입니다……. 구드윈요. 예."

15

벤보는 오후 참 무렵에 여동생 집에 도착했다. 그곳은 시내인 제퍼슨에서 6킬로미터쯤 떨어져 있었다. 그와 여동생은 일곱 살 터울로 제퍼슨에서 태어났다. 여동생은 그들이 태어난 집을 벤보가 미첼이라는 남자와 이혼한 여자와 결혼해 킨스턴으로 이사할 때 팔아 버리고 싶어 했다. 하지만 아직도 그들 소유였다. 벤보는 돈을 빌려 킨스턴에 새 방갈로를 지었으며 아직도 그 이자를 지불하고 있지만 파는 데 동의하지 않았다.

그가 도착했을 때는 아무도 없었다. 그가 집에 들어가 블라인드가 드리워진 어두운 거실에 막 앉았을 때 여동생이 그가 온 줄도 모른 채 계단을 내려오는 소리가 들렸다. 그는 소리를 내지 않았다. 그녀는 거실 문을 막 가로질러 사라지려다 멈춰서서 그를 똑바로 쳐다보았다. 놀라는 기색이라고는 하나 없이 영웅의 조상(彫像)에서 볼 수 있는 그런 침착하고 우둔한 견고성을 지니고 있었다. 그녀는 하얀색 옷을 입고 있었다.

"아, 호러스."

그녀가 말했다.

그는 일어나지 않았다. 마치 죄를 지은 작은 소년 같은 태도로 앉아 있었다.

"어떻게 소식을 들었…… 벨이……."

그가 말했다.

"그럼요, 토요일에 제게 전보를 쳤던데요. 오빠가 떠났다고요. 그리고 오빠가 여기 오면, 올케는 켄터키에 있는 집으로 돌아갔고 리틀 벨을 데리러 보냈다고 말해 달래요."

"아, 제기랄."

벤보가 말했다.

"왜요? 오빠 집을 나오고 싶어 하면서도 올케가 떠나는 건 원치 않나요?"

여동생이 말했다.

그는 여동생 집에서 이틀 동안 묵었다. 그녀는 말이 많은 여자는 아니었으며, 들판이 아니라 울타리가 있는 정원에서 자라는 다년생 옥수수나 밀처럼 조용히 무위도식하는 생활을 했다. 그리고 그 이틀 동안 그녀는 고요하고 어딘가 익살맞은 비극적인 불만에 찬 태도로 집 안을 돌아다녔다.

저녁 식사 후 그들은 미스 제니의 방에 앉아 있었다. 나르시사는 아들이 잠자리에 들 때까지 그 방에서 멤피스 신문을 읽곤 했다. 그녀가 방에서 나갔을 때 미스 제니가 벤보를 쳐다보았다.

"집으로 돌아가요, 호러스."

"킨스턴으로는 안 갑니다. 아무튼 여기 머물 생각은 없었습니다. 나르시사에게 달려온 건 아닙니다. 다른 여자 치맛자락으로 달려가려고 그 여자를 버린 게 아닙니다."

벤보가 말했다.

"계속 그렇게 말하면 결국 스스로 그 말을 믿게 돼요. 그땐 어떻게 할 건가요?"

미스 제니가 말했다.

"맞습니다. 그땐 집에 붙어 있어야겠죠."

벤보가 말했다.

여동생이 돌아왔다. 그녀는 단호한 태도로 방에 들어왔다.

"이제 때가 되었나 보군."

벤보가 말했다. 여동생은 종일 벤보에게 대놓고 말하지 않았다.

"어떻게 하려고 그래요, 호러스? 킨스턴에서 해야 할 사업이 있을 것 아니에요."

그녀가 말했다.

"호러스인들 없을 리 없지. 내가 알고 싶은 건 사돈이 왜 집을 나왔느냐는 거야. 침대 밑에 남자라도 숨어 있었어요, 호러스?"

미스 제니가 말했다.

"그런 복이라도 있으면 좋게요. 금요일이었는데, 갑자기 역에 가서 새우 상자를 가져올 수 없다는 사실을 깨달은 데다……."

벤보가 말했다.

"하지만 십 년이나 그렇게 했잖아요."

여동생이 말했다.

"알아, 그래서 새우 냄새 같은 걸 다시는 맡고 싶지 않다고 깨달은 거지."

"그것 때문에 벨을 버렸어요?"

미스 제니가 말하고는 그를 쳐다보았다.

"여자가 한 남자에게 좋은 아내가 아니면 다른 남자에게도 좋은 아내가 될 수 없다는 걸 배우는 데 오랜 시간이 걸린 것 같지 않아요?"

"그렇다고 검둥이처럼 집을 나오다니. 그러고는 밀주 제조업 자나 매춘부와 어울리다니."

나르시사가 말했다.

"하여튼 사돈은 매춘부에게도 갔다가는 버렸어. 그 여자가 시내로 올 때까지 주머니에 그 오렌지 스틱을 넣고 돌아다닐 작정이라면 모르지만."

미스 제니가 말했다.

"예."

벤보가 말했다. 그는 그들 세 사람, 그 자신과 구드윈과 토미가 현관에 앉아 항아리에 든 술을 마시며 이야기하고, 포파이가 집 주변에 숨어 있다 이따금 나타나 토미에게 랜턴을 들고 함께 헛간으로 내려가자고 말했는데, 그가 그렇게 하지 않자 포파이가 그에게 욕을 하고 토미가 마룻바닥에 앉아 희미한 소리를 내면서 맨발을 널빤지에 문질러 대며 "그 사람 물건이잖아요?" 하고 말하며 낄낄대던 일을 다시 이야기했다.

"그자에게 권총이 있다는 사실은 그자에게 배꼽이 있다는 것만큼이나 분명했어."

벤보가 말했다.

"그자는 술을 마시지 않았어. 술을 마시면 개처럼 배가 아프기 때문이라더군. 그자는 우리와 함께 앉아 이야기하려 하지 않았어. 그자는 마치 부루퉁하고 병든 아이처럼 살금살금 걷거나 담배만 피워 댔지 아무것도 하려 하지 않았어. 구드윈과 나는 둘이서 이야기했지. 그자는 필리핀과 멕시코 국경에서 기갑 부대 하사관으로 근무했고, 프랑스에서는 보병 연대에서 근무했어. 왜 보병으로 바뀌었는지, 왜 전속되고 강등되었는지는 말하지 않았어. 아마 살인을 했거나 탈영을 했을 거야. 그자는 마닐라와 멕시코 여자들 이야기를 해 대고, 그 얼간이는 낄낄대며 술병을 들고 꿀꺽꿀꺽 들이켜고는 내게 내밀며 '좀 더 마셔요.' 하고 말했어. 그때 나는 여자가 바로 문 뒤에서 우리가 하는 이야기에 귀를 기울이고 있다는 걸 알았지. 그들은 결혼하지 않았어. 그건 검은 옷을 입은 그 작은 사람의 코트 주머니에 그 납작하고 작은 권총이 있다는 것만큼이나 분명했지. 그 여자는 거기서 흑인 하녀나 하는 일을 했어. 한때는 다이아몬드와 자동차도 갖고 있었다는데, 그것들을 현금보다 더 비싼 돈을 주고 산 셈이지. 그리고 그 장님은, 그 노인은 거기 식탁에 앉아서 눈먼 사람들이 취하는 그 부동자세로 누군가가 먹여 주기를 기다렸지. 마치 내가 들을 수 없는 음악을 사람들이 들을 때 내가 그 눈알의 뒤쪽을 쳐다보는 것처럼 말이야. 구드윈이 그를 방에서 데리고 나가더니 내가 아는 한 지상에서 완전히 사라져 버렸어. 나는 그 노인을 다시는 보지 못했지. 나는 그 노인이 누구인지, 누구의 친척인지 전혀 알지 못해. 아마 친척이라고는 하나도 없을 거야. 아마 백 년 전에 그 집을 지은 옛 프랑스인이 죽거나 떠날 때 필요 없어서 그곳에 버려두었을 거야."

*

다음 날 아침 벤보는 여동생에게 집 열쇠를 받아 시내로 갔다. 그 집은 골목에 있는 데다 십 년째 비어 있었다. 그는 집을 열고 창문에서 못을 뽑아냈다. 가구는 그대로 있었다. 새 작업복 바지를 입고서 대걸레와 양동이를 들고 들어가 마루를 닦았다. 정오에는 시내로 가서 침구와 통조림을 사 왔다. 6시가 되도록 일하고 있자니 여동생이 차를 몰고 왔다.

"집으로 들어와요, 호러스. 이게 어디 오빠가 할 일이에요?"

그녀가 말했다.

"시작하자마자 그걸 깨달았지. 오늘 아침까지만 해도 난 누구든 팔 하나와 물 한 양동이만 있으면 마루를 닦을 수 있다고 생각했어."

벤보가 말했다.

"호러스."

그녀가 말했다.

"난 네 오빠란 사실을 잊지 마. 난 여기서 지낼 거야. 이부

자리도 있어."

그가 말했다. 그는 저녁을 먹기 위해 호텔로 갔다. 그가 돌아왔을 때 여동생의 차가 다시 차도에 있었다. 흑인 운전사가 침구를 한 보따리 갖고 왔다.

"나르시사 아씨가 그걸 쓰시라는뎁쇼."

흑인이 말했다. 벤보는 그 보따리를 벽장에 넣고는 자신이 사 온 것으로 잠자리를 준비했다.

다음 날 정오에 그는 부엌 식탁에 앉아 찬 음식을 먹다 창 너머로 짐마차 하나가 거리에서 멈추는 것을 보았다. 여자 셋이 보도에 내려서는 태연하게 몸단장을 했다. 치마와 스타킹을 펴고 서로 등을 털어 주고는 꾸러미를 풀어 이것저것 아름다운 옷으로 입었다. 짐마차는 가고 없었다. 그들은 도로를 따라 걸어갔으며, 그는 그날이 토요일임을 기억했다. 그는 작업복 바지를 벗어 던지고 정장 차림으로 집을 나섰다.

거리는 더 넓은 거리로 트여 있었다. 왼쪽으로는 두 건물 사이에 있는 공터인 광장으로 이어졌고, 그곳으로 군중이 두 줄의 개미 행렬처럼 천천히 새까맣게 계속 밀려들었다. 그 위로는 법원의 둥근 지붕이 드문드문 눈으로 덮인 떡갈나무와 아까시나무 숲 위로 솟아 있었다. 그는 광장 쪽으로 갔다. 빈 짐마차들이 여전히 그를 지나쳤으며, 그는 훨씬 더 많은 백인 여자와 흑인 여자를 지나쳤다. 걸음걸이뿐만 아니라 어색한 복장으로 보아 의심할 나위가 없었지만 그들은 시내 사람들이 자신들을 시내 사람들로 생각할 것이라고 믿으며 서로 놀리지도 않았다.

인접한 골목길에는 짐마차들이 빼곡히 매여 있었는데, 짐마차 뒤에 매어 둔 말들은 코를 들이밀고는 후미 판에 있는 옥수수 알을 갉아 먹었다. 광장은 나란히 늘어선 자동차들로 두 줄의 깊은 선이 나 있었으며, 한편 자동차와 짐마차의 주인들은 헐렁한 작업복과 카키색 옷에 통신 주문으로 산 목도리를 두르고 양산을 쓰고는 떼를 지어 가게 안을 들락거리며 과일 껍질과 땅콩 껍질을 아무렇게나 도로에 버렸다. 그들은 평온하고 무신경하게 도로를 가득 메운 채 와이셔츠를 입고 칼라를 달고서는 초조하게 서둘러 대는 도시 사람들을 시간에서 벗어나 살아가는 가축이나 신처럼 크고 온화하면서도 불가해한 표정으로 찬찬히 보며 양처럼 느리게 움직였다. 시간은 노란 오후에 옥수수와 목화가 푸른, 느리고 헤아릴 수 없는 땅에 누워 있었다.

호러스는 유유한 흐름에 이리저리 휩쓸리면서 그들 사이를 초조한 기색 없이 움직였다. 그들 중 더러는 그가 아는 사람이었다. 상인들과 전문직 종사자들은 대부분 그를 소년, 청년, 동료 변호사로 기억했다. 아까시나무 가지들이 거품 막처럼 둘러싼 곳 너머로 그와 그의 아버지가 개업했던 우중충한 2층 창문들이 보였는데, 유리는 여전히 그때처럼 물과 비누 구경이라고는 해 보지 못한 듯했다. 그는 이따금 멈춰 서서 느린 역류 속에서 그들과 이야기했다.

화창한 공기는 약국과 음반 가게의 문에서 경쟁적으로 내지르는 라디오와 축음기 소리로 가득했다. 이러한 문 앞에서는 사람들이 종일 무리를 지어 서서 귀를 기울였다. 그들을 감동시키는 작품은 사별, 응보, 후회에 관한 멜로디와 주제가 간단한 발라드들이었는데, 금속성의 노랫소리가 잡음과 바늘 탓에 흐려졌다 커졌다 했다. 실체가 없는 목소리가 모조 나무 장식장이나 돌결 무늬가 있는 확성기에서 울려 퍼질 때면 그들의 얼굴은 넋을 잃고, 거만한 대지에서 오랜 세월에 걸쳐 형성된 마디투성이의 느린 손은 가련하고 거칠고 슬퍼 보였다.

그날은 5월의 어느 토요일로 땅에서 떠날 틈이 없었다. 하지만 월요일이면 그들은 카키색 옷과 작업복 바지와 칼라가 없는 셔츠를 입고 다시 돌아와 대부분 법원과 광장 근처로 몰려다녔으며, 거기 있는 김에 가게에서 조금 거래를 했다. 그들 중 한 무리는 하루 종일 장의사의 영업실 문에 서 있었고, 교과서를 들었거나 그렇지 않은 소년들과 젊은이들은 몸을 굽혀 유리에 코를 납작하게 대고 있었으며, 시내의 좀 더 대담한 사람들과 젊은이들은 토미라는 사람을 보기 위해 두세 명씩 짝을 지어 안으로 들어갔다. 그는 맨발에 작업복 바지를 입고 나무 탁자 위에 누워 있었는데, 햇볕에 그을린 뒤통수의 곱슬머리는 마른 피가 엉긴 데다 화약에 그을렸다. 그동안 검시관이 그의 앞에 앉아서 그의 성(姓)을 확인하려고 애를 썼다. 그러나 아무도, 심지어 시골에서 그를 십오 년 동안이나 알고 지낸 사람이나, 이따금 토요일에 시내에서 맨발에다 모자를 쓰지 않고 시선은 넋이 나간 듯 공허하고 볼은 박하사탕으로 순진하게 불룩해진 채 돌아다니는 그를 본 상인들도 그것을 알지는 못했다. 사람들이 실제로 아는 모든 것에 의지해도 그것을 알 수 없었다.

16

보안관이 구드윈을 읍내로 데려온 날, 감옥에는 아내를 죽인 흑인 살인범이 갇혀 있었다. 면도칼로 목을 베어 거품이 일며 피가 역류하는 바람에 그녀는 머리를 점점 더 뒤로 젖히며 오두막집 문을 뛰쳐나와 달빛이 고요히 비치는 골목길을 예닐곱 발짝이나 달려갔다. 그는 저녁이면 창에 기대어 노래를 불렀다. 저녁을 먹은 후 창 아래에 있는 울타리에서 몇몇 흑인이, 말쑥한 싸구려 셔츠를 입은 자들과 땀에 절은 작업복 바지를 입은 자들이 어깨를 나란히 한 채 늘어서서 그 살인범과 함께 영가(靈歌)를 합창했다. 그동안 백인들은 여름의 문턱에 다달아 잎이 무성한 어둠 속에서 걸음을 늦추거나 멈춰 서서 틀림없이 죽을 사람과 이미 죽은 거나 다름없는 사람이 천국과 삶의 권태를 노래하는 데 귀를 기울였다. 또는 노래와 노래

사이에 성량이 풍부하고 어디에서 들리는지 알 수 없는 한 목소리가, 후미진 가로등 위로 드리워진 오동나무의 너덜너덜한 그림자가 바스락거리고 구슬픈 소리를 내는 짙은 어둠 속에서 들려왔다.

"나흘만 더 지나면! 그러면 미시시피 북부에서 가장 훌륭한 바리톤 가수가 죽게 되리!"

때로는 낮에 그가 그곳에 기대어 혼자 노래를 부르면 잠시 후 누더기를 걸친 더러운 소년들이나 아마도 배달 바구니를 든 흑인 한둘이 울타리에서 멈추었으며, 길 맞은편 차고의 기름 묻은 벽에 기대놓은 의자에 앉은 백인 남자들이 담배를 씹으며 귀를 기울였다.

"하루만 더 지나면! 그러면 나는 죽은 놈이 되고 말아. 이봐요, 천국에는 네 자리가 없단다! 이봐요, 지옥에는 네 자리가 없단다! 이봐요, 감옥에는 네 자리가 없단다!"

"저 빌어먹을 놈. 난 다른 사람이 부러워할 만한 위치에 있지는 않지만 절대로……."

구드윈은 검은 머리에 어렴풋이 근심에 잠긴 수척하고 갈색인 얼굴을 휙 들어 올리며 말했다. 그리고 그는 더 이상 말하려 하지 않았다.

"내가 한 게 아니오. 당신도 잘 알잖소. 내 짓이 아니라는 건 당신도 알지 않소. 내 생각을 말하지는 않을 거요. 내가 한 게 아니오. 그자들이 먼저 그걸 내게 뒤집어씌웠어. 그렇게 하라지. 난 결백해. 하지만 내가 말하면, 내가 생각하거나 믿고 있는 걸 말하고 나면 내 결백을 증명할 수 없게 되오."

그는 감방의 간이침대에 앉아 있었다. 그는 창문을 올려다 보았다. 창문이라는 게 고작 사브르 자국보다 크지 않은 구멍 두 개였다.

"그자가 그렇게 총을 잘 쏴요? 저 창문 사이로 사람을 맞힐 만큼?"

벤보가 말하자 구드윈이 그를 쳐다보았다.

"누구요?"

"포파이 말입니다."

벤보가 말했다.

"포파이가 그랬어요?"

구드윈이 말했다.

"그렇잖아요?"

벤보가 말했다.

"난 할 말은 다 했어요. 날 이해시키고 싶지는 않아요. 그자들이 내게 그걸 뒤집어씌울 궁리를 하고 있어요."

"그러면 변호사는 왜 불렀어요? 내가 어떻게 하길 원하죠?"

벤보가 말했다. 구드윈은 벤보를 쳐다보지 않았다.

"그 애가 밥벌이를 할 만큼 컸을 때 신문사에 괜찮은 일자리나 하나 구해 주겠다고 약속한다면. 루비는 괜찮을 거요. 안 그래, 여보?"

그가 말했다. 그는 손을 여자의 머리에 얹더니 머리카락을 쓰다듬었다. 그녀는 아기를 무릎에 안고 그의 곁 침대에 앉아 있었다. 아기는 파리의 거리에서 거지들이 데리고 다니는 아기처럼 약물에 취한 듯 마비 상태로 누워 있었다. 아기의 수척한 얼굴은 희미한 물기로 매끄러웠고, 머리카락은 야위고 혈관이 불거진 두개골에 어렴풋이 축축한 그림자를 드리웠으며, 납빛 눈꺼풀 아래로 하얀색의 가느다란 초승달 모양이 보였다.

여자는 말쑥하게 솔질을 하고 손으로 능숙하게 꿰맨 회색 크레이프 드레스를 입고 있었다. 솔기를 따라 희미하고 좁게 윤을 낸 자국이 있어서 다른 여자는 100미터 밖에서도 한눈에 알아보았을 것이다. 어깨 위에는 10센트 균일상점이나 통신 주문으로 구입했을 것 같은 자주색 장식이 달려 있었다. 여자 곁의 침대 위에는 말쑥하게 꿰맨, 베일이 달린 회색 모자가 있었다. 베일을 쳐다보며 벤보는 그걸 본 게 언제였는지, 그리고 여자들이 언제부터 베일을 쓰지 않았는지 생각해 내려 했지만 기억이 안 났다.

그는 여자를 자기 집으로 데려갔다. 여자는 아기를 안고 벤보는 젖병과 약간의 식료품, 통조림을 들고 걸어갔다. 아기는 여전히 자고 있었다.

"아기를 너무 많이 안고 있는 것 같아요. 아기 돌볼 사람을 구해야겠어요."

그가 말했다.

그는 여자를 집에 남겨 두고 다시 시내로 나가 전화기를 찾아서 여동생에게 차를 보내 달라고 전화했다. 차가 그를 데리러 왔다. 그는 저녁 식사 자리에서 여동생과 미스 제니에게 그 사건을 이야기했다.

"쓸데없이 참견하고 그래요!"

여동생이 말했다. 그녀의 얼굴은 침착했지만 목소리는 화가 나 있었다.

"오빠가 다른 남자의 아내와 아이를 빼앗아 왔을 때 끔찍한 일이라는 생각은 했지만, 전 적어도 그 사람이 여기 다시 돌아올 만큼 뻔뻔하지는 않을 거라고 말했어요. 그리고 오빠가 검둥이처럼 집을 나와 올케를 버렸을 때 그것 역시 끔찍한 일이라고는 생각했지만, 오빠가 올케를 영영 버릴 생각이라고는 믿고 싶지 않았어요. 게다가 오빠가 아무 이유도 없이 여기서 떠나겠다고 우기고는 그 집으로 들어가 직접 청소했을 때만 해도 그래요. 다들 오빠가 당연히 여기서 지낼 거라고 생각했는데, 거절하고 온 시내 사람들이 구경하는데도 뜨내기처럼 거기서 사니 다들 이상하게 생각하잖아요. 그리고 이제 와서 오빠 입으로 매춘부라고 말한 여자, 살인범의 여자와 일부러 관계를 갖겠다니요."

"어쩔 수 없어. 그 여자는 가진 것도 없고 도와줄 사람도 없어. 옷이라고 입은 건 말쑥하긴 하지만 고쳐 만든 것인 데다 유행에 오 년은 뒤쳐졌고, 죽은 거나 별반 다름없는 아기는 워낙 많이 빨아서 거의 목화처럼 하얗게 된 담요에 싸여 있어. 그 여자가 바라는 것이라곤 고작 자기를 가만히 내버려 두라는 거야. 어떻게든 좀 살아보려고 하는데, 너처럼 고생이라곤 해 본 적이 없는 정숙한 여자들이란……."

"밀주 제조업자가 이 지방에서 가장 훌륭한 변호사를 고용할 만한 돈이 없단 말이에요?"

미스 제니가 말했다.

"그런 게 아닙니다. 물론 그 사람은 더 훌륭한 변호사를 고용할 수는 있겠죠. 그건······."

호러스가 말했다.

"호러스, 그 여자는 어디 있어요?"

여동생이 말했다. 그녀는 그를 줄곧 지켜보고 있었다. 미스 제니도 휠체어에서 조금 앞으로 나앉은 채 그를 지켜보았다.

"그 여자를 제 집에 데려다 놓았어요?"

"그건 내 집이기도 해."

그의 여동생은 그가 아내를 위해 킨스턴에 지은 그 치장 벽토 집의 저당 이자를 지불하기 위해 십 년 동안 아내를 속인 것을 알지 못했기 때문에 그 집을 낯선 사람에게 세놓으려 하지 않았다. 물론 그의 아내는 그가 여전히 그 집을 공동 소유하고 있다는 사실을 알지 못했다.

"집이 비어 있는 데다 그 아기는······."

"그 집에선 제 아버지와 어머니이자 오빠의 아버지와 어머니가, 그 집에선 제가······. 안 돼요, 안 돼."

"그러면 단 하룻밤만. 아침에 그 여자를 호텔로 데려갈게. 생각해 봐, 여자 혼자서 아기까지 데리고는······. 만약 그게 너와 보리이고 네 남편이 터무니없이 살인범으로 기소당했다면······."

"그 여자 생각은 하고 싶지 않아요. 그런 이야기는 전혀 못 들은 걸로 하겠어요. 제 오빠가····· 자기 뒤치다꺼리는 잘하셔야 하는 거 아니에요? 쓰레기를 치운다고 다 끝나는 게 아니에요. 오빠는····· 저····· 하지만 매춘부를, 살인범의 여자를 제가 태어난 집에 데려오다니요."

"객쩍은 소리. 하지만 호러스, 그건 변호사들이 공모라고 부르는 것 아닌가요? 묵인이라던가?"

미스 제니가 말했다. 벤보가 미스 제니를 쳐다보았다.

"내가 보기에 사돈은 이미 이 사람들에게 수임 변호사가 해야 할 이상으로 관계하고 있는 것 같은데요. 사돈은 불과 얼마 전에 그 일이 일어난 곳에 있었어요. 사람들은 아마 사돈이 말한 것보다 더 많이 알고 있을지 모른다고 생각할 거예요."

"그건 그렇습니다, 블랙스톤[8] 여사님. 이따금 제가 왜 변호 사업으로 부자가 못 되었나 의아하게 여겼더니. 아마 사돈어른이 다니신 그 법률 학교에 다닐 만큼 나이가 들면 그렇게 되겠죠."

호러스가 말했다.

"만약 내가 사돈이라면 지금 시내로 돌아가서 그 여자를 호텔로 데려가 묵게 하겠어요. 아직 늦지 않았어요."

미스 제니가 말했다.

"그리고 모든 게 잠잠해질 때까지 킨스턴으로 돌아가 있어요. 이 사람들은 오빠와 상관없는 사람들이에요. 왜 오빠가 그런 일을 해야 해요?"

나르시사가 말했다.

"불의를 보고 가만히 있을 수만은 없……."

"사돈이 불의를 척결하지는 못할 거예요, 호러스."

---

8) 윌리엄 블랙스톤(Sir William Blackstone, 1723~1780). 영국 법학자이자 『영국법 주해』의 저자.

미스 제니가 말했다.

"그러면 사건 뒤에 숨어 있는 아이러니라고 해 두죠."

"흠, 그 여자는 사돈이 아는 여자들 중 그놈의 새우에 대해 전혀 모르는 유일한 여자니 그럴지도 모르죠."

미스 제니가 말했다.

"어쨌든 제가 또 말이 너무 많았습니다. 그래서 제가 믿을 구석이라곤 두 분……."

호러스가 말했다.

"객쩍은 소리. 사돈은 나르시사가 오입질이나 강도질이나 도둑질을 일상사로 해 대는 사람들을 제 친척이 알고 지낸다는 소문이 나길 바랄 것 같아요?"

미스 제니가 말했다. 그의 여동생에게는 그런 특징이 있었다. 킨스턴과 제퍼슨을 오가며 보낸 그 나흘 동안 그는 그러한 무신경을 기대했다. 그는 그녀가, 물론 어떤 여자든 마찬가지지만 소중히 여기고 걱정할 사람이 있을 때 자기가 결혼하지도 않고 낳지도 않은 남자를 그렇게 걱정해 주리라고는 기대하지 않았다. 하지만 그녀는 삼십육 년이나 그랬기 때문에 그는 그러한 무신경을 기대했다.

호러스가 시내에 있는 집에 도착했을 때 한 방에 불이 켜져 있었다. 그는 집에 들어가서 자신이 직접 문질러 닦은 마루를 가로질러 갔다. 그때 그는 대걸레를 들고 그가 기대했던 것 이상의, 그가 십 년 전에 지금은 잃어버린 망치로 창문과 셔터에 못질하던 때 이상의 솜씨를 발휘하지는 못했다. 그는 자동차 운전도 배우지 못했다. 그러나 그것은 십 년 전 일이었기 때문에 그가 그 망치 대신 새 망치로 서툴게 박아 놓은 못을 빼내고 창문을 열어 보니 문질러 닦은 마룻바닥은 여전히 덮개를 덮어 놓은 가구가 유령처럼 둘러싸고 있는 죽은 풀장 같았다.

여자는 모자만 벗고 옷을 입은 채 여전히 일어나 있었다. 모자는 아기가 자는 침대 위에 놓여 있었다. 그곳에 누운 아기와 모자는 그 방에 임시변통한 불빛보다 더 분명하게 덧없다는 느낌을 주었고, 그나마 정돈된 침대가 유달리 역설적으로 그 방이 오랫동안 비어 있었다는 느낌을 덜어 주었다. 여성다움이 마치 몇 개의 동일한 전구가 매달린 전선에 흐르는 전류 같았다.

"부엌에서 가져올 게 좀 있어요. 금방 돌아올게요."

여자가 말했다.

아기는 갓이 없는 전등 아래 침대에 누워 있었다. 그는 왜 여자들이 집을 떠날 때 다른 것은 건드리지도 않으면서 전등의 갓은 모두 벗겨 가는지 궁금했다. 아기를, 납빛 볼에 대비되어 푸르스름한 하얀색을 띤 희미한 초승달 모양이 드러난 푸르스름한 눈꺼풀을, 두개골을 덮은 머리카락의 축축한 그림자를, 주름살투성이에다 땀에 젖은 위로 들어 올린 손을 내려다보며 가여운 생각이 들었다. 가여워라.

호러스는 생각에 잠겼다. 그가 처음 보았을 때 아기는 시내에서 20킬로미터 떨어진 폐허가 된 집의 스토브 뒤 나무 상자 속에 누워 있었다. 포파이의 검은 존재는 익숙하고 일상적인 다른 어떤 것 위에 기괴하고 불길하게, 그리고 제 크기보다 스무 배나 확대되어 드리워진 성냥개비보다 더 크지 않은 어떤 것의 그림자처럼 그 집에 놓여 있었다. 그들 두 사람, 호러스 자신과 그 여자는 깨끗하고 검소한 접시들이 있는 식탁 위에 올려둔, 금이 가고 그을음이 낀 램프로 불을 밝힌 부엌에 있었으며, 구드윈과 포파이는 곤충들과 개구리들이 있어 평화롭기는 하지만 검고 말할 수 없이 위협적인 포파이의 존재로 가득한 바깥의 어둠 속 어딘가에 있었다. 여자는 스토브 뒤에서 상자를 꺼내, 볼품없는 옷 속에 손을 여전히 숨긴 채 아기를 굽어보았다.

"쥐가 달려들지 못하도록 여기 넣어 두는 거예요."

여자가 말했다.

"오, 아들이군요."

호러스가 말했다.

그러자 여자는 자발적이고 수줍어하며 자의식적이고 뽐내는 태도로 손을 빼내 그에게 보여 주며 오렌지 스틱을 사 달라고 했다.

여자는 신문지에 무언가를 조심스레 싸 들고 돌아왔다. 그는 여자가 "스토브에 불을 피웠어요. 제가 주제넘는 짓을 한 것 같아요." 하고 말하기도 전에 그것이 새로 빤 기저귀임을 알았다.

"천만에요."

그가 말했다.

"알다시피 단지 법적인 예방 조치일 뿐입니다."

그가 말했다.

"소송이 잘못되는 것보다는 차라리 다들 잠시 불편한 게 더

났겠죠."

여자는 귀를 기울이는 것 같지 않았다. 여자는 침대에 담요를 펴 아기를 그 위에 올려놓았다.

"무슨 말인지 이해하겠죠."

호러스가 말했다.

"만약 판사가 내가 사실이 증명하는 것 이상으로 그것에 대해 알고 있다고 의심한다면……. 내 말뜻은, 그 살인 때문에 리를 구금하는 것은 바보 같은 짓이라는 생각을 사람들이 갖게 해야 한다는……."

"제퍼슨에 사세요?"

그녀는 아기를 담요로 감싸며 말했다.

"아니요, 난 킨스턴에 살아요. 하지만 예전엔……. 여기서 개업하고 있어요."

"하지만 여기에 친척들이 계시잖아요. 여자들요. 예전에 이 집에서 살던 사람들요."

여자는 아기를 들어 올려 담요로 감았다. 그러고 나서 그를 쳐다보았다.

"괜찮아요. 이해해요. 지금까지 친절하게 대해 주셨어요."

"젠장. 당신 생각엔……. 자, 호텔로 갑시다. 오늘 밤은 푹 쉬어야죠. 아침 일찍 찾아갈게요. 내가 아기를 안을게요."

그가 말했다.

"제가 안겠어요."

여자가 말했다. 여자는 잠시 그를 조용히 쳐다보며 다른 이야기를 꺼내려다 계속 갔다. 그는 불을 끄고 따라 나가서 문을 잠갔다. 여자는 벌써 차 안에 있었다. 그도 탔다.

"아이섬, 호텔로."

그가 말했다.

"운전을 배우지 못했어요."

그가 말했다.

"때때로 내가 무엇이든 배우지 않고 보내버린 세월을 생각하면……."

거리는 좁고 고요했다. 지금은 거리가 포장이 되었지만, 그는 비가 오고 나면 물과 흙이 뒤범벅되어 시커먼 운하를 이루었던 때가 기억났다. 그때면 그와 나르시사는 졸졸거리는 도랑에서 옷을 걷어붙이고 엉덩이는 진흙투성이가 된 채 철벅거리며 깎아 만든 조잡한 배를 따라다니거나, 일에 몰두해 다른 것은 다 잊어버린 연금술사처럼 한 곳을 계속 밟아 진창을 만들곤 했다. 콘크리트가 없어 거리의 양쪽 보도에 붉은 벽돌이 지루하고 울퉁불퉁하게 깔려 있고, 화려하게 아무렇게나 깔아놓은 밤색 모자이크 무늬가 닳아 한낮에도 해가 비치지 않는 검은 땅이 드러난 것도 기억났다. 그 당시 그와 여동생은 차도 입구에 있는 콘크리트에 뛰어들어 인조석에 맨발 자국을 새겨 놓았다.

드문드문 보이는 가로등이 길모퉁이에 있는 주유소의 아케이드 아래로 갈수록 점점 더 많아졌다. 여자는 갑자기 몸을 앞으로 숙였다.

"이봐요, 여기 세워 줘요."

여자가 말하자 아이섬이 브레이크를 밟았다.

"여기서 내려 걸어가겠어요."

그녀가 말했다.

"그럴 필요 없어요. 그냥 가, 아이섬."

호러스가 말했다.

"아니요, 기다려요. 당신을 알고 있는 사람들을 지나치게 될 거예요. 게다가 광장을요."

여자가 말했다.

"말도 안 돼요. 그냥 가, 아이섬."

호러스가 말했다.

"그러면 당신은 내려서 기다리세요. 이 사람은 금방 돌아올 수 있을 거예요."

그녀가 말했다.

"그럴 필요 없다니까요. 맹세코 난……. 아이섬, 계속 가."

호러스가 말했다.

"그러는 게 나아요."

여자가 말을 하고는 다시 자리에 앉았다. 그러더니 다시 몸을 앞으로 숙였다.

"저, 지금까지 친절하게 대해 주셨어요. 뜻은 알겠지만……."

"내가 변호사답지 않다는 건가요?"

"닥치는 대로 사는 거죠. 싸워 봤자 소용없어요."

"그런 식으로 느낀다면 소용이 없지. 하지만 마음에 없는 말을. 정말 그랬다면 당신은 아이섬에게 역으로 데려다 달라고 했겠죠. 그렇지 않나요?"

여자는 아기를 내려다보며 그 얼굴을 담요로 초조하게 덮었다.

"오늘 밤은 푹 쉬어요. 내일 일찍 올게요."

그들은 감옥을 지나갔다. 희미한 빛 자국에 거칠게 베인 네 모난 건물이었다. 오직 가운데 있는 창문만이 창문이라고 불릴 만큼 넓었으며, 가는 창살이 교차되어 있었다. 그 속에서 흑인 살인범이 몸을 기대고 있었다. 그 아래 울타리에서는 부드럽고 깊이가 없는 저녁에 노동으로 굳어진 어깨 위에 모자를 쓰거나 쓰지 않은 머리가 일렬로 늘어서서 뒤섞인 목소리로 천국과 지친 삶을 낭랑하고 슬프게 노래하는 소리가 울려 퍼졌다.

"자, 아무 걱정하지 마요. 리가 그런 짓을 하지 않았다는 건 세상이 다 알아요."

그들은 호텔에 도착했다. 그곳에서는 지방 순회 상인들이 연석에 늘어서 있는 의자에 앉아 노래에 귀를 기울였다. "저……." 하고 여자가 말했다. 벤보가 내려서 문을 열었다. 여자는 움직이지 않았다.

"저, 할 말이……."

"알았어요. 내일 아침 일찍 올게요."

호러스가 손을 내밀며 말했다. 그는 여자가 내리도록 도와주었다. 그들이 호텔로 들어가자 지방 순회 상인들이 여자의 다리를 보려고 돌아앉았다. 그들은 접수대로 갔다. 노랫소리가 그들을 따라와서는 벽과 불빛에 부딪쳐 희미해졌다.

여자는 호러스가 수속을 마칠 때까지 아기를 안고 옆에 조용히 서 있었다.

"저."

여자가 말했다.

포터가 열쇠를 들고 계단 쪽으로 갔다. 호러스는 여자의 팔을 잡아 그쪽으로 돌렸다.

"할 말이 있어요."

여자가 말했다.

"아침에, 일찍 올게요."

그가 여자를 계단 쪽으로 안내하며 말했다. 그래도 여자는 그를 쳐다보며 주춤거렸다. 그러고 나서 여자는 팔을 풀고 그의 얼굴을 쳐다보았다.

"그러면 좋아요."

그녀가 말했다. 여자는 얼굴을 아기 쪽으로 약간 숙인 채 낮고 침착한 목소리로 말했다.

"우린 돈이 한 푼도 없어요. 미리 말해 두는 거예요. 마지막 지급분을 포파이가 주지 않아……."

"알았어요, 알았어. 아침에 맨 먼저 그 이야기부터 하죠. 식사가 끝날 시간에 맞추어 오겠소. 잘 자요."

그는 말하고 나서 자동차로, 노랫소리 속으로 돌아갔다.

"집으로 가지, 아이섬."

그가 말했다. 그들은 차를 돌려 다시 감옥과 창살 너머에 기대고 있는 모습과 울타리에 늘어선 머리들을 지나갔다. 창살을 댄 금이 간 벽 위에는 오동나무의 얼룩진 그림자가 바람이 거의 불지 않는데도 괴기스럽게 흔들리고 고동쳤다. 낭랑하고 슬픈 노랫소리가 멀어졌다. 자동차는 좁은 도로를 경쾌하고 재빠르게 지나갔다.

"이봐, 어디로 가는 거······."

호러스가 말하자 아이섬이 브레이크를 밟았다.

"나르시사 아씨께서 집으로 모셔 오라고 했습니다요."

그가 말했다.

"오, 그랬어? 고맙기도 하군. 아씨 뜻대로는 안 될 거라고 전해 줘."

호러스가 말했다.

아이섬은 차를 후진해 좁은 거리로 들어갔다가 삼나무가 늘어서 있는 구내 차도로 갔다. 라이트를 들어 올리고 바다의 가장 깊은 어둠 속으로 들어가듯, 심지어 빛을 비춰도 색이 드러나지 않는 굳은 형체들 사이를 지나가듯 가지를 치지 않은 터널 속으로 들어갔다. 자동차가 문 앞에서 멈추자 벤보가 내렸다.

"아씨에게 달려가는 일은 없을 거라고 전해 줘. 내 말 기억할 수 있겠지?"

17

트럼펫 모양의 마지막 꽃이 감옥의 마당 한구석에 있는 오동나무에서 떨어졌다. 꽃은 발아래 수북이 끈적끈적하게 쌓여 식상하고 소멸해 가는 향기로 콧구멍을 자극해 댔다. 그리고 밤이면 다 자란 나뭇잎들의 누덕누덕한 그림자가 지저분하게 아래위로 흔들리며 창살을 댄 창문에 고동쳤다. 그 창문은 죄수들이 공동으로 쓰는 방에 있으며, 하얗게 칠해 놓은 벽에는 손때가 묻었고, 이름과 날짜와 불경하고 외설적인 글귀가 연필이나 손톱이나 칼날로 휘갈겨 쓰여 있었다. 저녁마다 흑인 살인범은 불안하게 흔들리는 나뭇잎 사이로 언뜻언뜻 보이는 창살 그림자 때문에 얼굴에 체크무늬가 진 채 그곳에 기대어 아래 울타리에 늘어선 사람들과 함께 합창을 했다.

때때로 그는 어슬렁거리며 지나가는 사람과 부랑아들과 길

건너편에 자동차 수리공들만 있는 낮에도 혼자 노래를 불렀다.

"하루만 더 있으면! 천국에는 네가 들어갈 곳이 없단다! 지옥에는 네가 들어갈 곳이 없단다! 백인들의 감옥에는 네가 들어갈 곳이 없단다! 검둥아, 넌 어디로 가야 하니? 넌 어디로 가야 하니, 검둥아?"

매일 아침 아이섬이 우유 한 병을 가져와서 호러스는 그것을 호텔에 있는 여자에게 전해 주며 아기에게 먹이도록 했다. 일요일 오후에 그는 여동생 집으로 갔다. 그는 여자가 구드윈이 갇혀 있는 감방에서 아기를 무릎에 안은 채 간이침대에 앉아 있는 것을 보고 왔다. 지금까지 아기는 약에 취한 듯 무감각한 상태로 누워 있었고, 눈꺼풀은 가냘픈 초승달 모양 위로 감겨 있었다. 하지만 오늘은 이따금 경련을 일으키듯 약하게 움직이며 훌쩍였다.

호러스는 미스 제니의 방으로 갔다. 여동생은 보이지 않았다.

"그자는 말을 하려 하지 않습니다. 자기가 그 짓을 했다는 걸 그들이 증명해야 할 거라는 말만 해 댑니다. 그자는 그들이 아기를 어쩌지 못하듯 자기를 어쩌지 못할 거라고 말했습니다. 보석금을 낼 돈이 있다 해도 그렇게 하려 하지 않을 겁니다. 그자는 감옥에 있는 게 더 낫다고 말합니다. 그리고 그런 것 같습니다. 그자가 거기서 하던 일은 이제 끝났습니다. 설사 보안관이 그자의 솥을 찾아내 부수지 않았다 해도……."

호러스가 말했다.

"솥이라고요?"

"증류기 말입니다. 그자가 체포된 후 그들은 증류기를 찾으려고 살살이 뒤졌습니다. 그들은 그자가 무슨 일을 하는지 알고 있었습니다. 하지만 그자가 쓰러질 때까지 기다렸죠. 그러고는 모두 그자에게 달려들었습니다. 그자에게서 위스키를 사고 그자가 공짜로 주는 건 뭐든 받아 마시고 어쩌면 등 뒤에서 그자의 마누라와 오입질하려 했을 그 잘난 고객들 말입니다. 시내에서 나도는 말을 한번 들어 보셔야 합니다. 오늘 아침 침례교 목사가 그자를 설교 주제로 삼았습니다. 살인자이자 간부이고 요크나파토파 군의 민주적이고 프로테스탄트적인 분위기를 오염시키는 자라나요. 그 작자의 생각은 한마디로 구드윈과 그 여자를 그 아기에게 보일 유일한 본보기로 화형에 처하고, 그 아기는 길러서 영어를 가르쳐야 한다는 것이었습니다. 그 이유는, 글쎄 나중에 그 아기가 자신들의 죄 때문에 불로 고통스럽게 죽은 두 사람의 죄 가운데 태어났다는 걸 알게 하기 위해서라나요. 세상에, 인간이, 문명화된 인간이 어떻게……."

"그자는 침례교도에 불과해요. 돈은 어떻게 되었어요?"

미스 제니가 말했다.

"그자는 가진 게 별로 없었습니다. 대강 160달러 정도 있나 보더군요. 깡통에 넣어 헛간에 묻어 두었습니다. 그들은 그자가 그걸 꺼내도록 허락했어요. '그건 일이 끝날 때까지 아내가 갖고 있을 겁니다.' 하고 그자가 말하더군요. '그러고는 우린 떠날 거요. 오랫동안 생각했어요. 아내 말을 들었더라면 벌써 떠났을 텐데. 당신은 좋은 여자야.' 하고 그자가 말하더군요. 여자는 아기를 안은 채 그자 곁에 앉아 있었고, 그자는 손으로 여자의 턱을 잡고는 가볍게 흔들었습니다."

"나르시사가 그 재판의 배심원이 되지 않은 게 다행이군요."

미스 제니가 말했다.

"그렇습니다. 하지만 그 바보는 저 폭한이 줄곧 그 자리에 있었다는 걸 제가 입 밖으로 꺼내지 못하게 합니다. 그 자는 '그들은 나에 대해 어떤 것도 증명할 수 없어요. 난 이전에도 궁지에 몰린 적이 있었죠. 나에 대해 아는 사람은 모두 내가 약한 사람을 해치지 않는다는 걸 알아요.' 하고 말했습니다. 하지만 그게 그자가 그 악한에 대해 말하지 않으려 하는 이유는 아니었습니다. 그리고 그자는 제가 그걸 안다는 사실을 알고 있었습니다. 그자는 그곳에서 작업복 바지 차림으로 앉아 쌈지를 이에 물고는 담배를 말며 계속 이야기했거든요. '난 일이 끝날 때까지 여기 있을 거요. 여기가 더 나아요. 어쨌든 나가 봐야 할 일도 없어요. 그리고 이러는 게 아내에게도 도움이 되고 그럭저럭 당신 변호사 비용도 댈 수 있을 것 같아요.' 하지만 전 그자가 무슨 생각을 하는지 알고 있었습니다. '당신이 겁쟁이라는 걸 몰랐군요.' 하고 제가 말했죠. '내가 말하는 대로나 해요.'라고 그자가 말하더군요. '난 여기 있으면 괜찮을 거요.' 하지만 그자는 그렇지가……."

그는 손을 천천히 문지르며 앞으로 다가앉았다.

"그자가 깨닫지 못하는 게…… 젠장, 사돈어른이 뭐라고 말씀하시든 악이란 우연히 쳐다보기만 해도 타락하게 돼요. 부패라는 것하고는 입씨름을 할 수도, 거래를 할 수도 없어요……. 나르시사가 그것에 대해 듣기만 하고도 얼마나 불안

해하고 의심하는지 보셨죠. 전 제가 이곳에 자진해서 돌아왔
다고 생각했지만, 이제 보니…… 그 애는 제가 그 여자를 밤에
집으로 데려오는 짓거리라도 한다고 생각했던 모양이죠?"

"처음엔 나도 그렇게 생각했어요. 하지만 이제 그 애도 사돈
이 누군가가 사돈에게 제안하거나 줄 수 있는 어떤 것 때문이
아니라 사돈이 스스로 갖고 있다고 생각하는 어떤 다른 이유
때문에 더욱 열심히 일할 거라는 사실을 알 거예요."

미스 제니가 말했다.

"그 여자는 돈이 한 푼도 없다는 걸 제게 상기시켜 주려 했
다는 뜻인가요, 그 여자가 실제로는……."

"그렇죠. 사돈은 그것 없이도 잘하고 있지 않나요?"

나르시사가 들어왔다.

"우린 막 살인과 범죄에 대해 이야기하고 있었다."

미스 제니가 말했다.

"그러면 그만 끝내시는 게 어때요."

나르시사가 말했다. 그녀는 앉지 않았다.

"나르시사에게도 슬픈 일이 있어요. 그렇지 않니, 나르시사?"

"무슨 일입니까? 설마 보리가 입에서 술 냄새를 풍기며 다
니는 건 아니겠죠?"

호러스가 말했다.

"차였어요. 애인이 떠나 버렸답니다."

"괜한 말씀 그만하세요."

나르시사가 말했다

"그래. 가우언 스티븐스가 저 애를 차 버렸어요. 더구나 옥

스퍼드 무도회엔가 갔다가는 작별 인사마저 하러 오지 않았
어요. 달랑 편지만 보냈어요."

미스 제니가 말했다. 그녀는 앉아 있는 의자 주변을 뒤지기
시작했다.

"그리고 난 초인종이 울릴 때마다 움찔해요. 혹시나 그 사
람 어머니가……."

"미스 제니, 제 편지 주세요."

나르시사가 말했다.

"기다려, 여기 있구나. 자, 사돈은 마취제 없이 인간의 심장
을 정교하게 수술하는 것에 대해 어떻게 생각하세요? 내가 들
은 말이 틀린 게 없는 것 같아요. 우리는 배우기 위해 결혼을
했는데, 젊은 사람들은 결혼을 하기 위해 모든 걸 배운다는
말 말이에요."

미스 제니가 말했다.

호러스는 한 장짜리 편지를 들었다.

사랑하는 나르시사,

주소와 일부(日附)는 생략합니다. 날짜마저 찍히지 않았으면
하는 마음입니다. 하지만 제 마음이 이 편지처럼 공백이라면
이건 쓸 필요도 없겠죠. 다시는 당신을 만나지 않을 겁니다. 저
는 차마 얼굴을 들 수 없는 경험을 했고, 그걸 쓸 수조차 없습
니다. 그나마 어둠 속에서 한 가닥 광명이라면 그것은 제 어리
석은 행동으로 저 자신 외에는 그 어떤 사람도 상처를 입지 않

왔으며, 제가 얼마나 어리석은 짓을 했는지 당신은 결코 알지 못할 거라는 점입니다. 굳이 말씀드릴 필요도 없이 당신이 그것에 대해 알지 않기를 바라는 제 마음이 제가 당신을 다시는 만나지 않으려는 유일한 이유입니다. 되도록 절 좋게 생각해 주십시오. 제 어리석음을 알게 되더라도 예전처럼 생각해 주시기를 감히 부탁드립니다.

지.

호러스는 그 한 장짜리 편지를 읽었다. 그는 그것을 두 손으로 들었다. 그는 잠시 동안 아무 말도 하지 않았다.

"세상에, 누군가가 무도회에서 그자를 미시시피 대학 출신으로 잘못 안 모양이군."

호러스가 말했다.

"제 생각엔, 만약 제가 오빠라면……."

나르시사가 말했다. 잠시 후 그녀가 계속 말했다.

"이 일이 끝나려면 얼마나 더 걸릴 것 같아요, 호러스?"

"내가 도와줄 수 있을 때까지. 내가 내일이라도 그자를 감옥에서 빼낼 수 있는 방법을 네가 안다면……."

"한 가지 방법밖에 없어요."

그녀가 말했다. 그녀는 잠시 그를 쳐다보았다. 그러고는 문쪽으로 돌아섰다.

"보리가 어디 갔지? 곧 저녁을 차릴 텐데."

그녀는 나갔다.

"그리고 사돈은 그 방법이 뭔지 알아요. 결단력만 있다면."

미스 제니가 말했다.

"사돈어른이 다른 방법을 알려 주시면 제가 결단력이 있는지 없는지 알 텐데요."

"벨에게 돌아가요. 집으로 돌아가요."

미스 제니가 말했다.

*

흑인 살인범은 어느 토요일에 아무런 의식 없이 교수형에 처해지고 장례 행렬도 없이 매장되게 되어 있었다. 어느 날 밤 그는 창살을 박은 창문에서 노래 부르고 5월 밤의 무수한 부드러운 어둠에 대고 소리를 질러대다 다음 날 밤 그 창문을 구드윈에게 물려주고 사라질 것이다. 구드윈은 보석되지 못하고 6월에 열리는 재판을 기다리고 있었다. 그러나 그는 여전히 포파이가 살인 현장에 있었다는 사실을 호러스가 폭로하는 데 동의하지 않았다.

"내 말은 날 유죄로 만들 증거가 없다는 거요."

구드윈이 말했다.

"당신이 그걸 어떻게 압니까?"

호러스가 말했다.

"글쎄, 그들이 날 유죄로 만들 증거가 있다고 생각하든 말든 난 법정에서 승산이 있어요. 하지만 그자가 그 근처 어딘가에 있었다는 말을 내가 했다는 게 멤피스에 퍼졌다가는 내가 증언을 한 이후 이 감옥으로 다시 돌아올 가망이 있을 것 같아요?"

"당신에겐 법, 정의, 문명이라는 게 있어요."

"물론, 내가 남은 일생 동안 저쪽 구석에 쪼그리고 앉아 있는다면 말이지. 이리 와봐요."

그는 호러스를 창문으로 잡아끌었다.

"이 문으로 보이는 저 호텔에는 창문이 다섯 개 있어요. 난 그자가 60미터쯤 떨어진 곳에서 권총으로 성냥을 켜는 걸 보았어요. 젠장, 그걸 증언하는 날 다시는 법정에서 여기로 돌아오지 못할 거야."

"하지만 차단이라는 게 있잖아요……."

"차단은 무슨 놈의. 내가 그 짓을 했다고 한번 증명해 보라지. 토미는 등 뒤에서 총을 맞은 채 헛간에서 발견됐어요. 그 권총을 찾아보라지. 난 거기서 기다렸어. 난 도망가려 하지 않았어. 도망갈 수도 있었지만 그러지 않았어. 내가 보안관에게 신고했어요. 물론 아내와 팝을 빼면 나만 그곳에 있었던 것은 불리한 일이오. 속이기 위해서였다면 상식적으로도 그보다는 더 잘 꾸며 냈을 거요."

"당신은 상식에 의해 재판받는 게 아닙니다. 배심원에 의해 재판받는 거란 말이오."

호러스가 말했다.

"그러면 배심원을 구워삶아 보라지. 그자들이 할 일이 그것밖에 더 있겠어. 죽은 자는 아무도 손대지 않은 채 헛간에 있었고, 나와 아내와 아기와 팝은 집에 있었어요. 그 집에 있는 건 아무것도 건드리지 않았고요. 보안관을 부르러 보낸 건 나였어요. 아니, 아니. 나는 내가 이런 식으로 모험을 하고 있다는 걸 알지만 그 녀석에 대해 한마디라도 증언을 했다간 그걸로 끝장이야. 내가 어떻게 될지 나도 알아요."

"하지만 당신은 총소리를 들었어요. 당신은 이미 그렇게 말했어요."

호러스가 말했다.

"아니. 못 들었어요. 난 아무 소리도 듣지 못했어요. 난 그것에 대해 전혀 알지 못해요……. 내가 루비와 이야기할 동안 잠시 밖에서 기다려 주겠소?"

그가 말했다.

오 분 뒤에 여자가 그에게 왔다. 그가 말했다.

"이 사건에는 아직 내가 모르는 게 있어요. 당신과 리가 내게 말하지 않은 것 말이오. 그 사람이 내게 말하지 말라고 당신에게 당부한 것 말이오, 안 그래요?"

여자는 아기를 안은 채 그와 나란히 걸어갔다. 아기는 아직도 이따금 칭얼대며 발작을 일으키듯 가냘픈 몸을 움직였다. 그녀는 아기를 팔에 안고는 작은 소리로 노래를 부르고 흔들며 달래려고 애썼다.

"아기를 너무 많이 안고 있는 것 같은데. 아기를 호텔에 둘 수만 있다면……."

호러스가 말했다.

"리는 어떻게 해야 하는지 알 거예요."

그녀가 말했다.

"하지만 변호사는 모든 사실을, 모든 걸 알아야 해요. 뭘 이야기하고 뭘 이야기하지 말아야 할지는 변호사가 결정하는 거요. 그렇지 않으면 변호사는 왜 부른 거죠? 그건 마치 이를 치료하려고 치과 의사에게 돈을 지불하고는 의사가 입 안을 들여다보지 못하게 하는 거나 마찬가지요. 치과 의사나 의사에게 이렇게 하지는 않겠죠."

여자는 머리를 아기에게 숙인 채 아무 말도 하지 않았다. 아기가 울었다.

"쉿. 자, 쉿."

여자가 말했다.

"그리고 설상가상으로 정당성의 차단이라는 게 있어요. 그 사람이 그곳에 다른 사람은 아무도 없었다고 맹세한다고 가정해 봐요. 그 사람의 결백이 입증될 찰나인데, 사실 그럴 것 같지도 않지만, 누군가가 나타나서 그곳에서 포파이를 봤다거나 그자의 차가 출발하는 걸 봤다고 증언한다고 가정해 봐요. 그러면 그들은 리가 사소한 것에도 진실을 말하지 않았는데, 그의 목숨이 위태로울 때 그의 말을 어떻게 믿을 수 있겠는가 하고 말할 거요."

그들은 호텔에 도착했다. 그는 여자에게 문을 열어주었다. 여자는 그를 쳐다보지 않았다.

"리가 가장 잘 알 거예요."

여자가 들어가면서 말했다. 아기가 가냘프게 칭얼대며 고통스럽게 울었다.

"쉬이이이이이이이이이이."

아이섬은 파티에 참석한 나르시사를 데려오는 중이었고, 차가 모퉁이에 멈추어 그를 태울 때는 늦은 시간이었다. 더러 불이 들어오기 시작했고, 남자들은 벌써 저녁 식사를 마치고 다시 광장 쪽으로 돌아다녔다. 하지만 아직 흑인 살인범이 노래를 시작하기에는 너무 이른 시간이었다.

"그리고 그자도 노래를 빨리 부르는 게 더 나을 거야. 그자는 이틀밖에 남지 않았어."

호러스가 말했다. 그러나 흑인 살인범은 아직 감옥 창가에 있지 않았다. 감옥은 서향이었다. 마지막 희미한 적갈색 빛이 거무스름한 창살과 작고 창백하며 형태가 뚜렷하지 않은 손에 비쳤으며, 바람이 거의 불지 않는데도 푸른 담배 연기가 흘러나와 아무렇게나 흩어졌다.

"어쩌다 그 여자의 남편이 저기 갇히게 되었는지. 그 불쌍한 짐승 같은 놈은 한껏 목청을 높여 남은 목숨을 세고 있으니 원⋯⋯."

"아마 기다렸다가 둘 다 함께 매달 거예요. 가끔 그렇게 하잖아요."

나르시사가 말했다.

*

그날 밤 호러스는 벽난로에 작은 불을 피웠다. 춥지는 않았다. 지금 그는 방 하나만 쓰고 식사는 호텔에서 해결했다. 그래서 나머지 방은 다시 잠가두었다. 그는 책을 보려다 말고 옷을 벗고 잠자리에 누워 벽난로 불이 사그라지는 것을 지켜보왔다. 시내의 종이 12시를 알리는 소리가 들렸다.

"이 일이 끝나면 유럽으로 가야겠어. 변화가 필요해. 내가 됐든 미시시피가 됐든 간에 어느 한쪽은 말이야."

그가 말했다.

오늘 밤이 그의 마지막 밤일 테니 아마 그들 중 몇몇은 지금쯤 울타리에 모여 있을 것이다. 살이 찌고 머리가 작은 그의 모습이 고릴라처럼 울타리에 매달려 노래하고, 그사이 그의 그림자와 창문의 체크무늬 구멍 위에서는 오동나무의 누덕누덕한 슬픔이 맥박 치며 변하고 있을 것이다. 그리고 마지막 꽃이 보도 위에 떨어져 끈적끈적한 얼룩을 남기고 있을 것이다. 호러스는 잠자리에서 다시 몸을 뒤척였다.

"보도에 쌓인 저놈의 쓰레기 더미를 왜 안 치우는지 모르겠어. 빌어먹을. 빌어먹을. 빌어먹을."

그는 밤새 잠을 이루지 못해 다음 날 아침 늦게까지 잠을 잤다. 누군가가 문을 두드리는 소리에 잠이 깼다. 6시 30분이었다. 그는 문으로 갔다. 호텔의 흑인 포터가 거기 서 있었다.

"무슨 일이야? 구드윈 부인이 보냈나?"

호러스가 말했다.

"일어나시는 대로 와 달라는뎁쇼."

흑인이 말했다.

"십 분 안에 가겠다고 전해."

호텔로 들어섰을 때 그는 의사가 들고 다니는 작은 검은 가방을 든 젊은 사람을 지나쳤다. 호러스는 위로 올라갔다. 여자는 반쯤 열린 문에 서서 복도를 내려다보았다.

"할 수 없이 의사를 불렀어요. 하지만 어쨌든 제가 원하는 건……."

여자가 말했다.

침대에 누운 아기는 눈을 감았는데, 얼굴은 불그레한 데다 땀을 흘렸으며, 쭈글쭈글한 손을 십자가에 못 박힌 자세로 머리 위에 놓은 채 숨을 가쁘게 쉬며 헐떡였다.

"애가 밤새 아팠어요. 약을 좀 지어 와서 날이 샐 때까지 달래려고 애썼지만 결국 의사를 불렀어요."

여자는 침대 곁에 서서 아기를 내려다보았다.

"거기 여자가 있었어요. 젊은 여자요."

그녀가 말했다.

"여자라고……. 아, 그래요. 그 이야기를 해 봐요."

호러스가 말했다.

18

포파이는 빠르기는 하지만 전혀 서두르거나 달아나는 기색 없이 진흙 길을 내려가 모래 위로 차를 몰았다. 템플은 그의 곁에 앉아 있었다. 모자를 뒤통수에 깊이 눌러썼는데, 머리카락은 뒤엉킨 채 구겨진 모자 밑으로 비어져 나와 있었다. 자동차가 기우뚱거리며 힘없이 흔들릴 때 그녀의 얼굴은 마치 몽유병자처럼 보였다. 몸이 포파이에게로 기우뚱거리면 그녀는 힘없이 반사적으로 손을 들어 올렸다. 핸들을 잡은 그는 팔꿈치로 그녀를 옆으로 밀쳤다.

"자, 정신 차려."

그가 말했다.

그들은 그 나무에 다다르기 전에 그 여자를 지나쳤다. 아기를 안은 여자는 길가에 서서 치맛자락을 걷어 올려 아기의 얼굴을 가리고 있었다. 여자가 빛이 바랜 차일 모자 밑으로 그들을 조용히 쳐다보니 템플의 시선이 전혀 움직이지도 않고 아무런 기색도 없이 순식간에 지나쳤다.

그들이 그 나무에 다다랐을 때 포파이는 차를 길 밖으로 빙그르르 돌려서 덤불 속으로 몰아갔다. 그러고는 앞으로 굽은 나무 꼭대기를 통과해 다시 길로 들어섰다. 등나무 줄기가 잇달아 펑펑거리는 소리가 마치 참호에서 나는 소총 소리 같았지만 그는 속력을 전혀 늦추지 않았다. 나무 옆에는 가우언의 차가 옆으로 누워 있었다. 템플은 그것을 넋 놓고 멍하니 바라보았지만 그것 역시 이내 뒤로 사라졌다.

포파이는 다시 차를 빙그르르 돌려 모래에 난 바큇자국으로 들어갔다. 그러나 그 행동에 달아난다는 기색은 전혀 없었다. 그는 단지 무언가 몹시 성마르게 일을 수행할 뿐이었다. 차는 힘이 셌다. 모래에서조차 시속 60킬로미터를 유지했으며, 좁은 협곡을 타고 올라가 대로로 들어서자 북쪽으로 향했다. 그의 곁에 앉아서 요동을 버티자니 어느새 자갈 소리가 점점 더 부드럽게 들렸다. 그녀가 어제 지나왔던 길이 실패 위에 서처럼 바퀴 아래에서 뒤로 달아나기 시작할 때 템플은 멍하니 앞을 바라보며 피가 허리에서 천천히 스며 나오는 것을 느꼈다. 그녀는 의자 구석에 기운 없이 앉아 땅이 계속 뒤로 물러나며 차츰 펼쳐지는 소나무 숲 사이로 퇴색해 가는 말채나무가 흩어져 있고, 사초가 보이는가 싶더니 어느새 새로 돋아난 목화가 푸르고 고요하게 평화로운 들판에 나타나는 것을 지켜보았다. 그것은 마치 일요일에만 누릴 수 있는 대기와 빛과 그림자의 조화인 듯했다. 그녀는 그것을 바라보며 다리를 꼭 붙이고 앉아 더운 피가 조금씩 스며 나오는 소리에 귀를 기울이며 아직도 피가 흐르잖아 하고 멍하니 중얼거렸다. 아직도 피가 흐르잖아.

화창하고 따뜻한 날이었다. 변덕스러운 아침은 5월의 믿을 수 없을 만큼 부드러운 광채로 가득하고 한낮의 열기의 징후로 충만했으며, 휘저은 크림 덩어리처럼 살찐 구름은 거울에 반사된 것처럼 가볍게 높이 떠 있고 그 그림자는 길 위를 조용히 질주했다. 라벤더 꽃이 핀 지난해 봄이었다. 유실수들은 하얀 꽃이 만발했을 때 작은 잎이 나왔다. 그것들은 지난해 봄의 그 찬란한 하얀색을 따라가지 못했으며, 말채나무는 그 잎이 역시 점점 커지기 전에 푸른색으로 후퇴한 후 꽃이 만개했다. 그러나 라일락과 등나무와 박태기나무는 물론, 심지어 초라한 오동나무조차도 4월과 5월의 변덕스러운 공기를 타고 강렬한 냄새를 100미터나 풍겼는데도 더 멋지거나 찬란하지는 않았다. 베란다에 기댄 부겐빌레아는 농구공만큼이나 크고 풍선처럼 가볍게 균형을 잡았으며, 템플은 획획 지나가는 도로변을 넋 놓고 멍하니 바라보며 고함을 지르기 시작했다.

그 소리는 울부짖는 소리로 시작되어 점점 커졌지만 포파이의 손에 막혀 갑자기 중단되었다. 두 손을 무릎에 올려놓은 그녀는 똑바로 앉아서 비명을 질렀다. 자동차가 자갈 위에서 미끄러지는 소리를 내며 기우뚱거리는 동안 모래 묻은 그의 손가락의 매운맛이 전해 오고 은밀히 피가 흐르는 것이 느껴졌다. 그러고는 그가 목덜미를 잡자 그녀는 입을 작고 텅 빈

동굴처럼 둥글게 벌린 채 꼼짝 않고 앉아 있었다. 그는 그녀의
머리를 흔들어 댔다.

"닥쳐, 닥쳐. 네 꼴을 좀 봐. 자."

그녀가 소리를 지르지 못하게 잡으며 그가 말했다. 그가 다
른 손으로 바람막이 유리 위의 거울을 휙 돌리자 그녀는 모자
가 위로 치켜 올라가고 머리카락이 뒤엉킨 채 입을 둥글게 벌
린 자신의 모습을 보았다. 그녀는 거울에 비친 자신의 모습을
쳐다보며 코트 주머니를 뒤적였다. 그가 풀어주자 그녀는 콤
팩트를 꺼내 열더니 거울을 들여다보며 가늘게 훌쩍거렸다.
그녀는 포파이가 지켜보는 가운데 무릎에 올려놓은 작은 거
울을 들여다보면서 훌쩍거리며 얼굴에 분을 바르고 입술에
립스틱을 바르고 나서 모자를 똑바로 썼다. 그는 담배에 불을
붙였다.

"창피하지도 않아?"

그가 말했다.

"아직도 흐르고 있어요. 느껴져요."

그녀가 코멘소리를 했다. 립스틱을 든 그녀가 그를 쳐다보
더니 다시 입을 열었다. 그가 그녀의 목덜미를 잡았다.

"자, 그쳐. 닥칠 거지?"

"예."

그녀가 코멘소리를 했다.

"그러면 그렇다는 걸 보여 봐. 자, 옷매무새를 고쳐."

그녀는 콤팩트를 집어넣었고 그는 다시 차를 출발시켰다.

도로는 일요일의 향락 차량으로 붐비기 시작했다. 진흙투

성이의 작은 포드와 시보레가 있는가 하면, 가끔씩 긴 목도리와 코트로 몸을 감싼 여자들과 먼지가 자욱한 바구니를 실은 좀 더 큰 자동차들이 재빨리 달렸고, 꼼꼼하게 조각하고 색칠한 나무처럼 옷을 차려입은 무표정한 시골 사람들이 가득 탄 트럭이 지나갔다. 그리고 이따금 이륜마차나 사륜마차도 보였다. 언덕 위의 비바람에 풍화된 목조 교회 앞에 있는 작은 숲에는 매어놓은 말과 찌그러진 자동차와 트럭이 가득했다. 숲을 지나자 들판이 나오고 집들이 더 자주 눈에 띄었다. 지평선 위에, 지붕들과 한두 개의 뾰족탑 위에 연기가 낮게 걸려 있었다. 자갈은 아스팔트로 바뀌었으며, 그들은 덤프리스에 접어들었다.

템플은 자다 깬 사람처럼 두리번거리기 시작했다.

"여기가 아니에요! 못 내리……."

그녀가 말했다.

"자, 조용히 해."

포파이가 말했다.

"못 내리……. 눈에 띄면……. 배고파요. 아무것도 못 먹은 지가……."

그녀는 코멘소리를 했다.

"뭐가 배고프다는 거야. 시내에 도착할 때까지 기다려."

그녀는 멍하고 흐리멍덩한 눈으로 두리번거렸다.

"여기 사람들이……."

그는 주유소로 차를 빙그르르 돌렸다.

"못 내리겠어요. 아직도 흐르고 있어요, 세상에!"

그녀가 코멘소리를 했다.

"누가 내리랬어?"

그는 내려서 핸들 너머로 그녀를 쳐다보았다.

"꼼짝 말고 있어."

그녀는 그가 거리를 지나가서 어떤 문으로 들어가는 것을 지켜보았다. 더럽고 우중충한 제과점이었다. 그는 담배 한 갑을 사서는 한 개비를 입에 물었다.

"사탕 두 개만 주쇼."

"어떤 걸로 드릴까요?"

"사탕."

그가 말했다. 계산대 위에 있는 유리 종 아래에 샌드위치 접시가 놓여 있었다. 그는 하나 집어 들고는 계산대에 1달러를 휙 던지고 문으로 돌아섰다.

"거스름돈 받으세요."

점원이 말했다.

"가져. 빨리 돈 벌어야지."

그가 말했다.

차를 보니 비어 있었다. 그는 3미터쯤 떨어진 곳에서 멈추어 샌드위치를 왼손에 바꿔 들고 불붙이지 않은 담배를 턱 아래에 비스듬히 물었다. 호스를 걸던 주유소 직원이 그를 보더니 엄지손가락으로 건물 모퉁이를 가리켰다.

모퉁이 안쪽 벽은 단이 져 있었다. 우묵한 곳에는 금속과 고무 조각들이 반쯤 찬 기름투성이 통이 있었다. 통과 벽 사이에 템플이 쭈그리고 앉아 있었다.

"들킬 뻔했어요! 그 사람이 절 똑바로 쳐다봤어요!"

그녀가 작은 목소리로 말했다.

"누가? 누가 봤다는 거야?"

포파이가 말을 하고는 거리를 뒤돌아보았다.

"그 사람이 곧장 제 쪽으로 왔어요! 남자애요. 학생요. 그 사람이 똑바로 바라보았……."

"자, 거기서 나와."

"그 사람이 보았……."

포파이가 그녀의 팔을 잡았다. 그녀는 모퉁이에 쭈그리고 앉아서는 그가 잡은 팔을 뿌리치며 창백한 얼굴을 길게 빼 주위를 두리번거렸다.

"자, 나와."

포파이가 그녀의 목덜미를 꽉 잡았다.

"아."

그녀는 숨이 막힌 목소리로 울부짖었다. 그는 마치 한 손으로 그녀를 천천히 일으켜 세우려는 듯했다. 그것 외에는 그들 사이에 어떠한 움직임도 없었다. 거의 같은 키에다, 교회에 들어가기 전에 시간을 보내려고 멈춘 두 명의 지인처럼 예의 바르게 나란히 나타났다.

"갈 거지? 그치?"

그가 말했다.

"안 되겠어요. 이제 스타킹에까지 흘러내렸어요. 봐요."

그녀는 움츠러드는 자세로 스커트를 들어 올렸다가 내리고 나서 다시 일어섰다. 그가 꽉 잡아서 상체는 뒤로 젖혀졌고 입은 소리 없이 벌어졌다. 그는 그녀를 놔주었다.

"이제 갈 거지?"

그녀는 통 뒤에서 나왔다. 그가 그녀의 팔을 잡았다.

"코트 뒤가 엉망이 됐어요. 보세요."

그녀가 코멘소리를 했다.

"괜찮아. 내일 다른 코트를 사 주지. 가."

그들은 차로 돌아갔다. 모퉁이에서 그녀는 다시 버텼다.

"좀 더 혼이 나야 되겠어, 응? 그래?"

그는 그녀를 건드리지 않고 작은 목소리로 말했다. 그녀는 계속 가서 조용히 차에 탔다. 그는 핸들을 잡았다.

"자, 여기 샌드위치야."

그는 그것을 주머니에서 꺼내 그녀의 손에 쥐여주었다.

"자, 자. 먹어."

그녀는 고분고분히 한 입 베어 물었다. 그는 차를 출발시켜 멤피스로 난 길을 달렸다. 그녀는 씹다 말고 베어 문 샌드위치를 손에 들고는 아이처럼 둥글고 절망적인 표정으로 입을 벌렸다. 다시 그는 핸들에서 손을 떼어 그녀의 목덜미를 꽉 잡았고, 그녀는 꼼짝 않고 앉아 그를 똑바로 쳐다보았다. 벌린 입에는 씹다 만 빵과 고기 덩이가 혀 위에 붙어 있었다.

그들은 오후 참 무렵에 멤피스에 도착했다. 중심가 아래에 있는 절벽 밑에서 포파이는 연기에 그을린 목조 가옥들이 늘어선 좁은 거리로 들어섰다. 그 집들은 풀이라고는 나지 않은 구역에 약간 뒤로 물러나 지어졌으며, 나무로 만든 베란다가 층층이 늘어서 있었다. 그리고 이따금 초라하고 아무렇게나

자란 수척하고 가지가 잘려 나간 목련, 키가 작은 느릅나무, 우중충하고 시체 같은 꽃이 핀 아까시나무 같은 내한성 나무들이 차고 뒤쪽에 드문드문 있고 공터에는 쓰레기가 쌓여 있었다. 나지막한 문이 달린 겉보기에 수상한 동굴에는 리놀륨이 깔린 카운터와 일렬로 늘어선 등받이 없는 의자와 커피 끓이는 금속제 기구가 있었으며, 더러운 앞치마를 두르고 이쑤시개를 문 뚱뚱한 사내가 잠시 동안 밝은 곳으로 나와 있었는데, 그것은 마치 잘못 찍은 불길하고 의미 없는 사진을 보는 듯했다. 햇살이 가득한 하늘을 배경으로 가파르게 늘어선 사무실 빌딩들 너머에 있는 절벽에서는, 강에서 부는 산들바람을 맞으며 머리 위로 높이 지나가는 자동차의 경적 소리와 시내 전차 소리 같은 차 소리가 들려왔다. 거리 끝에는 시내 전차 한 대가 마치 마술을 부리듯 좁은 틈에서 나타났다가는 몹시 덜거덕거리며 사라졌다. 2층 베란다에는 속옷을 입은 한 젊은 흑인 여자가 팔을 난간에 걸친 채 부루퉁히 담배를 피우고 있었다.

포파이는 더러운 3층짜리 건물들 중 하나 앞에 차를 세웠다. 그 집의 출입문은 약간 뒤틀리고 더러운 입방체의 격자무늬에 가려져 있었다. 그 앞 더러운 잔디밭에는 털이 많고 흰 벌레같이 생긴 작은 개 두 마리가 한 마리는 분홍색, 다른 한 마리는 푸른색 리본을 목에 매고 어딘가 역설적이게도 게으르고 외설스럽게 돌아다녔다. 햇빛에 비친 털은 마치 가솔린으로 씻은 것 같았다.

나중에 템플은 그 개들이 그녀의 방 문밖에서 낑낑거리며 발로 문질러 대거나 흑인 하녀가 문을 열어 주자 우둔하게 뛰어 들어오는 소리를 들었다. 그놈들은 숨을 헐떡거리고 공허한 소리를 지르며 침대 위로 기어 올라가더니 미스 레바의 무릎으로 파고들었다. 그러고는 그녀의 풍만한 가슴에 매달려 난리를 치고 그녀가 이야기하는 동안 반지 낀 손으로 흔드는 큰 금속 맥주잔을 핥아 댔다.

"멤피스 사람이라면 레바 리버스가 누군지 다 알아. 거리에서 경찰이든 누구든 아무 남자나 붙잡고 물어봐. 은행가나 변호사나 의사 같은 멤피스에서 가장 잘나가는 사람들이 여럿이 집에 드나들어. 경찰서장도 두 분이나 우리 식당에서 맥주를 마시고, 국장님은 우리 색시하고 2층에서 놀았어. 둘 다 술이 취했기 때문에 문을 밀고 들어가 봤더니 그 양반이 홀딱 벗고는 하이랜드 플링을 추고 있는 게 아니겠어. 나이는 쉰인데다 키가 2미터나 되고 머리는 땅콩같이 생긴 남자야. 멋진 사내였어. 나와 아는 사이지. 모두들 레바 리버스를 알고 있지. 여기서 돈을 물 쓰듯 해. 나와 아는 사이들이야. 얘야, 난 절대로 배신 같은 건 안 해."

미스 레바는 맥주를 마시며 큰 맥주잔 속에서 숨을 깊이 쉬었다. 자갈처럼 크고 노란 다이아몬드가 여러 개 박힌 반지를 낀 다른 손은 풍만한 가슴 사이에 가려 있었다.

그녀는 조금만 움직여도 숨을 쉬기가 몹시 힘들고 움직이는 고통이 너무나 큰 듯했다. 그들이 그 집에 들어서기 무섭게 그녀는 펠트 실내화를 무거운 듯이 신고 한 손에는 나무 묵주를, 다른 손에는 큰 맥주잔을 든 채 앞장서서 계단을 힘겹게 올라가며 템플에게 자신의 천식에 관해 말했다. 검은 비단 가운을 입고 꽃으로 볼썽사납게 장식한 모자를 쓴 그녀는 막 교회에서 돌아오는 길이었다. 큰 맥주잔의 아래쪽은 여전히 내부의 냉기로 서리가 끼어 있었다. 그녀는 큰 허벅지를 느릿 느릿 힘들게 움직이며, 계속해서 어깨 너머로 거칠고 숨이 넘 어갈 듯한 어머니 같은 목소리로 이야기했다. 개 두 마리가 발 밑에서 잠시도 가만히 있지 않았다.

"포파이가 다른 데도 아닌 우리 집에 널 데려오다니 참 다 행이야. 내가 그이를 돌봐 주고 있지. 이봐요, 내가 여자를 구 해 준다고 한 게 벌써 몇 년째더라? 참말이지 젊은 사내한테 는 뭣보다도 여자가 있어야……"

숨을 헐떡이며 그녀는 발밑에 있는 개들에게 욕을 해 대고 는 옆으로 밀치려고 멈추었다.

"저리 내려가."

그녀는 묵주를 흔들어 대며 말했다.

이빨을 드러낸 개들은 그녀에게 악의에 찬 가성으로 으르 렁거렸고, 그녀는 손을 가슴에 대고 입을 벌리고는 희미한 맥 주 냄새를 풍기며 벽에 기댔다. 그녀의 눈은 숨이 몹시 쉬고 싶을 때 더 이상 숨을 쉴 수 없는 데서 오는 슬픈 공포의 빛 을, 큰 맥주잔은 어둠 속에서 들어 올린 흐릿한 은처럼 낮고 폭이 좁은 부드러운 광채를 띠었다.

계단통이 좁아서 이어진 다음 계단으로 올라가려면 몸을 간신히 틀어야 했다. 층마다 정면의 두꺼운 커튼을 친 문과 뒷 면의 덧문을 댄 창문 사이로 비치는 빛이 어딘가 지쳐 보였다. 기진했다고나 할까, 햇빛이 들어오지 않는 오염된 역수(逆水)와, 햇빛과 낮의 생생한 소음처럼 오래 끌어온 권태로 죽은 듯하고 기운이 없었다. 때 아닌 음식의 고약한 냄새가 희미하게 알코올 냄새와 뒤섞여 풍겼으며, 템플은 심지어 그들이 지나쳐 온 모든 조용한 문 너머로 희미하게 뒤범벅이 되어 들려오는 속옷과 종종 공격을 당하고 끄떡도 하지 않는 썩은 살의 신중한 속삭임에 아무것도 모른 채 둘러싸여 있는 것 같았다. 그녀 뒤에서는 그녀의 발과 레바의 발 근처에서 개 두 마리가 보풀로 덮인 미광 속을 헤적거리며 발톱으로 양탄자를 계단에 고정해 주는 금속 조각을 긁어 댔다.

나중에 맨허리에 수건을 감고 침대에 누운 템플은 그 개들이 문밖에서 코를 킁킁거리고 낑낑대는 소리를 들었다. 그녀의 코트와 모자는 문에 박힌 못에 걸려 있었으며, 드레스와 스타킹은 의자 위에 걸쳐 있었다. 어디선가 세면대에서 물이 규칙적으로 찰랑거리는 소리가 들리는 것 같아 그녀는 그들이 블루머를 벗겼을 때 그랬던 것처럼 다시 필사적으로 몸을 가렸다.

"자, 자. 난 나흘이나 피를 흘렸어. 아무것도 아니야. 퀸 의사가 금방 멎게 해 주고, 미니가 그걸 전부 빨아서 다려 줄 거야. 그러면 넌 언제 그랬느냐 할걸. 그 피는 네게 1000달러짜리야, 얘야."

미스 레바가 말했다. 그녀가 맥주잔을 들어 올리자 그녀의 모자에 달린 죽은 꽃이 동의한다는 듯 끄덕였다. "우리 불쌍한 여자들은," 하고 그녀가 말했다. 늙은 피부처럼 무수히 금이 간 차양이 밝은 공기에 희미하게 날리면서, 즐겁고 한결같으면서도 어딘가 덧없는 안식일의 자동차 소리가 점점 약해지는 파도 모양으로 방 안에 불어왔다. 템플은 침대에 꼼짝 않고 드러누워 두 다리를 곧게 펴 꽉 붙이고 이불을 턱까지 끌어올렸으며, 작고 여윈 얼굴은 아무렇게나 흐트러진 머리카락에 파묻혔다. 미스 레바는 숨을 헐떡이며 맥주잔을 내렸다. 그녀는 거칠고 까무러칠 듯한 목소리로 템플에게 얼마나 운이 좋은지 말하기 시작했다.

"이 구역에 사는 여자들이 모두 그이를 차지하려고 안달이야, 얘야. 한 유부녀는 가끔 여기 몰래 들러서 그이를 자기 방에 한 번만 넣어 달라고 미니에게 25달러나 주었지. 하지만 그이가 그런 여자를 쳐다보기나 할 것 같아? 하룻밤에 100달러나 버는 여자들이라면, 천만에. 돈을 물 쓰듯 하면서도 그런 여자들과는 춤은 추더라도 쳐다보지 않아. 난 그이가 여기 널려 있는 창녀들은 손도 안 댄다는 걸 진작에 알았어. 난 그 애들에게 누구든 그이를 차지하는 사람은 정말이지 다이아몬드를 두르게 될 테지만 너희같이 흔해 빠진 창녀들은 안 될 거라고 말했지. 그렇게 이야기했다니까. 미니가 그걸 감쪽같이 빨아서 다려 올 거야."

"다시는 그걸 못 입어요. 안 돼요."

템플이 작은 목소리로 말했다.

"싫으면 안 입어도 돼. 미니에게 줘 버리든지. 미니가 그걸 어디다 쓸 건지는 나도 모르겠지만……."

문에서는 개들이 더 큰 소리로 낑낑거렸다. 발소리가 다가

왔다. 문이 열렸다. 한 흑인 하녀가 1리터짜리 맥주와 진 한 잔이 든 쟁반을 들고 들어오자 개들이 그녀의 발 옆으로 붙어 밀고 들어왔다.

"그리고 내일 가게를 열면 그이가 시킨 대로 나랑 쇼핑이나 가자. 내 말대로 그이를 차지하는 여자는 다이아몬드를 두르게 될 거야. 내 말이 거짓인지는 두고 보면……"

그녀가 거대한 몸뚱이를 돌려 맥주잔을 들어 올렸을 때 개두 마리가 침대 위로 기어 올라갔다. 그러고는 다시 그녀의 무릎으로 기어 올라가 서로 사납게 물어뜯었다. 그놈들은 털이 곱슬곱슬한 볼품없는 얼굴에 구슬 같은 눈이 성마르게 번쩍거렸으며, 바늘 같은 이빨을 드러낸 입은 분홍색으로 벌어져 있었다.

"레바! 내려가! 너, 미스터 빈포드도!"

미스 레바가 말하며 아래로 내던지자 그놈들이 이빨로 그녀의 손을 물었다.

"날 물어, 너…… 네가 미스…… 이름이 뭐지, 애야? 제대로 알아듣지 못했어."

"템플요."

템플이 작은 목소리로 말했다.

"네 이름 말이다, 애야. 여기선 예의 같은 건 필요 없단다."

"그거예요. 템플. 템플 드레이크요."

"남자 이름 같잖니? ……미니, 미스 템플의 옷가지는 빨았니?"

"예. 지금 스토브 곁에서 말리고 있어요."

하녀가 말했다. 그녀는 개들이 이빨로 발목을 무는 사이 그 개들을 아주 조심스레 밀치며 쟁반을 들고 왔다.

"잘 빨았겠지?"

"시간이 많이 걸렸어요. 그런 피는 다른 피보다 빨기가 훨씬 더 어려워서……."

미니가 말했다. 발작을 일으키듯 템플은 벌렁 드러누워 머리를 이불 아래로 숨겼다. 미스 레바의 손길이 느껴졌다.

"자, 자. 자, 자. 마셔. 이건 내가 사는 거야. 내가 어떻게 포파이의 여자를……."

"더는 마시고 싶지 않아요."

템플이 말했다.

"자, 자. 마시고 나면 기분이 한결 좋아질 거야."

그녀는 말하고 나서 템플의 머리를 들어 올렸다. 템플은 이불을 목까지 끌어올려 꽉 잡아당겼다. 미스 레바가 잔을 템플의 입술에 댔다. 그녀가 그것을 마시고 다시 드러누워 이불을 몸에 꽉 잡아당기니 그녀의 크고 검은 눈이 이불 위에서 드러났다.

"틀림없이 그 수건이 제대로 붙어 있지 않을 거야."

미스 레바가 손을 이불 위에 놓으며 말했다.

"아니요, 그건 괜찮아요. 제대로 있어요."

템플이 작은 목소리로 말하며 몸을 움츠렸다. 그들은 그녀의 다리가 이불 아래에서 움츠러드는 것을 보았다.

"미니, 퀸 의사를 모시고 왔니?"

미스 레바가 말했다.

"아니요. 일요일 오후에는 왕진을 하지 않는대요."

미니가 병에 든 술을 맥주잔에 따르며 말했다. 금속 잔 안에 흐릿하게 서리가 끼며 술이 올라왔다.

"누가 찾는지 말했어? 미스 레바가 찾는다고 말했어?"

"예. 그분 말로는……."

"다시 가서 그 개…… 그자에게 말해, 내가……. 아니다. 기다려라."

그녀가 느릿느릿 힘겹게 일어섰다.

"내게 그 따위 전갈을 보내다니 감옥에 세 번 처넣어도 시원찮을."

그녀가 문 쪽으로 비척비척 걸어가자 개들이 펠트 실내화 주위로 몰려들었다. 하녀가 따라가 문을 닫았다. 미스 레바가 계단을 아주 느리게 내려가며 개들에게 욕을 퍼붓는 소리가 템플에게 들렸다. 소리가 사라졌다.

창문에서 차양이 희미하게 귀에 거슬리는 소리를 내며 바람에 날렸다. 템플은 시계 소리를 들었다. 그것은 세로로 홈이 팬 푸른 종이를 대놓은 쇠살대 위에 있는 맨틀피스에 있었다. 시계는 꽃무늬 도자기로 만들어졌고 도자기로 만든 요정 넷이 떠받치고 있었다. 소용돌이무늬로 장식되고 금칠을 한 하나만 남은 침이 10시와 11시 사이를 가리켰다. 그것마저 없었다면 텅 비었을 표면이 선명하게 살아났지만 시간과는 아무런 관련이 없는 것 같았다.

템플은 침대에서 일어났다. 몸에 수건을 두른 채 문 쪽으로 살금살금 다가가서 주의 깊게 귀를 기울였다. 듣는 데 정신이 팔려 눈에는 아무것도 들어오지 않았다. 황혼 무렵이었다. 어둑한 거울 속에서, 똑바로 서 있는 황혼의 투명한 직사각형 속에서 그녀는 마른 유령 같은, 더없이 깊은 그림자 속에서 움직이는 창백한 그림자 같은 자신을 힐끔 보았다. 그녀는 문에 다다랐다. 곧 그녀는 서로 충돌하는 무수한 소리가 하나의 위협적인 소리로 수렴되는 것을 듣기 시작했다. 그녀는 문을 미친 듯이 더듬다가 마침내 빗장을 발견하고는 그것을 거느라 수건을 떨어뜨렸다. 그녀는 얼굴을 옆으로 돌린 채 수건을 주워 들더니 뒤로 달려가서 침대로 뛰어들고는 이불을 턱까지 끌어올리고 누워서 은밀히 흐르는 피 소리에 귀를 기울였다.

문을 두드리는 소리에 그녀는 잠시 동안 가만히 있었다.

"얘야, 의사 선생님이야. 자, 이리 와. 착하지."

미스 레바가 숨을 헐떡거리며 말했다.

"안 돼요. 잠자려고 해요."

템플이 말하는 소리는 희미하고 작았다.

"자, 이리 와. 선생님이 치료해 주실 거야. 젠장, 다시 한번 숨을 제대로 쉬어 봤으면. 숨을 제대로 쉬어본 게 언제였는지……."

그녀는 숨을 헐떡거렸다. 문 저쪽 아래에서 나는 개 소리가 템플에게 들렸다.

"얘야."

그녀는 수건을 몸에 감은 채 침대에서 일어나 조용히 문으로 갔다.

"얘야."

미스 레바가 말했다.

"기다려요, 내가 다시 침대로 가면 들어오세요."

템플이 말했다.

"착하지. 착할 거라는 건 알고 있었어."

미스 레바가 말했다.

"저, 열까지 세세요. 저, 열까지 셀 거죠?"

그녀가 나무에 기대고서 말했다.

그녀는 빗장을 소리 없이 벗기고는 침대로 재빨리 달려갔다. 후닥닥 뛰어가는 그녀의 맨발 소리가 점점 작아졌다.

의사는 살이 찐 데다 머리카락이 듬성듬성하고 곱슬머리였다. 뿔테 안경을 썼는데, 도수가 없이 장식 목적으로 낀 것처럼 눈은 왜곡되어 보이지 않았다. 템플은 이불을 목에 바싹 가져다 대고는 이불 너머로 그를 지켜보았다.

"저 사람들을 내보내세요. 저 사람들이 나가면."

그녀가 작은 목소리로 말했다.

"자, 자. 선생님이 널 치료해 주실 거야."

미스 레바가 말했다.

템플은 이불을 붙들고 늘어졌다.

"이 어린 아가씨가 조금만……."

의사가 말했다. 그의 머리카락은 이마에서 정교하게 증발하고 없었다. 입은 양 끝이 쏙 들어가 있고 입술은 도톰한 데다 축축하고 붉었다. 안경 속의 금속성 담갈색 눈은 정신 없이 달리는 작은 자전거 바퀴 같았다. 그는 프리메이슨[9] 반지를 끼고 두 번째 관절까지 붉은 솜털이 멋지게 난 통통하고 하얀

---

9) 1717년 런던에서 결성된 공제, 우애를 목적으로 하는 비밀 결사.

손을 내밀었다. 찬 공기가 그녀의 몸을 쓸며 허벅지 아래로 퍼
졌다. 그녀는 눈을 감았다. 뒤로 드러누워서 다리를 꼭 붙인
채 마치 치과 대기실에 있는 아기처럼 절망적이고 수동적으로
울기 시작했다.

"자, 자. 진을 한 잔 더 마셔, 애야. 그러면 기분이 한결 좋아
질 거야."

미스 레바가 말했다.

*

창문에는 금이 간 차양이 이따금 창틀에 부딪쳐 희미한 소
리를 내며 하품할 때마다 황혼이 점점 약해지는 파도가 되어
방 안으로 밀어닥쳤다. 차양 밑으로는 연기 색의 황혼이 신호
용 연기처럼 담요에서 천천히 뿜어져 나와 방 안을 자욱하게
채웠다. 시계를 떠받친 도자기 요정들은 조용하고 부드러운
곡선을 드러내며 빛났다. 무릎, 팔꿈치, 옆구리, 팔, 가슴이 관
능적인 권태에 사로잡힌 듯했다. 거울 같아 보이는 유리 표면
이 내켜하지 않는 빛을 모두 잡아서는 전쟁에서 돌아온 노병
처럼 외팔의 조용한 자세로 죽어가는 시간을 고요한 심연 속
에 잡아 두는 듯했다. 10시 30분이었다. 템플은 침대에 드러
누워 시계를 바라보며 10시 30분을 생각했다.

그녀는 리넨에 대비되어 검은색을 띤 너무 큰 선홍색 크레
이프 가운을 입고 있었다. 빗질한 그녀의 머리카락은 검게 퍼
져 있었다. 이불 밖으로 드러난 얼굴과 목과 팔은 회색이었다.

다른 사람들이 방을 나간 후 그녀는 이불을 머리끝까지 뒤집어쓰고 잠시 동안 드러누워 있었다. 그녀는 그렇게 드러누워서, 문이 닫히고 계단을 내려가는 발소리와 가볍게 계속 이어지는 의사의 목소리와 미스 레바의 가쁜 숨소리가 거무스름한 복도에서 황혼 색으로 커졌다가 사라지는 것을 들었다. 그런 다음 침대에서 벌떡 일어나서는 문으로 달려가 빗장을 걸고 다시 달려와 이불을 머리끝까지 뒤집어쓰고 숨이 막힐 때까지 태아 같은 자세로 누워 있었다.

천장과 벽 위쪽에 걸린 마지막 사프란색 빛은 서쪽 하늘을 등지고 큰 거리 높이 솟아 있는 톱니 모양의 절벽 때문에 벌써 자줏빛으로 물들어 있었다. 그녀는 차양이 하품할 때마다 빛을 삼켜 빛이 희미해져 가는 것을 지켜보았다. 그녀는 마지막 빛이 시계 표면에 집중되고, 지침 판이 어두운 둥근 구멍에서 무(無), 태초의 혼돈 속에 떠 있는 원반으로 바뀌더니 다시 복잡하고 어둑한 세계의 질서 정연한 혼돈을 고요하고 신비한 심연 속에 잡아둔 수정 구슬로 바뀌고, 세계의 상처 입은 옆구리에서 오래된 상처가 새로운 파멸을 숨긴 채 정신 없이 소용돌이치는 것을 지켜보았다.

그녀는 10시 30분을 생각했다. 만약 시간을 지키지 않아도 될 만큼 인기가 있다면 춤추러 가기 위해 옷을 갈아입을 시간이었다. 막 목욕을 해서 공기 중에는 증기가 가득하고, 아마 불에 비친 분은 헛간 다락에 쌓인 왕겨 같을 것이며, 그들은 서로 쳐다보고 비교하면서 지금 그대로 플로어에 걸어 나가면 어떤 소동이 일어날지 이야기 해 댔다. 몇몇은 그러려고 하지 않았는데, 그들은 대부분 다리가 짧은 애들이었다. 그들 중 일부는 멀쩡했지만 그러려고 하지 않았다. 그들은 이유를 말하지 않았다. 그들 중 가장 못생긴 여자가 남자들은 여자들이 드레스를 입지 않으면 추하게 생각한다고 말했다. 그녀는 뱀이 며칠 동안이나 하와를 보았지만 아담이 그녀에게 무화과나무 잎을 입게 하고 나서야 그녀를 겨우 알아보았다고 말했다. 네가 어떻게 알아 하고 그들이 말하자 그녀는 뱀이 아담보다 먼저 그곳에 있었기 때문에, 그가 천국에서 가장 먼저 쫓겨났기 때문이라고 말했다. 그는 늘 그곳에 있었다. 하지만 그들이 말한 뜻은 그게 아니어서 그들은 네가 어떻게 알아 하고 말했으며, 템플은 그 애가 화장대로 내몰리고 나머지 애들이 그 애를 에워싸고 있는 것을 생각했다. 그들은 머리를 빗고 어깨에서는 향기로운 비누 냄새를 풍기고 가벼운 분이 공기 중에 날렸으며, 눈은 칼 같아서 그것이 닿는 그녀의 살이 거의 보일 지경이었다. 그녀의 못생긴 얼굴에 붙은 눈은 용감하고 두려움에 차고 대담했으며, 그들은 모두 네가 어떻게 알아 하고 말했다. 그래서 마침내 그녀는 그들에게 직접 경험했다고 말하고 손을 들어 맹세했다. 그러자 가장 나이 어린 애가 돌아서서 방을 뛰쳐나갔다. 그녀는 욕실로 들어가 문을 잠그더니 이내 구토하는 소리를 냈다.

그녀는 아침 10시 30분을 생각했다. 일요일 아침이면 쌍쌍이 교회로 어슬렁거리며 걸어갔다. 그녀는 평화롭게 사라져가는 시계의 움직임을 바라보며 오늘이 여전히 일요일임을, 똑같은 일요일임을 기억했다. 어쩌면 오늘 아침 10시 30분인지도,

그 10시 30분인지도 모를 일이었다. 그렇다면 난 여기 있지 않아 하고 그녀는 생각했다. 이건 내가 아니야. 그렇다면 난 학교에 있어. 난 오늘 밤 데이트 약속이 있어……. 그녀가 데이트할 남학생을 생각했다. 그러나 그게 누구인지 기억이 나지 않았다. 그녀는 데이트 약속을 라틴어 '주해서'에 적어 두었기 때문에 누구와 데이트하는지 애써 신경 쓸 필요가 없었다. 그냥 드레스만 입고 있으면 잠시 후 누군가가 그녀를 데리러 왔다. 그래서 그녀는 시계를 쳐다보며, 일어나 옷을 입어야 해 하고 말했다.

그녀는 일어나 조용히 방을 가로질러 갔다. 시계 표면을 주시했지만 기하학적인 모형을 한 희미한 빛과 그림자가 흔들리며 만들어 내는 뒤틀린 소란만 보였지 제 모습은 볼 수 없었다. 그녀는 차차 희미해지는 가운에서 드러나는 자기 팔과 가슴을 쳐다보며 이건 잠옷이잖아 하고 생각했다. 그녀가 걸을 때 가운 아래에서 발가락이 언뜻언뜻 창백하게 드러났다. 그녀는 빗장을 조용히 벗기고는 침대로 돌아와 팔을 베고 누웠다.

방에는 여전히 빛이 조금 남아 있었다. 그녀는 제 시계 소리를 듣고 있음을, 잠시 동안 그 소리를 들어왔음을 깨달았다. 그녀는 그 집이 온통 소음으로 가득하다는 사실을 발견했다. 소음은 멀리에서 들려오는 듯 무디고 어렴풋이 방 안으로 스며들었다. 어디선가 벨이 희미하고 날카롭게 울렸다. 누군가가 사그락거리는 옷을 입고 계단을 올라왔다. 발소리가 문을 지나 다른 계단을 오르더니 사라졌다. 그녀는 시계 소리에 귀를 기울였다. 자동차 한 대가 창문 아래에서 기어 소리를 내며 출발하고, 다시 희미한 벨 소리가 오랫동안 날카롭게 울렸다. 그녀는 그 방에 남아 있는 희미한 빛이 가로등 불빛임을 깨달았다. 비로소 그녀는 지금이 밤이며 저 너머에 있는 어둠이 도시의 소리로 가득 차 있다는 사실을 깨달았다.

개 두 마리가 사납게 할퀴어 대며 계단을 올라오는 소리가 들렸다. 소음이 문을 지나치더니 멈추고 정적이 감돌았다. 너무나 조용하여 거기 어둠 속에서 벽에 기댄 개들이 쭈그리고 앉아 계단을 지켜보는 모습이 보일 것만 같았다. 미스 레바의 발소리가 계단에서 들리기를 기다리며 템플은 그 개들 중 하나는 이름이 미스터 뭐라고 했는데 하고 생각했다. 그러나 그건 미스 레바가 아니었다. 발소리가 너무나 고르고 너무나 가볍게 다가왔다. 문이 열렸다. 개들이 두 개의 볼품없는 얼룩처럼 밀려 들어와서는 침대 밑으로 기어 들어가 쭈그리고 앉더니 낑낑거렸다.

"이놈의 개들! 이걸 엎지를 뻔했잖아."

미니의 목소리였다. 불이 켜졌다. 미니는 쟁반을 들고 있었다.

"저녁을 가져왔어. 개들이 어디 갔지?"

미니가 말했다.

"침대 밑에요. 아무것도 먹고 싶지 않아요."

템플이 말했다.

미니가 쟁반을 침대에 놓고는 템플을 내려다보았다. 그녀의 유쾌한 얼굴은 무언가 알고 있는 듯 평온했다.

"아가씨가 나한테 원하는 건……."

그녀가 손을 내밀면서 말했다. 템플은 재빨리 얼굴을 돌렸다. 미니가 무릎을 꿇고는 개들을 얼르고, 개들이 그녀에게 천식에 걸린 듯 애처롭게 으르렁거리며 이빨을 가는 소리가 들렸다.

"자, 거기서 나와."

미니가 말했다.

"저놈들은 미스 레바가 술에 취하면 어떻게 하는지 알고 있어. 너, 미스터 빈포드!"

템플이 머리를 들었다.

"미스터 빈포드라뇨?"

"푸른색 리본을 단 놈이야."

미니가 말했다. 몸을 구부리고 미니가 그 개들에게 손을 휘둘러 댔다. 그놈들은 미친 듯한 공포에 사로잡혀 침대 머리맡의 벽에 기대어 앉아 그녀에게 달려들며 으르렁거렸다.

"미스터 빈포드는 미스 레바의 남편이었어. 십일 년간 이곳의 주인이었는데, 이 년 전쯤에 죽었어. 다음 날 미스 레바가 이 개들을 데리고 와서 한 마리는 미스터 빈포드, 다른 한 마리는 미스 레바라고 이름을 붙였지. 마님은 무덤에 찾아갈 때마다 오늘 저녁처럼 술을 마셔 대고, 그러면 저 개들은 달아나. 하지만 미스터 빈포드가 늘 벌을 받지. 지난번에 마님은 그놈을 위층 창문 밖으로 집어 던지고는 내려가서 빈포드 님의 옷장에서 옷을 다 꺼내어, 그분이 입고 묻힌 것만 빼고 몽땅 길에 내던져 버렸어."

"아, 저놈들이 겁을 내는 것도 당연하네요. 저 밑에 그냥 내버려 두세요. 저야 성가실 게 없으니까요."

"그래야 할 것 같아. 미스터 빈포드는 모르면 모를까 이 방에서 나가지 않을 거야."

그녀는 다시 일어서서 템플을 내려다보았다. 그러고 나서 그녀는 말했다.

"저기 있는 저녁 먹어. 기분이 좋아질 거야. 진도 한 잔 몰래 가져왔어."

그녀가 말했다.

"아무것도 먹고 싶지 않아요."

템플이 고개를 돌리며 말했다.

미니가 방에서 나가는 소리가 들리더니 문이 조용히 닫혔다. 침대 밑에는 개들이 지독한 공포에 사로잡혀 몸이 굳은 채 벽에 기대어 쭈그리고 앉아 있었다.

전등이 천장 한가운데 매달려 있었는데, 홈이 파인 장밋빛 갓은 전구가 닿은 부분이 갈색으로 변해 있었다. 마루에는 무늬가 있는 적갈색 양탄자 조각들이 압정으로 고정되어 있으며, 올리브색 벽에는 액자에 든 석판화가 두 개 걸려 있었다. 두 개의 창문에는 기계로 짠 레이스 커튼이 마치 가볍게 동결된 먼지 조각들을 가로로 세워 놓은 것처럼 먼지 색을 띤 채 걸려 있었다. 방은 전체적으로 케케묵은 격식이랄까 단정한 분위기를 풍겼다. 싸구려 니스 칠을 한 화장대의 물결 모양 거울에는 물이 고인 웅덩이에서처럼 외설적인 몸짓과 죽은 욕망을 지닌 지친 유령들이 머무는 듯했다. 구석에는 양탄자에 압정으로 고정해 놓은, 색이 바래고 흠집이 난 리놀륨 조각 위에 세면대가 있고, 그 위에 꽃이 꽂힌 사발과 물 주전자 외에도 여러 장의 수건이 가지런히 놓여 있었다. 그것 뒤 구석에는 역시 홈이 파인 장밋빛 종이로 장식된 구정물 통이 있었다.

침대 밑의 개들은 아무 소리도 내지 않았다. 템플이 살짝 움직이자 매트리스와 스프링의 메마른 소리가 그 개들이 웅크리고 앉아 있는 무시무시한 침묵 속으로 사라졌다. 그녀는 털이 많고 볼품없는 그 개들을 생각했다. 그놈들은 야만적이고 까다롭고 버르장머리 없다고, 그리고 보호 아래 지내는 공허하고 단조로운 삶은 평소에는 보장받은 평온한 삶을 상징하는 바로 그 손에 아무런 경고도 없이 잡혀 영문도 모른 채 한순간에 육체적으로 사라질 공포와 두려움에 떨어야 한다고 생각했다.

집은 온갖 소리로 가득했다. 마치 집이 잠들어 있다가 어둠과 함께 깨어난 것처럼 그 소리는 잠을 깨우고 소생시키듯 멀리서 무슨 소리인지 모르게 들려왔다. 여자의 날카로운 웃음이 터지는 듯한 소리가 들렸다. 쟁반에서 모락모락 피어오르는 냄새가 그녀의 코끝을 자극했다. 그녀는 고개를 돌려 그것을, 뚜껑을 덮거나 덮지 않은 두꺼운 도자기로 만든 접시들을 쳐다보았다. 한가운데에는 엷은 색의 진 잔과 담배 한 갑과 성냥 한 통이 있었다. 그녀는 팔꿈치로 짚고 일어나 흘러내리는 가운을 잡았다. 그녀는 두꺼운 스테이크, 감자, 푸른 콩, 롤빵이 든 뚜껑과 어떤 감각, 아마 소거법으로 과자라고 알아챈 이름을 알 수 없는 연분홍색 덩어리가 든 뚜껑을 열었다. 그녀는 흘러내리는 가운을 다시 당겨 올리며, 학교에서 요란한 목소리로 밝게 떠들어 대고 포크를 달그락거리며 식사하는 친구들을, 집에서 저녁 식탁에 앉은 아버지와 오빠들을, 빌린 가운과, 미스 레바가 내일 쇼핑할 거라고 하던 말을 생각했다. 그런데 난 겨우 2달러밖에 없어 하고 그녀는 생각했다.

음식을 쳐다보았을 때 그녀는 배가 고프지 않음을, 심지어 그것을 쳐다보고 싶지도 않음을 깨달았다. 그녀는 잔을 들어 올려 다 마시고 얼굴을 찡그리며 잔을 내려놓고 나서 급히 얼굴을 쟁반에서 돌리며 담배를 더듬어 찾았다. 그녀는 성냥을 켜려다 쟁반을 다시 쳐다보더니 손가락으로 감자 한 조각을 조심스레 집어 들어 먹었다. 불붙이지 않은 담배를 다른 손에 들고 하나 더 먹었다. 그러고는 담배를 내려놓고 나이프와 포크를 들고 먹기 시작했으며, 이따금 가운을 어깨 위로 끌어올리기 위해 멈추었다.

그녀는 다 먹고 나서 담배에 불을 붙였다. 다시 벨 소리가 들리더니 약간 다른 음조의 또 다른 벨 소리가 들렸다. 한 여자의 날카로운 목소리 너머로 문이 쾅 닫혔다. 두 사람이 계단을 올라와 문을 지나갔다. 그녀는 어디선가 웅웅거리는 미스 레바의 목소리를 들었다. 그러고는 레바가 계단을 힘겹게 올라오는 소리에 귀를 기울였다. 템플이 문을 지켜보고 있을 때 마침내 문이 열리더니 미스 레바가 손에 맥주잔을 들고서 문 안으로 들어섰다. 그녀는 불룩 솟아오른 실내복을 입고 베일이 달린 미망인용 모자를 쓰고 있었다. 그녀는 꽃무늬 펠트 실내화를 신고 들어왔다. 침대 밑에는 개 두 마리가 완전히 절망감에 사로잡혀 숨소리를 죽인 채 함께 소리를 질러 댔다.

등이 풀린 드레스가 미스 레바의 어깨 부근에 뭉친 채 걸려 있었다. 반지 낀 손을 가슴에 대고 다른 손으로는 맥주잔을 높이 들었다. 금니들이 박힌 입은 몹시 숨이 차서 벌어져 있었다.

"아이고야, 아이고야."

그녀가 말했다. 그녀의 말소리를 듣고 개들이 침대 밑에서 기어 나와 문 쪽으로 미친 듯이 달려갔다. 개들이 그녀를 지나쳐 달려가자 그녀는 돌아서서 맥주잔을 그놈들에게 던졌다. 그것은 문설주에 부딪쳐 벽에 술을 뿌리고는 덜커덕거리는 텅 빈 소리를 내며 다시 튀었다. 그녀가 가슴을 움켜잡으며 숨을 쉬자 휘파람 소리가 났다. 그녀는 침대로 와서 베일 사이로 템플을 내려다보았다.

"우리는 두 마리 비둘기처럼 행복했어. 하지만 그이는 죽어 버렸지."

그녀는 숨을 헐떡이며 울부짖었다. 반지가 부풀어 오른 가슴에서 강렬하게 번쩍이며 나타났다. 그녀는 휘파람 소리를 내며 숨을 쉬었다. 그녀의 입은 방해를 받은 폐의 감춰진 고통을 드러내 보여 주듯 벌어져 있었으며, 창백한 둥근 두 눈은 당황해서 불룩 솟아 있었다.

"두 마리 비둘기처럼."

그녀는 거칠고 숨이 찬 목소리로 울부짖었다.

*

다시 시간은 시계 유리 뒤의 죽은 움직임을 따라잡았다. 침대 옆 탁자 위에 있는 템플의 시계가 10시 30분을 가리켰다.
두 시간 동안이나 그녀는 방해를 받지 않고 드러누워 귀를 기
울였다. 이제 계단 아래에서 나는 목소리들을 구분할 수 있었
다. 그녀는 곰팡내 나는 방 안에 혼자 드러누워 얼마 동안 그
소리를 들었다. 나중에 자동 피아노가 연주되었다. 이따금 창
문 아래 거리에서 자동차 브레이크 소리가 났다. 한번은 두 사
람이 격렬하게 싸우는 소리가 차양 바로 아래까지 다가왔다.

두 사람, 남자와 여자가 계단을 올라와 옆방으로 들어가는
소리가 들렸다. 그러고 나서 미스 레바가 힘겹게 계단을 올라
와 그녀의 방문을 지나치는 소리가 들렸다. 그녀는 눈을 동그
랗게 뜨고 깜박이지도 않은 채 침대에 드러누워 미스 레바가
금속 맥주잔으로 옆방 문을 쾅쾅 치며 나무에다 대고 고함지
르는 소리를 들었다. 문 뒤에 있는 남자와 여자는 쥐 죽은 듯
조용했다. 너무나 조용해서 템플은 다시 개들을, 미칠 듯한 공
포와 절망에 사로잡혀 침대 밑 벽에 기댄 채 쭈그리고 앉아 있
던 개들을 생각했다. 그녀는 미스 레바가 텅 빈 나무에 대고
거칠게 고함지르는 소리에 귀를 기울였다. 그것은 몹시 숨이
차서 헐떡거리는 소리로 잦아들더니 다시 남자의 거칠고 힘
찬 욕설로 커졌다. 벽 너머에 있는 남자와 여자는 아무 소리
도 내지 않았다. 템플은 벽을 바라보며 누워 있었다. 벽 너머
에서 미스 레바가 맥주잔으로 벽을 치기 시작했을 때 그녀의
목소리가 다시 커졌다.

템플은 방문이 열릴 때 그것을 보지도 듣지도 못했다. 얼마
나 지났는지 모르지만 우연히 그쪽을 보자 포파이가 모자를

얼굴에 삐딱이 쓴 채 거기 서 있었다. 그는 여전히 아무 소리
도 내지 않고 들어와서는 문을 닫고 빗장을 걸더니 침대 쪽으
로 왔다. 그녀는 이불을 턱까지 끌어당기고 이불 너머로 그를
바라보며 천천히 침대 속으로 움츠러들었다. 그는 다가와서 그
녀를 내려다보았다. 그녀는 움츠러들며, 마치 교회 뾰족탑에
묶여 있는 것처럼 완전히 고립된 채 움츠러들며 천천히 몸부
림쳤다. 그녀는 입이 뒤틀려 찡그린 얼굴에 단단하고 회유하
는 듯한 하얀 이를 드러내고서 그에게 씽긋 웃었다.

그가 그녀에게 손을 대자 그녀는 코멘소리를 내기 시작했다.

"안 돼요, 안 돼요. 그분이 지금은 안 된다고 했어요. 지금
은 안······."

그는 이불을 휙 걷어 옆으로 밀쳤다. 그녀는 손바닥을 들어
올리고서 꼼짝 않고 누워 있었다. 허리에 두른 천 밑으로 그
녀의 살이, 군중 속에서 놀란 사람처럼 격렬하게 분해되어 뒤
로 움츠러들었다. 그가 다시 손을 앞으로 내밀었을 때 그녀는
그가 때릴 거라고 생각했다. 그의 얼굴을 지켜보니 막 울음이
터지려는 어린애의 얼굴처럼 씰룩거리고 경련을 일으키기 시
작하는 것이 보였고, 그가 훌쩍거리기 시작하는 소리가 들렸
다. 그는 가운 끝을 잡았다. 그녀는 그의 팔목을 잡고 몸을 좌
우로 돌리며 비명을 지르려고 입을 벌렸다. 그는 손으로 그녀
의 입을 틀어막았다. 그녀는 그의 팔목을 잡고 그의 손가락
사이로 침을 흘리며 양쪽 넓적다리를 미친 듯이 움직였다. 그
리고 그가 침대 옆에 쭈그리고 앉아 턱이 없는 얼굴을 비틀며
푸르스름한 입술은 뜨거운 수프를 불듯이 내밀고서 말처럼

큰 소리로 히힝거리는 것을 보았다. 벽 너머에서는 미스 레바가 숨이 차서 헐떡거리며 외설스러운 욕설을 퍼부어 대는 소리가 복도와 집을 가득 채웠다.

19

"하지만 그 처녀는, 그 처녀는 무사했어요. 당신이 그 집을 떠날 때 그 처녀가 무사했다는 걸 당신은 알고 있어요. 그자와 함께 차에 타고 있는 그 처녀를 보았을 때 말입니다. 그자는 그 처녀를 시내로 데려다 주고 있었어요. 그 처녀는 무사했어요. 당신은 그 처녀가 무사했다는 걸 알고 있어요."

호러스가 말했다.

여자는 침대 가장자리에 앉아 아기를 내려다보았다. 아기는 마치 고통이 닥치기도 전에 견딜 수 없는 고통에 직면해 죽은 것처럼 두 손을 머리 옆으로 쳐든 채 빛이 바랜 깨끗한 담요 아래 누워 있었다. 아기는 눈을 반쯤 떴는데, 눈알이 두개골 안으로 쑥 들어가서 흰자위만이 묽은 우윳빛을 띠었다. 아기의 얼굴은 여전히 땀으로 축축했지만 숨소리는 좀 더 편안

해졌다. 이제 아기는 호러스가 그 방에 들어갔을 때 그랬던 것
처럼 연약하고 숨이 차서 휘파람 같은 숨소리를 내지는 않았
다. 침대 옆 의자 위에는 희미하게 변색된 물이 반쯤 찬 큰 컵
이 있었으며, 그 속에는 숟가락이 들어 있었다. 광장에서 나
는 자동차, 마차, 아래 보도 위를 걷는 발소리 같은 수많은 소
음이 열린 창문으로 들어왔고, 호러스가 창문 너머로 법원을
보니 사람들이 아까시나무와 떡갈나무 아래의 맨땅에 구멍을
파고는 동전 던지기 놀이를 하고 있었다.

여자는 아기를 내려다보며 곰곰이 생각했다.

"거기선 아무도 그 여자를 원하지 않았어요. 리는 늘 사람
들한테 거기에 여자를 데려오지 말라고 했고, 전 어둡기 전에
그 여자한테 그 사람들은 당신과는 다른 사람들이니 거기서
떠나라고 말했어요. 문제는 그 여자를 데려온 작자였어요. 그
자는 그들과 함께 현관에서 계속 술을 마셔 대서 저녁을 먹
으러 왔을 때는 제대로 걷지도 못했어요. 심지어 그자는 얼굴
에 묻은 피를 씻으려고도 하지 않았어요. 리가 법을 어기니
까 별것도 아닌 풋내기들이 와서는 우리 집을 아무렇게나 마
구……. 어른들도 나쁘긴 하지만 적어도 그 사람들은 다른 물
건을 사듯 위스키를 사죠. 문제는 그 작자 같은 자들, 아직 너
무 젊어서 사람들이 심심풀이로 법을 위반하는 게 아니라는
사실을 깨닫지 못하는 자들이에요."

호러스는 그 여자의 꽉 쥔 주먹이 무릎 위에서 꿈틀거리는
것을 보았다.

"젠장, 내 마음대로 할 수만 있다면 그걸 만들거나 사거나

마시는 사람들을 모조리 목매달아 버릴 거예요. 하지만 왜 그게 저, 우리였느냐 말이에요? 제가 그 여자에게, 그 여자 같은 사람에게 무슨 짓을 했기에요? 전 그 여자에게 거기서 떠나라고 말했어요. 어두워진 뒤에 거기 있으면 안 된다고 말했어요. 그렇지만 그 여자를 거기에 데려온 그 작자는 또다시 취한 데다 밴과 옥신각신했어요. 그 여자가 사람들이 쳐다보는 데서 뛰어다니지만 않았어도. 그 여자는 가만히 있지 않았어요. 이쪽 문으로 뛰어나가서는 금방 저쪽 문으로 뛰어 들어오는 거예요. 그리고 그 사람이 밴을 가만히 내버려 두기만 했더라도. 밴은 어차피 자정이면 트럭으로 돌아가야 했으니까 포파이가 그를 얌전히 굴게 했을 텐데요. 토요일 밤만 되면 그자들은 아무튼 밤새 술을 마셔댔어요. 그런 걸 워낙 여러 번 겪은 터라 전 리에게 떠나자고, 벌이도 시원찮은 데다 아기가 어젯밤처럼 발작이라도 일으키면 의사도 없고 전화도 없으니 떠나자고 말했어요. 게다가 제가 그이를 위해 악착같이 일했는데, 그 여자가 거기 나타났으니 말이에요."

여자는 여전히 머리를 숙이고 두 손을 무릎 위에 올려놓은 채 꼼짝도 않고 큰 회오리바람의 여파로 폐허가 된 집 위에 솟아 있는 굴뚝처럼 지친 부동자세를 취했다.

"그 비옷을 입고 거기 침대 뒤 구석에 서 있었어요. 그 사람들이 또다시 온통 피투성이가 된 그 작자를 데리고 들어왔을 때 그 여자는 몹시 놀랐어요. 그 사람들이 침대에 눕히고 나서 밴이 다시 그자를 때리자 리가 밴의 팔을 잡았어요. 그리고 그 여자는 가면에 난 구멍처럼 눈을 뜨고는 거기 서 있는 게 아니겠어요. 비옷이 벽에 걸려 있었는데, 그 여자가 그걸 코트 위에 걸치고 있었어요. 그 여자의 드레스는 침대 위에 개켜져 있었고요. 그 사람들은 온통 피투성이가 된 그 작자를 바로 그 위에다 내던졌어요. 그리고 제가 '세상에, 당신 또 취했어요?' 하고 말했죠. 하지만 리는 그저 절 쳐다보기만 할 뿐이었고 술이 취하면 늘상 그렇듯 코가 벌써 하얗게 된 게 아니겠어요. 문에는 자물쇠가 없었지만 그들이 곧 트럭을 살펴보러 갈 거라는 생각이 들어서, 그러고 나면 어떻게든 해 볼 심산이었어요. 그런데 리가 나한테도 나가라고 하고는 램프를 가져가 버리는 바람에 그 사람들이 현관으로 돌아갈 때까지 기다렸다가 다시 갔어요. 전 바로 문 안쪽에 서 있었어요. 그 작자는 거기 침대에서 코를 골았는데, 코와 입을 또다시 두들겨 맞아서 숨을 쉬기가 어려울 정도였어요. 그런데 현관에서 그들의 소리가 들렸어요. 그러더니 그 사람들이 밖으로 나가 집을 빙 돌아갔고 뒤에서 소리가 들리는 거예요. 그리고 조용해졌죠. 전 벽에 기댄 채 거기 서 있었어요. 그자는 코를 골다가 숨이 막혔다가 움찔했다가 신음하곤 했어요. 그리고 저는 거기 어둠 속에 누워서 눈을 뜨고 그 사람들의 소리에 귀를 기울이고 있는 그 여자와, 거기 서서 어떻게 해 볼 심산으로 그 사람들이 가기를 기다리며 서 있는 저 자신에 대해 생각했어요. 전 그 여자에게 떠나라고 말했어요. 전 '네가 결혼을 안 했더라도 그게 뭐 내 탓은 아니니까. 네가 여기 있고 싶어 하지 않는 만큼이나 난 네가 여기 있는 걸 원치 않아.' 하고 말했어요. 전 '난 평생 너 같은 족속들에겐 도움이라고는 받아 보지 않았어. 그런데 무슨 권리로 내게 도와 달라는 거야?' 하고 말했어요. 전 그이를 위해서라면 무슨 짓이든 했거든요. 그이를 위해서는 진흙탕에서도 굴렀어요. 전 모든 걸 잊었고 제가 원하는 건 단지 절 가만히 좀 내버려 두라는 거였어요. 그때 문이 열리는 소리가 들렸어요. 숨소리로 볼 때 그 사람이 리라는 걸 알았죠. 그이가 침대로 가더니 '그 비옷 이리 줘. 일어나 벗어.'라고 말하고는 그 여자에게서 그걸 벗길 때 옥수수 껍질이 바스락거리는 소리가 들렸어요. 그리고 그이는 나가 버렸어요. 그이는 비옷만 들고 나가 버렸어요. 그건 밴의 코트였거든요. 그리고 전 밤이면 거기 있는 사내들, 리의 위험에 의지해 생활하지만 그이가 붙잡히면 그이를 위해 손가락 하나 까딱하지 않을 사람들과 그 집 주변을 수없이 돌아다녀서 숨소리만 들어도 그게 누군지 알아맞힐 수 있고, 머리에 바른 기름 냄새만으로도 포파이를 알아맞힐 수 있었어요. 토미는 그자를 따라다녔어요. 그는 포파이를 뒤따라 문 안으로 들어와서는 저를 쳐다보았고, 전 고양이 같은 그의 눈을 보았죠. 그러고는 그의 눈이 사라졌어요. 뭐랄까 그가 제 옆에 쭈그리고 앉는 게 느껴졌어요. 우리는 포파이가 침대 쪽에서 몸을 굽히는 것과 그 작자가 계속 코를 고는 소리를 들었어요. 옥수수 껍질에서 나는 희미한 소리만 들려오기에 아직 별일 없다는 걸 알았죠. 그리고 곧 포파이가 다시 나가자 토미가 그자의 뒤를 살금살금 따라 나갔고, 그곳에 서 있자니 그들이 트럭으로 내려가는 소리가 들렸어요. 그때 전 침대로 갔어요. 제가 건드리자 그 여자는 발버둥을 쳤어요. 그 여자가 소란을

피우지 못하도록 손으로 입을 틀어막으려 했지만, 여하튼 그
녀는 그러지 않았어요. 그 여자는 그저 거기 누워 코트를 움
켜쥔 채 몸부림치고 머리를 좌우로 흔들어 댔어요. '바보!' 하
고 제가 말했어요! '나야…… 여자야.'"

"하지만 그 처녀는, 그 여자는 무사했어요. 당신이 다음 날
아침 아기 우유병을 가지러 집으로 돌아갈 때 당신은 그 여자
를 보았고, 그 여자가 무사하다는 것을 알았어요."

호러스가 말했다.

그 방은 광장에 면해 있었다. 창문 너머로 젊은 사람들이
법원 마당에서 동전 던지기 놀이를 하고, 짐마차들이 지나가
거나 말이 사슬에 매여 있는 것이 보였으며, 사람들이 창문
아래의 인도를 서두르지 않고 천천히 걸어가며 내는 발소리와
목소리가 들렸다. 사람들은 집에 가져가 조용히 식탁에서 먹
을 기분 좋은 먹을거리를 사고 있었다.

"당신은 그 여자가 무사했다는 걸 알고 있어요."

*

그날 밤 호러스는 전화도 하지 않고 택시를 타고 여동생 집
으로 갔다. 미스 제니가 방에 있었다.

"잘 지냈어요? 나르시사는……."

미스 제니가 말했다.

"그 애는 보고 싶지 않습니다. 그 점잖고 본때 있게 자란 젊
은 애 있잖습니까. 그 버지니아 신사 말입니다. 그 자가 왜 다

시 찾아오지 않는지 알았습니다."

호러스가 말했다.

"누구? 가우언 말인가요?"

"예, 가우언요. 그자가 다시 찾아오지 않는 게 정말이지 다행입니다. 마침 제가 알았기에 망정이지……."

"무슨 일이에요? 그 사람이 무슨 짓을 했어요?"

"그자는 그날 철없는 여자 애를 거기로 데려가서는 술에 취해 그 여자를 버려 두고 혼자 도망쳤어요. 그자가 한 짓이 그거예요. 그 여자만 아니었더라면……. 그리고 그런 인간이 그저 옷을 잘 차려입고, 버지니아 대학에 다니는 대단한 경험을 했다는 이유만으로 무사히 세상을 돌아다니는 걸 생각하면……. 기차든 호텔이든 거리든 어디든지 내키는 대로……."

"아, 난 처음엔 사돈이 누굴 말하는지 몰랐어요. 이거 참."

미스 제니가 말했다.

"그 사람이 마지막으로 여기 왔을 때가 기억나죠? 사돈이 온 직후 말이에요. 그날 그 사람은 저녁도 안 먹고 갔는데, 옥스퍼드에 간 거였어요?"

"예. 그리고 이제 와서 생각해 보면……."

"그 사람이 나르시사에게 청혼했어요. 그 애는 그 사람에게 아이는 하나로 족하다고 말했고요."

"그 애는 인정머리가 없다고 제가 말씀드렸죠. 모욕을 당해도 싸요."

"그래서 그 사람은 몹시 화가 나서 옥스퍼드로 가겠다고 말했어요. 거기 있는 여자한테는 자기가 그런대로 괜찮아 보이리라 그 사람 나름대로 상당히 확신했거든요. 말하자면 그랬어요. 이거 참."

그녀는 안경 너머로 그를 보기 위해 목을 구부리고 쳐다보았다.

"정말이지 아버지라는 존재는 우스운 거예요. 남자에게 친척이 아닌 여자의 일에 관여하게 해 보라지요……. 남자란 자기가 결혼하거나 낳은 여자는 행실이 나쁠 수도 있지만 자기가 결혼하거나 낳지 않은 여자는 전부 그렇다고 생각하는 건 도대체 무슨 경우인가요?"

"그러게 말입니다. 그리고 그 여자가 제 혈육이 아닌 게 다행입니다. 저는 그 여자가 이따금 악당에게 노출되는 것은 감수할 수 있지만 언제라도 바보에게 말려들 걸 생각하면."

호러스가 말했다.

"이거 참, 사돈은 그걸 어떻게 할 셈이에요? 바퀴벌레 퇴치 운동 같은 거라도 시작할 건가요?"

"그 여자가 말한 대로 할 작정입니다. 누구든 쉰 살이 안 된 사람이 위스키를 만들거나 사거나 팔거나 생각하는 걸 보면 의무적으로 쏴 죽이도록 하는 법을 통과시키게 할 작정입니다……. 악당은 봐줄 수 있지만 그 애가 바보에게 노출될 걸 생각하면……."

호러스는 시내로 돌아갔다. 밤은 따뜻했고, 새로 부화한 매미들의 소리가 어둠을 가득 채웠다. 그는 침대와 의자와 옷장을 하나씩 사용했다. 옷장 위에는 수건이 펼쳐져 있고, 그 위에는 솔과 시계와 담뱃대와 담뱃갑이 있었으며, 의붓딸인 리틀 벨의 사진이 책에 기대어 있었다. 유리를 끼운 표면에 조명이 반사되었다. 그는 얼굴이 잘 보일 때까지 그 사진을 옮겼다. 그가 그것 앞에 서서 감미롭고 수수께끼 같은 얼굴을 바라보노라니 죽은 널빤지에서 그것이 그의 어깨 너머에 있는 무언가를 바라보는 듯했다. 그는 킨스턴에 있는 포도나무 그늘을, 여름 황혼과 그가 다가가자 침묵 속으로 어두워져 가는 중얼거리는 목소리들을, 그 애의 하얀색 드레스의 창백한 속삭임 속으로 어두워져 가는 중얼거리는 목소리들을, 그가 낳지 않았고 꽃이 핀 포도나무와의 어떤 소란스러운 공감이 미묘하게 숙성되는 것 같은 그 진기하고 작은 육체가 내는 미묘하고 절박한 포유류의 속삭임을 생각했다. 그는 그들에게, 그 애에게 해를 끼칠 생각이 없었다. 정말이지 그 애에게 해를 끼칠 생각은 전혀 없었다.

호러스는 갑자기 움직였다. 책에 기대어 불안정하게 균형을 잡고 있던 사진이 약간 미끄러지면서, 마치 저절로 그러듯이 자리를 바꾸었다. 영상이 마치 파문이 이는 깨끗한 물 아래에 보이는 어떤 익숙한 것처럼 조명에 반사되어 희미해졌다. 그는 그 친숙한 영상을, 죄로 인해 갑자기 그보다 더 늙은 얼굴을, 감미롭기보다는 희미해진 얼굴을, 부드럽기보다는 비밀스러운 눈을, 뭐랄까 고요한 공포와 절망감에 사로잡힌 채 바라보았다. 그것을 잡으려고 손을 뻗었을 때 그것이 부딪쳐 쓰러졌다. 그 때문에 립스틱을 바른 입술을 익살맞게도 굳게 다문 그 얼굴이 다시 한번 상냥하게 생각에 잠긴 채 그의 어깨 너머에 있는 어떤 것을 응시했다. 그가 불을 환히 밝히고 옷을 입은 채 침대에 누워 있자니 법원의 시계가 3시를 알리는 소리가 들렸다. 그때 그는 시계와 담뱃갑을 주머니에 넣고 집을 나섰다.

기차역은 1킬로미터쯤 떨어져 있었다. 대합실에는 희미한 전구가 하나 켜져 있었다. 작업복 바지를 입은 한 사내가 코트를 접어 머리에 베고는 벤치에서 코를 골며 자고, 한 여자가 사라사 드레스에 거무스름한 숄을 걸치고 말라 죽어 가는 꽃들로 장식된 새 모자를 머리에 직각으로 어색하게 쓴 채 앉아 있을 뿐 텅 비어 있었다. 머리를 숙인 모양이 잠이 든 것 같았다. 두 손은 무릎 위에 올려놓은, 종이로 싼 꾸러미 위에 엇걸려 있고, 발치에는 짚으로 만든 여행용 가방이 놓여 있었다. 그때야 비로소 호러스는 담뱃대를 가져오지 않은 것을 깨달았다.

그가 석탄재가 쌓인 철도 용지에서 왔다 갔다 하는 사이에 기차가 왔다. 남자와 여자가 기차에 탔다. 남자는 구겨진 코트를, 여자는 보따리와 여행용 가방을 들고 있었다. 그는 그들을 따라가서 일반실에 자리를 잡았다. 찻간에는 코 고는 소리가 요란했고, 방금 전에 무언가가 갑자기 요란하게 폭발한 듯 몸뚱이들이 통로로 반쯤 비어져 나와 있었다. 모두들 머리를 떨어뜨리고 입을 벌린 채 단칼에 목이 베이기를 기다리는 듯 목을 길게 빼고 있었다.

호러스는 졸았다. 기차가 끼익 소리를 냈다가 멈추었다가 덜커덩거렸다가 했다. 그는 깨었다가는 다시 졸았다. 누군가가 자는 그를 흔들어서 깨어 보니 장밋빛 새벽이었다. 홀로코스트의 마지막 희미한 흔적이 남아 있는 것처럼 면도를 하지 않은 부은 얼굴들이 희미한 빛 속에서 흐리멍덩한 눈을 깜박이며 서로 쳐다보았다. 그 눈에 개성이 눈에 띄지 않게 보일 듯 말 듯한 물결이 되어 되살아났다. 그는 내려서 아침을 먹고 다른 칸에 올라탔다. 아기가 악을 쓰며 울어 대는 찻간에 들어서서 퀴퀴한 암모니아 냄새를 맡고 땅콩 껍질을 밟으며 걸어가니 마침 한 남자 옆에 빈자리가 눈에 띄었다. 잠시 후 그 사람은 앞으로 몸을 숙이고 무릎 사이로 담뱃진을 뱉었다. 호러스는 재빨리 일어나 흡연실로 갔다. 그곳도 만원이었다. 흡연실과 흑인 전용 칸 사이의 문이 휙 열렸다. 복도에 서 있는 그에게 점점 좁아지는 통로가 보였다. 등받이에 푸른 플러시 천을 깔고 꼭대기에 덮개를 씌운 대포알 모양의 장식이 된 좌석들이 일제히 흔들렸고, 말소리와 웃음소리가 요란하게 밀려와 백인들이 의자에 앉아서 통로에 침을 뱉고 있는 푸르스름하고 매캐한 공기를 계속 흔들어 댔다.

호러스는 다시 기차를 갈아탔다. 기다리는 사람들 절반은 대학생복을 입고 셔츠와 조끼에 작고 신비한 배지를 단 청년들이었다. 그리고 밝고 들떠 있는 꿀벌들에게 둘러싸인 똑같이 생긴 조화처럼 얼굴에 화장을 하고 짧고 밝은 드레스를 입은 처녀가 둘 있었다. 기차가 도착하자 그들은 유쾌하게 앞으로 밀고 나가면서 떠들고 웃어 대는가 하면, 무례하지만 유쾌하게 나이 든 사람들의 어깨를 밀쳤다. 그리고 의자를 뒤로 요란하게 젖혀 자리를 잡고 앉았더니 고개를 돌리고 웃어 댔다. 그들의 차가운 얼굴에 여전히 웃느라 이를 드러내고 있을 때 중

년 여자 셋이 다 찬 좌석을 기웃거리며 찻간을 걸어갔다.

두 처녀는 함께 앉아 엷은 황갈색 모자와 푸른색 모자를 벗고 가냘픈 손을 들어 올려 아주 못생기지는 않은 손가락으로 들러붙은 머리를 매만졌다. 그들의 머리는 좌석 뒤에 매달린 두 젊은이의 쭉 뻗은 팔꿈치와 숙인 머리 사이로 드러났고, 의자 팔걸이에 걸터앉거나 복도에 서 있는 사람들의 높이가 들쭉날쭉한 물들인 모자 리본에 둘러싸였다. 곧 차장의 모자가 보이더니 그가 그들 사이를 뚫고 지나가며 새처럼 애처롭고 초조한 소리를 냈다.

"차표요, 차표요."

그가 단조로운 어조로 되풀이했다.

잠시 동안 그는 사람들 사이에 파묻혀 모자밖에 보이지 않았다. 그때 두 젊은이가 재빨리 뒤로 빠져나와 호러스의 뒷자리에 앉았다. 그들의 숨소리가 그에게 들렸다. 앞쪽에서 차장의 개표기가 두 번 찰깍댔다. 그가 뒤로 왔다.

"차표요, 차표요."

그가 단조로운 어조로 되풀이했다.

그는 호러스의 표를 찍고 나서 젊은이들이 앉아 있는 곳에서 멈추었다.

"아까 가져갔잖아요, 저기서요."

한 사람이 말했다.

"찍은 걸 보여 주세요."

차장이 말했다.

"안 돌려줬잖아요. 아저씨가 우리 표를 가져갔어요. 내 건

번호가……."

그는 솔직하고 유쾌한 음조로 번호를 그럴듯하게 읊었다.

"섀크, 네 번호 기억해?"

두 번째 사람 또한 솔직하고 유쾌한 음조로 번호를 읊었다.

"틀림없이 우리 걸 가져갔어요, 찾아보세요."

그는 이 사이로, 음조에 맞지 않는 엉터리 댄스 리듬으로 휘파람을 불기 시작했다.

"넌 고든 홀에서 먹니?"

다른 사람이 말했다.

"아니, 난 원래 입내가 나."

차장이 그냥 갔다. 그는 한껏 휘파람을 불고 손으로 무릎을 치며 '두 - 두 - 두' 하고 소리를 질러 댔다. 그러고는 의미 없고 현기증을 일으킬 듯한 고함을 질러댔다. 호러스에게 그것은, 마치 정신없이 넘어가는 인쇄된 책장 앞에 앉아 있는 것처럼 마음속에 신비하고 밑도 끝도 없는 감정을 연속적으로 불러일으켰다.

"그 여자는 차표도 없이 1600킬로미터나 여행했어."

"마지도 그랬어."

"베스도."

"두 - 두 - 두."

"마지도."

"금요일 밤에는 내 꺼에 구멍을 내고 말 거야."

"이야호."

"너 간 좋아해?"

"거기까진 어림없어."

"이야호."

그들은 휘파람을 불고 발뒤꿈치로 미친 듯이 점점 더 세게 차 바닥을 두드리며 '두 – 두 – 두' 하고 소리를 질러댔다. 첫 번째 사람이 호러스가 머리를 대고 있는 좌석 등받이를 세게 쳤다. 그가 일어섰다.

"가자. 그 자식은 꺼져 버렸어."

그가 말했다. 다시 호러스의 좌석이 흔들렸다. 그는 그들이 돌아서서 복도를 막은 무리와 합류하는 것을 지켜보았다. 그들 중 하나가 그들을 쳐다본 한 사람의 밝고 부드러운 얼굴을 손으로 대담하고 거칠게 때리는 것이 보였다. 그 무리 너머에는 시골 여자 하나가 아기를 안고 의자에 기대어 서 있었다. 이따금 그녀는 막힌 복도와 그 너머에 빈 좌석들을 돌아보았다.

그는 옥스퍼드 역에 내려서 모자를 쓰지 않고 밝은 드레스를 입고 간혹 손에 책을 든 군중 속으로 갔다. 그러고는 물들인 셔츠를 입은 무리에 둘러싸였다. 그들은 길을 막고 강아지처럼 격의 없이 덤벼 댈 상대인 호위 남학생들과 악수하고 나서 작은 엉덩이를 흔들며 대학을 향해 언덕을 어슬렁어슬렁 올라갔다. 호러스가 헤집고 지나가자 차갑고 무표정한 눈으로 그를 쳐다보았다.

언덕 꼭대기에 이르자 넓은 숲 사이로 길이 세 갈래로 갈라졌고, 그 너머 양쪽으로 늘어선 푸른 나무들 사이로 붉은 벽돌이나 회색 돌로 지은 건물들이 눈에 띄었다. 그리고 그곳에서 소프라노 같은 맑은 종소리가 울리기 시작했다. 행렬은 세 갈래로 갈라져 두 사람씩 짝을 지어 어슬렁어슬렁 걸어가는 사람들 뒤로 빠르게 멀어졌다. 그들은 손을 흔들어대거나 변덕스럽게 빨리 갔다 천천히 갔다 하며 걷거나 강아지처럼 서로 소리를 지르고 어린애처럼 여기저기 두리번거리며 갔다.

우체국 쪽으로는 좀 더 넓은 길이 보였다. 그는 들어가서 창구가 빌 때까지 기다렸다.

"젊은 숙녀를 찾고 있습니다, 템플 드레이크 양이라고. 혹시 만날 수 있을까요?"

"그 여자는 이제 여기 없어요. 두 주 전쯤에 학교를 그만두었습니다."

젊은 직원이 말했다. 그는 우둔하고 민숭민숭한 얼굴에 뿔테 안경을 끼고 머리는 아주 공들여 빗은 것 같았다. 잠시 후 호러스는 조용히 묻고 있는 제 목소리를 들었다.

"어디로 갔는지 아십니까?"

직원은 그를 쳐다보고 나서 몸을 굽히더니 목소리를 낮추었다.

"당신도 탐정인가요?"

"예, 예. 상관없어요. 그건 아무래도 좋아요."

호러스는 말했다. 그러고 나서 그는 계단을 조용히 걸어 내려와 다시 햇빛 속으로 들어갔다. 그가 거기 서 있는 동안 양옆으로 물들인 드레스를 입은 사람들이 계속 지나갔다. 맨팔에다 밝은 색 머리는 짧게 깎고, 그들의 눈에서 흔히 보이는 똑같이 차갑고 순진하고 부끄러워하는 기색이 없는 표정을 짓고, 입에는 똑같이 립스틱을 무지막지하게 바른 모습이었다.
마치 음악이 움직이듯이, 햇볕 속에 쏟아놓은 벌꿀같이, 이교
도적이고 덧없고 평화로우며, 모든 잃어버린 날과 지나간 기쁨
을 햇볕 속에서 희미하게 환기시키고 있었다. 화창하고 열기
로 파르르 떨면서, 그것은 석조 건물들이나 벽돌 건물들이 신
기루처럼 힐금 보이는 숲 속의 빈터에 있었다. 꼭대기가 없는
기둥들, 불길하고 지극히 가볍고 온화한 남서풍에 서서히 마
모되어 가는 푸른 구름 위로 우뚝 떠올라 있는 탑들. 그는 그
곳에 서서 속세를 떠난 달콤한 종소리에 귀를 기울이며 그래
서, 그래서 어쨌다는 거지 하고 생각하고는 그래, 아무것도 아
니야, 아무것도 아니야, 다 끝났어 하고 자신에게 대답했다.
   그는 담배를 채워 넣긴 했지만 불을 붙이지 않은 옥수수
속대로 만든 담뱃대를 손에 들고 기차 시각보다 한 시간이나
일찍 역으로 돌아왔다. 화장실의 더럽고 얼룩진 벽에 연필로
휘갈겨 쓴 그녀의 이름이 눈에 띄었다. 템플 드레이크. 그는
머리를 숙인 채 불을 붙이지 않은 담뱃대를 천천히 만지작거
리며 그 이름을 나직이 읽었다.
   기차가 도착하기 삼십 분 전에 그들이 가늘고 밝고 귀에 거
슬리게 웃어대면서 언덕을 어슬렁어슬렁 내려와 승강장으로
모여들었다. 그들의 희고 혈색 좋은 다리는 한결같고, 몸은 젊
은이답게 짧은 옷 속에서 공연히 서툴고 요염하게 계속 움직
였다.
   돌아가는 기차에는 침대칸이 있었다. 그는 일반실을 지나
그곳으로 들어갔다. 손님이라고는 한 사람뿐이었다. 그 사람

은 찻간의 중간 창가에 앉아 모자를 쓰지 않고 몸을 뒤로 기대고 팔꿈치는 창문턱에 걸치고 불을 붙이지 않은 시가를 반지 낀 손으로 들고 있었다. 기차가 출발해서 학생들의 윤기가 흐르는 머리가 점점 더 빨리 뒤로 사라질 때쯤 그 승객은 일어나 일반실로 갔다. 그는 코트를 팔에 걸치고 때가 묻은 밝은색 펠트 모자를 들고 있었다. 호러스는 곁눈으로 그 사람이 손으로 상의 안주머니를 더듬는 것을 보고, 그의 크고 부드럽고 하얀 목덜미의 머리카락이 빈틈없이 가지런히 깎인 것을 주시했다. 단두대로 깎은 것 같군 하고 호러스는 생각하면서 그 사람이 복도에서 옆 걸음으로 포터를 지나 사라지는 것을 지켜보았다. 그는 모자를 머리에 던지듯 쓰며 그의 시야와 마음에서 멀어졌다. 기차가 속도를 내더니 커브에서 흔들렸고, 이따금 보이는 집들을 휙 지나쳤다. 그리고 절개지를 통과하고 어린 목화가 부채처럼 줄을 지어 천천히 돌고 있는 계곡을 가로질러 달렸다.

기차가 속도를 줄이더니 덜커덩거리고 경적이 네 번 울렸다. 때가 낀 모자를 쓴 그 사람이 상의 안주머니에서 시가를 꺼내며 들어왔다. 그는 호러스를 쳐다보며 복도를 재빨리 걸어왔다. 그는 시가를 손가락 사이에 끼운 채 걸음을 늦추었다. 기차가 다시 덜커덩거렸다. 그 사람은 손을 뻗어 호러스의 맞은편 좌석의 뒤를 잡았다.

"벤보 판사님 아니신가요?"

그가 말했다. 호러스는 나이나 생각을 전혀 짐작할 수 없는 거대하고 비만한 얼굴을 올려다보았다. 작고 무딘 코 양쪽으로 살이, 마치 암석 대지 위에서 내려다보듯 당당하게 퍼져 있었지만 동시에 뭐라고 형용하기 어려운 미묘한 역설이 있었다. 마치 조물주가 원래 다람쥐나 쥐 같은 연약하고 탐욕스러운 짐승에게 쓰려고 아껴 두었던 것에 접착제를 넉넉히 칠해 장난을 끝낸 것 같았다.

"벤보 판사님 맞죠? 전 상원 의원인 스놉스입니다, 클래런스 스놉스요."

그가 손을 내밀면서 말했다.

"아, 예. 반갑습니다, 하지만 조금 앞질러 가시는 것 같군요. 물론 바라는 바이기는 하지만요."

호러스가 말했다.

스놉스가 시가를 흔들었다. 다른 손은 손바닥을 펼쳐 호러스의 얼굴 앞에 내밀었는데, 커다란 반지를 낀 세 번째 손가락 아래쪽이 희미하게 색이 바래 있었다. 호러스는 악수하고 나서 손을 뺐다.

"옥스퍼드에서 기차를 타실 때 혹시나 했는데 맞군요. 저…… 앉아도 될까요?"

스놉스는 이미 다리로 호러스의 무릎을 밀치며 말했다. 그가 기름때가 낀 벨벳 칼라의 푸른색 재생 모직 코트를 좌석에 던지고 나서 앉자 기차가 멈추었다.

"예. 전 언제든지 사람 만나기를 좋아하죠……."

그는 호러스 쪽으로 상체를 굽히고 창밖을 내다보았다. 작고 더러운 역에 매달린 게시판에는 알아먹을 수 없는 글이 분필로 적혀 있었고, 특급 열차에 짐을 싣고 내리는 트럭에는 닭 두 마리가 쓸쓸히 갇힌 철제 닭장이 실려 있었다. 그리고 작업복 바지를 입은 사람들이 서넛 담배를 씹으며 한가로이 벽에 기대어 있었다.

"물론 판사님은 지금 우리 군에 사시지 않지만 친구는 친구 아니겠습니까. 어느 쪽에 투표를 하든 말이죠. 친구는 친구니까요. 그리고 제게 도움이 되든 되지 않든 간에요……."

스놉스는 불을 붙이지 않은 시가를 손가락에 낀 채 몸을 뒤로 젖혔다.

"아무튼 대도시[10]에서 멀리까지 오시는 길인 것 같네요."

"예."

호러스가 말했다.

"잭슨에 머무실 땐 언제든지 우리 군에 사실 때처럼 기꺼이 편의를 봐드리겠습니다. 아무리 바쁘더라도 옛 친구를 위해 짬을 내지 못한다면 말이 안 되죠. 그건 그렇고, 지금은 킨스턴에서 살고 계시죠? 전 그 군의 상원 의원들을 압니다. 두 분다 훌륭한 분들이시죠. 하지만 이름을 깜빡해서."

"실은 저도 모릅니다."

호러스가 말했다. 기차가 출발했다. 스놉스는 복도로 몸을 내밀고는 뒤돌아보았다. 그의 밝은 회색 옷은 다리미질은 했지만 세탁은 하지 않은 것 같았다.

"그럼,"

스놉스가 일어나 코트를 집어 들며 말했다.

---

10) 미시시피주의 수도인 잭슨.

"시내에 계실 땐 언제든지……. 제퍼슨으로 가시는 모양이죠?"

"예."

호러스가 말했다.

"그럼 다시 뵙겠습니다."

"이리로 다시 오시죠. 여기가 더 편하실 텐데요."

호러스가 말했다.

"전 가서 담배나 피워야겠습니다. 다시 뵙겠습니다."

스놉스가 시가를 흔들며 말했다.

"여기서 피우시죠. 숙녀 분들도 없는데요."

"그렇긴 하지만, 홀리스프링스에서 뵙죠."

스놉스가 말했다. 그는 일반실로 돌아갔으며, 곧 입에 담배를 문 채 시야에서 사라졌다. 호러스의 기억에 십 년 전만 해도 그는 덩치가 크고 우둔한 젊은이였다. 식당 집 아들에다 지난 이십 년 동안 프렌치맨즈 벤드 인근에서 제퍼슨으로 떼를 지어 이사를 온 가문의 일원이었다. 그 가문은 워낙 번창해서 그는 집안 표만으로도 의원에 당선될 수 있었다.

그는 차가운 담뱃대를 손에 들고 조용히 앉아 있었다. 그는 일어나 일반실을 지나 흡연실로 갔다. 스놉스는 통로에서 네 사람이 앉아 있는 좌석 팔걸이에 허벅지를 걸치고 불을 붙이지 않은 시가를 흔들어 대며 무슨 말인지 하고 있었다. 호러스는 그와 눈이 마주치자 연결 복도에서 눈짓을 했다. 잠시 후 코트를 팔에 걸친 스놉스가 그에게로 왔다.

"수도에서는 요즘 어떻게 돌아가고 있습니까?"

호러스가 말했다.

스놉스는 귀에 거슬리는 단정적인 목소리로 말하기 시작했다. 어리석고 시시한 목적을 지닌 어리석은 궤변과 시시한 타락의 광경이 조금씩 떠올랐다. 그런 일은 주로 호텔 방에서 벌어지는 것으로, 벨보이들이 조심스레 펄럭거리는 치마를 불룩한 재킷으로 가린 채 비밀 문을 통해 재빨리 호텔 방으로 들어가는 것이었다.

"시내에 계실 땐 언제든지…….전 항상 사람들에게 구경시켜 주는 걸 좋아해서요. 시내에서 아무나 잡고 물어보세요. 클래런스 스놉스가 모르는 일이 있는지요. 듣자 하니 거기서 아주 골치 아픈 사건을 맡으셨다고요."

스놉스가 말했다.

"아직은 뭐라고 말하기가…….오늘 옥스퍼드 역에서 내려 대학에 가서 제 수양딸의 친구 몇몇과 이야기를 나누었습니다. 그 애의 가장 친한 친구 하나가 요새 학교에 나오지 않아서요. 잭슨 출신의 처녀인데, 템플 드레이크라고."

호러스가 말했다.

스놉스는 탁하고 흐리멍덩한 작은 눈으로 그를 지켜보았다.

"아, 예. 드레이크 판사의 여식 말씀이군요. 도망간 애 말이죠."

그가 말했다.

"도망갔다고요? 집으로 도망갔단 말씀인가요? 무슨 일이 있었기에요? 낙제했나요?"

호러스가 말했다.

"모르겠습니다. 신문에 났을 때 다들 어떤 사내와 눈이 맞아 도망갔다고 생각했죠. 우애결혼[11]이니 뭐 그런 거겠죠."

"하지만 그 애가 집에 돌아오면 다들 그렇지 않다는 걸 알게 되겠죠. 원 이거, 벨이 놀라겠는데요. 그 애는 지금 어떻게 지내나요? 아마 잭슨에서 싸돌아다니고 있겠죠?"

"거기 없습니다."

"없다고요? 그럼 어디 있습니까?"

호러스가 말했다. 스놉스가 그를 지켜보는 것이 느껴졌다.

"그 애 아버지가 숙모와 함께 북쪽 어딘가로 보냈습니다. 미시간이라던가. 이틀 후 신문에 났어요."

"아."

호러스가 말했다. 그는 여전히 차가운 담뱃대를 들고 있었으며, 자신의 손이 성냥을 찾기 위해 주머니를 더듬는 것을 발견했다. 그는 숨을 깊이 쉬었다.

"그 잭슨 신문은 꽤 괜찮은 신문이죠. 이 주에서 가장 믿을 만한 신문 아니겠습니까?"

"물론이죠. 그 애를 찾기 위해 옥스퍼드에 가신 거였군요?"

스놉스가 말했다.

"아닙니다, 아니에요. 우연히 딸애 친구 하나를 만났는데, 그 애가 학교를 그만두었다고 말해 주었습니다. 그럼, 홀리스프링스에서 만납시다."

"그러죠."

---

11) 1927년에 벤저민 런지(Benjamin Lindsey) 판사가 고안해 낸 시험적 결혼 프로그램.

스놉스가 말했다. 호러스는 침대칸으로 돌아와 앉아 담뱃대에 불을 붙였다.

기차가 홀리스프링스에서 속도를 늦추었을 때 호러스는 연결 복도로 갔다가 재빨리 찻간으로 돌아왔다. 스놉스가 일반실에 나타났을 때 포터가 문을 열어 발판을 손에 든 채 계단을 아래로 내렸다. 그가 내려갔다. 그는 상의 안주머니에서 무언가를 꺼내 포터에게 주었다.

"자, 조지. 시가일세."

그가 말했다.

호러스가 내렸다. 스놉스는 저만치 가고 있었다. 때가 낀 모자는 다른 사람들보다 머리 반만큼 높이 솟아 있었다. 호러스는 포터를 쳐다보았다.

"저 사람이 이걸 자네에게 주었단 말이지?"

포터는 시가를 손바닥에 가볍게 쳤다. 그는 그것을 주머니에 넣었다.

"그걸 어떻게 할 건가?"

호러스가 말했다.

"아무한테도 안 줄 겁니다요."

포터가 말했다.

"저 사람이 자주 이렇게 하나?"

"일 년에 서너 번입죠. 늘 그분을 번거롭게 하는 것 같아서요……. 고맙습니다요, 나리."

호러스는 스놉스가 대합실로 들어가는 것을 보았다. 때가 낀 모자와 넓죽한 목이 다시 그의 마음을 스쳤다. 그는 다시

성역

담뱃대에 담배를 채워 넣었다.

한 블록 떨어진 곳에서 들어오는 멤피스 행 기차 소리가 들렸다. 그가 역에 도착했을 때 기차는 승강장에 있었다. 열린 연결 복도 옆에 서서 스놉스는 새 밀짚모자를 쓴 젊은이 둘과 이야기를 나누고 있었는데, 그의 둔한 어깨와 몸짓에는 어딘가 막연하게 선생인 척하는 태도가 묻어났다. 기차가 경적을 울렸다. 두 젊은이가 탔다. 호러스는 역의 모퉁이를 돌아 뒤로 물러났다.

호러스가 탈 기차가 왔을 때 그는 먼저 탄 스놉스가 흡연실로 들어가는 것을 보았다. 호러스는 담뱃대를 털고 나서 일반실로 들어가 후미에서 의자가 뒤로 놓인 자리를 하나 찾았다.

20

호러스가 제퍼슨 역에서 밖으로 나오자 시내로 가는 차가 옆으로 천천히 다가왔다. 그가 여동생 집으로 갈 때 이용하는 택시였다.

"이번에는 그냥 태워 드리죠."

택시 기사가 말했다.

"고맙네."

호러스가 말하고는 탔다. 택시가 광장에 도착했을 때 법원의 시계는 겨우 8시 20분을 가리켰다. 하지만 호텔 창문에는 불빛이 보이지 않았다.

"아마 아이가 잠이 든 모양이지. 그냥 날 호텔에 내려 주면……."

호러스가 말했다. 그는 택시 기사가 어딘가 조심스러우면서도 호기심에 찬 눈으로 그를 지켜보는 것을 깨달았다.

"오늘 시내에 안 계셨던 모양이죠?"

택시 기사가 말했다.

"그래, 무슨 일이지? 오늘 여기서 무슨 일이 있었나?"

호러스가 말했다.

"그 여자는 지금 호텔에 없습니다. 워커 부인이 감옥으로 데려갔다는 이야기를 들었습니다."

"아, 난 호텔에서 내리겠네."

호러스가 말했다.

로비에는 아무도 없었다. 잠시 후 주인이 이쑤시개를 들고 나타났다. 몸은 단단하고 머리카락은 철회색인 데다 열린 조끼 사이로 날씬한 배가 보였다. 여자는 그곳에 있지 않았다.

"교회 부인들이, 그 사람들이 오늘 아침에 왔었어요. 무슨 위원들이라나요. 어떤지 아시잖아요."

그가 말했다. 그는 이쑤시개를 손가락 사이에 끼운 채 목소리를 낮추어 말했다.

"침례교도가 당신 손님을 두고 이래라저래라 간섭하도록 내버려두었단 말입니까?"

"부인들이었습니다. 여자들이 일단 일을 꾸미면 어떤지 아시잖습니까. 남자란 그저 포기하고 여자들이 하자는 대로 하는 게 상책입니다. 물론, 저로서는……."

"젠장, 남자가 있었더라면……."

"쉬이이이이, 잘 아시겠지만 부인들이 일단……."

주인이 말했다.

"하지만 남자만 있었더라도……. 그리고 당신도 명색이 남잔

236

데 그대로 내버려……."

"저 나름대로 지켜야 할 위치라는 게 있습니다. 입장을 한 번 바꿔 놓고 생각해 보시죠."

주인이 달래는 듯한 목소리로 말하고는 뒤로 약간 물러나서 책상에 기댔다.

"이 집에 누가 묵고 안 묵고는 제가 결정하는 것 아니겠습니까. 하긴 이 근처에는 그런 일을 저보다 더 잘 결정하는 사람들도 있긴 하더군요. 2킬로미터도 떨어지지 않은 곳에 말입니다. 전 누구한테도 신세 진 게 없습니다. 당신에게도 전혀."

"그 여자는 지금 어디 있습니까? 설마 그 작자들이 시내에서 내쫓은 건 아니겠죠?"

"손님들이 셈을 하고 나간 이상 어딜 가든 그건 제가 알 바 아닙니다. 하지만 어떤 사람이 그 여자를 데리고 가는 것 같더군요."

주인이 등을 돌리며 말했다.

"그래, 기독교도들이야. 기독교도들."

호러스가 말하고는 문 쪽으로 돌아섰다. 주인이 그를 불렀다. 그는 돌아섰다. 주인이 서류 선반에서 종이 한 장을 꺼내 들었다. 호러스는 카운터로 돌아갔다. 종이는 카운터 위에 있었다. 이쑤시개를 입에 비스듬히 문 주인이 손을 카운터에 대고 몸을 구부렸다.

"당신이 지불할 거라더군요."

그가 말했다.

호러스는 떨리는 손으로 돈을 세어 계산했다. 그는 감옥 구내로 들어가서 문으로 가 두드렸다. 잠시 후 호리호리하고 헤퍼 보이는 여자가 남자 코트로 가슴을 가리고서 램프를 들고 왔다. 그녀는 그를 자세히 들여다보더니 그가 말을 꺼내기도 전에 말했다.

"구드윈 부인을 찾고 계시죠?"

"예. 어떻게…… 어떻……."

"변호사님이시잖아요. 전에 본 적이 있어요. 그 여자는 여기 있어요. 지금 자요."

"고맙습니다. 전 누군가가 그 여자를……. 다 그럴 거라고는 믿지 않았……."

호러스가 말했다.

"아기가 있는 여자라면 언제든지 잠자리쯤은 제공해 줄 수 있어요. 에드가 무슨 말을 하든 전 상관 안 해요. 특별히 만나야 할 일이라도 있나요? 자는데."

여자가 말했다.

"아닙니다, 아닙니다. 전 다만……."

여자는 램프 너머로 그를 지켜보았다.

"그러면 일부러 귀찮게 할 필요는 없겠네요. 내일 아침에 다시 와서 거처를 마련해 주도록 하세요. 서둘지는 마세요."

*

다음 날 오후 호러스는 다시 차를 빌려 여동생 집으로 갔다. 그는 그녀에게 무슨 일이 일어났는지 말했다.

"이제 그 여자를 집으로 데려와야겠어."

"제 집에는 안 돼요."

나르시사가 말했다. 그는 그녀를 쳐다보았다. 그러고 나서 그는 담뱃대를 천천히 조심스레 채우기 시작했다.

"이건 선택의 문제가 아니야. 그걸 알아야 돼."

"제 집에는 안 돼요. 그건 이미 이야기가 끝난 걸로 아는데요."

나르시사가 말했다.

그는 성냥을 켜 담뱃대에 불을 붙이고는 그것을 난로 속에 조심스레 집어 던졌다.

"그 여자가 정말 거리로 내쫓긴 걸 알고는 있는 거니? 그건……."

"그게 무슨 고생이겠어요. 그런 것쯤에는 익숙할 텐데요."

그는 그녀를 쳐다보았다. 그는 입에 담뱃대를 물고 조심스레 연기를 빨아들이며 담뱃대를 잡은 자신의 손이 떨고 있는 것을 지켜보았다.

"들어 봐. 내일이면 아마 그 작자들은 그 여자에게 시내에서 떠나라고 할 거야. 순전히 그 여자가 이 신성한 거리에서 데리고 다니는 아기의 아버지 되는 사람과 결혼하지 않았다는 이유만으로 말이다. 하지만 누가 그 작자들에게 이야기했을까? 내가 알고 싶은 건 그거야. 제퍼슨에서 그걸 아는 사람은 오직……."

"그 이야기는 사돈한테서 처음 들었어요. 그렇지만 나르시사, 왜……."

미스 제니가 말했다.

"제 집에는 안 돼요."

나르시사가 말했다.

"좋아."

호러스가 말했다.

"그래, 그 이야긴 그만 하지."

그는 담배가 납작해지도록 담뱃대를 빨았다. 그리고 냉담하지만 경쾌한 목소리로 말했다.

나르시사가 일어섰다.

"오늘 밤 여기서 자고 갈 거예요?"

"뭐라고? 아니, 아니. 난…… 그 여자에게 감옥으로 찾아가겠다고 말해 둔 데다……."

그는 담뱃대를 빨았다.

"글쎄, 그게 뭐 상관있겠어. 괜찮을 거야."

그녀는 여전히 선 채로 돌아섰다.

"자고 갈 거예요, 말 거예요?"

"그 여자에게 차 바퀴가 펑크 났다고 말할 수도 있을 테지. 결국 시간은 그렇게 나쁜 게 아니야. 그걸 제대로 쓰면 고무줄처럼 얼마든지 늘릴 수 있으니까. 그러다 결국 끊어지면 모든 비극과 절망을 안은 채 양손의 엄지손가락과 다른 손가락 사이에 두 개의 혹만 남는 거지."

호러스가 말했다.

"자고 갈 거예요, 말 거예요, 오빠?"

나르시사가 말했다.

"자고 가지 뭐."

호러스가 말했다.

*

그는 잠자리에 들었다. 그가 한 시간가량 어둠 속에 누워 있을 때 방문이 열렸다. 그는 그것을 보거나 들었다기보다는 느꼈다. 여동생이었다. 그는 일어나 팔꿈치를 짚었다. 그녀가 침대로 다가올수록 희미하게 형상이 떠올랐다. 그녀는 다가와서 그를 내려다보았다.

"얼마나 더 이럴 작정이세요?"

그녀가 말했다.

"아침까지만이야. 시내로 돌아갈 거야. 다시는 날 보지 않아도 돼."

그녀는 침대 옆에 꼼짝 않고 서 있었다. 잠시 후 그녀의 차갑고 굴하지 않는 목소리가 그에게 들렸다.

"제 말뜻을 아시잖아요."

"다시는 네 집에 그 여자를 데려오지 않겠다고 약속하마. 아이섬을 보내 칸나 꽃밭에 숨어 있게 하든지."

그녀는 아무 말도 하지 않았다.

"내가 거기 사는 데는 전혀 반대하지 않겠지?"

"오빠가 어디 살든 상관 안 해요. 문제는 제가 어디에 사는가 하는 거죠. 전 여기 이 도시에 살아요. 여기서 계속 살아야 될 거예요. 하지만 오빤 남자예요. 어디서 살든 오빠에게는 문제 될 게 없어요. 오빠 떠날 수도 있어요."

"아."

그가 말했다. 그는 아주 조용히 누워 있었다. 그녀는 꼼짝 않고 그를 내려다보았다. 그들은 마치 벽지나 식사에 대해 의논하듯 조용히 말했다.

"오빠 여기가 제 여생을 보내야 할 제 집이라는 걸 모르세요? 전 여기서 태어났어요. 전 오빠가 어딜 가든 뭘 하든 상관 안 해요. 오빠에게 여자가 몇이든 어떤 여자든 상관 안 해요. 하지만 오빠가 사람들이 수군거리는 그런 여자와 어울리는 건 못 봐요. 오빠가 절 배려해 주길 바라진 않아요. 다만 아버지와 어머니를 생각해 보시란 말이에요. 그 여자를 멤피스로 데려가세요. 모두들 오빠가 그 사람이 보석되는 걸 반대한다고 수군거려요. 그 여자를 멤피스로 데려가세요. 그 사람에게는 적당히 둘러댈 수 있을 거 아니에요."

"아, 넌 그렇게 생각한단 말이지?"

"생각은 무슨 생각요. 전 관심 없어요. 시내 사람들이 그렇게 생각할 뿐이에요. 그러니까 그게 사실이든 아니든 상관없어요. 제가 신경 쓰는 건 매일 오빠 때문에 제가 거짓말을 해야 한다는 거예요. 호러스, 여기서 떠나요. 오빠만 빼고 모두들 그게 냉혹한 살인 사건이라는 걸 알고 있어요."

"물론 그 여자에 대해서도. 그 작자들이 그렇게 말하는 것도 짐작이 가. 그 작자들은 악취 나고 전지전능한 신성을 지녔거든. 내가 그자를 죽였다는 말은 안 해?"

"누가 그랬든 무슨 상관이에요? 문제는 오빠가 계속 그 일에 관여할 것인지예요. 이미 사람들은 오빠와 그 여자가 밤에 몰래 제 집에 들락거린다고 믿는단 말이에요."

어둠 속에서 그녀의 차갑고 굴하지 않는 목소리가 그의 위에서 말이 되어 나왔다. 창문으로 불어오는 어둠 속에서 매미와 귀뚜라미의 졸리는 불협화음이 들렸다.

"너도 그걸 믿니?"

그가 말했다.

"제가 뭘 믿는지는 중요하지 않아요. 오빠, 떠나세요. 그렇게 하세요."

"그리고 그 여자에게서…… 그 사람들에게서 깨끗이 손을 떼라는 거니?"

"그 사람이 여전히 결백하다고 주장하면 변호사를 고용하세요. 제가 돈을 대겠어요. 오빠보다 더 나은 형사 변호사를 고용할 수 있어요. 그 여자는 그걸 모를 거예요. 그 여자는 관심도 없을 거예요. 오빤 그 여자가 그 사람을 공짜로 감옥에서 빼내려고 오빠를 이용하고 있다는 걸 모르세요? 오빤 그 여자가 어딘가에 돈을 숨겨 놓고 있다는 걸 모르세요? 내일 시내로 돌아가실 거죠?"

그녀는 돌아서서 어둠 속으로 녹아들기 시작했다.

"아침 드시고 떠나세요."

*

다음 날 아침 식사 시간에 그의 여동생이 말했다.

"그 사건을 맡은 상대 법률가는 누구예요?"

"지방 검사지. 왜?"

그녀는 종을 울려서 새 빵을 가져오라고 지시했다. 호러스는 지켜보았다.

"그건 왜 물어? 그 애송이 녀석."

그가 말했다. 그는 지방 검사에 대해 이야기했다. 그 사람 역시 제퍼슨에서 성장했으며, 그들과 함께 시내에 있는 학교를 나왔다.

"그자가 그저께 저녁 사건을 뒤에서 조종한 게 틀림없어. 호텔 일 말이야. 대중적 효과, 정치적 자본을 얻기 위해 그 여자를 호텔에서 내쫓은 거지. 젠장, 내가 그걸 알았더라면, 그자가 의원으로 선출되기 위해 그런 짓을 했다는 걸 알아챘더라면······."

호러스가 떠난 후 나르시사는 미스 제니의 방으로 올라갔다.

"지방 검사가 누구예요?"

그녀가 물었다.

"옛날부터 알고 지냈잖니. 그 사람에게 투표까지 했잖아. 유스터스 그레이엄이지. 왜 알고 싶어 하지? 가우언 스티븐스를 대신할 사람이라도 찾는 거냐?"

미스 제니가 말했다.

"그냥 궁금해서요."

나르시사가 말했다.

"당찮은 소리. 궁금한 게 다 뭐야. 넌 항상 일을 저질렀다간 그만두고 다음에 저지를 일을 궁리하잖니."

미스 제니가 말했다.

*

호러스는 이발소에서 나오는 스놉스를 만났다. 턱은 분을 발라 회색이고, 포마드 기름 냄새가 풍겼다. 나비넥타이 아래로 가슴 부위에 모조 루비 장식 단추가 달려 있었는데, 그것이 반지와 어울렸다. 넥타이에는 푸른 물방울무늬가 있었다. 그것의 하얀색 점들은 가까이에서 보면 더러웠다. 목덜미를 면도하고 옷을 다리고 광을 낸 구두를 신은 전체적인 모습은 씻었다기보다는 드라이클리닝을 했다는 느낌이 들었다.

"여, 판사님, 고객의 거처를 마련해 주는 데 애를 먹고 계신다죠? 제가 늘 하는 말이지만……."

스놉스가 말했다. 몸을 기울이고 목소리를 낮춘 그가 진흙빛 눈을 두리번거렸다.

"……교회는 정치와 상관없어요. 그리고 여자들은 법은 말할 것도 없고 교회와 정치에 다 상관없어요. 집구석에 가만히 있어도 남자가 하는 소송 사건을 망치는 것 말고 할 일이 얼마든지 있을 텐데. 게다가 남자도 사람인데 남자가 하는 일에 이러쿵저러쿵해서는 안 되죠. 그 여자는 어떻게 했습니까?"

"감옥에 있습니다."

호러스가 말했다. 그는 짧게 말하고 지나가려 했다. 스놉스가 무심결에 그러는 것처럼 어색하게 그의 길을 막았다.

"어쨌든 사람들을 온통 휘저어 놓았더군요. 사람들 말로는 당신이 구드윈을 보석시키려고 하지 않아 그자가 계속 감옥에 있어야 한다고……."

다시 호러스가 지나가려 했다.

"제가 늘 하는 말이지만, 세상 문제의 절반은 여자들 때문에 생겨요. 남자와 도망가 제 아비를 휘저어 놓은 그 처녀처럼 말이죠. 그 여자를 주 밖으로 내쫓아 버린 건 정말 잘한 일이에요."

"예."

호러스는 화가 나서 무뚝뚝하게 말했다.

"당신이 맡은 사건이 잘되어 간다는 소리를 들으니 아주 기쁩니다. 우리 사이니 하는 말이지만, 훌륭한 변호사가 그 지방 검사 녀석을 웃음거리로 만드는 걸 본다면 속이 다 시원하겠습니다. 그 녀석, 군의 말단 직책을 맡더니 하늘 높은 줄 모르고 설쳐 댄다니까요. 이거 원, 만나 뵈어서 기쁩니다. 전 하루이틀 시내에 볼일이 있어서요. 거기 가실 일은 없으시겠죠?"

"뭐라고요? 어디로요?"

호러스가 말했다.

"멤피스요. 뭐 제게 부탁하실 일이라도?"

"아닙니다."

호러스가 말했다. 그는 곧장 갔다. 잠시 동안 눈에 아무것도 보이지 않았다. 그는 계속 쿵쾅거리며 걸어갔다. 턱 언저리 근육이 아프기 시작했다. 말을 거는 사람들도 알아보지 못하고 지나쳤다.

21

기차가 멤피스에 다다르자 버질 스놉스는 이야기를 멈추고 점점 더 조용해진 반면, 그의 친구는 파라핀 봉지에 든 팝콘과 당밀을 먹으며 마치 술에 취한 것처럼 점점 더 생기가 나서 친구의 기분이 완전히 뒤바뀐 것도 모르는 듯했다. 그들이 역에서 새 인조 가죽 가방을 들고 면도한 목덜미에 새 모자를 비스듬히 쓴 채 내렸을 때도 그는 여전히 이야기를 하고 있었다. 대합실에서 폰조가 말했다.

"자, 뭐부터 할 거야?"

버질은 아무 말도 하지 않았다. 누군가가 그들에게 부딪쳤다. 폰조가 모자를 잡았다.

"뭐 할 거냐니까?"

폰조가 말하고는 버질의 얼굴을 쳐다보았다.

"왜 그래?"

"아무것도 아니야."

"자, 뭐 할 거야? 넌 전에 여기 와본 적이 있잖아. 난 처음이야."

"한번 둘러보는 게 좋겠어."

버질이 말했다.

폰조는 그를, 그의 도자기같이 푸른색 눈을 쳐다보았다.

"왜 그래? 기차에서는 줄곧 멤피스에 수도 없이 와 봤다고 떠들어 댔잖아. 보아 하니 너……."

누군가가 그들에게 부딪치더니 그들 사이를 밀치고 지나갔다. 그들 사이로 사람들이 계속 지나가기 시작했다. 여행용 가방과 모자를 움켜쥔 폰조는 친구 옆으로 가려고 애를 썼다.

"아니야, 와 봤어."

버질이 생기 없이 두리번거리며 말했다.

"자, 그러면 어떻게 할 건데? 거긴 아침 8시가 돼서야 문을 열어."

"그런데 왜 그렇게 서둘렀어?"

"자, 난 밤새 여기 있고 싶진 않아……. 전에 여기 왔을 땐 어떻게 했어?"

"호텔로 갔지."

버질이 말했다.

"어느 호텔? 여기 호텔이 하나만 있는 게 아니잖아. 이 사람들이 전부 한 호텔에 묵는다고 생각하는 거야? 그게 어느 호텔이었어?"

버질의 눈 역시 연하고 탁한 푸른색이었다. 그는 생기 없이 두리번거렸다.

"가요소 호텔."

그가 말했다.

"자, 그리로 가."

폰조가 말했다.

그들은 출구 쪽으로 갔다. 한 사람이 그들에게 "택시." 하고 고함을 질렀다. 짐꾼 하나가 폰조의 가방을 들려 했다. "치워요." 하고 그는 가방을 뒤로 빼며 말했다. 거리로 나오자 더 많은 택시 기사가 그들에게 소리를 질러 댔다.

"그래, 여기가 멤피스란 말이지. 그런데 어느 방향이야?"

폰조가 말했지만 대답이 없었다. 그가 뒤돌아보니 버질이 한 택시 기사에게서 막 돌아서는 것이 보였다.

"넌……."

"이쪽이야. 안 멀어."

버질이 말했다.

2킬로미터 정도 가야 했다. 이따금 그들은 가방을 두 손에 바꿔 들었다.

"그래, 여기가 멤피스란 말이지. 이런 곳도 모르고 평생 헛살았군."

폰조가 말했다. 그들이 가요소 호텔에 들어갔을 때 포터가 가방을 받아 들려 했다. 그들은 그를 지나쳐 안으로 들어가더니 타일이 깔린 바닥 위를 조심스레 걸어갔다. 버질이 멈추었다.

"어서."

폰조가 말했다.

"기다려."

버질이 말했다.

"전에 여기 와 봤다면서."

폰조가 말했다.

"물론이지. 여긴 너무 비싸. 하루 묵는 데 1달러나 해."

"그러면 어떻게 할 거야?"

"한번 둘러보자."

그들은 다시 거리로 나왔다. 5시였다. 그들은 여행용 가방을 들고 두리번거리며 돌아다니다가 다른 호텔로 갔다. 안을 들여다보니 대리석과 청동 타구(唾具)와 분주한 벨보이들과 화분에 심은 식물들 사이에 앉은 사람들이 보였다.

"여기도 안 되겠는데."

버질이 말했다.

"그러면 어떻게 할 거야? 밤새 돌아다닐 순 없잖아."

"이 길로 한번 가 보자."

버질이 말했다. 그들은 대로에서 벗어났다. 다음번 모서리에서 버질은 다시 돌았다.

"이쪽으로 한번 내려가 보자. 저런 통유리와 원숭이같이 생긴 검둥이 벨보이들을 피해야 돼. 저런 데선 그런 것에도 돈을 내야 돼."

"왜? 저기 묵게 되면 그 비용은 이미 낸 거잖아. 그런데 어떻게 따로 돈을 내야 된다는 거지?"

"우리가 저기 있을 때 누가 그걸 깨뜨렸다고 생각해 봐. 그런데 범인을 못 잡았다고 생각해 봐. 우리가 물어 주지 않으면 내보내 줄 것 같아?"

5시 30분에 그들은 목조 건물들과 고물 수집장들이 있는 좁고 어두운 거리로 들어섰다. 곧 잔디가 깔리지 않은 작은 마당이 있는 3층짜리 집으로 갔다. 출입구 앞에는 격자무늬 가짜 출입문이 비스듬히 있었다. 옷자락이 긴 헐렁한 옷을 입은 덩치 큰 여자가 계단에 앉아 마당을 돌아다니는 하얀 털북숭이 개 두 마리를 지켜보고 있었다.

"저기 한번 가 보자."

폰조가 말했다.

"저건 호텔이 아니야. 간판이 없잖아."

"아니긴 뭐가 아니야? 틀림없이 맞아. 3층짜리 집에 사는 사람 이야길 들어 본 적 있어?"

폰조가 말했다.

"이리로 가면 안 돼. 여긴 뒤쪽이야. 저기 변소 안 보여?"

버질이 머리를 격자문 쪽으로 휙 돌리며 말했다.

"자, 그러면 앞으로 돌아가자. 가자."

폰조가 말했다.

그들은 구획을 돌아서 갔다. 반대편에는 자동차 판매상이 죽 늘어서 있었다. 그들은 여행용 가방을 오른손에 들고 그 구획의 한가운데서 멈추었다.

"전에 여기 와본 적이 있다는 네 말은 전혀 못 믿겠어."

폰조가 말했다.

"뒤로 돌아가자. 그게 앞이었던 것 같아."

"현관 입구에 변소가 있다는 게 말이 돼?"

폰조가 말했다.

"그 부인에게 물어보자."

"누가? 난 못 해."

"어쨌든 돌아가 보자."

그들은 돌아갔다. 여자와 개들은 없었다.

"잘됐군, 안 그래?"

폰조가 말했다.

"잠시 기다려 보자. 아마 그 여자가 돌아올 거야."

"7시가 다 됐어."

폰조가 말했다.

그들은 가방을 울타리 옆에 내려놓았다. 불이 들어와, 멀리 맑게 갠 서쪽 하늘을 배경으로 빽빽이 늘어선 창문 높이 떨고 있었다.

"햄 냄새도 나는데."

폰조가 말했다.

택시 한 대가 다가왔다. 살이 찐 금발의 여자가 내리더니 뒤이어 남자가 내렸다. 그들은 그 두 사람이 보도를 걸어 격자문으로 들어가는 것을 지켜보았다. 폰조는 이 사이로 숨을 빨아들였다.

"정말 들어갔어."

그가 작은 목소리로 말했다.

"아마 남편일 거야."

버질이 말했다.

폰조는 가방을 들었다.

"가자."

"기다려, 좀 더 기다려 보자."

버질이 말했다.

그들은 기다렸다. 남자가 나오더니 택시를 타고 사라졌다.

"남편이 아니야. 난 절대로 딴 데는 안 갈 거야. 가자."

폰조가 말하고는 문으로 들어갔다.

"기다려."

버질이 말했다.

"너나 그래."

폰조가 말했다. 버질은 가방을 들고 따라갔다. 폰조가 격자문을 조심스레 열고 안을 들여다보는 동안 그는 멈추었다.

"오, 젠장."

그가 말하고는 들어갔다. 커튼을 친 유리 달린 또 다른 문이 있었다. 폰조가 문을 두드렸다.

"왜 초인종을 누르지 않는 거야? 도시 사람들은 문을 두드리면 대답하지 않는다는 걸 몰라?"

버질이 말했다.

"좋아."

폰조가 말하고는 초인종을 눌렀다. 문이 열렸다. 옷자락이 긴 헐렁한 옷을 입은 그 여자였다. 개들이 짖는 소리가 뒤에서 들렸다.

"빈방 있습니까?"

폰조가 말했다.

미스 레바는 그들을, 그들의 새 모자와 가방을 쳐다보았다.

"누가 여기로 보냈어요?"

그녀가 말했다.

"보내다니요. 그냥 찾아왔어요. 호텔은 너무 비싸서요."

미스 레바가 그를 쳐다보았다. 그러고는 숨을 거칠게 쉬었다.

"무슨 일을 해요?"

"사업차 여기 왔습니다. 오랫동안 머물 예정입니다."

폰조가 말했다.

"너무 비싸지 않으면요."

버질이 말했다.

미스 레바는 그를 쳐다보았다.

"어디서 왔어요?"

그들은 이름까지 말해 주었다.

"괜찮으면 한 달쯤 머물 생각입니다."

"글쎄, 그래요."

잠시 후 그녀가 말했다. 그리고 그들을 쳐다보았다.

"방을 빌려주는 건 어렵지 않지만 여기서 일을 하면 돈을
더 내야 해요. 난 남들처럼 해서 먹고살아요."

"그러지는 않을 겁니다. 우린 대학에서 일할 겁니다."

폰조가 말했다.

"어떤 대학요?"

미스 레바가 말했다.

"이발사 대학요."

폰조가 말했다.

"나 원 참, 이런 애송이들."

미스 레바가 말하더니 손을 가슴에 대고 웃기 시작했다. 그녀가 거칠게 헐떡거리며 웃는 동안 그들은 그녀를 진지하게 지켜보았다.

"세상에, 세상에. 이리 와요."

그녀가 말했다.

방은 맨 위층 뒤쪽에 있었다. 미스 레바는 그들에게 욕실을 보여 주었다. 그녀가 문에 손을 대자 한 여자가 "잠깐만 기다려요." 하고 말하더니 문이 열리고 기모노를 입은 여자가 지나갔다. 그들은 그녀가 복도를 걸어가는 것을 지켜보았다. 그녀가 남겨놓은 희미한 냄새가 그들의 젊음을 가볍게 흔들었다. 폰조는 버질을 팔꿈치로 은근하게 찔렀다. 방에 들어가자 그는 다시 말했다.

"저 여자도 딸이야. 딸이 둘이나 있어. 이봐, 땡잡았어. 우린 암탉 우리에 들어온 거야."

그들은 첫날 밤에는 낯선 방과 침대, 사람 소리 때문에 한동안 잠을 이루지 못했다. 환정적(喚情的)이면서도 낯설고 절박한가 하면 멀리서 들려오는 듯한 도시의 소리가 밀려왔다. 위협적이면서도 무언가를 약속하는 듯한 깊고 지속적인 소리 위로 눈에 보이지 않는 빛들이 반짝이고 흔들렸다. 화려한 광채를 휘감은 여자들이 벌써 새로운 기쁨과 낯설고 향수에 찬 약속을 전해 주는 듯한 유쾌한 태도로 움직이기 시작했다. 폰조는 겹겹이 쳐놓은 장밋빛 휘장에 둘러싸여 있다는 생각이

성역

들었다. 그 휘장 너머에는 비단옷이 사그락거리는 소리와 헐떡거리는 속삭임 소리 속에서 신처럼 이상화된 그의 젊음이 무수한 형태로 모습을 드러냈다. 아마 내일이면 시작될 거야 하고 그는 생각했다. 아마 내일 밤에는……. 한 줄기 빛이 휘장 맨 꼭대기 위로 비쳐 들어서는 천장에 부채 모양으로 퍼졌다. 창문 아래로 목소리가 들렸다. 여자의 목소리가 들리더니 곧 남자의 목소리가 들렸다. 그 목소리들은 뒤섞여 중얼거리고는, 문이 닫혔다. 누군가가 사그락거리는 옷을 입고 여자의 날쌔고 단단한 발소리를 내며 계단을 올라왔다.

그는 그 집에서 나는 소리를 듣기 시작했다. 목소리와 웃음소리가 들리고 자동 피아노가 연주되기 시작했다.

"들려?"

그가 속삭였다.

"대가족인 모양이야."

버질이 말했다. 그의 목소리는 벌써 졸린 듯 흐릿했다.

"가족 좋아하네. 파티야. 나도 참석했으면 좋으련만."

폰조가 말했다.

사흘째 되는 날 그들은 아침에 집을 나서다 문간에서 미스 레바와 마주쳤다. 그녀는 그들이 없는 오후에 그 방을 쓰고 싶어 했다. 시내에서 탐정 회의가 열리는데, 사업상 무시할 수 없다고 말했다.

"물건은 절대 손대지 않을게요. 미니에게 미리 모두 열쇠를 채워 두라고 하겠어요. 우리 집에서는 도둑질 같은 건 할 수 없어요."

"그 여자가 무슨 일을 하는 것 같아?"

그들이 거리로 나왔을 때 폰조가 물었다.

"몰라."

버질이 말했다.

"어쨌든 도와주고 싶은데. 저렇게 많은 여자가 기모노를 입고 돌아다니고 있으니 말이야."

폰즈가 말했다.

"그래 봤자야. 다 결혼했어. 그 사람들이 이야기하는 걸 못 들었어?"

버질이 말했다.

다음 날 오후 학교에서 돌아왔을 때 여자의 속옷이 세면대 밑에 떨어져 있는 게 눈에 띄었다. 폰조가 그것을 집어 들었다.

"그 여자는 양재사야."

그가 말했다.

"그런 것 같군. 뭐 들고 간 게 있는지 살펴봐."

버질이 말했다.

그 집에는 밤에 잠을 전혀 자지 않는 사람들이 가득한 것 같았다. 사람들이 시도 때도 없이 계단을 오르내리는 소리가 들렸으며, 폰조는 항상 여자들을, 여자의 살을 의식했다. 여자들에게 둘러싸여서 독신자 침대에 누워 있는 것 같았다. 그는 코를 골아대는 버질 옆에 누워서 널빤지와 회반죽으로 만들어진 듯한 벽과 마룻바닥 사이로 들려오는 중얼거리는 소리와 비단옷이 사그락거리는 소리에 귀를 기울이며 멤피스에 온지도 열흘이 되었지만 사귄 사람이라고는 몇몇 학우뿐이라는 생각을 했다. 버질이 잠든 후 일어나 문을 약간 열어두었지만 아무 일도 일어나지 않았다.

열이틀째 되는 날 그는 버질에게 한 이발사 학생과 함께 갈 데가 있다고 말했다.

"어딘데?"

버질이 말했다.

"아무튼 따라와. 괜찮은 델 찾았어. 여기 온 지 두 주나 됐는데, 여태 그걸 몰랐다니⋯⋯."

"돈이 드는 데야?"

버질이 말했다.

"재미를 보는 데 공짜가 어딨어? 가자."

폰조가 말했다.

"갈게. 하지만 돈은 한 푼도 낼 수 없어."

버질이 말했다.

"그런 소리는 기다렸다 거기 가서나 해."

폰조가 말했다.

이발사가 그들을 갈보 집으로 데려갔다. 그들이 나왔을 때 폰조가 말했다.

"여기 온 지 두 주나 됐는데, 여태 그런 집을 몰랐다니."

"모르는 게 더 나았어. 3달러나 날렸잖아."

버질이 말했다.

"그만한 가치는 있었잖아?"

폰조가 말했다.

"3달러가 뉘 집 애 이름인 줄 알아?"

버질이 말했다.

집에 도착하자 폰조가 멈추고선 말했다.

"자, 몰래 들어가야 해. 우리가 어디서 무슨 짓을 했는지 그 여자가 알게 되면 더 이상 이 집에서 여자들하고 같이 있게 하지 않을 거야."

"그래, 맞아. 빌어먹을. 너 때문에 3달러나 날리고 쫓겨날지도 모르게 생겼잖아."

버질이 말했다.

"내가 하는 대로만 해. 그대로만 하면 돼. 입 꽉 다물고 있어."

폰조가 말했다.

미니가 그들을 맞이했다. 피아노가 요란하게 울렸다. 미스레바가 손에 주석 잔을 들고 문에 나타났다.

"원 이거, 이 양반들이 오늘은 밤늦게까지 나돌아 다니시네."

"예. 기도회에 갔다 오는 길입니다."

폰조가 버질을 계단 쪽으로 밀치며 말했다.

그들이 어둠 속에서 잠자리에 들었을 때도 여전히 피아노 소리가 들렸다.

"너 때문에 3달러나 날렸어."

버질이 말했다.

"젠장, 그만 좀 해. 여기 온 지 꼬박 두 주나 됐는데, 여태……."

폰조가 말했다.

다음 날 오후 해가 질 무렵 그들이 집에 왔을 때 불이 깜박이며 환히 타오르기 시작했고, 반짝거리는 희고 혈색 좋은 다리를 드러낸 여자들이 남자들을 맞이하는 둥 자동차에 타는 등 야단법석이었다.

"3달러를 한 번 더 쓰는 게 어때?"

폰조가 말했다.

"밤엔 안 나가는 게 좋을 것 같아. 돈이 너무 많이 들어."

버질이 말했다.

"맞아, 누가 우릴 보고 그 여자에게 일러 줄지도 몰라."

폰조가 말했다.

그들은 이틀 밤을 기다렸다.

"이제 6달러가 들 거야."

버질이 말했다.

"그러면 오지 마."

폰조가 말했다.

그들이 집에 돌아왔을 때 폰조가 말했다.

"이번에는 좀 그럴듯하게 행동해. 지난번에는 네 행동 때문에 그 여자한테 거의 탄로 날 뻔했잖아."

"그런들 그 여자가 어쩔 거야? 설마 잡아먹기야 하겠어."

버질이 부루퉁한 목소리로 말했다. 그들은 격자문 바깥에 서서 속삭였다.

"그걸 어떻게 알아?"

폰조가 말했다.

"아무러면 그러기야 하겠어."

"그러지 않을 거라고 네가 어떻게 아냐니까?"

"그러진 않을 거야."

버질이 말했다. 폰조가 격자문을 열었다.

"6달러가 휙 날아가 버렸어, 젠장맞을."

버질이 말했다.

미니가 그들을 맞이하며 말했다.

"손님이 찾아왔어요."

그들은 복도에서 기다렸다.

"이제 꼼짝없이 잡혔어. 돈을 버리는 짓이라고 했잖아."

버질이 말했다.

"젠장, 그만 좀 해."

폰조가 말했다.

한 남자가 문에서 나타났다. 덩치가 크고 모자를 한쪽 귀 위로 비뚤게 쓴 사람이 붉은 드레스를 입은 여자를 껴안고 있었다.

"클래런스야."

버질이 말했다.

"어떻게 이 집에 오게 됐어?"

그들의 방에서 클래런스가 말했다.

"우연히 오게 됐어요."

버질이 말했다.

그들은 그에게 그 이야기를 했다. 때가 낀 모자를 쓰고 손가락 사이에 시가를 낀 그는 침대에 앉아 있었다.

"오늘 밤엔 어디 갔다 왔어?"

그가 말했다. 그들은 대답하지 않았다. 그들은 얼빠지고 경계하는 눈으로 그를 쳐다보았다.

"자, 다 알고 있어. 거기가 어디야?"

그들이 그에게 말했다.

"게다가 3달러나 해요."

버질이 말했다.

"잭슨 이 근방에서 네놈들 같은 바보는 없을 거다. 이리 와."

클래런스가 말했다.

그들은 순순히 그를 따라갔다. 그는 그들을 그 집에서 끌어내 서너 구획을 넘어갔다. 그들은 흑인 가게들과 극장들이 늘어선 거리를 가로질러 가서는 좁고 어두운 거리로 돌아갔다. 그러고는 불을 밝힌 창문에 붉은 차양을 친 집에서 멈추었다. 클래런스가 초인종을 눌렀다. 안에서 음악 소리와 날카로운 목소리와 발소리가 들렸다. 그들은 텅 빈 복도로 안내되었다. 거기서는 허름한 옷을 입은 흑인 둘이 기름때가 묻은 작업복 차림의 술 취한 백인 남자와 말다툼을 벌이고 있었다. 열린 문으로 들여다보니 방 안에는 밝은색 드레스 차림에 머리를 화려하게 장식하고 황금 미소를 머금은 커피색 여자들이 가득했다.

"검둥이들이잖아."

버질이 말했다.

"물론 검둥이들이지. 하지만 이게 보여?"

클래런스가 그의 사촌 얼굴에 대고 지폐를 흔들며 말했다.

"이놈의 물건은 색맹이야."

22

사흘이나 찾아다닌 끝에 호러스는 여자와 아기가 머물 거처를 찾았다. 그곳은 흑인들에게 특별한 약을 만들어 판다고 소문이 난 머리가 반쯤 돈 늙은 백인 여자가 사는 다 쓰러져가는 집이었다. 그 집은 시 외곽의 작은 땅뙈기에 있는데, 집 앞의 방치된 밀림에는 허리까지 오는 풀이 빽빽이 우거져 있었다. 뒤쪽에는 부서진 대문에서 문까지 사람들이 밟아서 생긴 작은 길이 있었다. 밤새 희미한 불빛이 그 집의 무너질 듯한 심연 속에서 불탔으며, 거의 하루 종일 시도 때도 없이 사륜마차나 이륜마차가 집 뒤에 있는 좁은 길에 멈추고 흑인이 뒷문으로 들락거리는 것이 보였다.

한번은 그 집에 밀주 단속 반원들이 들이닥친 적이 있었다. 그들이 찾아낸 것은 고작 마른 풀단과 술이 아니라는 것 외에 무언지 확실히 알 수 없는 액체가 든 더러운 병들뿐이었다. 한편 노파는 두 남자에게 붙잡혀 번쩍이는 험상궂은 얼굴에 길고 부드러운 백발을 흔들어 대며 찢어질 듯한 목소리로 욕설을 퍼부어 댔다. 침대 하나와 생쥐들이 밤새 들락거리고 이름 모를 폐품과 쓰레기가 든 통이 있는 곁방에 여자의 거처를 정했다.

"여긴 괜찮을 거요. 언제든 날 전화로 불러낼 수……."

호러스가 이웃 사람의 이름을 알려 주며 말했다.

"아니, 기다려요. 내일 다시 전화를 놓아야겠어요. 그러면 당신은……."

"예, 여기 오시지 않는 게 좋겠어요."

여자가 말했다.

"왜요? 당신 생각에는 그게…… 내가 그 따위 것에 신경 쓸 거라고 생각하는……."

"당신은 이곳에서 사셔야 되잖아요."

"이곳에서 살다니 어림없는 소리. 수많은 여자가 내 일에 참견하려 드는 꼴은 신물이 나요. 게다가 여자에게 쥐여사는 남자가 만약……."

그러나 그는 자신이 그저 이야기하고 있다는 것을 알았다. 그는 여자 역시 그것을 눈치 채고 있다는 사실을 알았다. 여자들이란 모든 사람의 행동을 끝없이 의심하는 조심성을 지녔는데, 그것은 처음에는 단순한 악의 같아 보이지만 사실은 실제적인 지혜이다.

"필요하면 제가 찾아가도록 할게요. 달리 제가 어떻게 할 수도 없잖아요."

그녀가 말했다.

"세상에. 당신은 그자들이…… 그 망할 놈의 여자들이, 망할 놈의 여자들."

호러스가 말했다.

다음 날 호러스는 전화를 놓았다. 그는 일주일이나 여동생을 찾아가지 않았다. 그래서 그녀는 그가 전화를 놓았다는 사실을 알 리 없지만, 재판이 열리기 일주일 전 어느 날 저녁 그가 책을 읽고 있을 때 전화가 정적 가운데 울리자 그는 나르시사라고 생각했다. 그러나 멀리서 울리는 빅터 축음기나 라디오 음악 사이로 한 남자가 신중하면서도 무덤에서 나는 듯한 목소리로 말했다.

"스놉스입니다. 판사님, 잘 지내셨습니까?"

"뭐라고요? 누구시라고요?"

호러스가 말했다.

"상원 의원 스놉스입니다. 클래런스 스놉스요."

빅터 축음기가 멀리서 희미하게 울렸다. 때가 낀 모자를 쓰고 어느 약국이나 식당에서 둔한 어깨를 전화기 위에 구부리고서는 반지를 낀 부드럽고 거대한 손 뒤에서 작은 목소리로 이야기하며 다른 손으로는 전화기를 장난감처럼 만지작거리고 있을 그 사람의 모습이 눈에 선했다

"아, 예? 무슨 일이시죠?"

호러스가 말했다.

"당신이 관심을 가질 만한 정보가 있습니다."

"제가 관심을 가질 만한 정보라고요?"

"그럴 겁니다. 양쪽이 관심을 가질 정보이지요."

호러스의 귀에 라디오나 빅터 축음기에서 나는 색소폰의 높고 날카로운 아르페지오가 들렸다. 외설스럽고 경묘한 소리가 우리 안에 가둬둔 두 마리 민첩한 원숭이처럼 서로 싸우는 것 같았다. 전화선 저쪽에 있는 사람의 거친 숨소리가 들렸다.

"좋습니다. 그게 제 관심을 끌 거라는 걸 어떻게 알죠?"

그가 말했다.

"당신 판단에 맡기겠습니다."

"좋습니다. 아침에 시내로 나가죠. 어딘가에서 만나기로 합시다."

그러자 그가 곧 "여보세요." 하고 말했다. 그 사람이 호러스의 귀에 대고 숨 쉬는 것처럼 느껴졌다. 단조롭고 조야한 소리로 어쩐지 불길한 느낌이 들었다. "여보세요." 하고 호러스가 말했다.

"그러면 관심이 없나 보군요. 더 이상 당신을 성가시게 하지 말고 저쪽과 흥정을 해야겠습니다. 그럼, 안녕히 계십시오."

"아닙니다, 잠깐만요. 여보세요! 여보세요!"

호러스가 말했다.

"뭐라고요?"

"오늘 밤에 내려가겠습니다. 십오 분 정도면 그곳에 도착할 수……."

"그럴 필요 없습니다. 제게 차가 있습니다. 제가 거기로 가죠."

스놉스가 말했다.

호러스가 대문으로 걸어갔다. 오늘 밤에는 달이 떠 있었다. 삼나무의 검은색과 은색 터널 속에 반딧불이가 눈에 띄지 않게 콕콕 찌르며 떠돌아다녔다. 검은 삼나무는 종이 실루엣처럼 하늘을 찔렀으며 경사진 잔디밭은 희미한 광채, 은 같은 고색창연한 빛을 띠었다. 어딘가에서 쏙독새가 곤충들보다 한층 더 크게 반복해서 떨리는 소리로 구슬프게 울었다. 자동차 세 대가 지나갔다. 네 번째 차가 속도를 늦추더니 대문을 향해 방향을 바꾸었다. 호러스는 불빛 속으로 걸어갔다. 운전대 뒤에 있는 스놉스는 덩치가 커 보였다. 마치 지붕을 덮기 전에 차 속에 끼워 넣어 둔 듯한 인상을 풍겼다. 그가 손을 내밀었다.

"판사님, 안녕하셨습니까? 사토리스 부인들께 물어보고 나서야 다시 시내에 사신다는 걸 알았습니다."

"이것 참, 고맙습니다. 갖고 계신다는 게 뭡니까?"

호러스가 말하고 나서 손을 놓았다.

스놉스는 운전대에 몸을 기대어 차 지붕 아래로 그 집을 내다보았다.

"여기서 이야기합시다. 차를 돌리지 않아도 되게 말입니다."

호러스가 말했다.

"여기서 비밀 이야기를 하기에는 좀 그런데요. 하지만 좋으실 대로 하죠."

스놉스가 말했다. 등을 구부린 그의 거대하고 둔한 모습이 나타났다. 달빛에 반사된 특색이 없는 얼굴은 달 같았다. 호러스는 스놉스가 자신을 지켜보고 있음을 느꼈다. 전화기를 통해 전해 오던 그 불길한 느낌이 그대로 전해졌다. 그것은 타산적이고 교활하고 의미심장한 것이었다. 그의 마음이 쏟아져 내리는 목화씨 껍질에 파묻힌 것처럼 그 거대하고 부드럽고 둔한 몸집에 부딪치며 이리저리 갈피를 잡지 못하는 것을 그자가 지켜보는 것 같았다.

"집으로 가죠."

호러스가 말했다. 스놉스가 문을 열었다.

"가세요. 전 걸어가겠습니다."

호러스가 말했다. 스놉스가 차를 몰았다. 호러스가 따라잡았을 때쯤 그는 차에서 내리고 있었다.

"자, 그게 뭡니까?"

호러스가 말했다.

다시 한번 스놉스는 그 집을 쳐다보았다.

"혼자 지내시는 모양이죠?"

그가 말했다. 호러스는 아무 말도 하지 않았다.

"제가 늘 하는 말이지만, 결혼한 남자는 아무 간섭도 받지 않고 제 일에 열중할 혼자만의 작은 공간이 필요하죠. 물론 남자란 모름지기 아내에게 신세 지고 있긴 하지만 아내가 모르면 그만 아니겠습니까? 모르는데야 제깟 게 무슨 재주로 차겠어요, 그렇지 않습니까?"

"그 여자는 여기 없습니다. 만약 당신이 암시하는 말이 그런 것이라면 말입니다. 절 만나자고 한 용건이 뭡니까?"

호러스가 말했다.

다시 한번 호러스는 스놉스가 타산적이고 전혀 못 믿겠다는 듯한 뻔뻔스러운 시선으로 그를 지켜보고 있음을 느꼈다.

"저, 제가 늘 하는 말이지만, 본인 외에는 아무도 남의 사생활을 건드려선 안 되죠. 당신을 비난하는 건 아닙니다. 하지만 당신이 절 더 잘 알게 되면 제가 입이 가벼운 사람이 아니라는 걸 아시게 될 겁니다. 돌아다니다 마침 거기 있었는데…….시가 하나 피우시겠습니까?"

그는 큰 손으로 가슴을 더듬더니 시가를 두 개비 내밀었다.

"아니, 됐습니다."

스놉스가 시가에 불을 붙였다. 성냥불에 비친 그의 얼굴은 모로 세워놓은 파이 같았다.

"절 만나자고 한 용건이 뭡니까?"

호러스가 말했다.

스놉스가 시가를 피웠다.

"제가 잘못 안 게 아니라면, 이틀 전에 당신에게 가치가 있을 만한 정보를 하나 입수했습니다."

"오, 가치가 있다? 어떤 가치요?"

"그건 당신의 판단에 맡기겠습니다. 저쪽과 흥정을 할 수도 있지만 저와 당신은 같은 고향 사람인 데다……."

호러스의 마음은 오락가락했다. 스놉스 가문은 프렌치맨즈 벤드 근처 어딘가에서 출현했으며, 여전히 그곳에 살고 있었다. 그는 그 지역에 몰려 사는 무식한 종족의 사람들 사이에 정보가 어떻게 빙빙 돌아다니는지 알고 있었다. 하지만 스놉스가 갖고 있는 정보는 틀림없이 주 당국에 팔 만한 것은 아닐 거라고 그는 생각했다. 이자도 그렇게까지 바보는 아니다.

"그러면 그게 뭔지 말씀해 주시죠."

그는 스놉스가 자기를 지켜보는 것을 느꼈다.

"옥스퍼드에서 기차를 타던 날 기억나시죠? 그곳에서 무슨 볼일이……."

"예."

호러스가 말했다.

스놉스는 시가를 재만 남을 때까지 꽤 오랫동안 피웠다. 그는 손을 들어 올려 목뒤를 만지작거렸다.

"제게 어떤 처녀 이야기를 하신 기억이 나죠?"

"예. 그런데 그게 왜?"

"말씀드리고자 하는 게 바로 그겁니다."

그는 은빛 경사면에서 불어오는 인동덩굴 냄새를 맡았으며, 맑고 구슬프게 되풀이되는 쏙독새의 울음소리를 들었다.

"그 여자가 어디 있는지 안다는 뜻인가요?"

스놉스는 아무 말도 하지 않았다.

"그리고 그걸 알려 주는 대가로 돈을 달라는 거고요?"

스놉스는 아무 말도 하지 않았다. 호러스는 주먹 쥔 손을 주머니에 집어넣고는 옆구리에 댔다.

"그게 어떻게 제게 가치가 있을 만한 정보일 거라고 생각합니까?"

"그건 당신이 판단할 문제고요. 제가 살인 사건을 맡은 건 아니니까요. 그 여자를 찾으려고 옥스퍼드에 간 건 아닙니다. 물론 필요 없다면 저쪽하고 거래를 할 수도……. 다만 당신에게 기회를 주는 겁니다.”

호러스는 계단 쪽으로 돌아섰다. 그는 노인처럼 아주 신중하게 움직였다.

“앉읍시다.”

그가 말했다. 스놉스가 그를 따라 계단에 앉았다. 그들은 달빛 속에 앉았다.

“그 여자가 어디 있는지 알고 있습니까?”

“제 눈으로 봤습니다.”

그가 다시 손으로 목뒤를 만지작거렸다.

“예, 그 여자가 거기 없으면 돈을 돌려드리죠. 그 정도면 공평하지 않습니까?”

“그러면 얼마를 원합니까?

호러스가 말했다. 스놉스가 조심스레 시가를 피웠다.

“말씀해 보세요.”

호러스가 말했다.

“돈을 깎을 생각은 없습니다.”

스놉스가 말했다.

“좋습니다. 드리죠.”

호러스가 말했다. 그는 무릎을 세워 그 위에 팔꿈치를 대고 손으로 얼굴을 감쌌다.

“어디 있습니까……. 잠깐만. 혹시 당신 침례교도입니까?”

“제 집안사람들은 침례교도입니다. 전 다소 자유주의자이고요. 절 더 잘 알게 되면 아시게 되겠지만, 전 결코 편협한 사람은 아닙니다.”

"좋습니다. 그 여자는 어디 있습니까?"

손으로 얼굴을 가린 채 호러스가 말했다.

"당신을 믿겠습니다. 그 여자는 멤피스의 한 사창굴에 있습니다."

스놉스가 말했다.

23

호러스가 미스 레바의 집 대문으로 들어가서 격자문에 다가갔을 때 누군가가 뒤에서 그의 이름을 불렀다. 저녁이었다. 비바람을 맞고 칠이 벗겨진 벽에 난 창문들은 엷은 색 네모 모양으로 닫혀 있었다. 그는 멈추어서 뒤돌아보았다. 인접한 모퉁이에서 스놉스가 칠면조처럼 머리를 내밀었다. 그가 걸어오는 게 보였다. 그는 그 집을 올려다보고는 거리 양쪽을 보았다. 그는 울타리를 따라와서 경계를 하며 대문으로 들어왔다.

"안녕하십니까, 판사님. 남자란 게 다 그렇잖습니까?"

그가 말했다. 그는 악수하려고 손을 내밀지는 않았다. 그 대신 그는 어딘가 확신에 차 있으며 방심하지 않는 태도로 호러스 앞에 버티고 서서 어깨 너머로 거리를 살폈다.

"제가 말하는 것처럼 남자란 이따금 나돌아 다니는 게 나쁘지는 않죠……."

"이번엔 무슨 일입니까? 제게 무슨 볼일이 있습니까?"

호러스가 말했다.

"자, 자, 판사님. 전 집에서는 이런 이야기를 안 합니다. 그런 생각은 마음속에서 깨끗이 지워 버리십시오. 우리 남자들이 아는 걸 죄다 이야기해 댔다간 다시는 제퍼슨 역에서 못 내리지 않겠습니까?"

"당신은 제가 왜 여기 왔는지 저만큼이나 잘 알지 않습니까? 제게 무슨 볼일이 있습니까?"

"물론이죠. 물론이고말고요. 결혼하고도 아내가 어디 있는지도 모르는 사람이 어떻게 느끼는지쯤은 저도 압니다."

스놉스가 말했다. 어깨 너머를 힐금힐금 쳐다보며 스놉스는 호러스에게 윙크를 했다.

"안심하십시오. 죽었다 깨어나도 말하지 않겠습니다. 다만 제가 싫어하는 건 착한……."

호러스는 이미 문 쪽으로 가 있었다.

"판사님."

스놉스가 날카롭고 낮은 목소리로 말하자 호러스가 돌아섰다.

"오래 있지 마십시오."

"오래 있지 말라고요?"

"그 여자만 만나고 나오십시오. 여기선 바가지를 쓰게 됩니다. 시골뜨기들을 상대하는 곳이죠. 몬테카를로[12]보다 더 비싸요. 여기서 기다렸다가 보여줄 곳이……."

호러스는 곧장 가서 격자문으로 들어갔다. 두 시간 후 그
가 미스 레바의 방에서 그녀와 이야기하는 동안 문밖에서는
발소리가 나고, 이따금 복도와 계단을 들락거리는 목소리들이
들렸다. 잠시 후에 미니가 찢어 낸 종잇조각을 들고 들어와 호
러스에게 주었다.

"그게 뭐니?"

미스 레바가 말했다.

"큰 얼굴에 파이같이 생긴 남자가 이분에게 전해 주라고 했
어요. 저기로 내려오시랍니다."

미니가 말했다.

"그 작자를 들어오게 했니?"

미스 레바가 말했다.

"아니요. 들어오려 하지 않았어요."

"그렇겠지."

미스 레바가 말하고는 툴툴거렸다.

"그 작자를 아세요?"

미스 레바가 호러스에게 말했다.

"예. 모른다고 할 수는 없죠."

호러스는 종이를 펼쳤다. 찢어낸 전단지에 연필로 단정하고
물 흐르는 듯한 필체로 주소를 적어 놓았다.

"그 작자는 두 주 전쯤 이곳에 불쑥 나타났어요. 사내 둘을
찾는다면서 들어와서는 식당에 앉아 온갖 허풍을 늘어놓았

---

12) 모나코의 휴양 도시. 당시 유럽 최고의 도박장.

어요. 그리고 아가씨들의 엉덩이를 쓰다듬고는 돈 한 푼 쓰지 않았어요. 미니야, 그 작자가 네게 뭐든 주문한 적이 있니?"

미스 레바가 말했다.

"없는데요."

미니가 말했다.

"그러고는 이틀 후 저녁에 다시 이곳에 왔어요. 돈은 한 푼도 쓰지 않고 이야기만 해대기에 내가 '이봐요, 아저씨, 이 거실에까지 들어왔으면 이따금 좀 놀기도 해야 하는 거 아니에요?' 하고 말했죠. 그랬더니 다음번에는 200밀리리터짜리 위스키를 가져왔더라고요. 단골손님이라면 말도 안 해요. 하지만 그런 작자가 여기 세 번이나 와서 우리 아가씨들을 지분거리고 200밀리리터짜리 위스키까지 가져와 달랑 코카콜라만 네 병 주문하다니 말이에요……. 인색하고 야비한 인간 같으니라고. 그래서 미니더러 다시는 들여놓지 말라고 일러두었죠. 그런데 글쎄 어느 날 오후 내가 낮잠을 자려고 막 누웠는데, 도대체 그 작자가 미니를 어떻게 구워삶아서 들어왔는지 모르겠어요. 미니에게 땡전 한 푼 준 적이 없거든요. 미니야, 그 작자가 어떻게 했니? 틀림없이 네가 전에 본 적이 없는 걸 보여 줬겠지. 그렇지?"

미니는 머리를 흔들었다.

"그분에겐 제가 보고 싶어 하는 건 하나도 없었어요. 좋은 거라면 여태 신물 나게 봤어요."

미니의 남편은 그녀를 버렸다. 그는 미니가 하는 일에 불만이 있었다. 그는 한 식당에서 요리사로 일했는데, 백인 부인들이 미니에게 준 옷과 보석을 모두 들고 그 식당의 여종업원과 도망쳐 버렸다.

미스 레바가 말했다.

"그 작자가 그 아가씨에 대해 자꾸 물어 대고 넘겨짚었어요. 그래서 제대로 알고 싶으면 포파이한테 물어보라고 했죠. 그러고는 당장 나가라고, 그리고 다시는 오지 말라고 했어요……. 그런데 그날 오후 2시쯤 내가 자는 사이에 미니가 들여주니까 그 애에게 여기 누가 있는지 물어보고는 아무도 없다는 말에 위층으로 올라간 거예요. 그리고 미니 말로는 그때 포파이가 왔다는 거예요. 미니는 어쩔 줄 몰라 했어요. 그 애는 겁에 질려 그이가 들어가지 못하게 하려 했어요. 하지만 그랬다가는 그이가 그 덩치 큰 작자를 위층 마룻바닥에 패대기쳐 버릴 게 뻔하고, 남편까지 도망친 데다 이 집에서마저 쫓겨나면 어쩌나 하고 생각한 거죠. 그래서 포파이가 고양이 걸음으로 계단을 올라가서 무릎을 꿇어 열쇠 구멍으로 안을 들여다보는 당신 친구에게 다가간 거예요. 미니 말로 포파이는 모자를 한쪽 눈 위에 삐딱이 쓰고 일 분 정도 그 작자 뒤에 서 있었다고 해요. 그러고는 그이가 담배 한 개비를 빼내더니 엄지손톱에 소리 없이 성냥을 그어 담배에 불을 붙이고 나서 다가가 성냥을 당신 친구의 목뒤에 갖다 댔다는 거예요. 미니가 계단 한가운데 서서 봤대요. 그 작자는 오븐에서 너무 일찍 꺼낸 파이 같은 얼굴로 거기에 무릎을 꿇고 있었고, 포파이는 코로 연기를 내뿜으며 머리를 그 작자에게 바싹 갖다 댔다는 거예요. 그러고는 그 애가 내려온 지 한 십 초쯤 지나서 그 작자가 두 손을 머리에 올리고 계단을 내려와서는 커다란 짐말처럼 쿵쿵거리며 돌아다니다, 미니 말로는 일 분 남짓 굴뚝에 부는 바람처럼 윙윙거리며 문을 긁어대기에 문을 열어 내보내 주었다고 해요. 그리고 오늘 밤까지 초인종을 누르지 않았는데……. 어디 좀 보여 주세요."

호러스는 그녀에게 종이를 주었다.

"거긴 검둥이 사창가예요, 더러운……. 미니야, 그 작자에게 친구 분은 여기 안 계시다고 전해라. 어디로 갔는지 모른다고 말해."

미니가 나갔다. 미스 레바가 말했다.

"우리 집에는 별별 사람이 다 오지만 내 나름대로 기준이 있어요. 변호사들도 와요. 멤피스에서 가장 잘나가는 변호사도 우리 집 식당에서 아가씨들에게 한턱낸 적이 있어요. 백만장자였어요. 체중이 130킬로그램이나 나가서 특별 침대를 맞추어 여기로 보냈더라고요. 지금 위층에 있어요. 하지만 내 일은 어디까지나 내 일이지 그분들이 상관할 바는 아니에요. 우리 아가씨들이 합당한 이유 없이 변호사들에게 시달리도록 내버려 두지는 않을 거예요."

"그러면 이것이 합당한 이유라고 생각지 않으십니까? 한 사람이 그가 저지르지도 않은 일 때문에 사형당할 위기에 처해 있다는 사실 말입니다. 당신은 지금 범인 은닉죄를 범하고 있는지도 모릅니다."

"그러면 그자들더러 그 사람을 잡아가라고 하세요. 난 그 일과는 무관해요. 이 집에는 경찰이 워낙 많이 들락거려서 전혀 무섭지 않아요."

그녀는 맥주잔을 들어 마시고는 손등으로 입술을 닦았다.

"난 내가 모르는 일에는 전혀 관여하지 않아요. 포파이가 밖에서 무슨 일을 했든 그건 그 사람 문제예요. 그이가 우리 집에서 사람을 죽인다면 나도 상관은 있겠지만요."

"애들이 있습니까?"

그녀가 그를 쳐다보았다.

"당신 일에 간섭하려는 건 아닙니다. 다만 그 여자 생각이 나서요. 그 여자는 다시 거리에 나앉을 테고, 그 아기가 어떻게 될지는 아무도 모릅니다."

호러스가 말했다.

"예. 지금 아칸소에 있는 집에서 아이 넷을 키우고 있어요. 비록 제 아이들은 아니지만요."

미스 레바가 말했다. 그녀는 맥주잔을 들어 올려 안을 들여다보며 가볍게 흔들었다. 그녀는 그것을 다시 내려놓았다.

"태어나지 않는 게 더 나을 뻔했어요. 그 애들 전부 다요."

그녀가 말했다. 그녀는 일어나 힘겹게 그에게로 가더니 숨을 거칠게 쉬며 그의 앞에 섰다. 그녀는 그의 머리에 손을 얹고는 그의 얼굴을 위로 젖혔다.

"거짓말을 하는 건 아니겠죠?"

그녀가 말했다. 그녀의 눈은 꿰뚫어 보는 듯 강렬하고 슬퍼 보였다.

"아니, 그럴 사람은 아닌 것 같군요. 여기서 잠시 기다리세요. 들여다보고 오겠어요."

그녀는 그를 놔주고 나서 밖으로 나갔다. 그녀가 복도에서 미니에게 말하는 소리가 들리더니 곧이어 계단을 힘겹게 올라가는 소리가 들렸다.

그녀가 나간 뒤 그는 조용히 앉아 있었다. 방 안에는 나무 침대, 그림이 그려진 휘장, 두툼하게 솜을 넣은 의자 세 개, 벽에 붙은 금고가 있었다. 화장대 위에는 분홍색 공단 나비매듭 리본으로 묶은 화장품들이 어지럽게 널려 있었다. 벽난로 선반 위에 놓인 유리 종 안에는 밀랍 백합 하나가 들어 있고, 그것 위에는 콧수염이 잔뜩 난 순해 보이는 사람의 사진이 검은 천으로 싸여 있었다. 벽에는 가짜 그리스 풍경을 담은 석판화가 몇 장 걸려 있고, 한 그림은 레이스식 뜨개질이 되어 있었다. 호러스는 일어나서 문으로 갔다. 미니가 어두운 복도 의자에 앉아 있었다.

"미니, 마실 것 좀 주겠어요? 큰 잔으로."

그가 말했다.

그가 막 다 마셨을 때 미니가 다시 들어왔다.

"올라오시래요."

그녀가 말했다.

그는 계단을 올라갔다. 미스 레바가 맨 위층에서 기다리고 있었다. 그녀는 복도를 앞장서서 가더니 어두운 방으로 가서 문을 열었다.

"어두운 데서 이야기해야 할 거예요. 불을 켜지 못하게 해요."

그녀가 말했다. 복도에서 들어오는 빛이 문틈을 지나 침대에 닿았다.

"여긴 그 애 방이 아니에요. 그 애 방에서 만나고 싶어 하지 않아서요. 원하는 걸 알아내려면 잘 구슬려야 할 거예요."

미스 레바가 말했다. 그들이 들어갔다. 불빛이 침대와 산마루처럼 불룩하게 솟아올라 꼼짝하지 않는 이불을 비췄다. 침대 모습이 오롯이 드러났다. 저러다 질식하겠는데 하고 호러스는 생각했다. "얘야." 하고 미스 레바가 말했다. 불룩한 이불은 움직이지 않았다.

"얘야, 그분이 오셨어. 이불을 뒤집어쓰고 있을 거면 불을 좀 켜자. 그러면 문을 닫아도 될 거야."

미스 레바가 불을 켰다.

"저러다 질식하겠어요."

호러스가 말했다.

"곧 나올 거예요. 자, 묻고 싶은 걸 물어보세요. 내가 있는 편이 좋겠어요. 하지만 내겐 신경 쓰지 마세요. 이 짓을 오래 하다 보니 오래전에 귀머거리가 되고 벙어리가 되었답니다. 그리고 설령 내게 호기심이 있다 해도 벌써 이 집에서 닳아 없어졌어요. 여기 의자가 있어요."

미스 레바가 말을 하고는 몸을 돌렸다. 그러나 호러스가 앞질러 의자 두 개를 잡아당겼다. 그는 침대 옆에 앉아 꼼짝도 하지 않는 불룩한 이불 꼭대기에 대고 그가 묻고 싶은 것을 말했다.

"난 다만 사건의 진상을 알고 싶을 뿐입니다. 당신이 책임 질 일은 없을 겁니다. 당신이 그 짓을 한 게 아니라는 건 알아요. 당신이 말하기 전에 한 가지 약속하겠어요. 당신의 증언이 없으면 그 사람이 교수형에 처하게 되지 않는 한 당신이 법정에 서는 일은 없을 겁니다. 당신 기분은 이해합니다. 그 사람이 위험에 빠지지 않았다면 당신을 귀찮게 하지는 않았을 겁니다."

불룩한 이불은 움직이지 않았다.

"그 사람이 하지도 않은 일 때문에 교수형에 처할지도 모른다잖니. 그리고 그 여자는 가진 게 아무것도 없는 데다 아는 사람도 없어. 넌 다이아몬드를 가지고 있지만 그 여자가 가진 거라고는 가여운 아기뿐이야. 너도 그 아일 봤잖니?"

미스 레바가 말했다.

불룩한 이불은 움직이지 않았다.

"당신 기분은 이해합니다. 가명을 쓰고 아무도 알아보지 못하도록 옷을 입고 안경을 써도 됩니다."

호러스가 말했다.

"얘야, 포파이를 붙잡진 못할 거야. 그이는 영리하거든. 넌 그이의 이름을 전혀 모르는 걸로 하자. 그리고 네가 법정에 나가 증언해야 한다면 네가 간 후에 내가 그이에게 이야기할게. 그러면 그이는 아무도 모르는 곳으로 가서 널 불러들일 거야. 너나 그이나 여기 멤피스에서 지내고 싶지는 않을 거잖아. 변호사님이 널 보살펴 주실 테니 넌 하고 싶지 않은 말은 안 해도……"

미스 레바가 말했다. 불룩한 이불이 움직였다. 템플이 이불을 휙 걷고는 일어나 앉았다. 머리는 헝클어지고 얼굴은 부었으며 양쪽 광대뼈에는 연지가 찍혀 있고 입술에는 조잡한 큐

피드 화살이 그려져 있었다. 그녀는 잠시 동안 험악하고 적의에 찬 시선으로 호러스를 쳐다보았다. 그러고는 시선을 돌렸다.

"한 잔 주세요."

그녀는 가운을 어깨로 끌어올리며 말했다.

"누워 있어. 감기 걸리겠어."

미스 레바가 말했다.

"한 잔 더 주세요."

템플이 말했다.

"아무튼 누워서 맨살을 가려. 저녁 식사 이후 벌써 세 잔째야."

미스 레바가 일어나며 말했다.

템플은 다시 가운을 끌어올렸다. 그녀는 호러스를 쳐다보았다.

"그러면 당신이 한 잔 사 주세요."

"자, 애야. 누워서 이불을 덮고 이분에게 그 일에 대해 말씀드려. 곧 한 잔 가져다줄게."

미스 레바가 그녀를 눕히며 말했다.

"절 좀 내버려 둬요."

템플이 몸을 비틀며 말했다. 미스 레바가 이불을 어깨까지 끌어올려 주었다.

"그러면 담배 한 개비 주세요. 담배 있어요?"

그녀가 호러스에게 물었다.

"곧 가져다줄게. 이분이 원하는 걸 말해 주겠니?"

미스 레바가 말했다.

"뭘 말이에요?"

템플이 말했다. 그녀는 험악하고 악의에 찬 시선으로 호러스를 쳐다보았다.

"당신의…… 그 사람이…… 어디 있는지는 말 안 해도 돼요."

호러스가 말했다.

"제가 무서워서 말을 안 하는 줄 아시는 모양인데, 어디서든 말할 수 있어요. 무서울 게 뭐 있어요. 한 잔 주세요."

템플이 말했다.

"이분에게 말씀드려. 가져다줄게."

미스 레바가 말했다.

침대에 앉아 이불을 어깨에 걸치고서 템플은 그에게 그 폐가에서 지내던 날 밤, 그녀가 방에 들어가 의자로 문을 막으려 했던 순간부터 그 여자가 침대에 와서 그녀를 데리고 나갈 때까지 일어난 일을 이야기했다. 그것은 모든 경험 가운데 그녀의 인상에 남아 있는 듯 보이는 유일한 부분이었다. 즉 그 밤 가운데서도 그녀가 비교적 안전하게 보낸 때였다. 이따금 호러스는 그녀가 그 범죄에 대해 이야기하도록 하려 애썼지만, 그녀는 그에게서 벗어나 그녀가 침대에 앉아 현관에서 사람들이 이야기하는 소리를 듣거나 어둠 속에서 누워 있는 동안 그들이 방으로 들어오더니 침대로 다가와서 그녀 앞에 서 있던 일로 되돌아갔다.

그녀가 말했다.

"예, 그게, 그런 일이 일어났어요. 모르겠어요. 전 너무나 오랫동안 겁에 질려 있어서 그것에 익숙해졌던 것 같아요. 그래서 전 그저 거기 그 목화씨 위에 누워서 그 사람을 지켜봤어요. 전 처음엔 그게 쥐인 줄 알았어요. 거기에 두 마리가 있었거든요. 한 마리는 한쪽 구석에서 절 쳐다보았고, 다른 한 마리는 반대편 구석에 있었어요. 그 쥐들이 뭘 먹고 살았는지는 모르겠어요. 거긴 옥수수 속대와 목화씨뿐이었거든요. 아마 본채에 가서 먹고 살았는지도 모르죠. 그러나 본채에는 한 마리도 없었어요. 본채에서 쥐 소리는 전혀 듣지 못했거든요. 처음 소리를 들었을 때는 쥐라고 생각했지만 그게 사람이라면 어둠 속에서도 느낄 수 있잖아요. 제 말 아시겠어요? 꼭 봐야 아는 건 아니에요. 차를 탔는데, 같이 탄 사람들이 차를 세울 만한 곳을 찾기 시작할 때 느끼는 것처럼 느낄 수 있는 거죠. 아실 거예요. 잠시 주차할 곳 말이에요."

그녀는 여자들이 무대 중심에 있다는 걸 깨달을 때 지닐 수 있는 그런 밝고 조잘거리는 듯한 독백조로 계속 이야기했다. 갑자기 호러스는 그녀가 마치 경험을 만드는 듯 실제적인 자부심이랄까, 일종의 순진하고 비개인적인 허영심에 차서 경험을 재구성하고 있다는 것을 발견했다. 그녀는 좁은 길에서 소 두 마리를 몰고 가는 개처럼 쏘아보는 듯한 시선을 그에게서 미스 레바에게로 재빨리 옮겼다.

"그래서 숨을 쉴 때마다 옥수수 껍질 소리가 났어요. 사람들이 어떻게 그런 침대에서 잘 수 있는지 모르겠어요. 아마 그것에 익숙해졌기 때문이겠죠. 아니면 밤에 피곤해서이거나. 제가 숨을 쉴 때, 심지어는 침대에 앉기만 해도 그 소리가 났으니까 말이에요. 어떻게 숨만 쉬는데도 그럴 수 있는지 알 수

없어서 숨소리도 제대로 내지 않고 앉아 있었지만, 여전히 그
소리가 나는 거예요. 그건 아마 호흡이 아래로 내려가기 때문
인가 봐요. 호흡이 올라간다고 생각하실지 모르지만 그렇지
않아요. 호흡은 내려가요. 그리고 현관에서 술 취한 그 사람들
의 소리가 들렸어요. 그 사람들이 머리를 벽 어디에 기대고 있
는지 보이고, 이제 누가 병을 들어 술을 마실 차례인지 말할
수 있을 정도였어요. 일어났을 때 베개의 눌린 자국처럼 말이
에요. 아시겠죠. 그때 우스운 생각이 들었어요. 겁에 질려 본
적이 있으면 무슨 말인지 아실 거예요. 전 제 다리를 쳐다보며
사내아이인 척하려 했어요. 만약 제가 사내아이라면 어떨까
하고 생각하고는 상상으로 그렇게 되려고 애썼어요. 그렇게
하려는 심정 이해하시겠죠. 수업 시간에 아는 문제를 선생님
이 언급할 때 선생님을 쳐다보며 저요, 저요, 저요 하고 간절
히 생각하는 것 말이에요. 어른들이 아이들에게 하는 말 있잖
아요, 팔꿈치에 입을 맞추면 성(性)이 바뀐다는 말을 생각하
고는 그렇게 하려고 애썼어요. 실제로 그렇게 했어요. 전 너무
나 겁에 질려 있어서 정말 그런 일이 일어나기를 간절히 기다
렸어요. 제 말은, 보기도 전에 제가 사내아이가 되었다고 생각
하고는 밖으로 나가 그 사람들에게 보여 주고 싶었어요. 아실
거예요. 성냥을 켜서는 자, 봐 하고 말하는 거예요. 보여? 이제
날 가만 내버려 둬. 그래야 잠잘 수 있을 것 같았거든요. 전 졸
려서 침대 위로 올라가 자고 싶은 생각뿐이었어요. 너무나 졸
려서 거의 눈을 뜨고 있지 못할 정도였죠. 그래서 전 눈을 꼭
감고 이제 난, 난 이제 하고 말했어요. 전 다리를 쳐다보며 제

가 그 다리에 얼마나 공을 들였는지 생각했어요. 제가 얼마나
많이 춤추러 다리를 데리고 다녔는지 생각했어요. 정말 미칠
지경이었죠. 제가 다리에 얼마나 많은 공을 들였는데, 그 다
리가 절 이 지경으로 만드나 하는 생각이 들었거든요. 그래서
전 사내아이로 바뀌게 해 달라고 기도할 생각을 했고, 기도하
고 나서 조용히 앉아 기다렸어요. 그러고는 기도한 대로 되지
않을까 봐 겁이 나서 보려고 했죠. 그러나 아직 보기에는 너
무 이를지도 모른다고, 너무 일찍 보면 망치게 될지도 모르고
그러면 그걸로 그만이라는 생각이 들었어요. 그래서 수를 세
었어요. 처음엔 오십까지 세기로 했지만, 그래도 너무 이르다
는 생각이 들어서 오십을 더 세었죠. 그러고는 제때에 보지 않
으면 너무 늦어 버리지 않을까 하는 생각이 들었어요. 그러고
는 어떤 식으로든 저를 단단히 묶을 생각을 했어요. 어느 해
여름엔가, 외국에 다녀온 여자애가 왕인가 뭔가가 멀리 떠날
때 왕비에게 채워 두었던 쇠 띠 같은 것을 박물관에서 봤다고
이야기해 준 적이 있었는데, 그걸 가졌으면 하고 생각했어요.
그게 바로 제가 비옷을 벗겨 입은 이유예요. 수통이 그것 옆
에 걸려 있기에 그것도 벗겨서……."

"수통이라고? 그건 뭣 하려고?"

호러스가 말했다.

"왜 그랬는지 모르겠어요. 아마 그걸 거기 두는 게 두려워
서였겠죠. 하지만 전 그게 프랑스제였으면 하고 생각했어요.
어쩌면 거기에는 길고 날카로운 송곳이 달려 있을 거라고 생
각해서 끝까지 숨겼다가 그걸로 그 사람을 찌를 셈이었어요.

그걸로 그 사람을 마구 찔러 대고는 제 몸이 온통 피투성이가
된 채 '이제 알겠지!' 하고 말할 생각을 했어요. '이제 날 가만
히 내버려 두겠지!' 하고 말하려 했어요. 정반대로 될 줄 어떻
게 알았겠어요……. 한 잔 주세요."

"곧 가져다줄게. 계속 말씀드려."

미스 레바가 말했다.

"아, 예. 전 이런 우스운 짓도 했어요."

템플은 가우언이 옆에서 코를 고는 가운데 어둠 속에 누워
서 껍질이 바스락거리는 소리에 귀를 기울이고, 어둠 속에서
움직이는 소리를 듣고 포파이가 다가오는 것을 느끼던 이야기
를 했다. 그녀는 자신의 혈관 속에 흐르는 피 소리와 눈 귀퉁
이의 작은 근육이 희미하지만 점점 더 넓게 금이 가는 소리를
들었으며, 자기 콧구멍이 차가워졌다 더워졌다 하는 것을 느
꼈다. 그러고는 그는 가까이에 서 있었고 그녀는 "자, 날 만져.
날 만지라니까! 못 하면 넌 겁쟁이야. 겁쟁이! 겁쟁이!" 하고
말했다.

"전 정말이지 자고 싶었어요. 그런데 그 사람은 계속 거기
서 있기만 하는 거예요. 전 그 사람이 빨리 끝내 버리면 잘 수
있을 거라고 생각했어요. 그래서 '못 하면 넌 겁쟁이야! 못 하
면 넌 겁쟁이야!'라고 말하려 하자 제 입에서 비명이 터져 나
오려 했고, 비명을 질러대는 몸속에 뜨거운 공 같은 게 느껴
졌어요. 그때 그게 절 건드렸던 거예요. 그 역겨운 작고 차가
운 손이 코트 속의 맨살을 더듬는 거예요. 그건 살아 있는 얼
음 같았고, 제 피부는 뱃전의 작은 날치처럼 그걸 피해 펄쩍

뛰어 도망치기 시작했어요. 그게 움직이기도 전에 제 피부는 그게 어디로 움직일지 아는 것 같았고, 제 피부는 계속 그걸 앞질러 움직여서 정작 손이 닿았을 때는 거기 아무것도 없는 듯했어요. 그러고 나서 그 손이 제 배 속으로 통하는 곳까지 내려왔어요. 저는 그 전날 점심 이후 아무것도 먹지 못해 속이 부글거렸고 옥수수 껍질이, 마치 비웃듯 엄청난 소리를 냈어요. 그간 줄곧 그 사람의 손이 제 블루머 속으로 밀고 들어오는데도 제가 여태 사내아이로 바뀌지 않아 그것들이 절 비웃는다는 생각이 들었어요. 전 그때 숨을 쉬지 않았기 때문에 그건 우스운 일이었어요. 전 한참 동안 숨을 쉬지 않았어요. 그래서 전 제가 죽었다고 생각했지요. 그러고는 우스운 짓을 했어요. 제가 관 속에 들어 있는 게 아니겠어요. 예뻐 보였어요. 아시겠죠. 온통 하얗게 차려입고 말이에요. 신부처럼 베일을 쓰고, 전 제가 죽었기 때문에 또는 예뻐 보이거나 뭐 그런 것 때문에 울었어요. 아니에요. 그건 관 속에 옥수수 껍질이 들어 있었기 때문이에요. 전 사람들이 제가 죽어 누워 있는 관 속에 옥수수 껍질을 넣었기 때문에 울었지만 그동안 줄곧 전 제 코가 차가워졌다 더워졌다 차가워졌다 더워졌다 하는 걸 느꼈고, 사람들이 모두 관 주위에 둘러앉아 '예쁘기도 해라, 예쁘기도 해라.' 하고 말하는 걸 보고 들었어요. 하지만 전 '겁쟁이! 겁쟁이! 날 만져, 겁쟁이!' 하고 계속 말했어요. 그 사람이 계속 그 짓만 하고 있어서 전 미칠 지경이었어요. 전 그 사람에게 말하려 했어요. 그 사람에게 '당신은 내가 밤새 여기 누워 당신 시중이나 들 거라고 생각하는 거야?' 하고 말하

려 했어요. '내가 어떻게 할 건지 말해 주지.'라고 말하려 했어
요. 그리고 전 옥수수 껍질이 절 비웃는 가운데 거기 누워 그
사람의 손길을 피해 몸을 뒤틀며 그 사람에게 무슨 말을 해야
할지 생각했어요. 전 선생이 학교에서 하듯 그 사람에게 말하
려 했는데, 그러자 저는 학교 선생이 되었어요. 그리고 그 사
람은 뭐랄까 검둥이 소년같이 작고 까만 애이고 저는 선생이
었어요. 저는 '내가 몇 살이지?' 하고 말하고는 '난 마흔다섯이
야.'라고 말하려 했거든요. 전 백발에다 안경을 꼈으며 여느 여
자들처럼 아주 비대했어요. 전 회색 옷을 입는 걸 싫어했는데,
회색 정장 차림이었어요. 그리고 전 제가 어떻게 할 건지 이야
기했고, 그 애는 뭐랄까 벌써 회초리를 본 것처럼 움츠러드는
거예요. 그때 전 '그러면 안 돼.' 하고 말했어요. 전 남자가 되
어야 했어요. 그러자 전 길고 하얀 수염이 있는 노인이 되었고
그 작은 검둥이는 점점 작아지고 전 '이제. 이제 봐. 이제 난
남자야.' 하고 말했어요. 그때 전 남자가 되는 생각을 했는데,
그런 생각을 하자마자 정말 그렇게 됐어요. 마치 작은 고무풍
선을 불면 반대편이 불거져 나오듯 그것이 펑 소리를 내며 튀
어나오는 거예요. 그건 마치 입을 벌릴 때 입 안이 차가운 것
처럼 차갑게 느껴졌어요. 전 그걸 느꼈고, 똑바로 누워 그 사
람이 얼마나 놀랄지 생각하며 웃지 않으려고 노력했어요. 전
그 사람의 손길로 블루머 속의 제 몸이 계속 뒤틀리는 걸 느
끼며 거기 누워서 그 사람이 잠시 후 얼마나 놀라고 미치게
될지 생각하면서 웃지 않으려고 노력했어요. 그때 갑자기 전
잠이 들었어요. 그 사람의 손이 거기에 닿을 때까지 깨어 있

을 수 없었어요. 전 정말 잠이 들었어요. 그 사람의 손길로 제 몸이 뒤틀리는 것도 느낄 수 없었고 단지 옥수수 껍질 소리만 들렸어요. 그 여자가 와서 절 헛간으로 데려갈 때에야 비로소 깨어났어요."

그가 그 집을 나올 때 미스 레바가 말했다.

"저 애를 거기로 데려가서 다시는 돌아오지 않도록 해 주셨 으면 해요. 어떻게 해야 하는지만 알면 내가 저 애 가족을 찾 아 주고 싶어요. 하지만 당신은 아실 테죠……. 그 작자와 저 애를 저 방에 계속 저대로 내버려두면 저 애는 죽거나 일 년 안에 정신 병원으로 가야 할 거예요. 내가 아직 알아내지는 못했지만 어딘가 이상한 데가 있어요. 어쩌면 저 애가 그런지 도 모르죠. 저 애는 이런 생활에 전혀 어울리지 않아요. 백정 이나 이발사가 타고나야 하는 것처럼 이런 일은 타고나야 하 는 거예요. 누가 단순히 돈이나 재미 때문에 이런 짓을 하겠 어요."

그 여자는 오늘 밤에 죽는 게 그녀 자신에게 더 나을 것 같 아 하고 호러스는 걸어가며 생각했다. 나를 위해서도 그렇지 만. 그는 그녀와 포파이와 그 여자와 아기와 구드윈이 모두 죽 음이 임박한 휑한 깊은 방에 들어가 있으며 분노와 경악 사이 에서 한순간에 날아가 버릴 것이라고 생각했다. 그리고 나 역 시. 그것만이 유일한 해결책이라는 생각이 들었다. 이 세상의 오래되고 비극적인 옆구리에서 제거해 태워 버리는 거지. 그 리고 나 역시. 우리는 모두 고립되어 있기 때문이야. 그는 잠 의 긴 복도에서 부는 부드럽고 어두운 바람을, 낮고 아늑한 지붕 아래 누워 듣는 긴 빗소리를, 악과 불의와 눈물을 생각했다. 뒷골목 입구에서 두 사람이 떨어진 채 마주 보고 서 있었다. 남자는 애무하는 듯 활자화할 수 없는 형용사를 낮은 목소리로 말하고, 여자는 관능적인 황홀경에 잠겨 기절할 듯 그의 앞에 꼼짝 않고 서 있었다. 언젠가 죽은 아이와 죽은 사람의 눈에서 본 표정을 생각하며 어쩌면 악에는 논리적인 양식이 있다는 걸 깨닫고 인정하는 순간에 우리는 죽는다고 그는 생각했다. 그 눈에서는 식어 가는 분노, 충격을 받은 절망이 사라져갔고, 움직이지 않는 세계가 축소 모형으로 깊이 숨어 있는 공허한 눈알 두 개만 남아 있었다.

그는 심지어 호텔로 돌아가지도 않았다. 그는 역으로 갔다. 자정 열차를 탈 수 있었다. 그는 커피 한 잔을 마시고 나서 곧 마신 것을 후회했다. 그것이 위장 속에서 뜨거운 덩어리가 되었기 때문이다. 세 시간 후 제퍼슨에 내렸을 때도 그것은 여전히 흡수되지 않고 그대로 있었다. 그는 시내로 걸어가서 인적이 드문 광장을 가로질러 갔다. 일전의 어느 날 아침 그곳을 가로질러 가던 때가 생각났다. 그사이에 시간이 전혀 흐르지 않은 것 같았다. 불을 밝힌 시계의 글자판은 그대로였고, 문간에 있는 독수리 모양의 그림자들 역시 그대로였다. 그는 단지 광장을 가로질러 갔다가 온 방향으로 되돌아왔으므로 같은 날 아침이라고 할 수도 있었다. 그가 만들어내는 데 사십오 년이나 걸린 온갖 종류의 악몽으로 가득한 꿈 하나, 그것이 그의 위장 속에서 뜨겁고 딱딱한 덩어리로 농축되어 있었다. 그가 갑자기 빨리 걷자 커피가 배 속에서 뜨겁고 무거운 바위처럼 세게 흔들렸다.

그는 울타리에서 풍기는 인동덩굴 냄새를 맡으며 구내 차도를 조용히 걸어갔다. 집은 마치 시간의 썰물이 빠져나가고 공간 속에 고립된 듯 어둡고 조용했다. 곤충들은 종잡을 수 없이 낮고 단조로운 소리로 사방에서 울어 댔다. 그 소리는 마치 세상이 살아 숨쉬게 해 주던 조류가 물러난 뒤 뻣뻣이 굳어 죽어가는 세상의 화학적 고통 같았다. 달은 머리 위에 떠 있었지만 빛나지 않았고, 대지는 아래에 누워 있었지만 어둠이 없었다. 그는 문을 열고는 방 안으로 더듬어 가서 전등을 찾았다. 곤충들 소리인지 다른 소리인지 잘 모르겠지만 어둠의 소리가 그를 따라 방 안으로 들어왔다. 그는 갑자기 그 소리가 계속 돌아야 할지 아니면 영원히 정지해야 할지 결정할 순간에 이른 지축 위에서 도는 지구의 마찰 소리라는 것을 알았다. 식어 가는 공간 속에서 정지한 지구, 그것을 휘돌아 인동덩굴의 짙은 냄새가 차가운 연기처럼 구불구불 피어올랐다.

그는 전등을 찾아서 켰다. 사진이 화장대 위에 있었다. 그것을 집어 들고 두 손으로 잡았다. 떨어져 나간 액자의 좁은 흔적에 둘러싸인 리틀 벨의 얼굴이 매혹적인 명암의 배합으로 꿈꾸듯 황홀해 보였다. 빛의 어떤 특징이나 아마 그의 손, 그의 숨결의 어떤 극미한 움직임에 의해 인화지에 전해진 그 얼굴은 눈에 보이지 않는 인동덩굴의 느리고 연기 같은 혀 아래에서, 가장 강한 빛의 얕은 욕조 속에 잠긴 그의 손바닥 안에서 숨을 쉬는 듯했다. 거의 눈에 보일 만큼 분명히 그 냄새가 방을 가득 채웠고, 그 작은 얼굴은 관능적인 권태 속에서 기절할 듯했지만 점점 더 흐려지고 사라져가더니 그의 눈에 바로 그 냄새만큼이나 유혹과 관능적인 약속과 은밀한 확언의 부드럽고 사라져가는 여진을 남겼다.

그때 그는 위장 속의 감각이 무엇을 의미하는지 깨달았다. 그는 사진을 급히 내려놓고 욕실로 갔다. 그는 달려가서 문을 열고 전등을 더듬었다. 그러나 그것을 찾을 시간적 여유가 없어서 포기하고 앞으로 뛰어가다 세면대에 부딪쳤다. 두 팔을 벌려 간신히 버티고 있는 사이에 옥수수 껍질이 그녀의 허벅지 아래에서 요란하게 바스락거렸다. 그녀는 머리를 약간 쳐들고 턱은 막 십자가에서 내려놓은 사람처럼 떨어뜨린 채 누워서 무언가 검고 격렬한 것이 창백한 몸에서 요란하게 빠져나오는 것을 지켜보았다. 그녀는 벌거벗고 누운 채로 무개화차에 묶여 빠른 속도로 어두운 터널을 통과하고 있었다. 어둠은 질긴 실처럼 머리 위로 흐르고 요란한 쇠 바퀴 소리가 귓가에 들렸다. 차는 터널에서 빠져나와 비스듬히 길게 위로 솟구치고, 머리 위의 어둠은 이제 활활 타는 불꽃이 점점 약해지는 것과 평행하여 억눌린 숨결처럼 점점 세게 갈가리 흩어졌다. 그사이 그녀는 무수한 빛이 희미하게 가득한 무(無) 속에서 보일 듯 말 듯 게으르게 흔들리곤 했다. 저 아래에서 옥수수 껍질이 희미하고 격렬하게 바스락거리는 소리가 그녀에게 들렸다.

24

처음 템플이 계단 머리로 갔을 때 미스 레바의 방문 옆 희미한 불빛 속에서 미니의 눈이 휘둥그레졌다. 템플은 빗장을 건 문 안쪽에서 다시 한 번 몸을 굽혀 미스 레바가 계단을 힘겹게 올라와 문을 두드리는 소리를 들었다. 템플이 조용히 문에 기댄 사이 미스 레바가 문밖에서 숨을 헐떡이고 씨근대며 얼르고 위협했다. 그녀는 아무 소리도 내지 않았다. 잠시 후 미스 레바는 계단을 내려갔다.

템플은 문에서 돌아 방 한가운데로 오더니 두 손을 조용히 쳤다. 눈은 창백한 얼굴에서 검게 빛났다. 나들이옷 차림에 모자를 쓰고 있었다. 그녀는 모자를 벗어 구석으로 집어 던져버리고 침대로 가 엎어졌다. 침대는 정돈되어 있지 않았다. 침대 옆 탁자에는 담배꽁초가 어지럽게 널려 있고, 바로 옆 마룻바닥에는 재가 떨어져 있었다. 탁자를 면한 베갯잇에는 갈색 구멍이 여러 개 있었다. 밤중에 종종 깨면 담배 냄새가 나고 포파이의 입이 있을 자리에 루비 눈이 하나 보였다.

오전 중반이었다. 가느다란 햇살이 남쪽 창문에 드리운 차양 아래로 스며들어 문지방 위에, 그러고는 좁은 마룻바닥 위에 띠 모양으로 떨어졌다. 오전 중반에 그 집은 숨을 다 쉰 듯 더할 나위 없이 조용했다. 이따금 자동차가 바로 아래 거리를 지나갔다.

템플은 침대 위에서 몸을 뒤집었다. 그때 포파이의 수많은 검은 양복 중 하나가 의자에 걸쳐 있는 게 보였다. 그녀는 누운 채 잠시 동안 그것을 쳐다보다가 일어나 그 옷을 움켜잡아 모자가 있는 구석으로 집어 던졌다. 다른 구석에는 임시로 날염 커튼으로 가린 벽장이 있었다. 그 안에 새 드레스가 종류별로 걸려 있었다. 그녀는 화가 나서 그것들을 꺼내 둘둘 말아 양복 위로 집어 던졌다. 그러고 나서 선반에 일렬로 늘어선 모자를 집어 던졌다. 포파이의 양복 한 벌도 거기 걸려 있었다. 그녀는 그것을 집어 던졌다. 그 뒤에는 자동 권총이 들어 있는 기름칠한 비단 권총집이 못에 걸려 있었다. 그녀는 그것을 조심스레 내려서 권총을 빼내어 손에 들었다. 잠시 후 침대로 가서 그것을 베개 밑에 숨겼다.

화장대 위에는 새 솔과 거울, 프랑스 상표가 붙은 섬세하고 특이한 모양의 플라스크와 병 등 온갖 종류의 화장품이 어지럽게 널려 있었다. 그녀가 그것들을 모아 하나씩 구석으로 내던지자 쿵 하는 소리와 산산조각으로 부서지는 소리가 났다.

그것들 가운데 백금 지갑이 있었다. 섬세한 금속 박편 사이로 산뜻한 오렌지색 지폐들이 눈에 띄었다. 이것 역시 다른 것들과 마찬가지로 구석으로 내던지고 나서 그녀는 침대로 돌아가 다시 얼굴을 묻고 누웠다. 값비싼 화장품 냄새가 서서히 풍겼다.

정오에 미니가 문을 두드렸다.

"점심 가져왔어."

템플은 움직이지 않았다.

"문 옆에 둘게. 먹고 싶을 때 가져가."

그녀의 발소리가 사라졌다. 템플은 움직이지 않았다.

햇살이 천천히 마루를 가로질러 옮겨 갔다. 이제 창틀의 서쪽 면은 그늘이 졌다. 템플은 일어나 앉아 머리카락을 손가락으로 능숙하게 매만지며, 마치 귀를 기울이듯 머리를 옆으로 돌렸다. 그녀는 조용히 일어나 문으로 가더니 다시 귀를 기울였다. 그러고는 문을 열었다. 쟁반이 마룻바닥에 있었다. 그녀는 그것을 넘어 계단으로 가서는 난간 너머로 내려다보았다. 잠시 후 복도 의자에 앉아 있는 미니가 보였다.

"미니."

그녀가 말하자 미니가 머리를 획 돌렸다. 그녀의 눈이 다시 휘둥그레졌다.

"한 잔 가져다줘요."

템플이 말했다. 그녀는 방으로 돌아가 십오 분 동안 기다렸다. 그녀가 화가 나서 문을 쾅 닫고 계단을 쿵쾅거리며 내려갈 때 미니가 복도에 나타났다.

"예, 마님. 미스 레바가 그러는데…… 술이 없다고……."

미니가 말했다. 미스 레바의 방문이 열렸다. 템플을 올려다 보지도 않고 그녀는 미니에게 말했다. 미니가 다시 목소리를 높였다.

"예, 마님, 그럴게요. 금방 가져갈게."

"고마워요."

템플이 말했다. 그녀가 방으로 돌아가서 문 바로 안쪽에 서 있는데 계단을 올라오는 미니의 소리가 들렸다. 템플은 문을 잡은 채 조금 열어 두었다.

"점심은 안 먹을 거야?"

미니가 무릎으로 문을 밀치며 말했다. 템플이 문을 잡고 있었다.

"어디 있어요?"

그녀가 말했다.

"오늘 아침에는 이 방을 치우지 않았어."

미니가 말했다.

"그걸 이리 줘요."

템플이 문틈으로 손을 내밀며 말했다. 그녀는 쟁반에 있는 유리잔을 들었다.

"그만 하는 게 어때. 미스 레바가 그만 마시라고 하는데……. 왜 그 사람을 이런 식으로 대하지? 그 사람은 아가씨 한테 돈을 쓰고 있는데 부끄러운 줄 알아야지. 그 사람은 존 길버트[13]는 아니지만 정말 좋은 사람이야. 게다가 돈도 잘 쓰고……."

미니가 말했다. 템플은 문을 닫고 빗장을 걸었다. 그녀는 진을 마시고 나서 의자를 침대로 당기더니 담배에 불을 붙이고는 다리를 침대에 걸치고 앉았다. 잠시 후 의자를 창문으로 옮기고는 차양을 조금 들어 올려 거리를 내려다보았다. 그녀는 담배를 하나 더 피웠다.

5시에 그녀는 미스 레바가 검은 비단옷 차림에 꽃을 꽂은 모자를 쓰고 나와서 거리를 내려가는 것을 보았다. 그녀는 벌떡 일어나 구석에 있는 옷 더미에서 모자를 찾아 썼다. 문에서 돌아서더니 다시 구석으로 돌아가 백금 지갑을 찾아 들고 계단을 내려갔다. 미니가 복도에 있었다.

"10달러 줄게요. 십 분도 안 걸릴 거예요."

템플이 말했다.

"안 돼, 미스 템플. 미스 레바가 알게 되면 난 쫓겨날 거야. 그리고 포파이 씨가 알게 되면 난 죽을지도 몰라."

"틀림없이 십 분 안에 돌아올게요. 맹세해요. 20달러 줄게요."

그녀는 지폐를 미니의 손에 쥐어 주었다.

"꼭 돌아와야 돼. 십 분 안에 돌아오지 않으면 난 여기 있지 못해."

미니가 문을 열며 말했다.

템플은 격자문을 열고 밖을 내다보았다. 길 맞은편 연석에 택시 한 대가 서 있고 모자를 쓴 남자 하나가 그 너머 문에 서 있을 뿐 거리는 비어 있었다. 그녀는 재빨리 거리를 걸어갔

---

13) John Gilbert(1897~1936). 유명한 무성 영화배우.

다. 모퉁이에서 택시 한 대가 그녀에게 다가와 속도를 늦추더니 택시 기사가 그녀를 미심쩍은 눈으로 쳐다보았다. 그녀는 모퉁이에 있는 약국으로 들어갔다가 전화박스로 갔다. 그러고 나서 집으로 돌아갔다. 모퉁이를 돌았을 때 모자를 쓰고 문에 기대어 있던 사람과 마주쳤다. 그녀는 격자문으로 들어갔다. 미니가 문을 열었다.

"정말 고마워. 저기 있는 택시가 막 출발할 때 난 짐 쌀 준비를 했어. 이 일을 아무한테도 말하지 않겠다고 약속하면 술한 잔 줄게."

미니가 말했다.

미니가 진을 가져오자 템플이 마시기 시작했다. 그녀의 손은 떨렸으며, 그녀가 다시 문 바로 안쪽에 서서 손에 잔을 들고 귀 기울이고 있을 때 그녀의 얼굴에는 어딘가 의기양양한 기색이 돌았다. "나중에 필요할지 몰라. 더 많이 필요할지 몰라." 하고 그녀는 말했다. 그녀는 유리잔을 컵 받침으로 덮어 조심스레 감추었다. 그러고는 구석에 있는 옷 더미를 뒤져 무도회복을 찾아내 털더니 벽장에 다시 걸었다. 나머지 물건들을 잠시 쳐다보았지만 침대로 돌아가서 다시 누웠다. 곧 그녀는 일어나 의자를 당겨 와서 정돈되지 않은 침대에 발을 걸치고 앉았다. 햇살이 방에서 천천히 사라지는 동안 그녀는 줄곧 앉아서 담배를 피워대며 계단에서 나는 모든 소리에 귀를 기울였다.

6시 30분에 미니가 저녁을 가져왔다. 쟁반에는 진이 한 잔 더 있었다.

"미스 레바가 줬어. 기분이 어떤지 물어보래."

"괜찮다고, 목욕을 하고 나서 잘 거라고 말하세요."

템플이 말했다.

미니가 가고 난 뒤 템플은 두 잔의 술을 큰 컵에 붓고는 손에 들고 흔들며 흡족한 듯 바라보았다. 그것을 조심스레 치워 두고 덮개로 덮은 뒤 침대에 앉아 저녁을 먹었다. 다 먹고 담배에 불을 붙였다. 그녀는 변덕스럽게 움직였다. 허겁지겁 담배를 피우며 방 안을 돌아다녔다. 잠시 창가에 서서 차양을 옆으로 들어 올렸다가는 내려뜨리고 다시 방 가운데로 가서 거울을 들여다보았다. 거울 앞에서 몸을 돌려 비춰 보며 담배를 뻐끔뻐끔 피웠다.

그녀는 벽난로를 향해 담배를 뒤로 휙 던지고는 거울로 가서 머리를 빗었다. 커튼을 옆으로 걷고 드레스를 꺼내 침대에 놓더니 돌아서서 화장대 서랍을 열어 다른 옷을 꺼냈다. 그 옷을 손에 들고 잠시 있다가 제자리에 가져다 놓고 서랍을 닫고는 드레스를 잡아채서 다시 벽장에 걸었다. 잠시 후 불붙은 또 다른 담배를 손에 들고 그것에 불을 붙인 것을 잊어버린 채 방 안을 왔다 갔다 하며 걷는 자신을 발견했다. 그녀는 그것을 내던져 버리고 탁자로 가서 시계를 쳐다보았다. 그러고는 그것을 침대에서도 볼 수 있게 담뱃갑으로 받쳐 놓고 누웠다. 그때 베개 밑에 있는 권총이 느껴졌다. 그녀는 그것을 꺼내 쳐다보았다. 그리고 옆구리 아래로 그것을 밀어 넣고는 다리를 똑바로 펴고 손으로 머리를 벤 채 꼼짝 않고 누워서 검은 못 대가리를 응시하며 계단에서 나는 모든 소리에 귀를 기울였다.

9시에 그녀는 일어났다. 권총을 다시 집어 들었다. 하지만 잠시 후 침대 요 밑에 그것을 밀어 넣고는 옷을 벗고 황금 용무늬와 비취색, 주홍색 꽃무늬를 수놓은 가짜 중국옷을 입고 방에서 나갔다. 그녀가 돌아왔을 때 얼굴 주변의 머리카락은 축축한 곱슬머리가 되었다. 그녀는 세면대로 가서 천천히 큰 컵을 들어 두 손에 쥐었다가 다시 내려놓았다.

그녀는 옷을 입고 구석에 있는 화장품 병들을 제자리에 가져다 놓았다. 거울 앞에 앉은 그녀의 움직임은 수선스럽긴 했지만 정성이 들어 있었다. 그녀는 세면대로 가서 유리잔을 집어 들었지만 잠시 멈추더니 구석으로 가 코트를 주워 입고 백금 지갑을 주머니에 넣고 나서 다시 한번 몸을 굽혀 거울을 들여다보았다. 그러고는 유리잔을 들어 진을 마시고 재빨리 방에서 걸어 나갔다.

복도에는 전등 하나만 켜져 있었다. 아무도 없었다. 미스 레바의 방에서는 사람 소리가 났지만 아래층 복도에서는 인기척이 없었다. 그녀는 재빨리 조용히 내려가 문에 다다랐다. 아마 제지를 당한다면 문에서일 것이라고 생각했다. 그녀는 걸음을 멈추다시피 하고는 총을 가져오지 않은 것을 몹시 후회하며 어떤 양심의 가책도 느끼지 않고 일종의 쾌감마저 느끼며 그것을 사용할 수 있으리라 생각했다. 그녀는 문으로 재빨리 다가가 허둥지둥 빗장을 풀면서 어깨 너머를 바라보았다.

문이 열렸다. 그녀는 격자문 밖으로 뛰어나가더니 보도로 뛰어 내려가 대문 밖으로 나갔다. 그때 자동차 한 대가 연석을 따라 천천히 가다가 그녀의 맞은편에서 멈추었다. 포파이가 핸들을 잡고 있었다. 그는 움직이는 것 같지 않았는데 문이 휙 열렸다. 그는 움직이지도, 말을 하지도 않았다. 단지 밀짚모자를 약간 옆으로 비스듬히 쓰고 그곳에 앉아 있었다.

"싫어요! 싫어요!"

템플이 말했다.

그는 움직이지도, 소리를 내지도 않았다. 그녀는 자동차로 갔다.

"싫다고 그랬잖아요! 그 사람이 두려운 거죠! 두려워하고 있잖아요!"

그녀는 미친 듯이 소리쳤다.

"그자에게 기회를 주고 있는 거야. 집으로 돌아갈래, 아니면 이 차에 탈래?"

그가 말했다.

"두려워하고 있잖아요!"

"그자에게 기회를 주고 있는 거야. 자, 결정해."

그는 차갑고 부드러운 목소리로 말했다.

그녀는 몸을 앞으로 굽혀서 손으로 그의 팔을 잡았다.

"포파이, 아빠."

그녀가 말했다. 그의 팔이 연약하게 느껴졌다. 아이의 손보다 더 크지 않은 데다 막대기처럼 생명이 없고 딱딱하며 가벼웠다.

"네가 어떻게 결정하든 난 상관 안 해. 하지만 결정해, 자."

그가 말했다.

그녀는 그에게로 몸을 굽혀서 손으로 그의 팔을 잡았다. 그러고 나서 자동차에 탔다.

"당신은 그렇게 못 해. 당신은 두려워하고 있어. 그 사람은 당신보다 더 나은 사람이야."

그는 그녀 앞으로 손을 뻗어서 문을 닫았다.

"어디로 갈까? 그로토?"

그가 말했다.

"그 사람은 당신보다 더 나은 사람이야! 당신은 남자도 아니야! 그 사람은 그걸 알아. 그 사람이 모르면 누가 알겠어요?"

템플이 새된 목소리로 말했다.

자동차가 움직였다. 그녀는 그에게 고함을 지르기 시작했다.

"그것도 못 하면서 남자라고, 대담한 악당이라고……. 진짜 남자를 한번 데려와 보라지……. 침대에 매달려 끙끙거리며 침이나 질질 흘려 댔지……. 내가 한 번 속지 두 번 속을 줄 알아요? 내가 피를 흘린 것도 당연하지……."

그의 손이 그녀의 입을 단단히 틀어막고, 그의 손톱이 그녀의 살을 파고들었다. 다른 손으로는 자동차를 거칠게 몰았다. 불빛 아래를 지나갈 때 그녀는 그의 손을 잡아당기며 머리를 좌우로 흔들어 대는 자신을 그가 지켜보는 것을 보았다.

그녀는 버둥거리기를 멈추기는 했지만 그의 손을 잡아당기며 계속 머리를 좌우로 흔들어 댔다. 굵은 반지를 낀 손가락이 그녀의 입술 사이에 끼이고 다른 손가락들의 손톱이 볼로 파고들었다. 다른 손으로는 자동차를 차량들 속으로 몰았다가 나왔다가 하며 다른 차들이 브레이크를 요란하게 밟으며 속도를 늦출 때까지 밀어붙이고 횡단보도를 무모하게 지나갔다. 한번은 경찰이 소리를 질렀지만 그는 돌아보지도 않았다.

템플은 그의 손 뒤에서 신음하다가 그의 손가락에 침을 흘리며 훌쩍거렸다. 반지는 치과 의사의 기구 같았다. 그녀는 토할 것 같았지만 입을 다물 수가 없었다. 그가 손을 떼었을 때 그의 손가락 자국이 턱에서 차갑게 느껴졌다. 그녀는 거기에 손을 가져다 댔다.

"입을 다쳤잖아요."

그녀가 코멘소리를 했다.

그들이 시외로 접근하고 있을 때 속도계는 80킬로미터를 가리켰다. 그의 모자는 갈고리 모양의 섬세한 옆모습 위에 비스듬히 걸려 있었다. 그녀는 턱을 문질렀다. 집이 사라지고 넓고 거무스름한 분양 토지가 나타나는가 싶더니 이내 부동산 중개업소의 간판이 고독한 보증을 해 주듯 갑자기 유령처럼 아련히 나타났다. 그것들 사이에서 낮고 먼 불빛이 개똥벌레가 날아다니는 차갑고 텅 빈 어둠 속에 걸려 있었다. 그녀는 두 잔이나 마신 차가운 진 기운을 몸속에서 느끼며 조용히 울기 시작했다.

"입을 다쳤잖아요."

그녀는 자기 연민에 빠져 작고 가냘픈 목소리로 말했다.

그녀는 손가락으로 여기저기 더듬어보더니 점점 세게 눌러 마침내 몹시 아픈 곳을 찾아냈다.

"이 짓 한 걸 후회하게 될 거예요. 레드에게 이를 거예요. 당신이 레드였으면 하고 바라는 거죠? 안 그래요? 그 사람이 할 수 있는 걸 당신이 할 수 있었으면 하고 바라죠? 당신이 아니라 그 사람이 우리를 감시하는 사람이 되었으면 하고 바라죠?"

그녀가 잘 들리지 않는 목소리로 말했다.

그들은 음악이 요란스레 터져 나오고 커튼을 단단히 드리운 벽을 지나 그로토로 들어섰다. 그가 차를 잠그는 사이에 그녀는 뛰어내려 계단을 달려 올라갔다.

"난 당신에게 기회를 줬어요. 당신이 날 여기에 데려왔어요. 난 당신에게 데려다 달라고 부탁하지도 않았어요."

그녀가 말했다.

그녀는 화장실로 갔다. 거울에 얼굴을 찬찬히 비춰 보았다.

"젠장, 다행히 아무 자국도 없네."

그녀는 살을 이리저리 당겨보며 말했다.

"작은 꼬마."

그녀는 거울에 비친 자기 모습을 보며 말했다. 그녀는 연이어 그럴싸하게 음탕한 구절을, 마치 뜻도 모르고 재잘대는 앵무새처럼 몇 마디 했다. 입술에 립스틱을 다시 발랐다. 다른 여자가 들어왔다. 그들은 잠깐 은밀하고 차갑고 포옹하는 듯한 시선으로 서로 옷을 살펴보았다.

포파이는 담배를 손가락 사이에 끼운 채 무도회장의 문간에 서 있었다.

"난 당신에게 기회를 줬어요. 굳이 올 필요는 없었어요."

템플이 말했다.

"난 요행수 같은 건 안 바라."

그가 말했다.

"바라고는 뭘 그래요. 후회하는 거예요? 예?"

템플이 말했다.

"자."

그가 그녀의 등에 손을 대며 말했다. 그녀는 문지방을 넘으려다 돌아서서 그를 쳐다보았다. 그들의 눈은 거의 같은 높이에 있었다. 그러고 나서 그녀는 그의 겨드랑이 쪽으로 손을 뻗었다. 그가 그녀의 손목을 잡자 다른 손을 그의 겨드랑이를 향해 뻗었다. 그는 그 손마저 그의 부드럽고 차가운 손으로 잡았다. 그들은 눈을 마주 보았다. 그녀의 입은 벌어져 있고, 립스틱 자국은 그녀의 얼굴에서 천천히 거무스름해졌다.

"아까 시내에서 기회를 줬어. 네가 선택했어."

그가 말했다.

그녀 뒤에서는 음악이 사람의 마음을 들뜨게 하듯 요란하게 연주되었으며, 발의 움직임에다 살과 피의 냄새를 자극하는 근육의 관능적인 히스테리로 가득했다.

"오, 세상에. 오, 세상에. 난 갈 거예요. 난 돌아갈 거예요."

그녀는 입술을 거의 움직이지 않으며 말했다.

"네가 선택했어, 가."

그가 말했다.

그의 손아귀에서 그녀의 두 손은 손가락 끝에 잡힐 듯 말듯한 그의 코트를 잡기 위해 꼼지락거렸다. 그는 그녀를 천천히 문 쪽으로 돌렸지만 그녀의 머리는 뒤를 향했다.

"뻔뻔스럽게도! 뻔뻔……."

그녀가 소리를 질렀다. 그의 손이 그녀의 목덜미를 꽉 쥐었다. 그의 손가락은 강철 같았지만 알루미늄처럼 차갑고 가벼웠다. 그녀는 척추가 희미하게 삐걱거리는 소리와 그의 차갑고 조용한 목소리를 들었다.

"갈 거야?"

그녀는 머리를 끄덕였다. 곧 그들은 춤을 추었다. 그의 손이 여전히 그녀의 목에서 느껴졌다. 그녀는 그의 어깨 너머로 방 안을 재빨리 둘러본 다음 춤추는 사람들의 얼굴을 하나씩 쳐다보았다. 낮은 아치 너머 다른 방에서는 사람들이 도박 테이블 주변에 서 있었다. 그녀는 몸을 이쪽저쪽으로 굽히며 그 사람들의 얼굴을 보려고 애썼다.

그때 네 사람이 그녀의 눈에 띄었다. 그들은 문 가까이에 있는 테이블에 앉아 있었다. 그들 중 하나는 껌을 씹고 있었다. 얼굴 아랫부분은 온통 믿을 수 없을 만큼 크고 하얀 이가 드러나 있는 것 같았다. 그들을 보자 그녀는 포파이의 등을 그들에게로 돌리며 다시 문 쪽으로 다가갔다. 다시 한번 그녀는 근심에 잠긴 시선으로 군중의 얼굴을 두리번거렸다.

그녀가 다시 보았을 때 그들 중 두 사람이 일어나 있었다. 그들이 다가왔다. 그녀는 여전히 그의 등을 그들에게서 돌린 채 포파이를 이끌어 그들의 길을 막았다. 그 사람들은 멈추었다가 그녀를 돌아가려고 했다. 그녀는 다시 포파이를 뒤로 밀어 그들의 길을 막았다. 그녀는 그에게 무슨 말을 하려고 했지만 입이 차갑게 느껴졌다. 마치 곱은 손가락으로 핀을 주우려는 것과 같았다. 갑자기 그녀의 몸이 옆으로 들리는 듯하더니 알루미늄처럼 가볍고 단단한 포파이의 작은 팔이 느껴졌다. 비틀거리다 벽에 부딪친 그녀는 그 두 사람이 방에서 나가는 것을 지켜보았다.

"난 돌아가겠어요. 난 돌아가겠어요."

그녀가 말을 하고는 날카롭게 웃기 시작했다.

"닥쳐, 닥치라니까."

포파이가 말했다.

"한 잔 주세요."

그녀가 말했다. 그의 손길이 느껴졌다. 그녀의 다리 역시 마치 제 다리가 아닌 듯 차갑게 느껴졌다. 그들은 테이블에 앉았다. 두 테이블 떨어진 곳에서 그 사람이 팔꿈치를 탁자에 기댄 채 여전히 껌을 씹고 있었다. 네 번째 사람은 코트의 가슴 부위 단추를 채우고 꼿꼿이 앉은 채 담배를 피우고 있었다.

그녀는 손을 주시했다. 하얀 소매 속에 갈색 손이, 더러운 소맷부리 아래로 드러난 더러운 하얀 손이 테이블에 병을 내려놓았다. 그녀는 잔을 들었다. 꿀꺽대며 마시고 나서 잔을 들고, 레드가 회색 옷에 점박이 나비넥타이를 매고 문간에 서 있는 것을 보았다. 그는 대학생 같아 보였으며, 방을 빙 둘러보다 마침내 그녀를 보았다. 그는 포파이의 뒤통수를 쳐다보고 나서 잔을 들고 앉아 있는 그녀를 보았다. 다른 테이블에 앉아 있는 두 사람은 움직이지 않았다. 그녀는 그가 껌을 씹을 때 그의 귀가 보일 듯 말 듯 계속 움직이는 것을 보았다. 음악이 연주되기 시작했다.

그녀는 포파이의 등이 레드 쪽을 향하게 했다. 그는 여전히 그녀를 지켜보고 있었다. 다른 사람들보다 머리 하나만큼 더 컸다.

"자, 춤을 추고 싶으면 춰요."

그녀가 포파이의 귀에 대고 말했다.

그녀는 한 잔 더 마셨다. 그들은 다시 춤을 추었다. 레드는 사라지고 없었다. 음악이 그쳤을 때 그녀는 또 한 잔 마셨다. 소용이 없었다. 단지 속이 뜨겁고 견디기 어려울 뿐이었다.

"자, 계속 춰요."

그녀가 말했다. 그는 일어나려 하지 않았으며 그녀는 그의 앞에 서 있었다. 그녀의 근육은 피로와 공포로 움찔거리고 실룩거렸다. 그녀는 그를 조롱하기 시작했다.

"그러고도 남자예요? 대담한 악당이라는 자가 뭐 그래요? 여자에게 춤을 추지 않겠다고 하다니."

그녀의 얼굴은 핏기가 사라지고 작고 수척하고 심각해졌다. 그녀는 침착한 절망감에 사로잡혀 "포파이." 하고 어린애처럼 말했다. 그는 테이블 위에 올려놓은 손으로 담배를 만지작거렸다. 그의 앞에 놓인 두 번째 잔의 얼음이 녹아내리고 있었다. 그녀는 그의 어깨에 손을 얹었다.

"아빠."

그녀가 말했다.

그 방에 있는 다른 사람들의 눈길을 피하며 그녀는 그의 겨드랑이로 팔을 몰래 뻗어 납작한 권총 개머리판을 건드렸다. 그것은 가볍고 죽은 듯한 그의 팔과 옆구리 사이에 단단히 고정되어 있었다.

"이걸 나한테 줘요. 아빠, 아빠."

그녀는 작은 목소리로 말했다.

그녀는 그의 어깨에 허벅지를 갖다 대고 옆구리로 그의 팔을 애무했다.

"이걸 나한테 줘요, 아빠."

그녀는 작은 목소리로 말했다.

갑자기 그녀의 손이 재빠르고 은밀하게 그의 몸을 더듬어 내려가더니 반사적으로 치웠다.

"잊어버렸어요. 그런 뜻은 아니었는데……. 난 다만……."

그녀가 작은 목소리로 말했다.

다른 테이블에 앉아 있는 사람들 중 하나가 한 번 이빨 사이로 쉿 소리를 냈다.

"앉아."

포파이가 말했다.

그녀가 앉았다. 그녀는 잔을 채우며 술을 따르는 자신의 손을 지켜보았다. 그러고 나서 회색 코트의 귀퉁이를 지켜보았다. 저 사람은 단추가 하나 깨졌군 하고 그녀는 바보같이 생각했다. 포파이는 움직이지 않았다.

"이 곡에 맞추어 춤출까?"

레드가 말했다.

그는 머리를 숙이고 있었지만 그녀를 쳐다보지는 않았다. 그는 약간 돌아서 다른 테이블에 앉아 있는 두 사람을 쳐다보고 있었다. 포파이는 여전히 움직이지 않았다. 그는 담배 끝을 조심스레 뜯더니 담배 가루를 꺼냈다. 그러고 나서 그것을 입에 털어 넣었다.

"안 취요."

템플이 차가운 입술 사이로 말했다.

"안 춘다고?"

레드는 움직이지 않고 침착한 어조로 말했다.

"안녕하쇼?"

"그럼, 물론 안녕하지."

포파이가 말했다.

템플은 그가 성냥을 켜는 것을 지켜보았다. 불꽃이 유리잔에 뒤틀려 보였다.

"그만 마셔."

포파이가 말했다.

그는 그녀의 입술에서 잔을 빼냈다. 그녀는 그가 그것을 얼음 통에 붓는 걸 지켜보았다. 음악이 다시 연주되기 시작했다. 그녀는 조용히 앉아 실내를 둘러보았다. 소곤거리는 소리가 희미하게 그녀의 귀에 들리더니 포파이가 그녀의 손목을 잡고 흔들었다. 그때 그녀는 자신이 입을 벌리고 무슨 소리인가를 떠들어 대고 있다는 것을 깨달았다.

"자, 닥쳐. 한 잔 더 마셔."

그가 말하고는 잔에 술을 따랐다.

"그걸 전혀 못 느꼈어요."

그녀가 말했다.

그는 그녀에게 잔을 주었다. 그녀는 마셨다. 잔을 내려놓았을 때 자신이 취했다는 것을 알았다. 벌써부터 취했다고 믿었다. 그녀가 의식을 잃은 사이 이미 그 일이 일어났을 것이라고 생각했다. 그녀는 자신이 끝났으면, 끝났으면 하고 말하는 것을 들었다. 그러고는 그것이 끝났다고 믿고는 사별감과 육체적 욕망에 사로잡혔다. 그녀는 다시는 그런 일이 없을 거야 하고 생각하며, 고통스러운 슬픔과 성적인 열망에 사로잡혀 거의 기절할 것만 같은 기분으로 앉아서 레드의 몸을 생각하며 빈 병을 들고 잔에 따르는 자신의 손을 지켜보았다.

"네가 그걸 다 마셨어. 자, 일어나. 술이 깨게 춤을 춰."

포파이가 말했다.

그들은 다시 춤을 췄다. 그녀는 마지못해 뻣뻣이 움직였다. 눈은 뜨고 있었지만 보지는 않았다. 그녀의 몸은 잠시 동안 곡조도 듣지 않은 채 음악을 따라 움직였다. 그때 그녀는 레드가 그녀에게 춤을 추자고 말했을 때와 같은 곡을 오케스트라가 연주하고 있다는 것을 의식했다. 그렇다면 그 일은 아직 일어나지 않았다. 그녀는 안도감이 거세게 밀려오는 것을 느꼈다. 아직 늦지 않았다. 레드는 아직 살아 있었다. 그녀는 육체적 욕망이 긴 파도처럼 출렁이며 몸을 휘감고, 그녀의 입에서 핏기를 빼앗고, 졸도할 것처럼 출렁이며 눈알을 두개골 안으로 빨아들이는 것을 느꼈다.

그들은 도박 테이블에 있었다. 그녀는 주사위를 향해 고함을 지르는 자신의 목소리를 들었다. 그녀는 주사위를 굴렸고 이기고 있었다. 칩이 그녀 앞에 쌓이면 포파이가 그것들을 끌어 모았고 그녀에게 코치를 하며 부드럽고 성마른 목소리로 야단을 쳤다. 그는 그녀 옆에 서 있었는데 그녀보다 키가 더 작았다.

그는 잔을 들고 있었다. 그녀는 약삭빠르게 그의 옆에 서서는 욕망이 파도처럼 계속 밀려와 음악과 제 살 냄새를 휘감는 것을 느꼈다. 그녀는 조용해졌다. 그녀가 눈에 띄지 않을 만큼 조금씩 옆으로 움직이자, 마침내 누군가가 그녀의 자리로 미끄러지듯 들어왔다. 그러자 그녀는 마루를 가로질러 문 쪽으로, 춤을 추는 사람들 쪽으로, 무수한 밝은 파도가 되어 그녀의 주위를 천천히 돌고 있는 음악 쪽으로 조심스레 재빨리 걸어갔다. 그 두 사람이 앉아 있던 테이블은 비어 있었지만 그녀는 그쪽을 쳐다보지도 않았다. 그녀는 복도로 들어갔다. 웨이터가 그녀와 마주쳤다.

"방 하나요, 빨리요."

그녀가 말했다.

방에는 탁자 하나와 의자 네 개가 있었다. 웨이터는 불을 켜고 문간에 서 있었다. 그녀가 손을 흔들자 그는 나갔다. 그녀가 두 팔을 탁자에 기댄 채 문을 지켜보고 있을 때, 마침내 레드가 들어왔다.

그가 그녀에게 다가갔다. 그녀는 움직이지 않았다. 그녀의 눈은 점점 캄캄해지기 시작하더니 두개골 속에서 초점 없이 흰자위가 반달 모양으로 올라가서 조각상의 눈처럼 텅 빈 채 굳어 있었다. 그녀는 숨이 넘어갈 듯 '아 - 아 - 아 -아' 하고 말하기 시작했으며, 그녀의 몸은 격렬한 고통을 당하듯 천천히 활처럼 뒤로 휘어졌다. 그가 건드리자 그녀는 활처럼 그에게로 튀어가서 매달리더니 죽어 가는 물고기의 입처럼 입을 추하게 벌리고는 허리를 그에게 비틀었다.

그는 있는 힘을 다해 제 얼굴을 그녀에게서 떼어 냈다. 엉덩이를 그에게 문질러 대고 핏기가 없는 입을 잔뜩 내민 채 크게 벌리고서 그녀는 말하기 시작했다.

"빨리요. 아무 데서나요. 그 사람하고는 끝났어요. 그 사람에게 그렇게 말했어요. 그건 내 잘못이 아니에요. 그게 내 잘못이에요? 당신이나 나나 모자 같은 건 필요 없어요. 그 사람은 당신을 죽이려고 여기 왔지만 난 그 사람에게 기회를 주겠다고 말했어요. 그건 내 잘못이 아니에요. 그리고 이젠 우리뿐이에요. 그 사람이 저기서 지켜보고 있지도 않아요. 어서요, 뭘 기다리는 거예요?"

그녀는 입을 그에게로 내밀고 그의 머리를 잡아당기며 애처롭게 신음 소리를 냈다. 그는 얼굴을 피했다.

"그 사람에게 떠나겠다고 말했어요. 날 여기 데려온다면 하고 말했어요. 당신에게 기회를 주었어요 하고 말했어요. 그런데도 그 사람은 당신을 죽이려고 저기 사람들을 데려왔어요. 그러나 당신은 두려워하지 않아요. 그렇죠?"

"당신이 내게 전화했을 때 그걸 알았어?"

그가 말했다.

"뭘 말이에요? 그 사람이 다시는 당신을 만나지 말라고 했어요. 당신을 죽여 버릴 거라고 말했어요. 하지만 내가 전화할 때 그 사람은 날 미행했어요. 난 그 사람을 봤어요. 그러나 당신은 두려워하지 않아요. 그 사람은 남자도 아니에요. 하지만 당신은 남자예요. 당신은 남자예요. 당신은 남자예요."

그녀는 그에게 몸을 비벼 대고 그의 머리를 끌어당기며 그에게 앵무새처럼 알아들을 수 없는 말을 속삭이면서 핏기 없는 입술에 침을 흘리고 있었다.

"두려우세요?"

"그 얼뜨기 놈이 말이야?"

그는 그녀의 몸을 들어 올리고는 문 쪽을 볼 수 있도록 몸을 돌렸다. 그러고는 오른손을 마음대로 쓸 수 있게 빼냈다. 그녀는 그가 움직이는 것을 의식하지 못하는 듯했다.

"제발. 제발. 제발. 제발. 기다리게 하지 마세요. 타 죽을 것 같아요."

"좋아, 뒤로 물러나. 내가 신호를 보낼 때까지 기다려. 뒤로 물러날 거지?"

"못 기다리겠어요. 빨리 해요. 불이 붙은 것 같아요, 예."

그녀는 그에게 매달렸다. 그들은 어기적거리며 방을 가로질러 문 쪽으로 갔다. 그는 그녀를 오른쪽으로 좀 떨어져서 잡았다. 그녀는 그들이 움직이고 있다는 것도 의식하지 못한 채 관능에 빠져 졸도할 지경이었다. 마치 온몸의 살갗으로 단번에 그를 건드리려는 듯 그를 잡아당겼다. 그는 몸을 빼내더니 그녀를 통로로 밀었다.

"가. 곧 갈 테니."

그가 말했다.

"오래 걸리진 않겠죠? 불이 붙은 것 같아요. 죽을 것만 같아요, 예."

"그래, 오래 걸리지 않아. 자, 가."

음악이 연주되고 있었다. 그녀는 약간 비틀거리며 복도를 걸어갔다. 그녀는 벽에 기대어 있다고 생각했는데, 어느 사이

춤을 추고 있는 자신을 발견했다. 그러고는 곧 한꺼번에 두 남자와 춤을 추는 것이었다. 그런가 했더니 그녀는 자기가 춤을 추는 것이 아니라 껌을 씹는 사람과 코트의 단추를 채운 사람 사이에 끼인 채 문 쪽으로 움직이고 있다는 것을 깨달았다. 그녀는 멈추려고 애썼지만 그들이 그녀의 팔을 잡고 있었다. 그녀는 빙빙 도는 방을 마지막으로 절망적으로 돌아보며 비명을 지르려고 입을 벌렸다.

"고함을 질러 보시지. 한번 해 봐."

코트의 단추를 채운 남자가 말했다.

레드는 도박 테이블에 있었다. 손에 잔을 쳐들고 머리를 돌리는 그가 보였다. 그는 잔을 들고 그녀에게 짧고 유쾌하게 인사를 했다. 그는 그녀가 두 남자 사이에 끼여 문으로 사라지는 것을 지켜보았다. 그러고 나서 그는 방을 잠시 둘러보았다. 그의 얼굴은 대담하고 평온했지만 콧구멍 근저에는 두 개의 하얀 선이 나 있고 이마는 축축했다. 그는 컵을 흔들어 주사위를 침착하게 던졌다.

"열하나."

딜러가 말했다.

"놔둬. 오늘 밤 100만 번은 이길 거야."

레드가 말했다.

그들은 템플이 자동차에 타는 것을 도와주었다. 코트의 단추를 채운 사람이 핸들을 잡았다. 구내 차도가 큰길로 이어지는 골목길과 만나는 곳에 긴 여행용 차가 주차되어 있었다. 그들이 그 차를 지나칠 때 템플은 포파이가 컵 모양으로 오므린 두 손에 든 성냥 쪽으로 몸을 숙이는 것을 보았다. 담배에 불을 붙이는 그의 가냘픈 갈고리 모양의 옆모습이 나타났다. 성냥이 작은 별똥별처럼 밖으로 날아가더니 빠른 속도로 지나치는 그의 옆모습과 함께 어둠 속으로 빨려 들어갔다.

25

테이블은 모두 무도회장 한쪽 끝으로 치워져 있었다. 테이블마다 검은 보로 덮여 있었다. 커튼은 모두 드리워져 있고, 그 사이로 진한 연어 색 불빛이 새어 나왔다. 관현악단석 바로 아래에 관이 있었다. 검은색에 은장식이 있는 값비싼 관이었다. 받침대는 꽃 더미에 파묻혀 있었다. 화환과 십자가와 다른 여러 진열물에 에워싸인 꽃 더미는 관대를 덮치고는 연단과 피아노 위로 밀어닥치는 파도를 상징하는 것 같았다. 꽃 냄새가 진동했다.

그곳의 주인은 문상객들이 들어와서 자리를 잡으면 돌아다니며 인사를 했다. 풀을 먹인 재킷 속에 검은 셔츠를 입은 흑인 웨이터들은 벌써 진저에일이 든 잔과 병을 들고 들락거렸다. 그들은 점잔을 빼며 근엄한 표정으로 돌아다녔다. 이미 장내에는 활기가 넘치면서도 조용하고 가벼운 열병에 걸린 듯 섬뜩한 분위기가 감돌았다.

도박장으로 향하는 아치형 길에는 검은 휘장이 드리워져 있었다. 관을 덮은 검은 보가 도박 테이블 위에 깔려 있고, 그 위에는 온갖 모양의 꽃이 엄청나게 쌓이고 있었다. 사람들이 계속 밀려들어 왔다. 어떤 남자들은 예의를 차려 검은 양복을 입고 있었고, 어떤 남자들은 가볍고 밝은 봄옷을 입고 있어서 어딘가 섬뜩한 역설적인 분위기가 고조되었다. 여자들, 그중 좀 더 젊은 여자들은 밝은 색 옷에 모자를 쓰고 스카프를 두르고 있었다. 나이가 든 여자들은 엄숙한 회색과 검은색과 짙은 감색 옷을 입고 다이아몬드가 번쩍거렸다. 기혼자다운 그들의 모습은 일요일 오후에 소풍 나온 주부들 같아 보였다.

방에서 날카롭고 조용한 말소리가 웅웅거리기 시작했다. 웨이터들은 쟁반을 조심스레 높이 쳐들고 이리저리 돌아다녔는데, 그들의 하얀 재킷과 검은 셔츠는 사진의 음화와 비슷했다. 주인은 대머리에 커다란 다이아몬드가 박힌 검은 넥타이를 매고 경비원을 대동한 채 테이블 사이를 돌아다녔다. 뚱뚱하고 근육이 경직되고 머리가 둥근 경비원의 몸은 고치처럼 금방이라도 약식 야회복의 등으로 터져 나올 것 같았다.

개인용 식당의 검은 보가 덮인 테이블 위에는 얼음과 과일 조각이 떠 있는 큰 펀치 그릇이 있었다. 그 옆에는 초록빛이 감도는 볼품없는 양복을 입은 살찐 사람이 기대고 있었는데, 때가 낀 손톱이 테처럼 있는 손 위에 양복 소매의 더러운 끝동이 걸려 있었다. 더러운 칼라는 목 주변이 아무렇게나 구겨져 있고, 모조 루비 단추가 달린 기름 묻은 검은 넥타이를 매고 있었다. 얼굴이 땀으로 번들거리는 그가 그릇 옆에 있는 군중에게 거친 목소리로 간청했다.

"여러분, 이리 오세요. 진이 내는 겁니다. 돈을 내지 않아도 됩니다. 가까이 와서 들어요. 그만 한 사내는 일찍이 없었습니다."

그들이 마시고 뒤로 물러나자 다른 사람들이 그 자리로 와서 잔을 내밀었다. 이따금 웨이터가 얼음과 과일을 가져와서 그릇에 붓고, 진은 테이블 밑에 있는 여행용 가방에서 새 병을 꺼내 그릇에 쏟아 부었다. 그러고 나서 그는 주인답게 흘러내리는 땀을 소매로 닦으며 간청하듯 거친 독백을 계속해 댔다.

"여러분, 이리 오세요. 전부 진이 내는 겁니다. 난 밀주업자에 불과하지만 그 사람은 내게 둘도 없는 친구였어요. 가까이 와서 들어요, 여러분. 술은 얼마든지 있습니다."

무도회장에서 음악이 흘러나왔다. 사람들이 들어가서 자리를 잡았다. 주악석에는 시내 호텔에서 온 관현악단이 약식 야회복을 입고 앉아 있었다. 주인과 두 번째 사람이 악장과 이야기를 했다.

"재즈를 연주하게 해요. 레드만큼 춤을 좋아한 사람도 없습니다."

두 번째 사람이 말했다.

"아니야, 아니야. 진이 낸 위스키로 전부 취하게 되면 춤을 추기 시작할 텐데. 그러면 보기에 좀."

주인이 말했다.

"「블루 다뉴브」는 어때요?"

악장이 말했다.

"아니야, 아니야. 블루스는 연주하지 말게. 관 속에 죽은 사람이 있네."

주인이 말했다.

"그건 블루스가 아닙니다."

악장이 말했다.

"그럼 뭐요?"

두 번째 사람이 말했다.

"왈츠입니다. 슈트라우스의 곡이죠."

"이탈리아 사람이요? 빌어먹을. 레드는 미국 사람이에요. 당신은 아닌지 모르지만 그 사람은 그랬어. 미국 거는 아는 게 없어요? 「당신에게 줄 것은 오직 사랑뿐」을 연주해요. 그 사람은 그걸 좋아했어요."

두 번째 사람이 말했다.

"그래서 저 사람들이 전부 춤을 추도록 하겠단 말인가?"

주인이 말했다. 그가 테이블을 힐금 뒤돌아보니 여자들이 약간 날카로운 목소리로 막 이야기를 하기 시작했다.

"「주여, 당신 곁으로 가오리다」로 시작해서 분위기를 좀 가라앉히는 게 더 낫겠어. 진에게 펀치를 그렇게 빨리 돌리면 위험하다고 말했는데도. 난 시내로 돌아갈 때쯤에나 돌리자고 제의했지. 하지만 누가 이걸 사육제 마당으로 바꿔놓으리라고까지 생각이나 했겠어. 엄숙하게 시작해서 내가 신호를 보낼 때까지는 계속 그렇게 가는 게 좋겠어."

주인이 말했다.

"레드는 엄숙한 걸 좋아하지 않았어요, 아시잖아요."

두 번째 사람이 말했다.

"그러면 그 자식은 다른 데 보내 버려. 내가 이러는 건 다만 편의를 봐주기 위해서야. 난 장례식장을 운영하고 있는 게 아니야."

주인이 말했다.

관현악단은 「주여, 당신 곁으로 가오리다」를 연주했다. 군중은 조용해졌다. 붉은 드레스를 입은 한 여자가 비틀거리며 문으로 들어왔다.

"와아, 잘 가요, 레드. 내가 리틀록에 도착하기도 전에 그이는 지옥에 가 있을 거야."

그녀가 말했다.

"쉬이이이이이이이!"

여러 목소리가 한꺼번에 말했다. 그녀는 주저앉다시피 자리에 앉았다. 진이 문간으로 와서 음악이 그칠 때까지 서 있었다.

"여러분, 이리 오세요. 와서 들어요. 진이 내는 겁니다. 여기서는 다들 십 분 안에 취해야 해요."

그는 팔을 휘두르는 듯한 자세로 둔하게 흔들며 소리쳤다. 뒤에 있던 사람들이 문 쪽으로 다가갔다. 주인이 벌떡 일어나서 관현악단에게 손을 흔들었다. 코넷 연주자가 일어나 「저 휴식의 항구에서」를 솔로로 연주했지만 방 뒤쪽에 있는 군중은 진이 팔을 휘두르며 서 있는 문을 지나 점점 사라졌다. 중년 여자 둘이 꽃을 꽂은 모자를 쓰고 조용히 울고 있었다.

성역

그들은 밀려가서 술이 줄어드는 그릇 주위에서 떠들어 댔다. 무도회장에서는 코넷의 풍부한 가락이 울렸다. 더러운 젊은이 둘이 여행용 가방을 하나씩 들고 "비켜요, 비켜요." 하고 단조롭게 고함을 지르며 테이블 쪽으로 걸어갔다. 그들이 가방을 열어 병들을 테이블 위에 올려놓자 진이 이제 내놓고 울며 그것들을 열어 그릇에 부었다.

"여러분, 어서 오세요. 전 그놈을 제 자식보다 더 사랑했습니다."

그는 소매로 얼굴을 문지르며 쉰 목소리로 말했다.

한 웨이터가 얼음과 과일이 든 그릇을 들고 테이블 가장자리에 멈추더니 그것을 펀치 그릇에 쏟아 부었다.

"도대체 뭐 하는 거야? 그걸 거기다 붓다니, 당장 꺼져."

진이 말했다.

"라 ─ 아 ─ 아 ─ 아 ─ 이 ─ 이 ─ 이!"

그들이 잔을 부딪치며 소리를 질러댔다. 그 바람에 진이 웨이터의 손에 들린 과일 그릇을 쳐 버리고 다시 몸을 숙여 술을 그릇에 붓고는 내밀고 있는 손과 잔에 따르는 무언극 외에 어떤 소리도 들리지 않았다. 젊은이 둘이 병의 마개를 요란하게 땄다.

마치 요란한 음악 소리에 밀려온 듯 주인이 문간에 나타나서 얼굴을 찌푸리며 손을 흔들어 댔다.

"여러분, 이리 오세요. 음악을 끝냅시다. 돈을 주고 하는 거예요."

그가 소리를 질렀다.

"집어치워."

사람들이 고함을 질렀다.

"누구 돈이 들었다는 거야?"

"알 게 뭐야."

"누구 돈이 들었다는 거야?"

"돈이 아깝다는 게 누구야? 내가 내지. 젠장, 그 사람 장례식이라면 두 번이라도 치러 주겠어."

"여러분! 여러분! 저 방에 관(bier)이 있다는 걸 잊으셨어요?"

주인이 고함을 질렀다.

"누구 돈이 들었다는 거야?"

"맥주(beer)라고? 맥주라고?"

진이 갈라지는 목소리로 말했다.

"여기 있는 사람 누구든 날 모욕하려면……."

"그자는 레드를 위해 돈을 쓰는 게 아까운 거야."

"누가?"

"조 말이야. 쩨쩨한 개새끼 있잖아."

"누구든 여기서 날 모욕하려면……."

"그러면 장례식장을 옮깁시다. 시내에는 얼마든지 있어."

"조를 내쫓아 버려."

"저 개새끼를 관 속에 집어넣어 버려. 장례식을 두 번 치르자."

"맥주라고? 맥주라고? 누구든……."

"저 새끼를 관 속에 집어넣어 버려. 저 자식이 관을 얼마나 좋아하는지 한번 보자."

"저 새끼를 관 속에 집어넣어 버려."

붉은 옷을 입은 여자가 소리를 질렀다. 그들이 문 쪽으로 달려가니 주인이 머리 위로 손을 흔들며 서서 소란을 피우는 사람들에게 고함을 질러대다가 돌아서서 도망쳤다.

주실에서는 보드빌 극장에서 데려온 남성 사중창단이 노래를 부르고 있었다. 그들은 화음을 잘 맞춰 어머니의 노래 「서니 보이」를 불렀다. 나이 든 여자들은 대부분 눈물을 흘렸다. 웨이터들이 펀치 잔을 가져다주자 그들은 반지 낀 살찐 손에 잔을 들고 앉아서 울었다.

관현악단이 다시 연주를 했다. 붉은 옷을 입은 여자가 비틀거리며 방으로 들어왔다.

"자, 조. 게임을 시작해. 저 빌어먹을 시체는 치워 버리고 게임을 시작해."

그녀가 말했다.

한 사람이 소리치는 여자를 잡으려 하자 그녀는 돌아서서 욕설을 퍼붓고 보를 덮어놓은 도박 테이블로 가서 화환 하나를 마룻바닥에 내던졌다. 주인이 경비원을 데리고 그녀에게로 달려갔다. 그녀가 또 다른 화환을 집어 들었을 때 주인이 그녀를 잡았다. 좀 전에 그녀를 잡으려 했던 남자가 끼어들었고 그 여자는 새된 목소리로 욕설을 퍼부으며 화환으로 그 두 사람을 마구 때렸다. 경비원이 그 사람의 팔을 잡자 그가 휙 돌아서서 경비원을 때렸고, 경비원은 그를 차서 방 한가운데 뻗게 만들었다. 세 사람이 더 들어왔다. 네 번째 사람이 마룻바닥에서 일어나더니 네 사람이 한꺼번에 경비원에게 달려들었다.

그는 첫 번째 사람을 쓰러뜨리고 휙 돌아서서 믿을 수 없을 만큼 빨리 주실로 달려갔다. 관현악단이 연주하고 있었다. 그것은 갑자기 아수라장이 되어 버린 의자 소리와 비명 소리에 파묻혀 버렸다. 경비원은 다시 휙 돌아서서 달려오는 네 사람과 마주쳤다. 그들은 뒤엉켰다. 두 번째 사람이 뒤로 벌러덩 나가떨어지더니 마룻바닥에 미끄러졌다. 경비원이 몸을 빼 벌떡 일어나 휙 돌아서서 그들에게 달려들었고, 그 바람에 그들은 관 쪽으로 밀려가 그 위에 와르르 무너졌다. 관현악단은 연주를 멈추었으며 악사들은 이제 악기를 들고 의자 위로 올라갔다. 꽃이 날리고 관이 흔들렸다. "저걸 붙잡아!" 하고 한 사람이 고함을 쳤다. 그들이 앞으로 튀어 나갔지만 관은 마룻바닥에 쿵 소리와 함께 부딪치더니 열렸다. 시체가 구르다시피 천천히 관 밖으로 나와서 화환 한가운데 얼굴을 묻고 멈추었다.

"아무거나 연주해! 연주해! 연주해!"

주인이 팔을 흔들며 고함을 쳤다.

그들이 시체를 일으키자 눈에 띄지 않는 철사 끝이 볼을 찔러 꽃다발이 딸려 왔다. 그가 썼던 모자가 벗겨져 이마 중앙에 난 작고 푸른 구멍이 드러났다. 그것을 밀랍으로 깨끗이 막고 색칠했지만 밀랍은 빠져나가고 없었다. 아무리 찾아도 보이지 않자 모자챙에 있는 죔쇠를 풀어 모자를 눈까지 눌러 씌웠다.

장례 행렬이 시내로 가까이 가자 점점 더 많은 차가 따라왔다. 영구차 뒤에는 제복을 입은 운전사들이 운전을 하고 지붕을 뒤로 열어젖히고 꽃을 가득 실은 패커드 관광차 여섯 대가 뒤따랐다. 그 차들은 똑같아 보였는데, 비교적 부유한 계층의 사람들이 시간제로 빌리는 그런 차였다. 그 뒤에는 별다른 특징이 없는 택시와 로드스터와 세단 행렬이 이어졌다. 낮게 쳐 놓은 차양 밑으로 사람들이 얼굴을 내민 채 쳐다보는 제한 구역을 행렬이 천천히 통과해 시내 묘지로 난 간선 도로를 향해 갈 때 차량이 늘어났다.

가로수 길에서 영구차가 속도를 높이자 행렬의 간격이 빠른 속도로 벌어졌다. 곧 자가용 승용차들과 택시들은 멀어지기 시작했다. 교차로에 이를 때마다 차들은 이리저리 방향을 틀어 사라지고, 마침내 영구차와 여섯 대의 패커드만 남았다. 차마다 운전사 외에는 탄 사람이 없었다. 거리는 넓은 데다 차량이 별로 없어서 도로 가운데 나 있는 하얀 선이 전방에서 사라지고, 텅 비고 부드러운 아스팔트만이 드러났다. 곧 영구차는 시속 60킬로미터에서 70킬로미터로, 그러고는 80킬로미터로 달렸다.

택시 한 대가 미스 레바의 집 문 앞에서 멈추었다. 그녀가 내리고 나서 수수하고 간소한 옷에 금테 코안경을 낀 마른 여자와 깃털 달린 모자를 쓰고 손수건으로 얼굴을 가린 키가 작고 통통한 여자와 대여섯 살 먹은 머리가 둥근 소년이 따라 내렸다. 손수건을 든 여자는 보도를 지나 격자문으로 들어갈 때까지 계속 훌쩍거렸다. 현관 저쪽에서 개들이 터무니없이 큰 소리로 소란을 피웠다. 미니가 문을 열자 개들은 미스 레바의 발아래로 몰려들었다. 그녀는 개들을 옆으로 차 버렸다. 그 개들은 다시 물려는 듯 그녀에게 달려들었다. 그녀가 다시 차 던지자 그 개들은 끽소리도 내지 않고 벽에 나가떨어졌다.

"들어오세요, 들어오세요."

그녀가 손을 가슴에 대고 말했다. 집 안에 들어가자마자 손수건을 든 여자가 큰 소리로 울기 시작했다.

"참 잘생기지 않았어요? 참 잘생기지 않았어요!"

그녀가 통곡했다.

"자, 자. 들어와 맥주를 좀 드세요. 기분이 한결 좋아질 거예요. 미니!"

미스 레바가 자기 방으로 안내하며 말했다. 그들은 장식된 옷장과 금고와 휘장과 천을 둘러놓은 초상화가 있는 방으로 들어갔다.

"앉으세요, 앉으세요."

그녀는 숨을 헐떡이며 의자를 앞으로 내밀었다. 그녀는 의자에 앉아서 발에 닿을 정도로 몸을 굽혔다.

"얘야, 엉클 버드. 이리 와서 미스 레바의 신발 끈 좀 풀어 드리렴."

울던 여자가 눈물을 닦으며 말했다.

소년이 무릎을 꿇어 미스 레바의 신발을 벗겼다.

"얘야, 저기 침대 밑에 있는 실내화를 좀 가져다주겠니?"

미스 레바가 말했다.

소년이 실내화를 가져왔다. 미니가 들어오고 개들이 뒤따라왔다. 개들은 미스 레바에게 달려가더니 그녀가 막 벗어 놓은 신발을 물고 흔들어 대기 시작했다.

"저리 꺼져!"

소년이 개 한 마리를 손으로 때리며 말했다. 개가 머리를 휙 돌렸다. 개는 이빨을 갈았고, 털에 반쯤 덮인 눈은 밝고 악의에 차 있었다. 소년은 움찔했다.

"날 물려고, 이 개새끼가."

그가 말했다.

"엉클 버드!"

뚱뚱한 여자가 말했다. 살이 찌고 주름이 진 데다 눈물이 흘러내린 그녀의 둥근 얼굴이 깜짝 놀라 소년을 돌아보았다. 얼굴 위의 깃 장식이 위태롭게 흔들렸다. 엉클 버드의 머리는 아주 둥글고 코에는 보도에 떨어진 여름 폭우의 자국처럼 다닥다닥 주근깨가 있었다. 다른 여자는 점잔을 빼며 똑바로 앉아 있었다. 금줄에 매달린 금테 코안경을 끼고 머리카락은 말쑥한 은회색이었다. 학교 선생 같아 보였다.

"어떻게 저런 말을! 세상에 아칸소 농장에서 저런 말을 배우다니, 모를 일이에요."

뚱뚱한 여자가 말했다.

"애들은 어디서든 상스러운 걸 배워요."

미스 레바가 말했다. 미니는 몸을 굽혀 서리 낀 큰 잔 세 개가 놓여 있는 쟁반을 내려놓았다. 그들이 잔을 하나씩 들자 엉클 버드가 둥근 수레국화 같은 눈으로 지켜보았다. 뚱뚱한 여자가 다시 울기 시작했다.

"참 잘생기지 않았어요!"

그녀가 통곡했다.

"누구나 때가 되면 죽어야 해요. 그래도 오래오래 살아야 지요."

미스 레바가 말했다. 그녀는 잔을 들어 올렸다. 그들은 서로 격식을 차리며 머리를 숙이고 나서 마셨다. 뚱뚱한 여자가 눈물을 닦았다. 두 손님은 점잔을 빼며 예의를 차려 입술을 닦았다. 마른 여자가 손으로 입을 가리고 고개를 옆으로 돌리고는 우아하게 기침을 했다.

"맥주 맛이 아주 좋아요."

그녀가 말했다.

"그렇죠? 늘 하는 말이지만 미스 레바를 방문하는 것만큼 즐거운 일도 없다니까요."

뚱뚱한 여자가 말했다.

그들은 가끔씩 동의하는 소리를 내며 예의를 차려 정중하게 말하다 말끝을 흐렸다. 소년은 이렇다 할 목적 없이 창문으로 가서 차양을 들어 올리고 아래를 내다보았다.

"언제까지 저 애를 데리고 있을 생각이세요, 미스 머틀?"

미스 레바가 말했다.

"토요일까지만요. 그러고 나서 저 애는 집으로 돌아갈 거예요. 저와 한두 주 같이 있는 것이 저 애에게 조금은 활력을 주나 봐요. 저도 저 애와 지내는 게 재미있고요."

뚱뚱한 여자가 말했다.

"애들과 같이 지내면 큰 위안이 되죠."

마른 여자가 말했다.

"예. 그 멋진 두 젊은이가 아직 여기 있나요, 미스 레바?"

미스 머틀이 말했다.

"예. 하지만 내보내야 할 것 같아요. 전 특별히 인정이 많은 건 아니지만 그렇다고 젊은 애들이 세상이 속되다는 걸 배우게 도와줄 필요는 없잖아요. 때가 되면 다 배우게 되는 거 아니겠어요. 진작에 아가씨들에게 옷을 벗고 집 안을 돌아다니지 말라고 했지만 말을 들어야 말이죠."

미스 레바가 말했다.

그들은 다시 잔을 우아하게 들고 예의 바르게 마셨다. 미스 레바만이 그것이 무기라도 되는 양 움켜잡고 다른 한 손은 가슴에 묻었다. 그녀는 잔을 비우고 내려놓았다.

"목이 많이 탔던 모양이에요. 한 잔들 더 하시지 않겠어요?"

그녀가 말하자 그들은 인사치레로 중얼거렸다.

"미니!"

미스 레바가 소리를 질렀다.

미니가 와서 잔을 다시 채웠다.

"정말이지, 부끄러워요. 하지만 이 집 맥주는 정말 맛있어요. 게다가 오늘 오후는 여간 난리 법석이었어야 말이죠."

미스 머틀이 말했다.

"그만한 게 오히려 놀랍지 않아요? 진은 어쩌자고 술을 공짜로 그렇게 마구 퍼 주는지 원."

미스 레바가 말했다.

"돈 꽤나 들었을 거예요."

마른 여자가 말했다.

"맞아요. 그러고도 남은 게 뭐죠? 안 그래요? 돈이라고는 한 푼도 안 내놓는 사람들을 집 안에 잔뜩 불러들인 것밖에요."

미스 레바가 말했다. 그녀는 잔을 의자 옆 탁자에 놔두었다. 갑자기 그녀가 머리를 획 돌려 그것을 쳐다보았다. 엉클 버드가 그녀의 의자 뒤에서 탁자에 기대고 있었다.

"내 맥주를 마신 건 아니겠지, 얘야?"

그녀가 말했다.

"얘, 엉클 버드. 부끄럽지도 않니? 정말이지 저러니까 아무 데도 못 데리고 다닌다니까요. 내 평생 맥주를 훔쳐 먹는 애는 처음 봐요. 자, 이리 와서 놀아, 자. 어서."

미스 머틀이 말했다.

"예."

엉클 버드가 말했다. 그는 딱히 어디로 가야겠다는 생각 없이 움직였다. 미스 레바는 술을 마시고 잔을 탁자 위에 내려놓고 일어났다.

"우리 모두 가슴이 찢어진 거나 진배없으니 진을 한 잔씩 더 하는 게 어때요?"

그녀가 말했다.

"아니에요, 정말이에요."

미스 머틀이 말했다.

"미스 레바는 나무랄 데 없는 주인이에요. 내가 이런 말을 얼마나 많이 했는지 기억나세요, 미스 머틀?"

마른 여자가 말했다.

"그걸 어떻게 다 기억하겠어요."

미스 머틀이 말했다.

미스 레바는 병풍 뒤로 사라졌다.

"6월에 이렇게 따뜻한 적은 없었던 것 같아요, 미스 로레인?"

미스 머틀이 말했다.

"전혀 없었죠."

마른 여자가 말했다. 미스 머틀의 얼굴이 다시 일그러졌다. 그녀는 잔을 내려놓고 손수건을 꺼내려고 손을 더듬었다.

"내게 이런 일이 일어나다니. 그리고 다들 「서니 보이」니 뭐니 하며 불러 주었죠. 참 잘생기지 않았어요."

그녀가 통곡했다.

"자, 자. 맥주를 좀 드세요. 기분이 좋아질 거예요. 미스 머틀이 또 시작하는군요."

미스 로레인이 목소리를 높여 말했다.

"난 마음이 너무 약해서요."

머스 머틀이 말했다. 그녀는 손수건으로 입을 막고 울면서 잔을 들기 위해 손을 더듬었다. 잠시 동안 더듬자 잔이 손에 잡혔다. 그녀는 재빨리 올려다보았다.

"얘, 엉클 버드! 거기 뒤에서 나와 놀라고 그랬지? 믿어지세요? 며칠 전 오후에 우리가 여길 나갈 때 얼마나 창피하던지 몸 둘 바를 모르겠더라고요. 저런 술 취한 애를 데리고 거리로 나서는 게 창피했다니까요."

그녀가 말했다.

미스 레바가 진 석 잔을 들고 병풍 뒤에서 나타났다.

"이걸 마시면 기분이 좋아질 거예요. 우리 꼴이 세 마리 늙고 병든 고양이 같지 않아요."

그녀가 말했다. 그들은 격식을 차려 인사한 후에 술을 마시고 입술을 가볍게 토닥였다. 그리고 이야기를 나누기 시작했다. 그들은 다시 두서없이 한꺼번에 이야기를 해 댔지만 동의하거나 긍정하기 위해 이야기를 멈추지는 않았다.

"우리 여자들이란 게, 남자들은 우리를 있는 그대로 받아들이지도 버리지도 못하는 것 같아요. 남자들은 우리를 이 모양으로 만들어 놓고 우리한테 다른 걸 바라죠. 우리한테는 다른 남자를 처다보지도 못하게 하면서 지들은 기분 내키는 대로 들락거리잖아요."

미스 머틀이 말했다.

"한꺼번에 한 남자 이상과 장난치고 싶어 하는 여자는 바보예요. 남자는 모두 성가신 존재거든요. 그런데 왜 문젯거리를 두 배로 만들려는 거죠? 돈을 펑펑 쓰면서도 여자를 불안하게 하거나 심한 말을 하지 않는 착한 남자를 만나고도 그 사람에게 충실하지 못한 여자는 도대체……."

미스 레바가 말했다. 그들을 처다보는 미스 레바의 눈은 당황하면서도 절망을 참는 슬프고 형언하기 어려운 표정으로 가득 차기 시작했다.

"자, 자."

미스 머틀이 말했다. 그녀는 몸을 앞으로 숙여 미스 레바의 커다란 손을 토닥였다. 미스 로레인이 가볍게 혀를 찼다.

"이러다 당신까지 울겠어요."

"그이는 정말 좋은 사람이었어요. 우리는 한 쌍의 비둘기 같았죠. 십일 년 동안이나 우리는 한 쌍의 비둘기 같았어요."

미스 레바가 말했다.

"자, 자."

미스 머틀이 말했다.

"갑자기 감정이 복받쳐서요. 그 젊은이가 꽃 더미 아래 누워 있는 걸 보니 말이에요."

미스 레바가 말했다.

"그 사람도 미스터 빈포드 때만큼이나 꽃이 많이 들어왔어요. 자, 자. 맥주를 좀 드세요."

미스 머틀이 말했다.

미스 레바는 옷소매로 눈가를 닦았다. 그녀는 맥주를 조금 마셨다.

"포파이의 여자를 건드리다니 뭘 몰라도 한참 몰랐지."

미스 로레인이 말했다.

"남자란 다 그 모양이에요. 그 인간들이 어디로 간 것 같아요, 미스 레바?"

미스 머틀이 말했다.

"모르겠어요. 관심도 없어요. 그리고 그자를 얼마나 빨리 잡아서 그 사내를 죽인 죄로 태워 죽이든 난 관심 없어요. 난 아무것에도 관심이 없어요."

미스 레바가 말했다.

"그 사람은 매년 여름에 어머니를 만나러 펜서콜라까지 가요. 그런 사람이 그렇게까지 나쁘기야 하겠어요."

미스 머틀이 말했다.

"그런 자들을 좋아하고 말고 할 게 뭐 있겠어요. 난 이십 년이나 사격 연습장[14]을 운영하면서 내 나름대로 존경받을 만한 곳으로 만들려고 애를 썼어요. 그런데 그자가 그걸 핍쇼[15]로 만들려고 한 거예요."

미스 레바가 말했다.

"불쌍한 건 우리 여자들이에요. 문제가 생기면 다 우리 탓이고 피해까지도 우리가 다 뒤집어써야 하니 말이에요."

미스 머틀이 말했다.

"이 년 전에 들은 이야기인데요, 그자는 그 방면에는 쓸모가 없대요."

미스 로레인이 말했다.

"난 벌써부터 알았어요. 아가씨들에게 돈을 물 쓰듯이 쓰면서도 같이 자려고는 하지 않는 남자, 그건 자연스럽지 않은 거죠. 아가씨들은 전부 그자가 시내 어딘가에 젊은 여자를 숨겨두었기 때문이라고 생각하지만 아무리 생각해도 그자에게는 어딘가 수상한 데가 있어요. 수상한 데가 있다니까요."

미스 레바가 말했다.

"그자는 돈을 펑펑 써 댔어요."

---

14) 일반적인 사창가.
15) 고객이 돈을 내고 다른 사람이 섹스하는 것을 구경하는 것.

미스 로레인이 말했다.

"그 아가씨가 사 댄 옷과 보석은 가관이었어요. 100달러나 하는 수입품 중국옷을 사는가 하면 30그램에 10달러나 하는 향수도 있었다니까요. 그러고는 다음 날 아침 내가 거기 올라가 보면 전부 구석에 처박혀 있었어요. 향수와 립스틱은 태풍을 맞은 것처럼 박살이 나 있고요. 그자가 때리니까 골이 나서 그렇게 한 거죠. 그자가 그 애를 감금하고 집에서 못 나가게 했거든요. 내 집 앞을 감시까지 하며 마치……"

미스 레바가 말했다. 그녀는 탁자 위의 잔을 들어 올려 입술에 가져다 댔다. 그러더니 멈추고 눈을 깜박거렸다.

"내……"

"엉클 버드!"

미스 머틀이 말했다. 그녀는 소년의 팔을 움켜잡더니 미스 레바의 의자 뒤에서 끌어내 흔들어댔다. 그의 둥근 머리는 마치 아무것도 모르는 백치 같은 표정으로 어깨 위에서 흔들렸다.

"부끄럽지도 않니? 부끄럽지도 않아? 어쩌자고 부인들의 맥주에 손을 대는 거야? 그 돈을 도로 빼앗아 미스 레바에게 맥주 한 캔을 사 드리게 할까 보다, 정말 그럴 거야. 자. 저기 창 옆으로 가 있어, 알겠니?"

"뭘 그렇게까지. 별로 남아 있지도 않았어요. 이왕지사 좀 더 드시지 않겠어요? 미니!"

미스 레바가 말했다.

미스 로레인은 손수건을 입에 가져다 댔다. 안경 뒤 그녀의 눈이 베일이 드리워진 은밀한 표정으로 옆으로 돌아갔다. 다른 한 손은 노처녀처럼 납작한 가슴에 놓았다.

"이런, 당신 심장이 좋지 않다는 걸 깜박했어요. 이번에는 진을 드시는 게 더 낫지 않을까요?"

미스 머틀이 말했다.

"정말이지, 난······."

미스 로레인이 말했다.

"아니, 그러지 말고."

미스 레바가 말했다. 그녀는 힘겹게 일어나 병풍 뒤에서 진을 석 잔 더 가져왔다. 미니가 들어와서 잔을 다시 채웠다. 그들은 마시고 입술을 토닥였다.

"일이 그렇게 된 거군요."

미스 로레인이 말했다.

"미니가 내게 어딘가 수상한 데가 있다고 말해 줘서 처음 알게 되었어요. 그자는 좀처럼 여기 붙어 있지 않고 하루 걸러 한 번씩 밤에 외출했어요. 그리고 그자가 여기 있을 때도 다음 날 아침에 미니가 청소를 해 보면 아무 흔적도 없었어요. 미니는 그들이 싸우는 소리를 들었다는데, 그건 그 애는 밖에 나가고 싶어 하는데 그자가 허락하지 않아서였다는 거예요. 글쎄 옷이라는 옷은 다 사 주면서 집 밖으로는 나가지 못하게 하다니요. 그러니 그 애가 화가 나서 문을 걸어 잠그고 그자가 들어오지 못하게 한 거죠."

미스 레바가 말했다.

"아마 그자는 어딘가에서 원숭이 선(腺)[16]인가 뭔가 하는 걸 못 쓰게 만들어서 남자 구실을 못 하는 건 아닐까요?"

미스 머틀이 말했다.

"그러던 어느 날 아침 그자가 레드와 함께 와서 그를 거기
로 데려갔어요. 두 사람이 한 시간쯤 머물고 나서 나갔는데,
포파이는 다음 날 아침까지 거기에 나타나지 않았어요. 그러
고는 그자와 레드가 다시 와서 거기서 한 시간쯤 머물렀어요.
그자들이 떠났을 때 미니가 와서 내게 무슨 일이 일어났는지
말해 주기에, 다음 날 난 그자들을 기다렸어요. 난 그자를 여
기로 불러서 '이봐, 이런 개 같은……' 하고 말했죠."

그녀는 말을 멈추었다. 잠시 동안 세 사람은 몸을 약간 앞
으로 숙인 채 꼼짝하지 않고 앉아 있었다. 그러고 나서 그들
은 머리를 천천히 돌려 탁자에 기대고 있는 소년을 쳐다보았다.

"얘, 엉클 버드, 마당으로 나가서 레바와 미스터 빈포드와
함께 놀지 않을래?"

미스 머틀이 말했다.

"예."

소년이 말하고는 문 쪽으로 갔다. 그들은 소년이 문을 닫고
나갈 때까지 그를 지켜보았다. 미스 로레인이 의자를 끌어당
겼다. 그들은 같이 몸을 숙였다.

"그래, 그 인간들이 그 짓을 하고 있었어요?"

미스 머틀이 말했다.

---

16) 프랑스의 세르주 보로노프(Serge Voronoff)가 원숭이의 고환을 인간에
게 이식 수술한 것을 빗대어 한 당시의 농담.

"'내가 이십 년이나 이 집을 운영했지만 이런 일을 겪기는 처음이야.' 하고 말했죠. '당신 계집에게 종마를 끌어넣어 주고 싶으면 다른 데 가서 그 짓을 해. 난 내 집을 프랑스 매춘가로 만들고 싶지 않아.' 하고 말했어요."

"개새끼."

미스 로레인이 말했다.

"끌어들이려면 늙고 못생긴 사내나 끌어들이지. 우리같이 불쌍한 여자를 그런 식으로 유혹하다니."

미스 머틀이 말했다.

"남자들은 항상 우리가 유혹에 저항하기를 바라죠."

미스 로레인이 말했다. 그녀는 학교 선생처럼 똑바로 앉아 있었다.

"야비한 새끼."

"자기들이 유혹할 때만 빼고 말이야. 글쎄 그자들이 그렇다 니까요……. 나흘이나 매일 아침 그 짓을 하더니 돌아오지 않았어요. 일주일 동안 포파이가 나타나지 않자 그 애는 젊은 암말처럼 미쳐 날뛰었어요. 전 그자가 사업 때문에 시외에 있는 줄 알았는데, 미니 말을 들어보니 그게 아니었어요. 게다가 그 애가 밖으로 나가거나 전화를 걸지 못하게 하라고 미니에게 매일 5달러씩 주었다더군요. 난 우리 집에서 그런 일이 일어나는 걸 원치 않았기 때문에 그자에게 그 애를 데리고 나가라고 말하려 했어요. 글쎄 미니 말로는 그 두 사람이 두 마리 뱀처럼 벌거벗고 있고, 포파이는 침대 발치에 앉아 모자도 벗지 않고 히힝 소리를 질러 댔다는 거예요."

미스 레바가 말했다.

"아마 응원이라도 하고 있었던 모양이죠, 야비한 새끼."

미스 로레인이 말했다.

복도에서 발소리가 들렸다. 미니의 간청하는 듯한 목소리가 요란하게 들려왔다. 문이 열렸다. 그녀는 엉클 버드를 한 손으로 똑바로 잡고 들어왔다. 무릎이 풀린 채 매달려 있는 그 애의 얼굴은 흐리멍덩한 백치 같은 표정을 짓고 있었다.

"미스 레바. 얘가 아이스박스를 부수고 맥주 한 병을 다 마셔 버렸어요, 얘!"

미니는 소년을 흔들며 말했다.

"일어서!"

축 늘어져 매달려 있는 그 애의 얼굴은 침을 질질 흘리며 웃는 표정으로 굳어 있었다. 그러더니 불안하고 당황스러운 표정이 어렸다. 미니가 재빨리 떠밀어 내자 그 애는 토하기 시작했다.

26

해가 떴을 때 호러스는 여전히 잠자리에 들지도 옷을 벗지도 않고 있었다. 켄터키의 처가에서 지내는 아내에게 이혼을 요구하는 편지를 막 다 쓰고 난 참이었다. 그는 식탁에 앉아 깔끔하긴 하지만 악필로 쓰인 한 장짜리 편지를 내려다보았다. 사 주 전에 포파이가 샘에서 그를 지켜보고 있는 것을 발견한 이후 처음으로 조용하고 텅 빈 기분이 들었다. 그가 거기 앉아 있는 동안 어딘가에서 커피 냄새가 풍겼다.

"이 일이 끝나면 유럽으로 가야겠어. 몸이 안 좋아. 이런 일을 하기에는 너무 나이가 많아. 이런 일을 하기에는 너무 나이가 많게 태어나서 병이 나서 죽을 만큼 안식을 찾고 있는 거야."

그는 면도를 하고 나서 커피를 끓여 한 잔 마시고 빵을 조금 먹었다. 호텔을 지나갈 때 연석에 서 있는 버스에 아침 기차를 맞기 위해 지방 순회 상인들이 타고 있었다. 클래런스 스놉스가 황갈색 여행용 가방을 들고 그들 사이에 있었다.

"볼일이 좀 있어서 이틀간 잭슨에 가는 길입니다. 지난밤 만나 뵙지 못해 몹시 유감이었습니다. 전 자동차로 돌아왔습니다. 간밤에는 거기서 묵으신 모양이죠?"

그가 말했다. 그는 호러스를 내려다보았다. 몸집이 크고 느즈러진 그의 의도는 명백했다.

"사람들이 잘 모르는 곳으로 모실 수도 있었는데 말입니다. 남자라면 하고 싶은 대로 마음껏 할 수 있는 곳이죠. 하지만 다음에 또 기회가 있겠죠. 당신을 더 잘 알게 되었으니까요."

그는 옆으로 약간 비키며 목소리를 조금 낮추었다.

"걱정하지 마세요. 전 수다스러운 사람이 아닙니다. 제가 여기 제퍼슨에 있을 땐 전 그냥 사내입니다. 제가 시내에서 어떻게 놀든 그건 제 일일 뿐 남들이 상관할 바 아니죠, 안 그렇습니까?"

아침 늦게 그는 거리에서 누이동생이 저만치 앞서 걸어가다 방향을 바꾸어 어떤 문 안으로 들어가는 것을 보았다. 그는 그녀를 찾기 위해 그녀가 방향을 바꾼 곳 주변의 가게를 모두 들여다보고 점원에게 물어보았다. 그녀는 어디에도 없었다. 그는 두 가게 사이에 있는 계단만은 살펴보지 않았다. 그 계단은 1층 사무실들이 있는 복도로 이어져 있었는데, 그중 하나는 지방 검사인 유스터스 그레이엄의 사무실이었다.

그레이엄은 발이 내반족인 덕분에 지금 차지한 관직에 선출되었다. 그는 고학으로 주립 대학을 나왔다. 시내 사람들은 그가 젊은 시절에 식료품 가게의 마차와 트럭을 몰던 것을 기억했다. 대학 1학년 때 그는 부지런하기로 소문이 나 있었다. 그는 식당에서 일했고 기차가 도착할 때마다 지방 우체국에 우편물을 가져오고 가져가는 계약을 정부와 체결하고서 우편 자루를 매고 절뚝거리며 다녔다. 유쾌하고 순진하게 생긴 데다 인사성이 밝고 눈에는 빈틈없는 탐욕이 담긴 젊은이였다. 2학년 때는 우편 계약을 갱신하지도 않고 식당 일도 그만두었으며 새 양복을 차려입었다. 사람들은 그가 부지런히 일해서 공부에 전념할 만큼 돈을 모았다고 기뻐했다. 그는 그때 법대에 다니고 있었고, 법대 교수들은 그를 경주마처럼 훈련시켰다. 그는 탁월하지는 않았지만 좋은 성적으로 졸업을 했다.

"그는 출발할 때부터 불리한 입장에 있었기 때문에, 만약 그가 다른 사람들과 똑같이 출발했더라면…… 그는 크게 될 거야."

교수들은 말했다.

그가 마차 대여업소 차양 뒤에서 삼 년간이나 포커 도박을 했다는 사실이 알려진 것은 졸업한 뒤였다. 졸업하고 이 년 뒤 그가 주 의원으로 선출되었을 때 사람들은 그의 학생 시절의 일화를 이야기하기 시작했다.

마차 대여업소 사무실에서 한 포커 게임에 관한 일이었다. 그레이엄이 돈을 걸 차례였다. 그는 유일하게 남은 상대인 마차 집 주인을 탁자 너머로 쳐다보았다.

"해리스 씨, 거기 얼마나 있어요?"

"42달러야, 유스터스."

주인이 말했다. 유스터스는 단지 안에 칩을 몇 개 집어넣었다.

"얼마야?"

주인이 말했다.

"42달러요, 해리스 씨."

"흠. 카드를 몇 장이나 뽑았나, 유스터스?"

주인이 말하고는 자기 손을 살펴보았다.

"석 장요, 해리스 씨."

"흠. 누가 카드를 나누었나, 유스터스?"

"제가요, 해리스 씨."

"난 패스하겠네, 유스터스."

그는 지방 검사가 된 지 얼마 되지 않았지만 이미 여러 소송에서 유죄 판결을 끌어내 국회의원으로 출마할 것이라는 소문이 나돌았다. 그러므로 그가 어두운 사무실의 책상 너머로 나르시사를 대면하고 있을 때 그의 표정은 42달러를 단지에 넣었을 때와 같았다.

"하필이면 당신 오빠여서. 정말이지 전우가 불리한 사건을 맡은 걸 보게 되어서 마음이 불편합니다."

그가 말했다. 그녀는 멍하고 감싸는 듯한 표정으로 그를 지켜보았다.

"결국, 우린 사회를 보호해야 합니다. 비록 그게……."

"오빠가 질 거라고 확신하세요?"

그녀가 말했다.

"글쎄요. 법의 제1 원칙은 배심원들이 어떻게 할지 아무도 모른다는 겁니다. 물론 기대하기는 좀……."

"하지만 오빠가 이길 거라는 생각은 하시지 않겠죠."

"당연히 전……."

"오빠가 이기지 못할 거라고 생각하는 무슨 이유라도 있으신 모양이네요. 오빠가 모르는 걸 검사님은 알고 계신 것 같아요."

그는 그녀를 잠시 쳐다보았다. 그러고 나서 그는 책상에서 펜을 집어 들어 종이 자르는 칼로 끝을 긁어댔다.

"이건 순전히 기밀입니다. 제 공직 서약을 어기는 것이어서 이런 말을 하고 싶지는 않습니다. 하지만 오빠가 전혀 승산이 없다는 사실을 알려 드리는 게 당신의 근심을 덜어 드릴 것 같군요. 당신 오빠가 얼마나 실망할지는 알지만 어쩔 수 없죠. 우리는 그 사람이 죄가 있다는 걸 우연히 알게 되었습니다. 그러므로 오빠가 이 사건에서 손을 떼게 할 방법을 알고 계시면 그렇게 하시길 권합니다. 이길 승산이 없는 변호사는 이길 승산이 없는 야구 선수나 상인이나 의사와 마찬가지입니다. 그가 할 일은……."

"그러니까 오빠가 빨리 손을 뗄수록 좋단 말이죠? 그 사람이 끝내 교수형에 처하게 되면."

그녀가 말했다. 그의 손은 꼼짝도 하지 않았다. 그는 고개를 들지 않았다.

"전 오빠가 이 사건에서 손을 떼기를 바라는 이유가 있어요. 빠를수록 좋습니다. 사흘 전 저녁에 주 의원인 스놉스라

는 자가 집으로 전화를 해서 오빠를 찾았어요. 다음 날 오빠
는 멤피스로 갔지요. 이유는 모르겠어요. 직접 한번 알아보
세요. 전 다만 오빠가 되도록 빨리 이 일에서 손을 뗐으면 합
니다."

그녀는 냉담하고 침착한 어조로 말했다.

그녀는 일어나서 문 쪽으로 갔다. 그는 절뚝거리며 그녀에
게 문을 열어주려고 갔다. 그녀는 그에게 차갑고 고요하고 깊
이를 알 수 없는 시선을 던졌다. 마치 그가 개나 소라도 되는
듯 그녀는 그것이 길을 비켜 주기를 기다리는 것 같았다. 그러
고 나서 그녀는 나갔다. 그가 문을 닫고 나서 서툴고 무거운
발걸음을 옮기며 손가락으로 딱 소리를 낼 때 문이 다시 열렸
다. 그는 얼른 손을 넥타이에 가져다 대며 문간에서 문을 잡
고 서 있는 그녀를 쳐다보았다.

"언제쯤 끝날 것 같아요?"

그녀가 말했다.

"글쎄, 아마…… 재판은 20일에 열립니다만. 이 사건을 맨
처음 다루기로 되어 있습니다. 아마…… 이틀이면. 아니면 당
신의 도움 덕분에 길어야 사흘이겠죠. 그리고 굳이 말씀드릴
필요는 없겠지만 이건 절대로 우리 둘만의 비밀입니다……."

그가 말했다. 그는 그녀 쪽으로 갔지만 그녀의 텅 비고 계
산하는 듯한 시선이 그를 벽처럼 둘러쌌다.

"그러면 24일이겠군요."

그녀는 다시 그를 쳐다보았다.

"고맙습니다."

그녀는 말을 하고 문을 닫았다.

그날 밤 그녀는 호러스가 24일에 집에 갈 것이라고 벨에게 편지를 썼다. 그녀는 호러스에게 전화를 걸어 벨의 주소를 물었다.

"왜?"

호러스가 말했다.

"편지를 쓰려고요."

그녀가 말했다. 그녀의 목소리는 위협적이지 않았고 고요했다. '빌어먹을,' 호러스는 아무 소리도 들리지 않는 전화기를 들고 '둔사마저 쓰지 않는 사람들과 싸워 이길 재간이 어디 있담.' 하고 생각했다. 그러나 곧 그는 그것을, 그녀가 전화를 걸었다는 사실을 잊어버렸다. 재판이 열릴 때까지 그녀를 다시 만나지 않았다.

*

스놉스는 재판이 열리기 이틀 전에 한 치과 의원에서 나오더니 연석에 서서 침을 뱉었다. 그는 주머니에서 금박으로 싼 시가를 꺼내 금박을 벗기고 이 사이에 아주 조심스레 물었다. 한쪽 눈은 시커멓고 콧마루엔 더러운 반창고가 붙어 있었다.

"잭슨에서 차에 치였어."

그는 이발소에 있는 사람들에게 말했다.

"하지만 내가 그놈들한테서 돈을 받아 내지 않았을 거라고 생각지는 마."

그는 노란 지폐 다발을 보여 주며 말했다. 그러고 나서 그것을 지갑에 넣어 치웠다.

"난 미국인이야. 그렇게 태어났으니 자랑거리도 아니지. 게다가 난 평생 버젓한 침례교도야. 아, 난 목사도 아니고 노처녀도 아니야. 난 이따금 젊은 애들과 돌아다니긴 하지만 교회에서 일부러 큰 소리로 노래를 부르는 사람들보다 못할 게 없어. 하지만 이 세상에서 가장 저질에다 싸구려는 검둥이가 아니라 유대인이야. 그놈들을 규제할 법을 만들어야 해. 엄격한 법 말이야. 빌어먹을 비열한 유대인이 이런 자유로운 나라에 와서 법학 학위를 받는 것만으로도 제재를 할 때가 됐어. 유대인은 이 세상에서 가장 비열한 자들이야. 그리고 그중에서도 가장 비열한 유대인은 유대인 변호사야. 그리고 유대인 변호사들 중에서도 가장 비열한 변호사는 멤피스에 있는 유대인 변호사지. 유대인 변호사가 미국인을, 그것도 백인을 마음대로 부려먹고 10달러밖에 안 주는 게 말이 돼? 두 명의 미국인은, 미시시피주 수도에 사는 판사와 언젠가는 자기 아버지처럼 훌륭한 사람에다 판사가 될 변호사 말이야. 미국인이자 남부 신사들은 비열한 유대인보다 같은 일에 열 배나 주는데 말이야. 법이 필요해. 난 평생 돈에는 관대했어. 항상 내가 가진 건 친구들 것이기도 했어. 하지만 빌어먹을 더러운 냄새가 나는 비열한 유대인이 미국인에게 또 다른 미국인에다 판사의 10분의 1도 내지 않으려 한다면……."

"그러면 왜 그걸 그자에게 팔았어요?"

이발사가 말했다.

"뭘?"

스놉스가 말했다. 이발사는 스놉스를 쳐다보았다.

"그 차가 당신을 치었을 때 당신은 그 차에 뭘 팔려고 했어요?"

이발사가 말했다.

"시가나 하나 피워."

스놉스가 말했다.

27

재판 날짜는 6월 20일로 잡혔다. 멤피스를 다녀온 지 일주
일 되었을 때 호러스는 미스 레바에게 전화를 걸었다.

"그 여자가 아직 거기 있는지 확인하려고요. 필요할 때 연
락할 수 있게요."

그가 말했다.

"여기 있어요. 그렇지만 연락하는 건 내키지 않아요. 난 내
일이 아니면 경찰이 여기 들락거리는 게 싫거든요."

미스 레바가 말했다.

"그냥 법정 경위입니다. 그 여자에게 서류 한 장을 직접 전
해 줄 사람이에요."

호러스가 말했다.

"그럼 우체부한테 시키세요. 우체부라면 여기 오거든요. 또

제복도 입고 있고요. 진짜 경찰하고 별반 다를 게 없어요. 그 사람에게 시키세요."

미스 레바가 말했다.

"당신을 귀찮게 하고 싶지는 않습니다. 당신을 곤란하게 하고 싶지도 않습니다."

호러스가 말했다.

"그렇다는 건 알아요. 당신이 그렇게 하도록 내버려 두지도 않을 거고요. 오늘 밤 미니가 남자가 도망쳤다고 한바탕 울고 불고 난리를 치는 바람에 나하고 미스 머틀도 여기 앉아서 같이 울었어요. 나하고 미니하고 미스 머틀 셋이서 말이에요. 우린 진을 한 병이나 마셨어요. 그렇게는 못 해 드리겠네요. 그러니 얼간이 경찰에게 편지니 뭐니 쥐여 보내지 마세요. 당신이 전화를 걸면 그 작자들을 거리로 내쫓을 테니 거기서 잡아가세요."

미스 레바가 말했다. 전화선을 통해 들려오는 미스 레바의 목소리는 가늘고 칼칼했다.

19일 저녁에 그는 그녀에게 다시 전화했다. 그녀와 접촉하는 데 문제가 좀 있었다.

"가고 없어요. 둘 다요. 신문 못 보셨어요?"

그녀가 말했다.

"무슨 신문요? 여보세요, 여보세요!"

호러스가 말했다.

"더 이상 여기 없다고 했잖아요. 그 작자들에 대해선 아무것도 모르고 알고 싶지도 않아요. 일주일치 방세도 못 받았단 말이에요."

미스 레바가 말했다.

"정말 그 여자가 어디로 갔는지 모르세요? 그 여자가 필요할 것 같아서요."

"난 아무것도 모르고 알고 싶지도 않아요."

미스 레바가 말했다. 수화기에서 짤깍대는 소리가 들렸다. 그러나 전화가 곧 끊어진 것은 아니었다. 수화기를 전화기가 있는 탁자 위에 내려놓는 소리가 들리더니 곧이어 미스 레바가 "미니, 미니!" 하고 크게 부르는 소리가 들렸다. 그러고 나서 누군가가 수화기를 들어 전화기에 올려놓았다. 전화기에서 찰칵하는 소리가 귀에 들렸다. 잠시 후 델사르트[17] 같은 가성이 들렸다.

"파인블러프에서 대답이 없네요……. 고맙습니다!"

*

다음 날 재판이 열렸다. 테이블 위에는 토미의 두개골에서 빼낸 총알, 옥수수 술이 담긴 돌 항아리 등 지방 검사가 제출한 빈약한 증거품이 있었다.

"구드윈 부인을 증언대에 부르겠습니다."

호러스가 말했다. 그는 뒤돌아보지 않았다. 그는 여자가 의

---

17) 프랑수아 델사르트(Francois Delsarte, 1811~1871). 발성 연습 프로그램을 개발한 사람.

자에 앉도록 도와줄 때 구드원의 시선이 등 뒤에서 느껴졌다. 그녀는 아기를 무릎에 눕히고 선서를 했다. 아기가 아픈 다음 날 그녀가 그에게 했던 이야기를 되풀이했다. 구드원은 두 차례나 중단시키려 했지만 판사가 제지했다. 호러스는 그를 쳐다보려 하지 않았다.

여자가 이야기를 마쳤다. 여자는 말쑥하게 낡은 회색 옷을 입고 꿰맨 모자를 쓰고 어깨에는 자주색 장식을 달고 의자에 똑바로 앉아 있었다. 아기는 무릎에 누워서 마약에 취한 듯 눈을 꼭 감고 있었다. 잠시 동안 여자는 손으로 아기의 얼굴을 더듬었다. 그것은 무의식중에 하는 듯한 어머니다운 무익한 행동이었다.

호러스는 자리로 가서 앉았다. 그러고 나서야 구드원을 쳐다보았다. 그러나 구드원은 조용히 앉아서 팔짱을 끼고 머리를 약간 숙이고 있었다. 하지만 호러스는 그의 콧구멍이 검은 얼굴과는 달리 분노로 밀랍처럼 하얗게 된 것을 보았다. 그는 구드원에게 몸을 숙여 작은 목소리로 말했지만 그는 움직이지 않았다.

이제 지방 검사가 여자를 마주하고 섰다.

"구드원 부인, 구드원과 결혼한 날짜가 언제입니까?"

"이의 있습니다!"

호러스가 일어서서 말했다.

"검사는 이 질문이 어떤 관련이 있는지 설명해 주시겠습니까?"

판사가 말했다.

"판사님, 철회하겠습니다."

지방 검사가 배심원들을 힐금 바라보며 말했다.

재판이 끝났을 때 구드윈이 신랄하게 말했다.

"젠장, 당신이 언젠가 날 죽일 거라고 말했을 때 난 그 말이 정말이라고는 생각지 않았어. 난 설마 당신이……."

"바보 같은 소리 마요. 이기고 있다는 걸 몰라요? 그자들은 안 되니까 증인의 인격을 공격하려고 한 거요."

호러스가 말했다. 그러나 그들이 감옥에서 나왔을 때 그는 여자가 여전히 어떤 불길한 예감에 사로잡혀 그를 지켜보고 있다는 것을 알아챘다.

"뭐, 전혀 걱정할 필요 없어요. 위스키나 사랑에 대해선 당신이 나보다 더 잘 알겠지만 형사 소송 절차에 대해선 내가 더 잘 안다는 걸 명심해요."

"제가 실수한 건 아니겠죠?"

"그런 건 없어요. 당신 증언이 저쪽 주장을 무색하게 했어요. 이제 저쪽에서 바랄 거라고는 배심원들이 결정을 보류하게 만드는 것뿐이죠. 그리고 그럴 가능성은 50분의 1도 안 됩니다. 내일이면 그는 자유의 몸이 되어 감옥에서 걸어 나올 겁니다."

"그러면 이제 비용을 치를 때가 된 것 같네요."

"예, 좋습니다. 오늘 밤에 가겠습니다."

호러스가 말했다.

"오늘 밤에요?"

"예. 검사가 내일 다시 당신을 증인석으로 부를 겁니다. 어쨌든 대비해 두는 게 좋겠어요."

8시에 그는 미친 여자의 집 마당으로 들어섰다. 한 줄기 불빛이 찔레 덤불에 갇힌 개똥벌레처럼 그 집의 미친 듯한 심연 속에서 타고 있었다. 하지만 여자는 불러도 나타나지 않았다. 그는 문으로 가서 두드렸다. 날카로운 고함이 들려서 잠시 기다렸다. 다시 두드리려고 했을 때 그 목소리가 또다시 들렸다. 마치 눈사태 속에 파묻힌 갈대 피리처럼 멀리서 들려오는 듯한 날카롭고 거칠고 희미한 소리였다. 그는 허리까지 자란 무성한 잡초 사이로 집을 한 바퀴 돌았다. 부엌문이 열려 있었다. 등피에 그을음이 껴 희미한 램프가 거기에 있었는데, 그것은 더러운 노파의 살 냄새가 진동하는 희미한 형체들의 덩어리인 방을 빛이 아니라 그림자로 가득 채우고 있었다. 작업복 바지 속에 쑤셔 넣고 가죽 끈으로 묶어 놓은 찢어진 셔츠 위에 붙은 높고 단단한 둥근 머리에서 하얀 눈알이 이리저리 돌아갔다. 그 흑인 너머에서 미친 여자가 팔뚝으로 길고 부드러운 머리카락을 뒤로 빗어 넘기며 열린 찬장 속에서 돌아보았다.

"당신 계집년은 감옥에 갔어, 따라가 봐."

그녀가 말했다.

"감옥이라고요?"

호러스가 말했다.

"내 말이 그 말이야. 착한 사람들이 사는 곳이지. 남편을 얻으면 감옥에 가두어 둬야 귀찮게 안 해."

그녀는 손에 작은 병을 들고 흑인을 돌아보았다.

"자, 1달러만 내. 당신은 돈이 많잖아."

호러스는 시내로, 감옥으로 다시 갔다. 출입이 허용되었다. 계단을 올라가니 간수가 그의 뒤에서 문을 잠갔다.

여자가 그를 감방 안으로 들였다. 아기는 간이침대에 누워 있었다. 그 곁에 앉은 구드윈은 팔짱을 끼고 피로에 지쳐 쓰러지기 직전인 듯한 자세로 다리를 쭉 뻗었다.

"어쩌자고 거기 창문 앞에 앉아 있어요? 구석에 앉아야 매트리스를 덮어 주지."

호러스가 말했다.

"그렇게 했는지 보러 오신 모양이지? 아, 그것도 나쁠 건 없겠군. 그게 당신 일이니까. 당신은 내가 교수형에 처하지 않을 거라고 약속했겠다, 안 그래?"

구드윈이 말했다.

"아직 한 시간 남았어요. 멤피스행 기차는 8시 30분에 여기 도착하거든요. 그자가 아무리 바보라 할지라도 카나리아 색 자동차를 타고 여기 오기야 하겠어요."

호러스가 말하면서 여자를 돌아보았다.

"하지만 당신은, 당신은 더 나을 거라고 생각했는데. 저 자와 내가 바보라는 건 알지만 당신은 더 나을 거라고 기대했어요."

"저 사람을 위해 애쓰고 계신데, 저 사람은 괜찮은 남자에게 몸을 팔기에는 너무 나이가 많을 때까지 내게 매달렸을지도 모르지. 만약 이 애가 이다음에 컸을 때 신문사에 일자리를 하나 구해 주겠다고 약속한다면 내 마음이 좀 편하겠는데."

구드윈이 말했다.

여자는 침대로 돌아갔다. 여자는 아기를 무릎에 올려놓았다. 호러스가 여자에게 다가가서 말했다.

"자, 갑시다. 아무 일도 없을 거요. 저 사람은 여기 있으면 안전해요. 저 사람도 그걸 알아요. 당신들 둘 다 내일이면 여길 떠나게 될 테니 집에 가서 잠 좀 자요. 자, 어서."

"그냥 여기 있을게요."

여자가 말했다.

"젠장, 불행을 당할 자리에 있는 게 이 세상에서 불행을 초래할 가장 확실한 방법이라는 걸 몰라요? 여태 살고도 그걸 몰라요? 리도 그건 알아요. 리, 부인 좀 말려 줘요."

"그만 가, 루비. 집에 가서 자."

구드윈이 말했다.

"그냥 여기 있을게요."

그녀가 말했다.

호러스는 서서 그들을 굽어보았다. 여자는 얼굴을 숙이고 온몸을 꼼짝도 하지 않은 채 아기를 유심히 바라보았다. 구드윈은 갈색 손목을 빛이 바랜 셔츠 소매 속에 집어넣어 포개서는 벽에 등을 기대고 있었다.

"당신은 명색이 남자지, 안 그래요? 콘크리트 감옥에 갇혀서 여자들과 초등학교 5학년 애들에게 유령 이야기나 해 주며 놀라게 하는 당신 꼴을 배심원들이 봐야 하는 건데. 그러면 당신이 사람을 죽일 위인이 못 된다는 걸 알게 될 텐데 말이오."

호러스가 말했다.

"당신이나 가서 잠을 자는 게 좋겠어. 당신만 계속 지껄여 대지 않으면 우린 여기서 잘 수 있어."

구드윈이 말했다.

"아니지. 우리가 그렇게 분별 있는 짓을 하다니."

호러스가 말했다. 그는 감방에서 나왔다. 간수가 문을 열어 줘서 그는 그 건물을 나왔다. 십 분 만에 그는 꾸러미를 들고 되돌아왔다. 구드윈은 꼼짝도 않고 있었다. 여자는 그가 꾸러미를 펼치는 것을 보았다. 그 속에는 우유 한 병, 사탕 한 상자, 담배 한 보루가 들어 있었다. 그는 구드윈에게 시가를 하나 주고 자신도 하나를 집어 들었다.

"젖병은 가져왔겠죠?"

여자는 침대 밑의 꾸러미에서 병을 꺼냈다.

"아직 조금 남아 있어요."

여자가 말했다. 여자는 병에 든 것을 거기에 가득 채웠다. 호러스는 자신과 구드윈의 시가에 불을 붙였다. 그가 다시 쳐다보았을 때 병은 없었다.

"아직 우유 먹일 시간이 안 됐나요?"

그가 말했다.

"데우고 있어요."

여자가 말했다.

"아."

호러스가 말했다. 그는 침대 맞은편에 있는 벽에 의자를 기대고 앉았다.

"침대에 자리가 좀 있어요. 여기가 좀 더 편할 거예요."

여자가 말했다.

"뭐 자리를 바꿀 것까지야."

호러스가 말했다.

"이봐요, 집에 가요. 당신이 이렇게 하는 건 소용없어요."

구드윈이 말했다.

"우린 할 일이 좀 있어요. 그 검사가 아침에 다시 부인을 부를 겁니다. 그게 그자에겐 유일한 기회죠. 어떻게든 부인의 증언을 무효로 만들기 위해서 말이에요. 우리가 사전 연습을 하는 동안 잠이나 자 둬요."

호러스가 말했다.

"좋아요."

구드윈이 말했다.

호러스는 좁은 감방 안을 왔다 갔다 하며 여자를 훈련시켰다. 구드윈은 시가를 다 피우고 나서 팔짱을 끼고 머리를 숙인 채 다시 꼼짝 않고 앉아 있었다. 광장에 있는 시계가 9시를 치고 나서 10시를 쳤다. 아기가 뒤척이며 칭얼 댔다. 여자가 멈추더니 기저귀를 갈고 옆구리에서 젖병을 꺼내 아기에게 먹였다. 그러고는 몸을 앞으로 조심스레 숙여 구드윈의 얼굴을 바라보았다.

"잠들었어요."

여자가 작은 목소리로 말했다.

"눕힐까요?"

호러스가 작은 목소리로 말했다.

"아니요. 그대로 두세요."

여자는 몸을 조심성 있게 움직여 아기를 침대에 눕히고 침대 맞은편 끝으로 갔다. 호러스가 의자를 그녀 옆으로 옮겼다. 그들은 작은 목소리로 말했다.

시계가 11시를 쳤다. 호러스는 여전히 가상의 장면을 되풀이해서 연습하며 그녀를 훈련시켰다. 마침내 그가 말했다.

"이 정도면 된 것 같은데. 자, 기억할 수 있겠어요? 만약 그자가 당신이 오늘 저녁에 배운 문구로 정확히 대답할 수 없는 질문을 하면 그냥 잠시 아무 말도 하지 마요. 나머지는 내가 처리할 테니까. 자, 기억할 수 있겠어요?"

"예."

여자가 작은 목소리로 말했다. 그가 손을 뻗어 침대에 있는 사탕 상자를 집어 들어 열자 윤이 나는 종이가 희미하게 바스락거렸다. 여자는 하나를 집었다. 구드윈은 움직이지 않았다. 여자는 그를 쳐다보고 나서 좁은 창문을 쳐다보았다.

"그만둬요. 그 창문으로는 총알은 고사하고 모자 핀도 못 들어와요. 그걸 모르겠어요?"

호러스가 작은 목소리로 말했다.

"알아요."

여자가 손에 사탕을 들고서 말했다. 여자는 그를 쳐다보지 않았다.

"전 당신이 무슨 생각을 하는지 알아요."

여자가 작은 목소리로 말했다.

"무슨?"

"당신이 집에 갔을 때 제가 없었잖아요. 전 당신이 무슨 생각을 하는지 알아요."

호러스는 여자를, 외면하고 있는 여자의 얼굴을 주시했다.

"오늘 밤이 대금을 지불하기 시작하는 날이라고 말씀하셨
잖아요."

잠시 동안 그는 여자를 쳐다보았다.

"아, 오, 템포라! 오, 모레스!18) 오, 빌어먹을! 당신네 완고한
포유동물들은 믿는다는 게 고작, 남자는 모두……. 당신은 내
가 그것 때문에 이 일을 한다고 생각한 거요? 내가 그럴 의도
가 있었다면 지금까지 기다렸을 거라고 생각해요?"

여자는 그를 잠시 쳐다보았다.

"기다리지 않았더라도 별수 없었을걸요."

"뭐라고? 아, 그래. 하지만 오늘 밤에 그럴 생각이었다 이
거지?"

"제 생각엔 그게……."

"그러면, 지금이라도?"

여자는 구드윈을 돌아보았다. 그는 가볍게 코를 골았다.

"아, 지금 당장이라는 말은 아니오. 하지만 요구하면 지불하
겠다는 거지."

그가 작은 목소리로 말했다.

"당신 뜻이 그런 건 줄 알았어요. 전 당신에게 우린 가진 게
없다고……. 만약 그걸로 충분한 보상이 되지 못하더라도 당
신을 탓하지는 않겠어요."

---

18) 로마의 웅변가 키케로의 말. '아, 시대여! 아, 규범이여!'라는 뜻.

"그게 아니오. 그게 아니라는 건 당신도 알아. 하지만 당신은 사람이란 어떤 일을 할 때면 단지 그것이 옳기 때문에, 그것을 하는 것이 사물의 조화에 필요하기 때문에 할 수 있다는 걸 모르는 거요?"

여자는 손에 든 사탕을 천천히 돌렸다.

"전 당신이 그에게 화가 났다고 생각했어요."

"리 말이오?"

"아니요. 이 애요. 이 애를 데려와서 말이에요."

여자는 아기를 만졌다.

"당신 말은, 그 애를 데리고 침대 발치에서? 그동안 당신은 애가 떨어지지 않도록 애의 발을 잡고 있고 말이지?"

여자는 수심이 가득하고 사색에 잠긴 멍한 눈으로 그를 쳐다보았다. 밖에서는 시계가 12시를 쳤다.

"세상에, 도대체 당신이 알고 지낸 사람들은 어떤 사람들이었지요?"

그가 작은 목소리로 말했다.

"예전에 한 번 그런 식으로 저이를 감옥에서 빼냈어요. 레번워스에서도요. 저이가 유죄였는데도 말이에요."

"그랬어요? 자, 하나 더 들어요. 그건 거의 다 녹았어요."

호러스가 말했다. 여자는 초콜릿이 묻은 손과 뭉개진 사탕을 내려다보았다. 여자는 그것을 침대 뒤로 버렸다. 호러스가 손수건을 내밀었다.

"더러워질 거예요. 놔두세요."

여자가 말했다. 여자는 손가락을 아기의 헌 옷에 닦고 다시 앉아 두 손을 무릎 속에서 꽉 쥐었다. 구드윈은 규칙적으로 코를 골았다.

"저이가 필리핀에 갔을 때 저는 혼자 샌프란시스코에 남았어요. 직장에 다니며 쪽방에서 가스버너에 요리를 해 먹으며 살았죠. 그렇게 하겠다고 저이에게 약속했거든요. 저이가 언제 돌아올지 몰랐지만 그러겠다고 약속했고 저이도 제가 그럴 거라는 걸 알고 있었어요. 저이가 검둥이 여자 때문에 동료 병사를 죽였다는 것을 전 까맣게 몰랐죠. 다섯 달 동안이나 저이한테서 편지가 안 왔어요. 제가 일하는 곳의 선반에 낡은 신문을 펴다 우연히 부대가 귀국한다는 걸 알았죠. 그리고 달력을 쳐다보니 바로 그날이었어요. 전 그동안 잘 지냈어요. 운이 좋았죠. 매일 식당에 들르는 남자들 덕분이었어요. 전 배로 마중 나가지 못하게 해서 일을 그만둬야 했어요. 그런데 그 사람들은 제가 저이를 만나게 해 주지 않는 건 물론이고 심지어 배에 타는 것도 허락하지 않았어요. 전 군인들이 행진하며 배에서 떠나는 동안 거기 서서 저이를 찾으며 지나가는 사람들에게 저이가 어디 있는지 물어봤죠. 그러니까 그자들은 제게 밤에 데이트를 하지 않겠냐고 놀려 대거나 저이의 이름을 들어본 적도 없다는 둥 죽었다는 둥 대령의 아내와 일본으로 도망쳤다는 둥 별소리를 다 하는 거예요. 전 다시 배에 오르려고 했지만 허락하지 않았어요. 그래서 그날 밤 옷을 차려입고 카바레로 가서 그 사람들 중 하나를 찾아내 몸을 주자 그 사람이 이야기해 줬어요. 전 이미 죽은 사람이나 다름없었어요. 음악이 연주되는 가운데 거기 앉아 있었는데 그 술 취한 병사가 절 거칠게 다뤘죠. 제가 왜 될 대로 돼라 하지 않았는지, 그 사람하고 같이 가지 않았는지, 술에 취해 뻗어 버리지 않았는지 이상했어요. 그리고 이런 짐승 같은 인간 때문에 일 년이나 허송세월했구나 하는 생각이 들었죠. 아마 그런 생각이 들어서 사고를 치지 않았던 것 같아요. 어쨌든 전 그러지 않았어요. 전 집으로 돌아가서 다음 날 저이를 찾아 나섰어요. 사람들이 제게 거짓말을 하고 절 손에 넣으려고 했지만 전 계속 찾아다녀서, 마침내 저이가 레번워스에 있다는 걸 알아냈죠. 전 표를 살 돈조차 없어서 직장을 구해야 했어요. 필요한 돈을 모으는 데 두 달이나 걸렸어요. 그러고는 레번워스로 갔죠. 차일즈 식당에서 야간 여종업원으로 일하게 되어 격주 일요일마다 오후에 리를 면회할 수 있었어요. 우린 변호사를 고용하기로 결정했어요. 연방 죄수에게 변호사는 아무 소용이 없다는 걸 몰랐죠. 그 변호사가 제게 말해 주지 않았고 저는 어떻게 변호사를 구했는지 리에게 말하지 않았어요. 저이는 저한테 모아둔 돈이 좀 있는 줄 알았어요. 전 그 변호사와 두 달이나 함께 살고 나서야 그걸 알았죠. 그때 전쟁이 나서 리는 석방되어 프랑스로 가게 됐죠. 전 뉴욕으로 가서 군수품 공장에 취직했어요. 전 돈을 쓸 준비가 되어 있는 병사들과 심지어는 쥐새끼처럼 생긴 여자 애들도 비단옷을 입고 다니는 도시에서 조신하게 지냈어요. 정말 조신하게 지냈어요. 그러고 나서 저이가 귀국했어요. 전 저이를 만나기 위해 배로 갔지만 저이는 삼 년 전에 병사를 죽인 일 때문에 배에서 체포되어 다시 레번워스에 수감되었어요. 그래서 전 저이를 석방시켜 줄

국회의원을 구하기 위해 변호사를 샀어요. 그자에게 제가 저금한 돈을 몽땅 주었죠. 그래서 리가 석방됐을 때 우린 무일푼이었어요. 저이는 결혼하자고 말했지만 우린 그럴 형편이 못 됐어요. 그리고 제가 저이에게 그 변호사 이야기를 하자 저이는 절 때렸어요."

다시 여자는 녹아 뭉개진 사탕을 침대 뒤로 버리고 옷에 손을 문질렀다. 여자는 상자에서 다른 것을 골라 입에 넣었다. 그것을 씹으면서 여자는 생각에 잠긴 듯한 멍한 시선을 서두르는 기색 없이 돌려 호러스를 쳐다보았다. 가늘고 길게 팬 창문을 통해 서늘하고 죽은 듯한 어둠이 밀려왔다.

구드윈은 더 이상 코를 골지 않았다. 그는 몸을 뒤척이다 일어났다.

"몇 시야?"

그가 말했다.

"왜요? 2시 30분이에요."

호러스가 시계를 쳐다보며 말했다.

"그자의 차바퀴에 펑크가 난 모양이군."

구드윈이 말했다.

새벽녘에 호러스는 의자에 앉아 잠이 들었다. 그가 일어났을 때 연필처럼 가는 장밋빛 햇살이 창문으로 스며들었다. 구드윈과 여자는 간이침대에서 조용히 이야기 중이었다. 구드윈은 그를 음울하게 쳐다보았다.

"잘 잤소?"

그가 말했다.

"자고 나니 그놈의 악몽이 사라졌겠지."

호러스가 말했다.

"그렇다면 그것도 마지막이겠지. 거기서는 꿈을 꾸지 않는다더군."

"악몽이라면 실컷 꾸었으니 그걸 그리워하진 않겠군. 앞으로는 우릴 믿겠죠."

호러스가 말했다.

"믿는 거 좋아하시네."

구드윈이 말했다. 그는 작업복 바지와 푸른색 셔츠를 아무렇게나 입고 음울한 얼굴로 아주 조용히 자제하며 앉아 있었다.

"어제 그 일이 있었는데, 내가 저 문을 통해 거리로 걸어 나가 법정에 가도록 그자가 내버려둘 거라고 단 한순간이라도 생각하는 거요? 평생 어떤 종류의 사람들과 같이 살았소? 보육원에서 산 거요? 나라도 그렇게 하진 않을 거요."

"만약 그자가 그러면 자기 함정에 자기가 빠지는 격이죠."

호러스가 말했다.

"그게 내게 무슨 도움이 된다는 거요? 내 말은……."

"리."

여자가 말했다.

"한마디만 해 두겠는데…… 다음번에 사람의 목을 걸고 도박을 하고 싶을 때는……."

"리."

여자가 말했다. 그녀는 그의 머리를 앞뒤로 천천히 쓰다듬었다. 여자는 그의 머리카락을 한쪽으로 넘기고 칼라가 없는 셔츠를 펴주었다. 호러스는 그들을 지켜보았다.

"오늘도 여기서 지내고 싶어요? 그렇게 하도록 해 줄 수 있지."

그가 조용히 말했다.

"아니요. 난 신물이 나. 그만 해치워 버리고 싶어. 그 빌어먹을 부관에게 나한테 너무 달라붙어 걷지 말라고 해 줘요. 저 사람하고 가서 아침이나 먹어요."

구드윈이 말했다.

"전 배가 안 고파요."

여자가 말했다.

"시키는 대로 해."

구드윈이 말했다.

"리."

"갑시다. 다시 돌아오면 될 텐데 뭘."

호러스가 말했다.

바깥으로 나가자 그는 신선한 아침 공기를 깊이 들이쉬기 시작했다.

"잔뜩 들이마셔요. 누구든 저런 데서 하룻밤을 보내고 나면 신경이 곤두서는 법이오. 어른 셋이서 말이지……. 세상에, 때때로 우린 전부 애들이라는 생각이 들어요. 정작 애들만 빼고. 하지만 오늘로 끝이에요. 오후에 그 사람은 거기서 자유의 몸이 되어 걸어 나올 거요, 실감이 나요?"

그가 말했다.

그들은 높고 부드러운 하늘을 이고 맑은 햇살 아래 걸었다. 푸르고 살이 찐 작은 구름들 저 높이에서 남서풍이 불어오고, 차가운 산들바람이 벌써 꽃이 진 아까시나무들 사이에서 흔들리며 반짝였다.

"어떻게 보답을 해야 할지 모르겠어요."

그녀가 말했다.

"그건 잊어버려요. 난 이미 받았어요. 당신은 이해 못 하겠지만 내 영혼은 지난 사십삼 년이나 도제살이를 해 왔어요. 사십삼 년이나 말이오. 당신 나이의 한 배 반이오. 그러니까 가난한 사람이나 마찬가지로 바보도 그럭저럭 살아가는 법이오."

"그리고 당신은 그가…… 저……."

"이제 그만둬요. 그것 역시 한바탕 꿈이에요. 하느님은 이따금 어리석긴 하지만 적어도 그분은 신사잖아요, 그렇지 않나요?"

"전 항상 신은 남자라고 생각했어요."

여자가 말했다.

*

호러스가 광장을 가로질러 법원 쪽으로 갈 때 종이 울렸다. 이미 광장에는 마차와 자동차가 가득했고, 작업복 바지와 카키색 바지를 입은 사람들이 그 건물의 고딕 출입문 아래로 천천히 모여들었다. 그가 계단을 올라갈 때 머리 위에서 시계가

9시를 쳤다.

비좁은 계단 머리에 있는 넓은 이중문은 열려 있었다. 문 저 안쪽에는 사람들이 개정을 앞두고 자리를 잡느라 소란스러웠다. 의자 등받이 위로 솟아 올라와 있는 그들의 머리가 호러스의 눈에 띄었다. 대머리, 백발, 추레한 머리, 햇볕에 그을린 목뒤로 최근에 쳐 올린 머리, 도시풍의 칼라 위로 드러난 기름 바른 머리, 그리고 여기저기 차일 모자나 꽃을 꽂은 모자가 보였다.

그들의 목소리와 움직이는 소리가 문밖으로 불어 나오는 바람에 실려 왔다. 열린 창문으로 공기가 들어와서 사람들의 머리 위를 지나 문간에 서 있는 호러스에게로 되돌아왔다. 공기에는 담배 냄새와 퀴퀴한 땀내와 흙내에 법정 특유의 냄새뿐만 아니라 곰팡내 나는 지친 욕정과 탐욕과 언쟁과 쓰라림의 냄새는 물론이고 더 나은 무엇 대신에 어떤 어색한 안정이 배어 있었다. 창문은 아치 모양의 현관 바로 아래에 있는 발코니를 면하고 있었다. 창문 사이로 부는 산들바람이 처마에 둥지를 튼 참새와 비둘기 들의 짹짹거리는 소리와 구구거리는 소리를 실어 날랐고, 이따금 아래 광장에서 들려오는 자동차의 경적 소리가 계단 아래위의 복도에서 들려오는 공허하면서도 요란한 발소리 사이로 커졌다 작아졌다 했다.

판사석은 비어 있었다. 긴 테이블의 한쪽 끝에서는 구드윈의 검은 머리와 수척한 갈색 얼굴뿐 아니라 여자의 회색 모자가 보였다. 테이블의 다른 쪽 끝에서는 한 남자가 이를 쑤시고 있었다. 그의 머리는 검은 곱슬머리가 빈틈없이 뒤덮었으며 벗어진 정수리로 갈수록 머리카락이 성겼다. 코는 길고 창백했다. 황갈색 팜비치 천으로 만든 양복 차림에 옆 테이블 위에는 멋진 가죽 서류 가방과 붉은색과 황갈색 테를 두른 밀짚모자가 있었다. 그는 이를 쑤시며 나란히 늘어선 머리들 너머로 창문을 굼뜨게 쳐다보았다. 호러스는 문 바로 안쪽에서 멈추었다.

"변호사군. 멤피스에서 온 유대인 변호사야."

그가 말했다. 그는 증인 같은 사람들이 앉는 테이블에 앉아 있는 사람들의 뒤통수를 쳐다보았다.

"난 찾아내기도 전에 내가 뭘 찾을지 알고 있어. 그 여자는 검은 모자를 썼을 거야."

그가 말했다.

그는 통로를 걸어갔다. 발코니 창, 그곳에서 종소리가 울린 듯했고 그곳 처마 아래에서 비둘기들이 후두음으로 구구거리며 울었다. 바로 그 아래에서 법정 경위의 목소리가 들렸다.

"요크나파토파 군 순회 법정이 법에 따라 개정되겠습니다……."

템플은 검은 모자를 쓰고 있었다. 서기가 두 차례나 부르고 나서야 그녀는 몸을 움직이더니 증언대에 섰다. 잠시 후 호러스는 판사가 약간 성마르게 그의 이름을 부르는 것을 들었다.

"이 사람이 당신이 신청한 증인이오, 벤보 씨?"

"그렇습니다, 판사님."

"당신은 증인이 선서를 하고 증언을 기록하길 바라시오?"

"그렇습니다, 판사님."

종소리는 이미 그쳤지만 법정 경위의 목소리는 한가로운 비

둘기들 아래에 있는 창문 너머로 여전히 반복해서 끈질기게
아무것도 모르는 듯 울렸다.

28

지방 검사는 배심원들을 향했다.

"저는 범죄 현장에서 발견한 이 물건을 증거로 제시합니다."

그는 손에 옥수수 속대를 들고 있었다. 그것은 짙은 갈색 물감에 담근 듯했다.

"이것을 더 일찍 제시하지 않은 이유는 여러분이 좀 전에 기록의 낭독으로 들은 피고 아내의 증언이 있기까지 그것이 이 사건에서 무슨 의미가 있는지 확실히 알지 못했기 때문입 니다. 여러분은 방금 화학자이자 부인과 의사의 증언을 들었 습니다. 그분은 여러분이 아시다시피 인생에서 가장 신성한 것의 가장 신성한 작용에 대해 권위자입니다. 여성의 생리 말 입니다. 증인의 말로 이것은 더 이상 교수형의 문제가 아니라 가솔린 불에 태워 죽여야 할 문제라고……."

"이의 있습니다. 검사는 판단을 오도하려고……."

호러스가 말했다.

"인정합니다. 서기는 '증인의 말로'로 시작하는 구절을 삭제하십시오. 벤보 씨, 배심원들에게 그것을 무시하라고 지시해도 좋습니다. 지방 검사는 문제에서 벗어나는 발언은 삼가해 주십시오."

판사가 말했다.

지방 검사는 몸을 굽혀 인사를 했다. 그는 템플이 앉아 있는 증인석으로 돌아섰다. 그녀의 검은 모자 아래로 송진 덩이 같은 팽팽한 붉은 곱슬머리가 비어져 나왔다. 모자에는 모조 다이아몬드 장식물이 붙어 있었다. 검은 공단 무릎 위에는 백금 지갑이 있었다. 연한 황갈색 코트는 자주색 어깨 매듭이 풀려 있었다. 손은 손바닥을 위로 해서 무릎 위에 까닥도 않고 있었다. 미끈한 길고 하얀 다리는 발목의 힘이 빠져 비스듬히 기울어졌고, 반짝이는 버클이 달린 두 개의 움직이지 않는 하이힐은 마치 빈 것처럼 그 옆에 쓰러져 있었다. 일렬로 늘어서 집중하는 방청객들의 떠 있는 죽은 물고기의 배처럼 희고 창백한 얼굴들보다 높은 곳에서 그녀는 초연하면서도 굽실거리는 듯한 태도로 앉아 법정 뒤쪽 무언가에 시선을 고정시켰다. 그녀의 얼굴은 아주 창백했고 두 개의 립스틱 자국은 둥근 종잇조각처럼 광대뼈에 묻었으며 입술은 야만적이고 완벽한 활 모양으로 칠해졌다. 또한 자줏빛 종이에서 조심스레 오려내어 거기에 붙여 놓은 듯 상징적이고 신비한 어떤 모양이었다.

지방 검사가 그녀 앞에 섰다.

"이름이 무엇입니까?"

그녀는 대답하지 않았다. 그녀는 마치 법정 뒤쪽 무언가를 응시하는 그녀의 시야를 그가 방해한다는 듯이 머리를 약간 움직였다.

"이름이 무엇입니까?"

그 역시 다시 그녀의 시선이 머무는 쪽으로 움직이며 되풀이했다. 그녀의 입이 움직였다.

"더 크게 말하세요. 당신을 해칠 사람은 아무도 없습니다. 이 선량한 사람들은, 다들 아버지들이고 남편들입니다, 당신의 말을 듣고 당신이 받은 부당한 대접을 시정할 수 있도록 해 줄 것입니다."

그가 말했다.

판사는 호러스를 힐금 보며 눈썹을 추켜올렸다. 호러스는 움직이지 않았다. 그는 머리를 약간 옆으로 숙이고 움켜쥔 두 손을 무릎 위에 올려놓고 앉아 있었다.

"템플 드레이크요."

템플이 말했다.

"나이는?"

"열여덟 살이에요."

"집은 어디입니까?"

"멤피스예요."

그녀는 들릴락 말락 한 목소리로 말했다.

"좀 더 큰 소리로 말하세요. 이 사람들은 아무도 당신을 해치지 않아요. 이 사람들은 당신이 겪은 고통을 바로잡기 위해 여기에 온 것입니다. 멤피스로 가기 전에는 어디에서 살았습니까?"

"잭슨에요."

"거기에 친척이 있습니까?"

"예."

"자, 이분들에게 말해 봐요······."

"제 아버지요."

"어머니는 돌아가셨습니까?"

"예."

"자매가 있습니까?"

"아니요."

"외동딸입니까?"

다시 판사가 호러스를 쳐다보았다. 여전히 그는 움직이지 않았다.

"예."

"올해 5월 12일 이후 어디에서 지냈습니까?"

그녀는 그의 너머를 보려는 듯 머리를 보일 듯 말 듯 움직였다. 그는 그녀의 시선이 머무는 쪽으로 움직여 그것을 잡았다. 그녀는 다시 그를 빤히 쳐다보며 앵무새처럼 대답했다.

"당신 아버지는 당신이 거기 있는 것을 알았습니까?"

"아니요."

"그분은 당신이 어디에 있다고 생각했습니까?"

"학교에 있는 걸로 아셨을 거예요."

성역

"그러면 숨어 지냈군요. 당신에게 무슨 일이 일어났는데도 당신은 어떻게 할 수 없어서……."

"이의 있습니다! 그 질문은 유도성……."

호러스가 말했다.

"인정합니다. 검사, 벌써 경고하려고 했지만 피고 측에서 무슨 이유에서인지 이의를 제기하지 않아 그냥 넘어갔습니다."

판사가 말했다.

지방 검사는 판사석을 향해 몸을 굽혀 인사를 했다. 그는 증인에게 돌아서서 그녀의 시선을 다시 잡았다.

"5월 12일, 일요일 아침에 어디 있었습니까?"

"헛간에 있었습니다."

법정 안에서 한숨 소리가 났다. 한꺼번에 내쉬는 한숨이 곰팡내 나는 침묵을 깼다. 몇몇 사람이 새로 들어왔지만 그들은 뒤쪽에 한데 모여 서 있었다. 템플의 머리가 다시 움직였다. 지방 검사가 그녀의 시선을 잡고 놓치지 않았다. 그는 반쯤 돌아서서 구드윈을 가리켰다.

"전에 저 사람을 본 적이 있습니까?"

그녀가 지방 검사를 빤히 쳐다보았다. 그녀의 얼굴은 아주 굳고 텅 비어 있었다. 약간 떨어진 곳에서 보니 그녀의 두 눈과 두 개의 립스틱 자국 그리고 입은 작은 하트 모양 접시에 담긴 다섯 개의 의미 없는 물건 같아 보였다.

"내가 가리키는 곳을 보세요."

"예."

"저 사람을 어디서 보았습니까?"

"헛간에서요."

"당신은 헛간에서 무엇을 했습니까?"

"숨어 있었습니다."

"누굴 피해서 숨어 있었습니까?"

"그 사람요."

"저기 있는 저 사람입니까? 내가 가리키는 곳을 보세요."

"예."

"하지만 그 사람이 당신을 찾아냈군요."

"예."

"그곳에 다른 사람이 있었습니까?"

"토미가 있었습니다. 그 사람이 말하기를……."

"그 사람은 헛간 안에 있었습니까, 밖에 있었습니까?"

"밖에 있었습니다. 망을 보고 있었습니다. 아무도 들어오지 못하게 하겠다고……."

"잠깐만, 당신은 그 사람에게 아무도 들어오지 못하게 해 달라고 부탁했습니까?"

"예."

"그래서 그 사람이 밖에서 문을 잠갔습니까?"

"예."

"그런데 구드윈이 들어왔습니까?"

"예."

"그 사람은 손에 무엇을 들고 있었습니까?"

"권총을 들고 있었습니다."

"토미는 그 사람을 제지하려 했습니까?"

"예. 그 사람이 말하기를……"

"잠깐만, 그가 토미를 어떻게 했습니까?"

그녀는 그를 빤히 쳐다보았다.

"그 사람은 손에 권총을 들고 있었습니다. 그리고 그 사람이 어떻게 했습니까?"

"그 사람을 쏘았습니다."

지방 검사가 옆으로 비켜섰다. 곧 그 처녀의 시선은 법정 뒤쪽으로 가 그곳에 고정되었다. 지방 검사는 돌아와서 그녀와 시선을 마주쳤다. 그녀는 머리를 움직였다. 그는 그녀의 시선을 잡아 두고 그녀의 눈앞에 얼룩진 옥수수 속대를 들어 올렸다. 법정 안에는 긴 한숨 소리가 가득했다.

"이전에 이것을 본 적이 있습니까?"

"예."

지방 검사는 옆으로 돌아섰다.

"존경하는 판사님과 배심원 여러분, 여러분은 이 젊은 처녀가 말한 이런 끔찍하고 믿어지지 않는 이야기를 들었습니다. 여러분은 증거를 보았고 의사의 증언을 들었습니다. 저는 몸을 망치고 방어할 능력이 없는 이 아이에게 더 이상 고통을 가하고 싶지……"

그는 말을 멈추었다. 사람들이 일제히 머리를 돌려 판사석을 향해 통로를 걸어가는 사람을 지켜보았다. 그는 침착하게 걸었으며, 작고 하얀 얼굴들의 입이 천천히 벌어지는 소리와 옷깃이 느리게 바스락거리는 소리가 보조를 맞추어 따라왔다. 그의 백발은 말끔했고 짧게 깎은 콧수염은 거무스름한 피부와 대비되어 망치로 두드려 늘여 놓은 은 막대기 같았다. 눈은 주머니의 아가리처럼 약간 오므라들어 있었다. 티끌 하나 없는 리넨 양복이 작은 배를 포근하게 감싼 채 단추가 채워져 있었다. 한 손에는 파나마 모자를 들고, 다른 한 손에는 가느다란 검은 지팡이를 쥐고 있었다. 그는 사람들이 꾹 참아 오던 한숨을 토하듯 침묵이 천천히 깨지고 있는 통로를 좌우는 쳐다보지도 않고 침착하게 걸어갔다. 그는 증언대를 지나갈 때도 여전히 법정 뒤쪽 무언가를 응시하는 증인에게는 눈길을 주지 않았고, 마치 결승 테이프를 통과하는 경주자처럼 그녀의 시선을 곧장 지나쳐 판사가 팔을 책상에 대고 반쯤 일어선 단 앞에서 멈추어 섰다.

"판사, 이 증인이 할 일은 끝났습니까?"

노인이 말했다.

"예. 판사님, 예. 변호사, 반대 신문을 포기하시겠……."

재판장이 말했다.

노인은 천천히 돌아서서 숨죽이고 있는 작고 하얀 얼굴들을 똑바로 쳐다보더니 변호인단석의 여섯 사람을 내려다보았다. 그의 뒤에 있는 증인은 꼼짝하지 않았다. 그녀는 마약에 취한 사람처럼 사람들의 얼굴 너머로 법정 뒤쪽을 빤히 쳐다보며 어린애같이 꼼짝하지 않고 앉아 있었다. 노인은 돌아서서 그녀에게 손을 내밀었다. 그녀는 움직이지 않았다. 법정 안에 있는 사람들이 숨을 내쉬었다가는 재빨리 들이마시고 멈추었다. 노인이 그녀의 팔을 잡았다. 그녀는 그를 향해 머리를 돌렸다. 그녀의 두 눈은 세 개의 야만적인 립스틱 자국 위에서 동공이 잔뜩 부푼 채 공허했다. 그녀는 그의 손을 잡고 일어났다. 백금 지갑이 무릎에서 미끄러져 희미한 소리를 내며 바닥에 떨어졌지만 그녀는 다시 법정 뒤쪽을 응시했다. 노인은 반짝이는 작은 구두 부리로 그 지갑을 배심원석과 판사석이 만나는, 타구가 놓인 구석으로 차 버리고 그 처녀가 증언대에서 내려오도록 부축했다. 그들이 통로를 걸어갈 때 사람들이 다시 숨을 쉬었다.

통로 중간쯤에서 처녀는 다시 멈추었는데, 가냘픈 몸매에 어깨가 터진 멋진 코트를 걸치고, 공허한 얼굴은 굳어 있었다. 그러고 나서 그녀는 노인의 손을 잡고 계속 걸어갔다. 그들은 통로를 걸어 나갔다. 노인은 그녀 옆에 꼿꼿이 서서 좌우는 바라보지 않았다. 옷깃이 바스락거리는 소리가 느리게 들려왔다. 처녀는 다시 멈추었다. 그녀의 몸이 서서히 휘어지며 뒤로 움츠러들었고 노인이 꽉 쥔 그녀의 팔은 팽팽해졌다. 그가 그녀에게 몸을 굽혀 무슨 말인가를 하자 그녀는 부끄러워 어쩔 줄 몰라 하며 다시 움직였다. 젊은이 넷이 출입문 가까이에 꼿꼿이 서 있었다. 그들은 마치 병사처럼 노인과 처녀가 다가올 때까지 앞을 똑바로 쳐다보았다. 그러고 나서 그들은 움직이더니 그 두 사람을 에워싸서 한 덩어리가 되어 처녀를 그 안에 감추고 문 쪽으로 움직였다. 여기서 그들은 다시 멈추었다. 처녀가 문 바로 안쪽 벽에 기댄 채 몸이 다시 휘어지며 움츠러드는 것이 보였다. 그녀는 거기에 매달린 것 같더니 다섯 사람이 다시 한 덩어리가 되어 그녀를 에워싸서 문을 지나 사라졌다. 법정 안에서 한숨 소리가 났다. 바람이 일듯 윙윙거리는 소리가 났다. 그 소리는 천천히 커지면서 앞으로 돌진하여 죄수와 아기를 안은 여자와 벤보와 지방 검사와 멤피스에서 온 변호사가 앉은 긴 테이블 위를 지나 배심원석을 가로질러 긴 한숨 소리를 내며 판사석에 부딪쳤다. 멤피스에서 온 변호사는 꼿꼿이 앉아서 꿈을 꾸듯 창문 밖을 내다보았다. 아기가 칭얼 대며 울기 시작하자 여자가 말했다.

"쉿, 쉬이이이이이."

29

배심원들은 팔 분 동안 퇴장했다. 호러스가 법정을 나올 때
는 어둠이 깔리고 있었다. 매어둔 마차들이 떠나기 시작했고,
그것들 중에 일부는 20킬로미터에서 25킬로미터의 시골 길을
가야 했다. 나르시사는 자동차 안에서 기다리고 있었다. 그는
작업복 바지를 입은 사람들 사이에서 천천히 나타났다. 마치
노인처럼 얼굴을 찌푸린 채 그가 뻣뻣이 자동차에 올라탔다.

"집에 가고 싶으세요?"

나르시사가 말했다.

"그래."

호러스가 말했다.

"그 집 말이에요, 제 집 말이에요?"

"그래."

호러스가 말했다.

그녀가 운전을 했다. 엔진의 시동이 걸렸다. 그녀는 그를 쳐다보았다. 그녀는 수수한 하얀 깃이 달린 새 거무스름한 드레스에 거무스름한 모자를 쓰고 있었다.

"어느 집이에요?"

"어느 집이든 상관없어. 그냥 집이면 돼."

그가 말했다.

그들은 감옥을 지나갔다. 울타리에는 법정에서부터 구드윈과 부관을 따라온 놈팡이들과 시골 사람들과 불량한 소년들과 청년들이 늘어서 있었다. 감옥 문 옆에는 그 여자가 베일이 달린 회색 모자를 쓰고 아기를 팔에 안은 채 서 있었다.

"그자가 창문으로 아기를 볼 수 있도록 서 있군."

호러스가 말했다.

"햄 냄새도 나는데. 아마 우리가 집에 도착하기 전에 그 자는 햄을 먹을 거야."

그러고 나서 그는 여동생의 옆 자리에 앉아 울기 시작했다. 그녀는 느긋하고 침착하게 운전했다. 곧 그들이 시내를 벗어나자 실하게 자란 어린 목화들이 줄을 지어 양옆에서 일렬로 흔들리며 뒤로 사라졌다. 오르막길에는 여전히 아까시나무의 꽃이 눈처럼 하얗게 피어 있었다.

"마지막이야. 봄이 끝났어. 봄은 나름대로 어떤 목적이 있다고 넌 생각하겠지."

호러스가 말했다.

그는 저녁 식사 시간까지 기다렸다. 그는 양껏 먹었다.

"잠자리를 펴 드릴게요."

그의 누이동생이 아주 상냥하게 말했다.

"좋아, 고맙구나."

호러스가 말했다. 그녀는 나갔다. 미스 제니의 휠체어는 바퀴를 고정하기 위해 홈을 파놓은 대 위에 있었다.

"누이가 참 친절해요, 밖으로 나가 담배를 피워야겠습니다."

호러스가 말했다.

"언제부터 여기서 담배를 피우지 않은 거죠?"

미스 제니가 말했다.

"예, 누이가 참 친절해요."

호러스가 말했다. 그는 베란다를 가로질러 갔다.

"난 여기서 멈출 생각이었어."

호러스가 말했다. 그는 베란다를 가로질러 가서 마지막 아까시나무들의 수줍은 듯한 눈처럼 하얀 꽃을 밟고 있는 자신을 지켜보았다. 그는 철제문 밖에서 돌아서더니 자갈길로 갔다. 2킬로미터쯤 가니 차 한 대가 천천히 다가와서 타라고 했다.

"저녁을 먹기 전에 산책을 하는 중입니다. 곧 돌아갈 겁니다."

그가 말했다. 2킬로미터를 더 가니 시내의 불빛이 보였다. 희미한 불빛이 가까이에서 낮게 반짝였다. 가까이 갈수록 불빛이 강해졌다. 시내에 다다르기 전에 소음과 목소리가 들리기 시작했다. 그러더니 사람들이, 거리를 가득 채우고 술렁이는 군중이 보였고 황량하고 얕은 마당 너머로 구멍처럼 창문이 있는 네모난 거대한 감옥이 희미하게 모습을 드러냈다. 창살을 댄 창문 아래 마당에는 와이셔츠 차림의 사람이 군중을 향해 몸짓을 해 가며 쉰 목소리로 말했다. 창살을 댄 창문은 비어 있었다.

호러스는 광장 쪽으로 갔다. 군 보안관은 호텔 앞 연석에 늘어선 지방 순회 상인들 사이에 있었다. 그는 뚱뚱했으며, 넓적하고 둔한 얼굴은 눈에 어린 불안함과 어울리지 않았다.

"저래 가지곤 아무 짓도 못 해, 말이 너무 많아. 소란하기만 했지. 게다가 너무 일러. 군중이 일을 저지를 때는 시간과 말이 그렇게 많이 필요치 않아. 그리고 사람들이 다 보고 있는데 무슨 짓을 할 수 있겠어."

그가 말했다.

군중은 늦게까지 거리에서 서성였다. 그러나 아주 질서 정연했다. 그들은 대부분 감옥과 창살을 댄 창문을 보거나 와이셔츠를 입은 사람의 말을 들으려고 온 것 같았다. 잠시 후 그는 혼자 중얼거렸다. 그러자 그들은 광장으로 돌아갔고 일부는 집으로 가기 시작해서 마침내 광장 입구에 있는 아크등 밑에는 몇 사람만 남았다. 그들 사이에는 임시 부관 두 사람과 색이 연한 넓은 모자를 쓰고 전등과 시간 기록 시계와 권총을 든 야경이 있었다.

"이제 집으로 가요, 구경은 끝났어요. 그만큼 즐겼으면 됐잖아요. 집에들 가서 자요."

그가 말했다.

지방 순회 상인들은 호텔 앞 연석에 좀 더 오랫동안 줄 지어 앉아 있었다. 호러스도 그들 사이에 있었다. 남행 열차가 1시에 출발하기로 되어 있었다.

"그 작자를 그대로 내버려 둘 심산인 모양이지? 옥수수 속대로 했다며? 여기 사람들은 어떻게 된 인간들이야? 저자들은 흥분할 줄도 모르나?"

한 상인이 말했다.

"내가 사는 도시에서는 그런 인간은 재판도 하지 않아."

두 번째 사람이 말했다.

"감옥도 아깝지. 그 여자는 어떤 여자야?"

세 번째 사람이 말했다.

"여대생이래. 예쁘게 생겼던데, 못 봤어?"

"봤지. 아기 같더군, 젠장. 나 같으면 옥수수 속대 같은 건 안 썼을걸."

잠시 후 광장은 조용해졌다. 시계가 11시를 치자 상인들이 안으로 들어갔고 흑인 포터가 와서 의자를 벽으로 치워 놓았다.

"기차를 기다리십니까?"

그가 호러스에게 물었다.

"그래, 언제 도착한다는 말은 없었나?"

"정시에 옵니다. 아직 두 시간이나 남았습니다. 괜찮으시면 견본실로 가 누우십시오."

"그래도 괜찮겠나?"

호러스가 말했다.

"제가 안내해 드리겠습니다."

흑인이 말했다.

견본실은 지방 순회 상인들이 상품을 전시해 두는 곳이었다. 그곳에는 소파가 있었다. 호러스는 불을 끄고 소파에 누웠다. 법정 주변의 나무들과 조용하고 텅 빈 광장 위로 솟은 그 건물의 일부가 보였다. 그러나 사람들은 잠자지 않고 있었다. 그는 시내 사람들이 깨어 있음을 느꼈다.

"어쨌든 난 잠을 잘 수가 없어."

그는 혼자 중얼거렸다.

시계가 12시를 치는 소리가 들렸다. 그리고 아마 삼십 분이나 그보다 좀 더 지났을 무렵에 누군가가 창문 아래로 달려가는 소리가 들렸다. 달리는 사람의 발소리가 말발굽 소리보다 더 크게 나서 모두 잠든 평화로운 시간에 텅 빈 광장에 메아리쳤다. 그것은 호러스가 지금 들은 소리가 아니었다. 그것은 달리는 발소리가 사라진 공기 중의 어떤 소리였다.

그는 계단으로 난 복도를 가면서도 문 너머에서 "불이야! 불……." 하고 고함치는 소리를 들었을 때에야 자신이 달리고 있음을 알았다. 그리고 그는 그 소리를 지나쳤다.

"그 사람은 나 때문에 놀랐을 거야. 아마 그는 세인트루이스에서 막 와서 이런 일에는 익숙지 않을 거야."

호러스가 말했다. 그는 호텔에서 거리로 뛰쳐나갔다. 앞에서 주인이 익살맞게 달렸다. 펑퍼짐한 사람이 바지 앞자락을 움켜쥐고 어깨 멜빵은 잠옷 뒤에서 덜렁거리고 흐트러진 머리카락이 아무렇게나 대머리 주변에 거칠게 곤두서 있었다. 다른 세 사람이 호텔을 지나 달렸다. 그들은 어딘지도 모르는 곳에서 나타나 어느 사이에 거리 한가운데서 옷을 다 차려입고 달렸다.

"불이 났어요."

호러스가 말했다.

불꽃이 보였다. 불꽃을 배경으로 감옥이 황량하고 야만적인 실루엣으로 떠올랐다.

"저기 빈 터에서요. 데스크에 아무도 없어서 난 못 가겠는데……."

바지 자락을 움켜쥔 주인이 말했다.

호러스는 달렸다. 다른 사람들이 앞서 달려가다 감옥 옆의 좁은 뒷길로 돌아가는 것이 보였다. 그리고 불 소리가, 가솔린이 무섭게 타는 소리가 들렸다. 그는 좁은 뒷길로 돌아갔다. 장이 열리는 날이면 마차를 매어 놓는 공터 한가운데서 불꽃이 이는 것이 보였다. 불꽃을 등진 검은 모습들이 기괴하게 보였다. 헐떡거리며 고함치는 소리가 들렸다. 잠깐 사이에 그는 한 사람이 불꽃 덩어리가 되어 돌아서서 달리는 것을 보았다. 그 사람은 여전히 20리터짜리 석유통을 들고 달렸는데, 그것이 마치 로켓의 불꽃처럼 폭발했다.

그는 군중 속으로, 공터 한가운데에 있는 불덩이를 빙 둘러싼 사람들 속으로 달려갔다. 원의 한편에서 석유통이 폭발한 사람의 비명이 들려왔지만 불덩이 한가운데서는 아무 소리도 들리지 않았다. 불꽃이 백열 덩어리로부터 길고 우레 같은 깃털로 타올랐고, 그 속에 기둥 몇 개와 널빤지의 끝이 희미하게 나타날 뿐 아무것도 구분할 수 없었다. 호러스는 그들 사이를 달렸다. 그들은 그를 제지했지만 그는 그것을 알아채지 못했다. 그들이 이야기를 하고 있었지만 그는 그 소리를 듣지 못했다.

"그자의 변호사야."

"여기 그자를 변호한 사람이 있어. 그자가 죄가 없음을 증명하려 한 사람 말이야."

"그놈도 태워 버려. 변호사 하나쯤 태워 버릴 만큼은 남았어."

"우리가 그자에게 한 것처럼 변호사에게도 해 주자. 그 자가 여자에게 한 짓 말이야. 단지 우린 옥수수 속대를 쓰지 않았을 뿐이야. 우리가 차라리 옥수수 속대를 썼으면 하고 그놈이 바라게 해 줘야 해."

호러스에게는 그들의 말이 들리지 않았다. 또한 불붙은 사람이 비명을 지르는 소리도 들리지 않았다. 불은 스스로를 먹고사는 것처럼 여전히 소리도 없이 거세게 타올랐지만 그에게는 불 소리도 들리지 않았다. 분노에 찬 소리가 꿈속처럼 평화로운 진공 속에서 말없이 으르렁거렸다.

30

기차가 킨스턴에 도착하자 7인승 승용차를 몰고 나온 한
노인이 보였다. 몸은 말랐고 눈은 회색인 데다 회색 콧수염 끝
에는 밀랍이 칠해져 있었다. 이 도시에 가장 먼저 정착한 사람
의 아들로, 예전에 이 도시가 목재 생산지로 갑자기 붐을 이루
기 전에는 농장주이자 지주였다. 그는 욕심이 많은 데다 속기
쉬워 재산을 다 날리고는 콧수염에 밀랍을 바르고 실크해트
를 쓰고 낡은 프록코트를 입고서 시내와 기차역 사이를 전세
마차를 몰고 다녔는데, 지방 순회 상인들에게 그가 킨스턴 사
교계를 주름잡았던 이야기며 어쩌다 마차를 몰게 되었는지에
대해 이야기했다.

마차 시대가 끝나자 그는 자동차를 사서 여전히 기차역에
서 기다렸다. 실크해트는 캡으로 바뀌고 프록코트는 뉴욕의

빈민가에서 유대인들이 만든 붉은 줄무늬 회색 양복으로 바꿨었지만 여전히 콧수염에는 밀랍을 발랐다.

"어서 오십시오. 가방을 차에 실으십시오."

호러스가 기차에서 내리자 그가 말했다. 그가 먼저 탔다. 호러스는 그의 옆 자리로 올라탔다.

"한 차 늦으셨군요."

그가 말했다.

"늦었다고요?"

호러스가 말했다.

"부인은 오늘 아침에 오셨습니다. 제가 댁으로 모셔다 드렸습니다. 댁의 부인 말입니다."

"아, 그 사람이 집에 있습니까?"

호러스가 말했다.

운전사는 차에 시동을 걸어 후진을 하더니 차를 돌렸다. 차는 훌륭하고 힘이 세서 쉽게 움직였다.

"부인이 언제 돌아오실 거라고 생각……. 제퍼슨에서 사람들이 그 사내를 불태워 죽였다죠. 그걸 보셨겠죠."

그들은 계속 갔다.

"예, 예. 이야기를 들었습니다."

호러스가 말했다.

"그래야 마땅하죠. 우리 여자는 우리가 지켜야 해요. 우리가 그 여자를 필요로 할 때가 있을지 모르니까요."

운전사가 말했다.

그들은 거리를 따라 시내로 돌아갔다. 길모퉁이에 아크등이 매달려 있었다.

"여기서 내리겠습니다."

호러스가 말했다.

"문까지 모셔다 드리겠습니다."

운전사가 말했다.

"여기서 내리겠습니다. 차를 돌리지 않아도 되게 말입니다."

호러스가 말했다.

"좋도록 하십시오. 어쨌든 요금은 다 내셔야 합니다."

운전사가 말했다.

호러스는 차에서 내려 여행용 가방을 들어냈다. 운전사는 가방에 손을 대려고 하지 않았다. 차는 갔다. 호러스는 가방을 들었다. 그것은 십 년 동안이나 누이동생 집 벽장 속에 있었는데, 그녀가 그에게 지방 검사의 이름을 묻던 날 아침에 그가 시내로 가져온 것이었다.

그의 집은 새 집으로 잔디밭이 꽤 넓은 데다 그가 심은 튤립나무[19]와 단풍나무도 그렇게 오래되지 않았다. 집에 들어서기도 전에 아내 방 창문에 드리워진 장밋빛 차양이 보였다. 그는 집 뒷문으로 들어가서 그녀의 방으로 가 안을 들여다보았다. 그녀는 침대에서 컬러 표지의 커다란 잡지를 보고 있었다. 램프의 갓은 장미색이었다. 탁자 위에는 뚜껑이 열린 초콜릿 상자가 있었다.

"돌아왔어."

---

19) 북미산 목련과 나무.

호러스가 말했다.

그녀가 잡지 너머로 그를 쳐다보았다.

"뒷문 잠갔어요?"

그녀가 말했다.

"그래, 그 애는 생각하던 대로. 당신은 오늘 밤……."

호러스가 말했다.

"내가 뭘요?"

"리틀 벨 말이야. 당신은 전화를……."

"뭣 때문에요? 그 애는 하우스파티에 갔어요. 그래선 안 될 이유라도 있나요? 그 애가 계획을 취소하고 초대를 거절해야 할 이유라도 있나요?"

"그래, 그 애는 생각하던 대로. 당신은……."

호러스가 말했다.

"그저께 밤에 그 애에게 이야기했어요. 뒷문이나 잠그세요."

"그래, 그 애는 잘 지내지. 물론 그래, 난 다만……."

호러스가 말했다. 전화는 어두운 복도의 탁자 위에 있었다. 지방 회선이어서 번호를 연결하는 데 시간이 좀 걸렸다. 호러스는 전화기 옆에 앉았다. 그는 복도 뒷문을 열어 두었다. 그 문으로 여름밤의 산들바람이 어렴풋이 불어와 마음을 산란하게 했다.

"밤은 노인에게 안 좋아, 여름밤은 노인에게 안 좋아. 어떻게든 조처를 취해야 돼. 법으로든."

그는 수화기를 들고 조용히 말했다.

누워서 부르는 사람의 목소리로 방에서 벨이 그의 이름을 불렀다.

"그저께 밤에 그 애에게 전화했다고 했잖아요. 왜 그 애를 귀찮게 하는 거죠?"

"알아, 곧 끊을게."

호러스가 말했다. 수화기를 든 호러스는 바람이 희미하게 불어와 마음을 산란하게 하는 문을 쳐다보았다. 그는 언젠가 책에서 읽은 한 구절을 말하기 시작했다.

"평화는 드물어라. 평화는 드물어라."[20]

전화기에서 대답이 들렸다.

"여보세요! 여보세요! 벨이니?"

호러스가 말했다.

"예? 무슨 일이세요? 무슨 일 있어요?"

그녀의 목소리가 가늘고 희미하게 들렸다.

"아니다, 아니야. 그냥 잘 자라는 인사를 하려고."

호러스가 말했다.

"뭐라고요? 무슨 일이세요? 누구세요?"

호러스는 수화기를 들고 어두운 복도에 앉아 있었다.

"나야, 호러스야. 호러스. 난 다만……"

전화선 너머에서 맞붙어 싸우는 소리가 어렴풋이 들렸다. 그리고 리틀 벨의 숨소리가 들렸다. 그러더니 한 남자의 목소리가 들렸다.

---

20) 영국 시인 셸리(Percy Shelley)의 시 「제인에게: 회상」(1822)에 나오는 구절.

"여보세요, 호러스. 한번 만납시다……."

"쉿."

리틀 벨의 목소리가 가늘고 희미하게 들려왔다. 다시 그들이 싸우는 소리가 호러스의 귀에 들렸다. 숨 막힐 듯한 시간이 지나갔다.

"그만둬!"

리틀 벨의 목소리가 말했다.

"호러스야! 나하고 한집에서 살아!"

호러스는 수화기를 귀에 바짝 가져다 댔다. 리틀 벨의 목소리는 숨 막힐 듯하고 억제되고 싸늘하고 신중하고 초연했다.

"여보세요, 호러스. 엄마는 잘 지내세요?"

"그래, 우린 다 잘 지낸다. 난 다만 너에게……."

"아, 안녕히 주무세요."

"잘 자라. 잘 지내지?"

"예, 예. 내일 편지 쓸게요. 오늘 엄마가 제 편지를 받으시지 않았나요?"

"모르겠다, 난 다만……."

"제가 부치는 걸 깜박했나 봐요. 내일은 잊지 않을게요. 내일 쓸게요. 다른 일은 없으시죠?"

"그래, 다만 네게 이야기하고 싶……."

그는 수화기를 내려놓았다. 전화 끊어지는 소리가 들렸다. 아내의 방에서 새어 나오는 불빛이 복도에 비쳤다.

"뒷문 잠가요."

그녀가 말했다.

31

포파이는 어머니를 만나러 펜서콜라로 가던 중 버밍햄에서
체포되었다. 그해 6월 17일 앨라배마의 어느 작은 도시에서
경찰을 살해한 혐의였다. 그가 체포된 때는 8월이었다. 레드가
살해된 날 밤에 템플이 도로변 여관 옆에 주차된 차 안에 앉
아 있던 그를 지나친 것이 6월 17일 밤이었다.

매년 여름 포파이는 어머니를 만나러 갔다. 그녀는 그가 멤
피스의 어느 호텔에서 야간 근무를 하는 걸로 알고 있었다.

그의 어머니는 하숙집 딸이었다. 그의 아버지는 1900년에
파업을 분쇄하기 위해 한 시내 전차 회사에 고용된 전문 파업
파괴자였다. 그의 어머니는 그때 시내에 있는 한 백화점에서
일을 했다. 사흘 밤 동안 그녀는 포파이의 아버지가 모는 전차
의 운전석 옆에 앉아 퇴근했다. 어느 날 밤 그 파업 파괴자는

그녀의 집 근처에서 그녀를 따라 내리더니 그녀의 집으로 갔다.

"해고된 건 아니겠죠?"

그녀가 말했다.

"누가 날?"

그 파업 파괴자가 말했다. 그들은 나란히 걸었다. 그는 옷을 잘 입고 있었다.

"다른 데서 날 재깍 데려갈걸. 그자들도 그걸 알아."

"누가 당신을 데려가요?"

"파업자들이지. 누가 차를 몰든 무슨 상관이람. 난 이 사람하고 탔다 금방 저 사람하고도 타지. 내가 매일 밤 이 시간에 이 노선을 운행할 수만 있다면 빠를수록 좋아."

그녀는 그와 나란히 걸었다.

"농담 마세요."

"진짜야."

그가 그녀의 손을 잡았다.

"결혼도 그런 식이겠네요. 이 여자하고 붙었다 금방 저 여자하고 붙었다."

"누가 그런 소릴 했어? 빌어먹을 놈들이 내 이야기를 해 댄 거야?"

그가 말했다.

한 달 후 그녀는 그에게 결혼해야 한다고 말했다.

"해야 한다니 무슨 뜻이야?"

그가 말했다.

"차마 집에는 말할 수 없었어요. 집을 나와야 할까 봐요. 차마 말할 수는."

"자, 그렇게 난리 치지 마. 내가 알아서 할게. 어쨌든 난 매일 밤 여길 지나가야 해."

그들은 결혼했다. 그는 밤에 그 모퉁이를 지나갔다. 그는 발로 누르는 벨을 울려댔다. 이따금 그는 집에 들렀다. 그는 그녀에게 돈을 주었다. 그녀의 어머니는 그를 좋아했다. 그는 일요일 저녁 식사 시간이면 요란스럽게 집에 와서 다른 하숙인들을, 심지어 늙은 사람들까지 이름을 마구 불러댔다. 그러던 어느 날 그는 돌아오지 않았고, 전차가 지나갈 때 벨이 울리지도 않았다. 그 무렵 파업이 끝났다. 그녀는 그가 보낸 크리스마스카드를 받았다. 조지아주의 한 도시에서 보낸 것으로 종과 돈을새김을 한 도금 화환이 그려져 있었다. 거기에는 "여기서는 파업을 타결하려고 애쓰고 있어. 하지만 이 사람들은 너무 느려 터져. 아마 우리가 이 도시를 상대로 파업할 때까지 계속될 거야. 하하."라고 쓰여 있었다. 파업이라는 말에 줄이 쳐져 있었다.

결혼한 지 삼 주가 지나자 그녀의 몸이 아프기 시작했다. 그때 그녀는 임신 중이었다. 흑인 노파가 문제가 뭔지 이야기해주었기 때문에 그녀는 의사를 찾아가지 않았다. 카드를 받은 크리스마스 날 포파이가 태어났다. 처음에는 다들 그가 봉사라고 생각했다. 나중에 봉사가 아니라는 것은 알았지만 그는 네 살 무렵까지 걷지도 말하지도 못했다. 한편 그녀 어머니의 두 번째 남편은 온화하고 콧수염이 무성하며 키가 작고 화를 잘 내는 사람으로 집에서 빈둥거렸다. 그는 부서진 계단과 물이 새는 배수로 같은 것을 수리했다. 어느 날 오후 그는 정육점에 12달러를 지불하라고 준 서명이 된 백지 수표를 들고 집을 나가 다시는 돌아오지 않았다. 아내가 저축한 1400달러나 되는 돈을 은행에서 찾아 사라져 버렸다.

딸이 시내에서 일하는 동안 어머니가 아기를 돌보았다. 어느 날 오후 한 하숙인이 돌아와서 자기 방에 불이 난 것을 발견했다. 그는 불을 껐지만 일주일 후에는 쓰레기통에서 모깃불을 발견했다. 할머니가 아기를 돌보았고 아기를 데리고 다녔다. 어느 날 저녁 할머니가 보이지 않았다. 집 안이 발칵 뒤집어졌다. 이웃 사람이 화재 경보기를 울려서 소방관들이 고미다락에 있는 할머니를 찾아냈다. 할머니는 마룻바닥 한가운데에 놓인 한 움큼의 대팻밥에 붙은 불을 밟아 끄고 있었고, 아기는 옆에 있는 매트리스 위에서 자고 있었다.

"저놈들이 애를 훔쳐 가려 해. 저놈들이 집에 불을 질렀어."

노파가 말했다. 다음 날 하숙인들이 모두 나가 버렸다.

젊은 여자는 직장을 그만두었다. 그녀는 종일 집에서 지냈다.

"밖으로 나가 바람 좀 쐬어라."

할머니가 말했다.

"바람이야 실컷 쐬었어요."

딸이 말했다.

"나가서 장 좀 봐 와. 넌 싸게 잘 사 오잖니."

어머니가 말했다.

"안 그래도 싸요."

그녀는 불을 아주 조심했다. 집 안에는 성냥을 두지 않았다. 몇 개를 바깥벽의 벽돌 뒤에 감춰두었다. 포파이는 그때 세 살이었다. 그는 먹기는 잘했지만 한 살짜리 같아 보였다. 한 의사가 그의 어머니에게 올리브기름으로 요리한 달걀을 먹이라고 말했다. 어느 날 오후 식료품 가게 점원이 자전거를 타고 건물 사이의 통로를 들어오다 미끄러졌다. 꾸러미에서 무언가가 흘러나왔다.

"달걀이 아니에요, 아시겠어요?"

소년이 말했다.

그것은 올리브기름 병이었다.

"어쨌든 깡통에 든 기름을 사는 게 좋을 거예요. 애가 뭘 알겠어요. 다른 걸로 가져다 드릴게요. 저 문 좀 고쳐 놓으세요. 제 목이 걸려 부러지는 걸 보고 싶진 않으시겠죠?"

소년이 말했다.

그는 6시가 되었는데도 오지 않았다. 여름이었다. 집 안에는 불도 성냥도 없었다.

"오 분 안으로 돌아올게요."

딸이 말했다.

그녀가 집을 나왔다. 할머니는 그녀가 사라지는 것을 지켜보았다. 그러고는 아기를 가벼운 담요로 싸서 집을 나왔다. 그 거리는 시장이 있어서 리무진을 탄 부자들이 집으로 돌아가는 도중 장을 보기 위해 멈추는 큰 도로에서 떨어진 옆길이었다. 그녀가 모퉁이에 다다랐을 때 자동차 한 대가 막 연석으로 들어왔다. 한 여자가 내려서 가게로 들어가고 흑인 운전사는 운전대에서 기다렸다. 그녀는 자동차로 갔다.

"50센트만 줘."

그녀가 말하자 흑인이 쳐다보았다.

"뭐라고요?"

"50센트만 줘. 점원이 병을 깨뜨렸어."

"아, 여기서 당신에게 돈을 주고 나면 나중에 어떻게 정산을 해요? 마님이 당신더러 돈을 받아 오라고 보냈어요?"

흑인이 주머니에 손을 집어넣으며 말했다.

"50센트만 줘. 점원이 병을 깨뜨렸어."

"그러면 내가 들어가 보는 게 낫겠는데. 내 생각에는 말이야, 사람들이 돈을 냈으면 어쨌거나 물건을 줘야 할 것 같은데. 더구나 우리처럼 여기서 오랫동안 거래한 사람들에겐 말이야."

흑인이 말했다.

"50센트야."

여자가 말했다. 그는 그녀에게 50센트를 주고 가게로 들어갔다. 그녀는 그를 지켜보았다. 그리고 아기를 자동차 좌석에 눕혀두고 그 흑인을 따라갔다. 그곳은 셀프서비스를 하는 곳으로 고객들이 난간을 따라 일렬로 천천히 움직였다. 흑인은 자동차에서 내린 백인 여자 바로 옆에 있었다. 할머니는 백인 여자가 흑인에게 양념 병과 케첩 병을 건네주는 것을 보았다.

"저건 1달러 25센트 할 거야."

그녀가 말했다. 흑인이 그녀에게 돈을 주었다. 그녀는 그것을 받아 들고 그들을 지나 가게를 가로질러 갔다. 가격표가 붙은 이탈리아산 수입 올리브기름이 보였다.

"28센트가 남았어."

그녀가 말했다. 그녀는 가격표를 보며 계속 가다 마침내 28센트라고 적힌 가격표를 발견했다. 목욕 비누 일곱 개가 들어 있었다. 꾸러미 두 개를 들고 그녀는 가게를 나왔다. 모퉁이에 경찰이 있었다.

"성냥 좀 줘."

그녀가 말했다.

경찰이 주머니를 뒤졌다.

"왜 저기서 안 샀어요?"

그가 말했다.

"깜박 잊어버렸어. 아기를 데리고 장을 보는 게 얼마나 힘든데 그래."

"아기는 어디 있어요?"

경찰이 말했다.

"안에서 팔아먹었어."

여자가 말했다.

"보드빌 배우가 되실 걸 그랬어요. 성냥이 몇 개나 필요하세요? 한두 개밖에 없어요."

경찰이 말했다.

"한 개면 돼. 난 한 개로도 불을 켜."

여자가 말했다.

"보드빌 배우가 되실 걸 그랬어요. 집이 무너져라 박수가 터져 나올 텐데."

경찰이 말했다.

"그럼, 집이 무너질 거야."

여자가 말했다.

"무슨 집요? 구빈원요?"

그가 그녀를 쳐다보았다.

"내가 집을 무너뜨리고 말걸. 내일 신문을 봐. 아마 내 이름이 날 거야."

여자가 말했다.

"할머니 이름이 뭔데요? 캘빈 쿨리지?"[21]

"아니, 그건 내 아들이야."

"아, 아마 그래서 장을 보는 데 그렇게 고생하셨군요. 보드빌 배우가 되실 걸 그랬어요……. 성냥 두 개면 될까요?"

그 주소에서 세 번이나 화재 경보가 울린 적이 있어서 사람들은 허둥지둥하지 않았다. 맨 먼저 도착한 사람은 딸이었다. 문은 잠겨 있었고, 소방관이 와서 문을 부수었을 때 그 집은 이미 불길에 휩싸여 있었다. 할머니는 이미 연기가 휘감은 위층 창문에서 몸을 내밀었다.

"빌어먹을 놈들. 그놈들이 애를 데려가려 했어. 하지만 내가 본때를 보여 주겠다고 했지. 그놈들에게 그렇게 말했어."

그녀가 말했다.

어머니는 포파이 역시 죽은 줄로만 알았다. 사람들이 비명을 지르는 그녀를 붙잡고 있는 사이에 고함을 질러 대는 할머

---

21) 존 캘빈 쿨리지(John Calvin Coolidge, 1872~1933). 1923년~1929년에 재임한 미국의 30대 대통령. 이 장면의 배경은 1903년이나 1904년이므로 쿨리지의 이름을 언급하는 것은 상황에 맞지 않는다.

니의 얼굴이 연기 속으로 사라지고 그 집의 뼈대가 내려앉았다. 그 와중에 그 백인 여자와 경찰이 아기를 데리고 와선 그녀를 찾아냈다. 입을 벌린 미친 듯한 얼굴의 젊은 여자는 넋빠진 듯이 아기를 쳐다보면서 두 손으로 흐트러진 머리카락을 천천히 관자놀이 위로 쓸어 올렸다. 그녀는 완전히 회복되지는 못했다. 고된 일을 하고 맑은 공기를 제대로 마시지 못하고 푹 쉬지도 못한 데다 잠깐 같이 산 남편이 남겨 준 질병으로 충격을 견뎌 낼 건강 상태가 아니었다. 그녀는 이따금 아기를 팔에 안고 자장가를 불러 주면서도 아기가 죽었다고 믿었다.

포파이는 거의 죽은 거나 다름없었다. 다섯 살 때까지 머리카락이 전혀 나지 않았고, 그때쯤에는 한 기관의 주간반 학생이었는데 작은 키에 연약한 아이인 데다 위장이 지나치게 예민해서 의사가 그에게 처방해 준 섭생법을 조금만 어겨도 발작을 일으켰다.

"스트리크닌[22]과 마찬가지로 술을 마시면 이 아이는 죽게 될 겁니다. 제대로 말하자면 이 아이는 절대로 어른이 될 수 없습니다. 잘 보살피면 좀 더 오래 살기는 할 겁니다. 그러나 지금보다 더 나이가 들지는 않을 겁니다."

의사는 할머니가 집에 불을 지른 날 자신의 차 안에서 포파이를 발견한 그 여자에게 말했다. 그녀의 권유로 포파이는 의사의 진찰을 받았다. 그녀는 평일 오후와 휴일에 그를 자기 집으로 데려갔고, 그는 그곳에서 혼자 놀았다. 그녀는 그를 위

---

22) 유기 염기의 일종으로 신경 자극제.

해 파티를 열어 주기로 했다. 그녀는 그에게 그 이야기를 해 주고 새 옷을 사 주었다. 파티가 열리는 날 오후 손님들이 도 착하기 시작할 때쯤 포파이는 보이지 않았다. 마침내 한 하인 이 욕실 문이 잠겨 있는 것을 발견했다. 아이의 이름을 불렀지 만 대답이 없었다. 열쇠 따는 사람을 부르러 보냈지만 그사이 그 여자는 두려움 때문에 도끼로 문을 부수게 했다. 욕실은 비어 있었다. 창문이 열려 있었다. 그것은 낮은 지붕으로 연결 되었고, 그 지붕에 배수관이 땅으로 이어졌다. 포파이는 사라 지고 없었다. 마룻바닥에는 모란앵무 한 쌍이 사는 버드나무 새장이 있었고, 그 옆에는 새들과 그가 그 새들을 산 채로 자 른 피 묻은 가위가 있었다.

석 달 후 그의 어머니의 이웃 사람의 선동으로 포파이는 체 포되어 소년원으로 갔다. 제대로 자라지도 않은 새끼 고양이 를 같은 방법으로 죽인 것이었다.

그의 어머니는 병약했다. 아이를 돌봐 주려고 했던 그 여자 는 그녀에게 바느질 일 따위를 시키면서 그녀를 보살펴 주었 다. 포파이는 오 년 뒤 행동이 나무랄 데 없이 교정되었다고 해서 석방되었고 그 후에 모빌에서, 그러고는 뉴올리언스에서, 그러고는 멤피스에서 일 년에 두세 차례 그녀에게 편지를 보 냈다. 매년 여름 그는 그녀를 만나러 돌아왔다. 착 달라붙는 검은 양복을 입고, 부유하고 조용하며, 마르고 검고, 속을 털 어놓지 않았다. 그는 그녀에게 호텔에서 야간 사무를 맡아 일 하며 직업상 의사나 변호사처럼 이 도시 저 도시를 돌아다닌 다고 말했다.

그는 그해 여름 집으로 돌아가는 길에 한 도시에서 사람을 살해한 혐의로 체포되었는데, 그 시간은 그가 다른 도시에서 다른 누군가를 죽인 시간이었다. 그는 돈을 벌었지만 알코올이 독약처럼 자신을 죽일 것을 알고 있었고 친구도 없었고 여자 또한 알지 못했으며 앞으로도 알지 못할 것을 알았기 때문에 돈을 주체할 수 없었다. 그는 경찰이 살해된 도시의 감옥 감방을 둘러보며 "젠장." 하고 말하고 자유로운 손(다른 손은 그를 버밍햄에서 데려온 경찰의 손과 함께 수갑이 채워져 있었다.)으로 담배를 찾기 위해 코트를 뒤졌다.

"이자에게 변호사를 부르게 하지. 속을 털어놓고 마음의 부담을 덜게 말이야. 자네 전보 칠 텐가?"

그들이 말했다.

"아니."

그는 차갑고 부드러운 눈으로 간이침대와 높직이 있는 작은 창문과 빛이 스며들어 오는 창살을 댄 문을 힐금 쳐다보았다. 그들은 수갑을 풀어 주었다. 포파이의 손은 희미한 공기 속에서 작은 불꽃이 깜박이는 것 같았다. 그는 담배에 불을 붙이고 성냥을 문 쪽으로 휙 던졌다.

"뭣 때문에 변호사를 불러? 난 절대로……. 이 감방은 이름이 뭐야?"

"잊어버린 모양이지?"

그들이 그에게 말했다.

"다시는 안 잊어버릴걸."

다른 사람이 말했다.

"아침에 자기 변호사 이름을 기억한다면 또 모르지."

첫 번째 사람이 말했다.

그들은 그가 침대에 앉아 담배를 피우도록 내버려두었다. 그는 문이 닫히는 소리를 들었다. 이따금 다른 감방에서 소리가 들렸다. 복도 저쪽 어딘가에서 한 흑인이 노래를 불렀다. 포파이는 침대에 누워 반짝이는 작고 검은 구둣발을 포갰다.

"젠장."

그가 말했다.

다음 날 아침 판사가 그에게 변호사를 원하는지 물었다.

"뭣 때문에? 어젯밤에 그 사람들에게 말했지만 여긴 난생처음 와 봐. 난 괜히 여기에 낯선 사람을 불러들일 만큼 이 도시를 좋아하진 않아."

그가 말했다.

판사와 법정 경위가 옆에서 의논했다.

"변호사를 선임하는 게 좋을 거야."

판사가 말했다.

"좋아."

포파이가 말했다.

"당신네들 중 하루치 일을 해 볼 사람 있어?"

그는 돌아서서 방 안에 대고 말했다.

판사는 테이블을 톡톡 쳤다. 포파이는 다시 돌아서더니 꽉 죄는 어깨를 보일 듯 말 듯 으쓱하고 담배를 넣어 둔 주머니로 손을 움직였다. 판사는 막 법대를 졸업한 젊은 사람을 그의 변호사로 선임했다.

"석방되려고 안달하진 않아. 빨리 끝내."

포파이가 말했다.

"어쨌든 자넨 보석되지 않아."

판사가 포파이에게 말했다.

"뭐라고?"

포파이가 말했다.

"좋아, 잭. 계속해. 난 지금 펜서콜라에 있어야 할 시간이야."

그가 변호사에게 말했다.

"죄수를 감옥에 다시 집어넣어."

판사가 말했다.

변호사의 얼굴은 못생기고 열정적이고 성실해 보였다. 그가 무시무시한 열정에 사로잡혀 지껄여 대는 동안 포파이는 침대에 누워 모자를 눈 위로 눌러쓰고 담배를 피우며 햇볕을 쬐는 뱀처럼 꼼짝도 하지 않았다. 그리고 담배를 쥔 손만 주기적으로 움직였다. 마침내 그가 말했다.

"이봐, 난 판사가 아니야. 그런 이야기는 그자에게나 해."

"하지만 난……."

"물론이지. 그런 이야기는 그자들에게나 해. 난 그런 건 아무것도 몰라. 난 그곳에 있지도 않았어. 그런 건 나가서 걸으면서 잊어버려."

재판은 하루 종일 계속되었다. 동료 경찰, 담배 가게 점원, 전화 교환원이 증언을 했고 그의 변호사는 세련되지 않은 열정과 성실한 오판을 뒤죽박죽으로 섞어 논박했다. 그사이 포파이는 의자에 앉아 빈둥거리며 배심원들의 머리 위로 난 창문으로 밖을 내다보았다. 이따금 그는 하품을 했다. 그는 담배가 든 주머니로 손을 뻗다 그만두고 검은 양복으로 굼뜨게 가져다 댔다. 밀랍처럼 생명이 없어 보이는 두 손은 모양과 크기가 인형의 손 같았다.

배심원들은 팔 분 동안 퇴장했다. 그들은 일어서서 그를 쳐다보며 그가 유죄라고 말했다. 움직이지도 자세를 바꾸지도 않고 그는 잠시 동안 침묵을 지키며 천천히 그들을 뒤돌아보았다.

"이런, 젠장."

그가 말했다.

판사가 의사봉을 세게 두드리자 경찰이 그의 팔을 잡았다.

"상고할 겁니다. 끝까지 그들과 싸울 겁니다……."

변호사가 그의 옆으로 뛰어와서 재잘거렸다.

"물론, 하지만 여기선 아니야. 그만 꺼져. 가서 진정제나 먹어."

포파이는 침대에 누워 담배에 불을 붙이며 말했다.

지방 검사는 이미 항소에 대비해 계획을 세웠다.

"너무 쉬웠어. 그자는 받아들였어……. 그자가 어떻게 받아들였는지 봤어? 판사가 언제 제 놈의 목을 매달지 이야기하는데도, 마치 너무 게을러서 자기가 좋아하는지 싫어하는지도 모르는 음악에 귀를 기울이고 있는 것 같았다니까. 아마 지금쯤 멤피스의 변호사가 벌써 그곳 대법원 문에서 전보를 기다릴 거야. 난 그자들을 알지. 바로 그런 자들이 정의를 웃음거리로 만드는 바람에 우리가 유죄 선고를 내려도 사람들이 그게 타당하다고 믿지 않는 거야."

그가 말했다.

포파이는 교도관을 불러서 100달러짜리 지폐를 주었다. 면도기와 담배를 부탁했다.

"거스름돈은 넣어두고 담뱃값이 떨어지면 이야기해."

그가 말했다.

"어쩌면 나와 함께 담배를 피울 날도 얼마 남지 않았을 거야. 이번에는 좋은 변호사를 만나게 될 거야."

교도관이 말했다.

"그 로션을 잊어버리면 안 돼. 에드 피노드 말이야."

포파이가 말했다. 그는 '파이노드'를 '피노드'라고 발음했다.

약간 서늘하고 흐린 여름이었다. 감방에는 햇빛이 좀처럼 들지 않았고 복도에는 늘 전등불을 밝혀 두어 감방 안에는 그가 발을 뻗은 침대에까지 넓고 희미한 모자이크가 드리워졌다. 교도관이 그에게 의자를 하나 주었다. 그는 그것을 탁자 대신 사용했다. 그 위에는 싸구려 시계, 담뱃갑, 재떨이로 쓰는 금이 간 수프 그릇이 있었고 그는 매일 침대에 누워 담배를 피우고 자기 발을 쳐다보며 지냈다. 돌로 지은 감방 안이 추워서 늘 옷을 입고 있었기 때문에 신발은 광택이 흐려졌고 옷은 다리미질을 할 필요가 있었다.

어느 날 교도관이 말했다.

"여기 사람들의 말을 들어보니 그 부관이 죽을 짓을 했더구먼. 그자가 몇 가지 나쁜 짓을 한 걸 사람들이 알고 있던데."

포파이는 모자로 얼굴을 덮고 담배를 피웠다.

"그자들이 당신 전보를 치지 않았을지 몰라. 내가 다시 쳐

줄까?"

교도관이 말했다. 창살에 기댄 그의 눈에 포파이의 발이, 꼼짝 않고 있는 마르고 검은 다리가 수그린 섬세한 몸통과 옆으로 돌린 얼굴 위로 비스듬히 기울인 모자와 작은 손에 든 담배와 하나가 되는 것이 보였다. 그의 다리는 그림자 속에, 창살에 기댄 교도관 몸의 그림자 속에 있었다. 잠시 후 교도관이 조용히 나갔다.

그가 머물 날이 엿새 남았을 때 교도관이 그에게 잡지와 카드를 주겠다고 했다.

"뭣 때문에?"

포파이가 말했다. 처음으로 그는 머리를 들어 교도관을 쳐다보았다. 그의 부드럽고 창백한 얼굴에 있는 눈은 둥글고 부드러운 게, 마치 잡기 적합한 아이들의 장난감 화살촉 같았다. 그리고 그는 다시 누웠다. 그 후 매일 아침 교도관은 문 사이로 둘둘 만 신문을 넣어 주었다. 그것은 마룻바닥에 떨어진 채 그대로 쌓여서 낮 동안 제 무게에 눌려 저절로 납작하게 펴졌다.

사흘 남았을 때 멤피스의 변호사가 도착했다. 부르지도 않았는데 그는 감방으로 곧장 왔다. 그날 아침 내내 교도관은 그 변호사가 큰 소리로 간청하고 화를 내고 충고하는 소리를 들었다. 정오에 그의 목소리는 목이 쉬어서 속삭이는 소리보다 더 크지 않았다.

"단지 이렇게 누워서……."

"난 괜찮아. 난 당신을 부른 적이 없어. 상관하지 마."

포파이가 말했다.

"교수형을 당하고 싶은 거요? 그래요? 자살이라도 하려는 거요? 돈을 버는 데 지쳐서……. 당신처럼 영리한 사람이……."

"벌써 말했잖아. 알아들었으니까 그만 해."

"시시껄렁한 치안 판사 손에 교수형을 당하겠단 말이지! 내가 멤피스로 돌아가 이야기하면 다들 믿지 않을 거요."

"그러면 이야기하지 마."

그가 잠시 누워 있는 동안 변호사는 당황하고 분노에 차 믿을 수 없다는 표정으로 그를 쳐다보았다.

"빌어먹을 촌놈들, 젠장……. 그만 꺼져. 말했지. 난 괜찮다고."

포파이가 말했다.

마지막 날 밤에 목사가 찾아왔다.

"당신을 위해 기도하고 싶습니다."

그가 말했다.

"물론이지, 어서 해. 난 상관하지 마."

포파이가 말했다.

목사는 포파이가 누워 담배를 피우는 침대 옆에서 무릎을 꿇었다. 잠시 후 목사는 포파이가 일어나 마루를 가로질러 갔다가 침대로 돌아오는 소리를 들었다. 그가 일어났을 때 포파이는 침대에 누워 담배를 피우고 있었다. 목사가 고개를 돌려 포파이의 움직임이 들렸던 곳을 쳐다보니 벽 아래 바닥에 불에 탄 성냥으로 표시를 해 둔 듯이 일정한 간격으로 열두 개의 표시가 나 있었다. 두 공간에는 담배꽁초가 여러 줄로 가지런히 쌓여 있었다. 세 번째 공간에는 담배꽁초가 두 개 있었다. 떠나기 전에 그는 포파이가 일어나서 그곳으로 가더니 담배꽁초를 두 개 더 꺼내 다른 것들 옆에 조심스레 놓는 것을 보았다.

5시가 막 지났을 때 목사가 다시 왔다. 공간은 열두 번째 것을 제외하고 모두 가득 찼다. 열두 번째 것은 4분의 3 정도 쌓여 있었다. 포파이는 침대에 누워 있었다.

"갈 준비가 됐어?"

포파이가 말했다.

"아직은. 기도하려고 해 봐요, 어서."

목사가 말했다.

"물론이지, 어서 해."

포파이가 말했다. 목사는 다시 무릎을 꿇었다. 포파이가 다시 일어나 마룻바닥을 가로질러 갔다가 돌아오는 소리가 들렸다.

5시 30분에 교도관이 왔다.

"여기……."

그가 말했다. 그는 꽉 쥔 주먹을 말없이 창살 사이로 집어넣었다.

"당신이 준 100달러에서 남은 거스름돈이야……. 여기…… 48달러야. 잠깐, 다시 세어 봐야겠어. 정확하게는 모르지만 명세서를 주지……. 영수증이……."

그가 말했다.

"가져, 굴렁쇠나 하나 사."

포파이가 움직이지도 않고 말했다.

사람들이 6시에 그를 데리러 왔다. 목사가 그의 팔꿈치를 받치고 그와 함께 갔다. 그러고는 교수대 밑에 서서 기도했다. 그사이 그들이 밧줄을 맞추어 포파이의 매끄럽고 기름 바른 머리에 거느라 그의 머리카락이 헝클어졌다. 손이 묶여 있었기 때문에 그는 머리카락이 흘러내릴 때마다 뒤로 넘기려고 머리를 흔들었다. 그사이 목사는 기도했고 각자 제자리에 서서 머리를 숙인 다른 사람들은 움직이지 않았다.

포파이는 목을 조금씩 움직여 앞으로 빼냈다.

"잠깐!"

그가 말했다. 그 소리는 목사의 단조로운 목소리를 예리하게 잘라 버렸다.

"잠깐!"

군 보안관이 그를 쳐다보았다. 그는 목을 흔들다 말고, 마치 머리 위에 달걀을 올려놓은 듯 꼼짝 않고 서 있었다.

"잭, 머리카락 좀 고쳐 줘."

그가 말했다.

"물론, 내가 고쳐 주지."

보안관이 함정 문을 당기며 말했다.

*

우중충한 해의 우중충한 여름의 우중충한 날이었다. 거리에 나다니는 노인들은 코트를 입었고, 템플과 그녀의 아버지가 뤽상부르 공원을 지날 때 여자들은 숄을 걸치고 앉아서 뜨개질을 하고, 크로케를 하는 남자들조차 코트를 입고 케이프를 두른 채 경기를 했으며, 밤나무의 서글퍼 보이는 그늘 속에서는 메마른 공 소리와 이따금 들려오는 아이들의 고함 소리에 화려하고 덧없고 외로운 가을 정취가 배어 있었다. 사람들이 바글거리고 연못에 쏟아지는 분수의 물과 색과 질이 똑같은 회색빛으로 가득한, 그리스 양식을 모방한 난간이 있는 원 너머에서 요란한 음악이 계속 들려왔다. 그들은 아이들과 초라한 갈색 코트를 입은 한 노인이 장난감 배를 띄우는 연못을 지나가서 다시 나무 밑으로 들어가 의자를 찾았다. 곧 한 노파가 터벅거리며 잰걸음으로 와서 4수23)를 거둬 갔다.

대형 천막에서는 지평선 하늘색 군복을 입은 악단이 마스네24)와 스크랴빈25)과 고문당한 차이코프스키를 곰팡내 나는 한 조각 빵 위에 엷게 바른 것 같은 베를리오즈26)의 음악을 연주했다. 그사이 황혼은 나뭇가지들 사이로 비치는 축축한 미광에 용해되어 천막과 거무칙칙한 버섯처럼 늘어선 우산들을 물들였다. 관악기들이 내는 풍부하고 낭랑한 소리가 강렬하고 슬픈 파도가 되어 그들 위를 굴러 가서 짙은 푸른색 황혼에 부딪쳐 사라졌다. 템플은 손으로 입을 가리고 하품을 하

23) 프랑스의 옛 화폐.
24) 쥘 에밀 프레데리크 마스네(Jules Emile Federic Massenet, 1842~1912). 프랑스 작곡가.
25) 알렉산드르 니콜라예비치 스크랴빈(Aleksandr Nikolaevich Skryabin, 1872~1915). 러시아 작곡가.
26) 루이 엑토르 베를리오즈(Louis Hector Berlioz, 1803~1869). 프랑스 작곡가.

고는 콤팩트를 열더니 작은 모형 같은 시무룩하고 불만스럽고 슬픈 얼굴을 비춰 보았다. 옆에서는 그녀의 아버지가 지팡이 꼭대기에 손을 포개고 앉았는데, 그의 뻣뻣한 수염에는 물기가 서리 맞은 은처럼 맺혀 있었다. 그녀는 콤팩트를 닫았다. 그녀의 시선은 멋진 새 모자 아래에서 음악의 파도를 따라가는 것 같았다. 그것은 사라져 가는 관악기 소리 속에 용해되어 연못과 맞은편에 반원형을 이룬 나무들을 가로질러 갔다. 그곳에서는 더러운 대리석 여신들이 황혼 속에 일정한 간격을 두고 늘어서서 죽은 듯 고요히 명상에 잠겨 있었다. 그러고는 고개를 숙이고 비와 죽음의 계절의 포옹에 정복당한 하늘을 응시했다.

『성역』——1920년대 미국 사회의 한 자화상

1

윌리엄 포크너는 20세기 미국의 가장 뛰어난 소설가 중 한 사람이다. 그는 미국 모더니즘 소설의 형성과 발전에 절대적인 기여를 했으며 그 정수를 보여준다. 또한 그의 문학에는 에드거 앨런 포와 마크 트웨인으로 이어지는 미국 남부의 문학 전통이 농밀하게 녹아 있다. 그의 문학은 한마디로 전통적인 가치가 급속히 해체되고 사실과 허구가 혼란스러울 정도로 뒤섞인 남부 역사에서 남부의 실체를 포착하기 위한 지난한 작업이었다 해도 지나친 말이 아니다.

모더니즘 작가로서 포크너는 그의 문학에서 언어와 시간과 인간의 의식에 대한 전통적인 개념을 받아들이기를 거부했다. 이전의 사실주의 작가들이 의미 전달 수단으로써 언어를 절대적으로 신뢰한 데 반해 그는 언어의 가변성 내지 불확실성을 인식하고 그런 불완전한 언어로 남부의 실체에 접근하여, 그것을 포착하기 위해 수많은 언어 실험을 했다. 그의 언어가 현란할 정도로 다층적이고 반복적인 것은 바로 언어와 실체 사이의 간격을 좁히려는 노력의 반영이다.

또한 그의 문학에서 시간은 과거와 현재의 경계가 모호해 현재는 끊임없이 과거의 간섭과 지배를 받는 반면 과거는 현재 속에서 굴절되고 파편화된다. 그의 인물들의 의식은 혼란에 빠져 미로를 헤매며, 그런 미로 속에서 그들은 분열된 의식을 통해 삶의 의미를 찾고자 했다. 그들은 무수히 되풀이되는 의식과 언어의 반복 속에서 시간의 단편들 속으로 파고들어 과거의 경험을 찾아내고 그것을 현재와 연결하려고 애쓴 것이다. 그의 많은 인물이 산산조각 난 과거를 현재에 접목하려는 노력은 바로 현재에 의미를 부여하려는 노력의 다른 표현이다.

포크너의 문학에서 또 한 가지 중요한 특징이라면 그가 창조한 독특한 소설 공간이다. 『사토리스(Sartoris)』(1929) 이래 포크너의 거의 모든 소설은 요크나파토파 군(요크나파토파라는 이름은 포크너의 설명으로는 치카소 인디언 말로 '편평한 땅 위를 천천히 흐르는 물'이라는 뜻이다.)과 제퍼슨 읍이라는 가공의 지역을 배경으로 전개된다. 요크나파토파 군과 그 중심지인 제퍼슨은 각각 포크너의 고향인 미시시피주 라파이에트 군과 옥스퍼드를 소설적 구성에 맞게 변형한 곳이다. 포크너가 '유일한 주인이자 소유자'인 요크나파토파는 남부에 있는 가공의 중심지로 크기가 6200제곱킬로미터이고 인구는 백인이 6298명, 흑인이 9313명이며 제퍼슨 읍과 올드프렌치맨 지역과 같은 촌락으로 이루어졌다. 포크너는 하나의 소우주라 할 수 있는 이 요크나파토파를 배경으로 수많은 등장인물과 사건이 서로 얽히고설키는 가운데 그 속에서 보편적인 인간의 삶을 그려 냈다. 게다가 그의 인물들은 흔히 여러 작품에 걸쳐 다른 모습으로 등장하며, 따라서 한 인물의 실체에 접근하는 것이 쉽지 않다. 어떤 인물이나 사건도 단선적으로 제시되지 않고 복잡한 의미망을 형성하며 드러남으로써 사실주의 문학의 리얼리티의 안정성에 본질적인 회의를 보여 준다.

2

포크너는 머리 포크너와 모드 포크너 사이에서 네 형제 중 장남으로 1897년 9월 25일 미시시피주 뉴올버니에서 태어났다.(Faulkner의 원래 성은 Falkner이지만 그가 나중에 영국 공군에 입대하면서 자기 성에 u자를 추가하여 Faulkner가 되었다.) 그의 가족은 그가 다섯 살이 되기 직전에 인근 옥스퍼드로 이사했으며, 이후 그는 여기서 생애의 대부분을 보냈다. 그는 남부의 명문가 출신으로 어린 시절부터 흑인 유모 매미와 외할머니를 비롯한 주변 사람들에게서 그의 가문과 남부에 대한 수많은 이야기를 들으며 성장했다. 그리고 그런 가운데서 독특한 남부상을 형성했다. 특히 그의 우상이라 할 수 있는 증조할아버지 윌리엄 포크너는 남부의 전설적인 인물로 남북 전쟁의 영웅이자 정치가, 은행가, 철도업자, 작가, 변호사 등으로 활약했으며 훗날 포크너의 문학에서 남부의 원형적 인물로 형상화되었다.

포크너는 청소년기에 접어들면서 일찍부터 공부에 흥미를 잃고 문학에 심취했다. 그 때문에 그는 1915년에 고등학교를 중퇴하고 잠시 할아버지가 경영하는 은행에서 근무했다. 그러나 곧 그 일도 싫증이 나 그만두고 별달리 하는 일 없이 지내다 제1차 세계 대전에 참전하기 위해 1918년 7월에 캐나다 토론토로 가서 영국 공군에 입대했다. 그러나 그가 훈련을 마치기도 전에 전쟁이 끝나는 바람에 그는 실제로 참전하지 못하고 귀환했다. 고향에 돌아와서 그는 아버지의 도움으로 미시시피 대학에 특별 학생으로 입학했지만 그곳도 이 년 동안 다니다 그만두고 여러 직업을 전전하면서 창작에 전념했다.

그는 1924년에 최초의 창작집인 시집 『대리석 목신(The Marble Faun)』을 출판했다. 그리고 1925년에는 뉴올리언스로 가서 당시의 저명한 작가인 셔우드 앤더슨을 비롯한 몇몇 작가와 교유하였으며, 그해 7월에 유럽으로 건너가 12월까지 영국, 프랑스, 스위스, 이탈리아 등을 여행하며 문학적 시야를 넓혔다. 또한 앤더슨의 도움으로 1926년에 그의 첫 소설인 『병사의 보수(Soldier's Pay)』가 출판되고 1927년에는 『모기떼(Mosquitoes)』가 출판되면서 본격적으로 작가의 길에 접어들었다. 그러나 그가 작가로서 자신의 독특한 문학적 색채를 찾게 된 것은 그의 첫 요크나파토파 소설인 『사토리스』부터였다. 이후 그는 그의 소우주인 요크나파토파를 중심으로 미국 문학에서 불멸의 작품들이라 할 수 있는 『음향과 분노(The Sound and the Fury)』(1929), 『8월의 빛(Light in August)』(1932), 『압살롬, 압살롬!(Absalom, Absalom!)』(1936) 외에도 『내가 죽어 누워 있을 때(As I Lay Dying)』(1930), 『성역(Sanctuary)』(1931), 『정복되지 않는 자들(The Unvanquished)』(1938), 『촌락(The Hamlet)』(1940), 『모세여, 내려가라(Go Down, Moses)』(1942), 『묘지 침탈자(Intruder in the Dust)』(1948), 『우화(A Fable)』(1954) 등을 잇달아 발표했다.

그러나 그의 작품은 대부분 난해하고 생소하여 그 당시 별다른 대중적 관심을 끌지 못했으며(그는 1945년까지 장편 소설 열다섯 권과 여러 편의 단편 소설을 썼지만 『성역』을 제외하고 모두 절판되었다.) 심지어 그가 1950년에 노벨 문학상을 수상했을 때 《라이프》에서는 그를 가리켜 "유럽에서의 미국 최대 작가"라는 타이틀을 붙일 정도였다. 오히려 그의 문학적 천재성을 일찍 인식한 사람들은 사르트르와 앙드레 지드 같은 프랑스 작가였다. 지드는 그를 가리켜 "미국 문학의 혜성"이라고 불렀으며, 사르트르는 그를 "현대 프랑스 작가들의 신"이라고까지 격찬했다.

그의 작품이 대부분 대중적 관심을 끌지 못하자 그는 1950년대 초까지 여러 차례 할리우드를 들락거리며 영화 대본을 쓰거나 각색 일을 해 생계 문제를 해결했다. 그러면서도 그의 넘치는 창작열은 식을 줄 몰랐고, 마침내 1950년에는 노벨 문학상을 수상하게 되었다. 그러나 1936년 『압살롬, 압살롬!』 출판을 정점으로 그의 왕성한 문학적 실험 정신은 급속히 쇠퇴해 갔다. 다른 한편 1950년대에 들어와 그의 명성이 높아지면서 그는 국무부의 요청으로 외교 사절로서 몇 차례에 걸쳐 유럽과 일본 등을 여행했으며, 버지니아 대학에서 상주 교수로 지내기도 했다. 그러나 그는 그사이 과도한 창작으로 인한 정신적, 육체적 소모와 과음으로 몸과 정신이 서서히 망가져 갔으며, 1952년에는 몇 차례 전기 충격 요법을 받기까지 했다. 그는 1962년 6월 4일 미시시피주 비할라에 있는 한 요양소에서 사망했다. 그의 작품으로는 시가 약 50편, 단편 소설이 90편, 장편 소설이 19편, 극이 1편 있다.

3

포크너가 『성역』 원고를 한 출판사에 보냈을 때 그 출판사는 출판을 거절하며 "우리가 이것을 출판하면 우리는 둘 다 감옥에 갈 것입니다."라는 회신을 보냈다. 그만큼 이 소설은 그의 어떤 소설보다도 성적이고 폭력적인 이미지로 가득했다. 더구나 포크너 스스로가 모던 라이브러리 판의 서문에서 밝혔듯이, 그는 이 소설을 어느 정도 돈을 벌 목적으로 썼다. 한참 경제적인 궁핍에 시달리던 그는 '팔릴' 책을 쓰고 싶어 했던 것이다. 이 책이 많은 우여곡절 끝에 몇 차례 수정을 거쳐 1931년에 마침내 출판되었을 때 《토요 문학 비평》에서는 이 작품을 "미국 새디즘의 최고의 예"라고 평했다.

이 소설은 출판 삼 주 만에 3519권이 팔렸는데 이것은 『음향과 분노』와 『내가 죽어 누워 있을 때』가 출판된 이래 팔린

총 부수를 합친 것과 맞먹는 판매량이었다. 그리고 두 달 후에는 7000부 이상이나 팔렸다. 당시 《네이션》 서평에서는 이 작품을 "거의 모든 관점에서 『내가 죽어 누워 있을 때』나 『음향과 분노』보다 더 나은 책이다."라고 칭찬했다. 한마디로 이 작품은 포크너의 소설로는 드물게 대중적인 성공을 거두었다. 그렇다고 우리가 쉽게 연상하는 것처럼 외설적이거나 가벼운 작품은 아니다.

『성역』은 스콧 피츠제럴드의 『위대한 개츠비(The Great Gatsby)』와 마찬가지로 1920년대 미국 사회의 풍요와 그에 따른 도덕적 방종과 타락 및 그 이면에 깔린 사회적 세력 간의 갈등과 분열 그리고 그것이 사회에 미치는 파괴적인 힘을 보여준다. 이 작품의 저변에 흐르는 1920년대의 풍요와 발전은 미국인들에게 낙관주의, 보수주의, 개인주의라는 시대정신을 낳았지만 다른 한편으로는 물질주의와 소비주의 같은 부정적인 정신이 만연했다. 대중은 경제적 안정을 획득할수록 자기만족적이고 획일적이고 배타적인 정신을 소유하게 되었다. 그리고 전통의 급속한 붕괴와 가치관 혼란 및 이상주의 상실에 직면했다. 또한 안락과 쾌락에 대한 욕구와 부패가 만연했을 뿐만 아니라 방종하고 무책임하면서도 기존의 도덕과 전통을 급격하게 파괴하는 가우언 스티븐스와 템플 드레이크 같은 새로운 세대의 젊은이들을 양산했다.

『성역』에서 포크너는 산업화가 초래한 비인간화와 가치관 혼란을 고발한다. 산업화는 전통의 급격한 해체와 그에 따른 정신적인 무질서를 야기한다. 그것은 과학 기술의 진보와 긴

밀하게 연결되어 이성, 질서, 법에 대한 믿음을 강화하고 모든 것을 증명 가능한 언어로 해석하려는 신념을 낳는다. 이성과 합리의 통제가 강화됨에 따라 세계는 비인간적이고 기계적인 질서에 지배당하며 그런 척도에 따라 의미를 부여받고 해석된다. 그러므로 폭력이나 성적인 방종은 산업 사회의 산물인 동시에 그 억압에서 벗어나려는 비이성적인 힘의 외적 표출이다.

또 한편으로 개인은 산업 사회에서 조직화되고 부품화된 자신을 성찰하는 가운데 내면 깊은 곳에서 나르시스적인 모습을 발견하게 된다.(이 소설의 거의 모든 등장인물은 많든 적든 간에 나르시스적인 경향을 강하게 지닌다.) 나르시시즘은 이성과 질서의 지배에서 벗어나려는 내면 욕구의 산물이다. 개인은 절대적인 자기만의 세계에서 온전한 자신을 찾으려 하고 그것은 비이성적이고 자기중심적인 가치를 낳는다. 또한 이 소설에서 신체를 흔히 기계에 비유하거나 기계적인 이미지를 나타내는 단어가 빈번하게 나타나고 감각적이고 선정적인 표현이 많이 사용되는 것은 이 세계가 기계적인 질서의 지배를 받으며 성적 방종과 부패가 만연해 있음을 암시한다.

이 소설에는 선정적이며 음울하고 폭력적인 그리고 부패하고 타락한 분위기가 지배적이다. 그러나 포크너는 폭력을 직접적으로 제시하거나 전면에 노출시키지 않고 아주 완곡하게 표현하며, 또 각 인물이 지닌 성적 욕망을 고도로 억압된 형태로 표출한다. 그러나 유사한 언어의 반복적인 변조와 암시적인 표현으로 인해 인간의 의식 깊이 잠재된 본능은 더욱 강렬하게 드러난다.

이 소설이 지닌 이런 다층적인 의미망은 서두에서 이미 상징적으로 제시된다. "샘을 병풍처럼 둘러싼 수풀 뒤에서 포파이는 그 사람이 물을 마시는 것을 지켜보았다."라는 이 짤막한 구절에서 전편을 짓누르는 폐쇄와 억압의 이미지, 주요 인물들의 성적 욕망 및 관음증, 나르시시즘적인 경향을 볼 수 있다. 또한 샘은 '성역'으로서, 그것이 침해되는 것은 성역시 되어 왔던 기존의 가치와 질서가 파괴되는 것을 암시한다. 또한 '샘'은 모든 사건의 배경이 되는 '봄(spring)'과 연결되어 있다. 생명이 충만한 계절에 사회에는 폭력과 죽음이 만연한 것이다.

더구나 샘과 인간의 대립 구도에서 인간과 자연 사이에 존재하는 커다란 괴리가 드러난다. 인간은 자연을 오염시키고 부패하게 하지만 자연은 인간의 그런 행위를 초월하여 존재한다. 예컨대 포파이가 토미를 살해하고 템플을 옥수수 속대로 강간한 후 차에 태워 달릴 때 "5월의 믿을 수 없을 정도로 부드러운 빛"은 템플의 비극을 조롱하듯이 빛난다. 또한 올드프렌치맨 지역에서 부랑자들의 위협에 사로잡힌 템플이 공포의 밤을 지샌 후 아침에 강간을 당하는 것은 자연의 질서와 인간이 유리되어 있음을 보여 준다. 인간과 자연의 이러한 근본적인 단절은 현대 사회가 가져다준 비극이다. 그것은 또한 풍요에 가려진 현대인의 파괴적인 속성을 보여 주는 것이기도 하다. 자연과 유리된 인간은 결국 기계적인 질서에 종속되게 마련이다. 모든 외적인 대상을 전유하려는 현대인의 욕망은 궁극적으로 모든 것을 물화시키고, 그 결과 사회는 하나의 거대한 억압 조직이 된다.

『성역』의 세계는 부패하고 타락한 산업 사회이다. 그 세계에서는 귀족 계급이 지배하던 전통적인 남부의 가치 체계가 완전히 해체되고 법에 의해 지배되는 새로운 사회 질서가 주조를 이룬다. 그러나 법이 지배하는 그 세계는 합리성을 가장한 인간성이 말살된 세계이다. 그 사회에서는 도덕이나 윤리가 행위 규범이라기보다는 법에 대한 위반 여부가 문제시되며, 따라서 윤리와 도덕의 쇠퇴는 어느 정도 필연적이다. 사회는 개개인에게 참다운 윤리적인 가치가 아니라 피상적이고 외면적인 법의 준수를 요구한다. 그러므로 법의 이면에서는 전통 사회에서보다 더 지독한 타락과 부패가 진행되며, 역설적이게도 멤피스의 매음굴과 올드프렌치맨 지역의 밀주굴이 법과 공존할 수 있다.

또한 이 세계는 편협하고 속물적인 사회이다. 이 사회에서 나르시사와 템플 같은 전통적인 상류 계급은 물론이고 침례교 목사나 유스터스 그레이엄 검사와 같은 사회의 중심 세력은 공동체에 대한 진지한 성찰 없이 이기적인 이해관계만을 따라 행동한다. 더구나 사회 상층부의 이런 일그러진 모습은 제퍼슨 전체에 만연해 있다. 그것은 전통 사회가 붕괴되고 급격히 산업화되면서 그 사회를 지탱해 주었던 윤리 규범이 무너지고 그것을 대체할 새로운 규범이 확립되지 않은 데서 오는 도덕적인 아노미 현상이다. 그러므로 제퍼슨 주민들은 언제나 진실보다는 외면적인 현상이나 말초적인 소문에 따라 행동한다. 종교, 인종, 계급과 같은 온갖 편견이 그들을 맹목적이고 완고한 인간들로 만든 것이다.

428

반면에 제퍼슨과 대극점에 있는 올드프렌치맨 지역의 밀주굴은 사회로부터 소외된 하층 계급의 소굴이다. 그곳에 모여든 포파이, 구드윈, 루비, 토미 같은 인물들은 하나같이 사회적으로 상처 입고 버림받은 사람들이다. 포파이는 북부에서 흘러 들어왔으며 구드윈은 전과자이고 루비는 매춘부 출신이며 토미는 성도 알려져 있지 않다. 이처럼 그들은 모두 산업 사회에 적응하는 데 실패하고 그 변방에서 사회를 잠식해 들어간다. 그들은 자신들만의 배타적인 세계를 형성한 채 그 속에서 서로 간에 불안한 균형을 유지하며 국외자들에게는 적대적인 반응을 보인다. 또한 그들과 제퍼슨 세계의 조우는 제퍼슨의 도덕적 부패와 타락과 위선을 적나라하게 폭로하는 기능을 한다. 더구나 이 작품에서 포파이가 주류 밀매를 하는 것은 이 시대의 특징적 징후를 드러내 보인다. 1919년에 발효된 금주법은 전후 대중의 도덕심을 고취하고 노동자를 구제하며 가정을 보호하려는 도덕주의와 노동자들의 생산성을 극대화하여 기업에 이익을 가져다주려는 실용주의가 교묘하게 결합되어 탄생했지만 오히려 밀주와 폭력과 부패를 촉진하는 온상이 되었다. 따라서 이 소설에서 주류 밀매업은 미국 사회의 내적 부패의 한 상징적 표현이다.

　벤보는 바로 이 서로 화해할 수 없는 두 세계를 이어 주는 유일한 사람이다. 그는 낭만적이고 이상주의적인 기질을 소유하고 있다. 그가 지닌 미덕이라면 계급적이거나 인종적인 편견을 떠나 정의와 진실을 믿는다는 점이다. 그는 "사람이란 어떤 일을 할 때면 단지 그것이 옳기 때문에, 그것을 하는 것이 사물의 조화에 필요하기 때문에 할 수 있다."는 믿음을 지니고 있다. 그러기에 그는 밀주 제조업자인 구드윈이 살인 누명을 쓰자 주위의 비난과 오해에도 불구하고 진실을 밝히기 위해 노력하며, 동생과 이웃 사람들의 반대를 무릅쓰고 구드윈의 아내 루비를 보호한다. 그러나 그는 신념을 확고하게 실천하기에는 너무 감상적이고 유약하다. 또한 그는 사회를 있는 그대로 보기보다는 자신이 관념적으로 설정해 놓은 사회상에 맞춰서만 보려고 한다.

그가 사회에 대한 저항에 패배하는 궁극적인 이유는 자기 분열적인 성격 때문이라 할 수 있다. 그는 시인적이고 감상적인 기질을 지니면서도 동시에 법을 맹신한다. 그의 의식 깊은 곳에서는 늘 이 두 가지 상반된 요소가 공존한다. 따라서 그는 구드윈을 변호할 때도 그의 결백을 증명하기 위해서 자신이 수집한 정보를 이용할 수 있는 형사 변호사가 아니라 도전을 돈키호테식으로 받아들이는 이상주의적인 주인공의 모습을 보인다. 또한 멤피스의 매음굴에 숨어 있는 템플에게서 사건을 청취할 때도 법률가로서의 냉정한 태도가 아니라 시인적인 감상에 사로잡힌다. 그는 부패와 폭력이 만연한 사회를 가혹한 법의 시행으로 정화할 수 있다고 믿었지만 법이 왜곡되고 타락할 때 무기력하게 패배한다. 그는 법이라는 추상적인 제도를 믿지 그것이 현실에서 작용하는 권력과 탐욕을 깨닫지 못한 것이다.

한편 템플이나 루비의 예에서 보듯이 『성역』의 세계에서는 상류 계급이든 하층 계급이든 간에 여자들은 모두 남성 중심적인 질서에 철저하게 종속되고 그에 따라 자신을 규정한다. 템플은 가정이나 대학이라는 제도화된 조직 속에서만 안전을 유지할 수 있으며, 그곳에서 벗어나는 순간 위험에 그대로 노출된다. 제도권 밖은 그녀에게 폭력과 위협의 세계에 불과하다. 따라서 그녀는 다시 가정이라는 보호막 속에 돌아와서야 안전과 평화를 찾는다. 그러나 그녀가 포파이를 '아빠'라고 부르는 데서 미루어 짐작할 수 있듯이 그녀의 내면세계에서 아버지는 포파이와 같은 억압자이다.

루비는 구드윈에게 강한 애정을 지니고 헌신하지만 그것은 어느 정도 매춘부 출신으로서 그녀의 사회적 조건의 반영일 수 있다. 즉 그녀는 다시 매춘부의 위치로 돌아가지 않고 사회가 용인하는 '정상적인 여자'로 살기 위해서 그를 위해 노예처럼 일하지 않을 수 없다. 그녀가 처녀 시절에 남자 친구인 프랭크를 집으로 데려가자 아버지가 면전에서 쏘아 죽여 버리고 그녀에게 '갈보 년'이라고 욕한 사건이 극적으로 대변하듯이 루비의 삶은 가부장제 사회에 희생당한다. 사회는 정해진 규범에 따라 여성을 재단하고 그것에서 이탈하는 모든 사람은 '갈보'라고 낙인을 찍어 배척해 버리는 것이다. 그녀가 벤보에게 "전 항상 신은 남자라고 생각했어요."라고 말할 때 사회가 그녀에게 각인한 남성 중심 사고의 깊이를 인식할 수 있다. 그들의 관계는 구드윈이 그녀에게 계속해서 가하는 폭력으로 위협받는다.

결국 템플이 아버지의 보호막 뒤로 숨거나 포파이의 손아귀에서 헤어나지 못하는 것이나, 루비가 남편을 위해 노예처

럼 일하고 폭행을 당하면서도 그에게서 떨어질 수 없는 것은
가부장제 사회의 한 단면에 불과하다. 즉 그것은 여성에 대한
보호와 지배라는 사회의 양면적 속성이 더 열악한 양상으로
드러난 것이다. 보호의 이면에는 늘 지배가 잠재한다. 현대 사
회에서 여성은 성적으로나 육체적으로 더 잔인한 착취의 대
상이 된 것이다. 그러므로 재판이 끝난 후 흥분한 군중이 구
드윈을 불태워 죽이는 것은 도덕적 분노의 표현이라기보다는
자신들의 사회가 지닌 여성에 대한 위선적 태도가 그를 통해
폭로된 데 대한 단말마적 행동인 동시에 범죄 의식의 대리 배
출이라 할 수도 있을 것이다. 이런 사회에서 벤보의 선행은 무
기력할 수밖에 없으며, 구드윈과 포파이의 반항 역시 무의미
한 죽음밖에 초래하지 않는다.

이 소설에 비관적인 색채가 농후한 것은 개개의 사건이나
인물이 지닌 잔인성, 부패, 타락에 원인이 있지만 그에 못지않
게 마지막까지 사회의 어떤 변화나 그 가능성마저 봉쇄되어
있기 때문이기도 하다. 사회는 기성 질서나 도덕의식을 근본
적으로 파괴하고 그 모순을 적나라하게 노출시킨 일련의 사건
을 겪고서도 진지한 성찰을 할 의지와 능력이 없으며, 그런 사
실에서 오히려 이 소설이 지닌 환멸과 공포가 더욱 선명하게
드러난다. 사회의 기득권 세력은 자신들의 타락과 부패를 덮
어버리고 더 나아가 그것을 하층 계급에 전가한다. 그러기에
소설의 결말 부분에서 구드윈과 포파이의 죽음은 세상에 어
떤 변화도 가져다주지 못하고, 템플은 뤽상부르 공원에서 일
상의 나른하고 권태로운 삶을 계속한다. 결국 『성역』의 세계는

인간의 자유 의지로는 빠져나올 수 없는 덫처럼 개인을 짓누르며, 그 덫에 걸린 인간은 대부분 도구적인 존재로 전락하고 만다.

*

이 소설의 번역 텍스트로는 빈티지 인터내셔널 출판사의 1993년 판을 사용했다. 이 소설을 번역하는 데는 무엇보다도 에드윈 아널드와 돈 트루어드가 공동으로 편집한 해설서『포크너 독본: 성역(Reading Faulkner: Sanctuary)』과 캘빈 브라운이 편집한 포크너 문학 사전『포크너 남부 사전(A Glossary of Faulkner's South)』의 도움을 절대적으로 받았다. 이 두 책이 아니었으면 번역 작업이 제대로 이루어지지 못했을 것이며, 그렇기 때문에 두 저서에 빚진 바가 참으로 크다. 원저의 제목인 'Sanctuary'는 우리말로는 '성소', '성역', '성단', '은신처', '피난처' 등 여러 가지로 번역할 수 있지만 여기서는 '성역'으로 번역했다. 이 소설에서 '성역'은 템플과 연결되어 신성하여 침범해서는 안 될 장소를 의미하는 동시에 올드프랜치맨 지역의 밀주굴을 가리키기도 한다.

2007년 여름
이진준

1897년   9월 25일, 미시시피주 뉴올버니에서 부친 머리 커스버
        트 포크너와 모친 모드 버틀러 사이의 4형제 중 장남
        으로 태어났다.

1902년   가족이 옥스퍼드로 이사를 갔다. 이후 생애의 대부분
        을 이곳에서 보냈다.

1916년   할아버지가 운영하는 퍼스트 내셔널 뱅크에서 잠시 근
        무했다. 스윈번과 하우스먼의 영향을 받아 시를 썼다.

1917년   미시시피 대학교의 연감인 『올 미스(Ole Miss)』에 데생
        을 실었다.

1918년   봄, 미군에 입대하려 했지만 거절당했다. 4월, 윈체스터
        리피팅 무기 회사에서 회계원으로 근무하기 시작했다.
        6월, 뉴욕에서 영국 공군 사관생으로 입대했다. 이때

성의 철자를 Falkner에서 Faulkner로 바꿨다. 7월, 캐나다 토론토에 있는 신병 보충부에 입소했다. 11월, 아직 훈련을 받고 있는 사이 제1차 세계 대전이 끝났다. 12월, 제대해 옥스퍼드로 돌아왔다.

1919년   8월, 시 「목신의 오후(L'Apres-Midi d'un Faune)」가 《뉴 리퍼블릭(The New Republic)》에 실렸다. 9월, 미시시피 대학교에 특별 청강생으로 입학했다. 11월, 《미시시피언(The Mississippian)》과 옥스퍼드 《이글(Eagle)》에 시를 발표하기 시작했다.

1920년   9월, 미시시피 대학의 드라마 클럽인 마리오네트에 가입했다. 11월, 미시시피 대학을 그만뒀다. 영국 공군 소위로 임명됐다. 시극 『마리오네트(The Marionettes)』를 썼다.

1921년   훗날 아내가 될 에스텔 프랭클린에게 타자본 시집인 『봄의 비전(Vision in Spring)』을 선물했다. 12월, 미시시피 대학 우체국장이 되었다.

1922년   시 「초상화(Portrait)」가 뉴올리언스의 《더블딜러(The Double Dealer)》에 실렸다.

1924년   우체국 감독관의 문책을 받고 우체국장을 사임했다. 머틀 라메이에게 선물하기 위해 타자본 시집 『미시시피 시선(Mississippi Poems)』을 편집했다. 『대리석 목신(The Marble Faun)』 출판했다.

1925년   뉴올리언스의 《타임스피커윤(Times-Picayune)》에 기고하기 시작했다.

1926년	2월, 『병사의 보수(Soldiers' Pay)』 출판했다. 12월, 『셔우드 앤더슨과 다른 유명한 크리올들(Sherwood Anerson & Other Famous Creoles)』을 스프래틀링과 공동으로 발표했다.
1927년	『모기떼(Mosquitoes)』를 출판했다.
1929년	『사토리스(Sartoris)』를 출판했다. 미시시피주 칼리지힐에서 에스텔과 결혼했다. 초가을, 대학 발전소에 취직했다. 『음향과 분노(The Sound and the Fury)』를 출판했다.
1930년	「에밀리에게 바치는 장미(A Rose for Emily)」가 《포룸(Forum)》에 실렸다. 이후 저명한 잡지들에 단편 소설을 발표했다. 『내가 죽어 누워 있을 때(As I Lay Dying)』를 출판했다.
1931년	딸 앨라배마가 태어나지만 9일 만에 사망했다. 『성역(Sanctuary)』을 출판했다. 『이 13편(These 13)』을 출판했다.
1932년	MGM 사의 계약 작가가 되었다. 『8월의 빛(Light in August)』을 출판했다.
1933년	『녹색 가지(A Green Bough)』를 출판했다. 딸 질이 태어났다.
1934년	『마티노 박사와 다른 단편들(Doctor Martino and Other Stories)』을 출판했다.
1935년	『파일론(Pylon)』을 출판했다.
1936년	『압살롬, 압살롬!(Absalom, Absalom!)』을 출판했다.

1938년	『정복되지 않는 자들(The Unvanquished)』을 출판했다. 영화 판권을 MGM 사에 팔았다.
1939년	국가 기관인 전국문학예술인협회 회원으로 선출되었다. 『야생 종려나무(The Wild Palms)』를 출판했다.
1940년	『촌락(The Hamlet)』을 출판했다.
1942년	『모세여, 내려가라(Go Down, Moses)』를 출판했다.
1946년	말콤 카울리가 편집한 『포터블 포크너(The Portable Faulkner)』가 바이킹사에서 출판되었다.
1947년	미시시피 대학에서 초청 강연을 했다.
1948년	『묘지 침탈자(Intruder in the Dust)』를 출판했다. 미국 예술원 회원으로 선출되었다.
1949년	『기사의 첫 수(Knight's Gambit)』를 출판했다.
1950년	미국예술원이 수여하는 소설 부문 하웰스 메달 수상했다. 『윌리엄 포크너 단편집(Collected Stories of William Faulkner)』을 출판했다. 노벨 문학상을 수상했다.
1951년	『말도둑에 관한 노트(Notes on a Horsethief)』를 출판했다. 『단편집』으로 내셔널 북 어워드 소설 부문을 수상했다. 『수녀를 위한 진혼곡(Requiem for a Nun)』을 출판했다. 뉴올리언스에서 프랑스 정부가 수여하는 레지옹 도뇌르 훈장을 받았다.
1952년	미시시피주 클리블랜드의 델타 카운슬에서 강연했다.
1954년	『우화(A Fable)』를 출판했다.
1955년	『우화』로 내셔널 북 어워드 소설 부문 수상. 『우화』로

풀리처상 수상.『큰 숲(Big Woods)』을 출판했다.

1957년 상주 작가로서 버지니아 대학에 갔다. 그리스예술원의
은메달을 수상했다.『읍내(The Town)』를 출판했다.

1959년 브로드웨이에서『수녀를 위한 진혼곡』공연이 시작됐
다. 유네스코 회담에 참석했다.『저택(The Mansion)』을
출판했다.

1962년 전국문학예술인협회에서 수여하는 소설 부문 금메달
을 받았다.『약탈자(The Reivers)』를 출판했다. 옥스퍼
드에서 낙마하여 부상을 입었다. 7월 6일, 심장병으로
별세했다. 옥스퍼드의 세인트피터 묘지에 안장되었다.

세계문학전집 **148**

성역

1판 1쇄 펴냄 2007년 7월 25일
1판 22쇄 펴냄 2023년 8월 11일

지은이 윌리엄 포크너
옮긴이 이진준
발행인 박근섭, 박상준
펴낸곳 (주)민음사

출판등록 1966. 5. 19. (제 16-490호)
서울특별시 강남구 도산대로1길 62(신사동) 강남출판문화센터 5층 (우편번호 06027)
대표전화 02-515-2000 팩시밀리 02-515-2007
www.minumsa.com

ISBN 978-89-374-6148-4 04800
ISBN 978-89-374-6000-5 (세트)

민음사 세계문학전집

세계문학전집 목록

세계문학전집은 계속 간행됩니다.